잠차는 우리집 도롱이

contents

프롤로그

교원은 늘 그런 집을 꿈꾸었다.

작은 정원이 있고 꽃나무가 심어져 있는 집. 작은 테이블을 놓고 혼자 차를 마시면 딱 좋을 정도의 테라스가 있는 집. 그리고 무엇보다도…… 다락방이 있는 집.

하지만 교원이 꿈꾸는 그런 조건들을 모두 갖춘 집은 찾기 힘들었다. 정원과 꽃나무가 있지만 테라스와 다락방이 없거나, 테라스는 있지만 정원이나 꽃나무, 혹은 다락방이 없거나, 그것도 아니라면 다락방은 있지만 정원이나 꽃나무, 테라스가 없었다.

그래서 교원은 항상 부족함을 느끼며 일이 년을 살다가 다시 이사를 가고는 했다. 오죽하면 그의 친구인 박건호가 종종 교원에게 이 기회에 〈이사 전문 민교원〉이라는 명함을 하나 파 가지고 다니라고 했을까.

"완벽해."

하지만 이제 철새처럼 떠돌아다니던 교원도 정착할 수 있게 된 것 같다. 그는 흡족하게 미소를 머금고 차에서 내렸다. 큼직한 선글라스 안에 감춰진 눈매는 보이지 않았지만, 날렵한 입매가 위로 올라간 것만 봐도 그가 제법 만족하고 있음을 알 수 있었다.

"……조용한 것까지 딱 마음에 드는군."

교원은 주위를 둘러보며 혼잣말을 중얼거렸다. 그의 말이 거짓은 아니라는 듯 주위는 조용한 정도를 넘어서 적막할 정도였다.

그도 그럴 것이, 집은 한적한 시골 동네에서도 외진 곳에 위치하고 있었다. 그래서 시내, 아니, 읍내에만 나가려고 해도 한 시간은 차를 몰고 나가야 하는 곳이었다. 하지만 어차피 집에서 대부분의 시간을 보내며 작업을 하는 교원에게 있어서 그런 것 따위는 문제될 게 없었다.

민교원, 31세, 공식적으로는 프리랜서(……라고 하지만, 솔직히 그의 주변에 있는 사람들 중에서 그가 정확히 무슨 일을 하는지 아는 사람은 박건호 외엔 없다), 그리고 비공식적으로는 '얼굴 없는 작곡가'로 유명한 '다락'이 바로 그였다.

특히 영화나 드라마 OST 쪽에서는 거의 독보적인 위치를 점하고 있다고 해도 과언이 아니었다. 하지만 그에 대한 어떤 정보도 흘러나오지 않은 탓에 사람들 사이에서는 조롱하는 말들도 종종 나오고는 했다.

잘난 체하는 거냐. 앨범 한 장이라도 더 팔려는 수작이다. 그런 걸 상업적인 신비주의 전략이라고 하는 거다. 얼마나 못생겨서 얼굴을 드러내지 못하는 거냐. 뭐, 그런 이야기들.

하지만 그런 말들 중 맞는 것은 단 하나도 없었다. 교원은 그저 얼굴을 드러내 놓고 작업하는 게 번거롭고 귀찮을 뿐이었다.

게다가 따지고 보면 그의 외모는 객관적인 표준을 놓고 볼 때 최상위급에 속한다고 할 수 있었다. 웬만한 남자 배우들을 능가하는 외모라고 해야 할까. 거리를 지나갈 때마다 따라붙는 시선들이나 툭하면 받던 기획사 명함들이 그의 외모를 증명해 주는 것이나 다름없었다. 물론 당사자인 민교원은 그런 외모조차도 성가시다고 느끼기는 하지만.

"귀찮아……."

잠시 흡족하게 웃던 교원이 갑자기 어깨를 늘어뜨리며 시무룩하게 중얼거렸다. 박건호는 종종 그를 〈이사 전문 민교원〉 말고도 다른 별명으로 부르고는 했는데, 바로 그 별명은 '집늘보'였다. 집늘보라는 별명답게 교원은 금세 이삿짐을 정리해야 한다는 생각을 하자마자 귀찮아진 것이다. 포장이사를 했으니 그다지 정리할 건 없지만.

그래도 일단 아무것도 안 하는 것은 아니니까.

'뭐, 그래도 이 집으로 이사를 했으니 감수해야지.'

교원은 다시 집을 둘러보며 고개를 끄덕였다. 작은 정원과 꽃나무, 테라스, 그리고 다락방까지 완벽하게 갖춰진 집을 갖게 되었으니 이 정도의 귀찮음은 감수해야 할 문제였다.

그때 전화가 울렸다. 교원은 슬슬 대문 안으로 들어서며 전화를 받았다. 그의 친구인 박건호였다.

"어."

— 이사는 잘 했냐?

"그럭저럭. 짐 들어갔어."

— 하여간 성격도 희한하다니까. 차라리 그냥 땅 사서 네 입맛대로 집을 짓지 그랬냐. 너무 멀어서 이제는 자주 가 볼 수도 없잖아.

"오지 마. 귀찮아."

교원은 건호의 말에 냉큼 대꾸했다. 그러고 보니 그런 장점도 있었다. 툭하면 술 사 가지고 찾아오던 박건호가 자주 오지 못하게 되었다는 점. 교원의 입꼬리가 슬쩍 올라가려는데 건호의 목소리가 다시 휴대폰을 통해 흘러나왔다.

— 이 새끼는 계집애도 아니면서 되게 퉁긴다니까. 인마, 너 외로울까 봐 이 형님이 바쁜데도 불구하고 찾아가 줬더니 말이야.

"같이 술 먹어 줄 사람이 없어서 왔던 것뿐이잖아."

술 먹으면 개 되는 박 '견' 호 선생. 교원이 중얼거리자 휴대폰 너머에서 곧바로 고함이 터져 나왔다. 교원은 미간을 찌푸리고는 전화를 끊어 버린 뒤, 전원까지 껐다.

아마도 그 성격에 지금쯤 쳐들어오겠다고 난리를 치고 있을 것이다. 물론 가능한 일은 아니지만 말이다. 페이 닥터 신세에 자기 마음대로 조기 퇴근을 할 수는 없을 테니……

교원은 입꼬리를 올리며 쓰고 있던 선글라스를 벗었다. 시원스러운 눈매가 인상적인 미남형의 얼굴이었다. 어떻게 보면 소년 같은 이미지를 품고 있으면서도 반대로 성숙한 남자의 분위기를 풍기기도 했다. 교원은 한창 이삿짐을 정리 중인 집 안으로 발을 들여놓으려 했다.

바로 그때였다.

"어? 뭐야? 아저씨, 누구예요? 누군데 남의 집에 함부로 들어와요?"

등 뒤에서 누군가가 톡 쏘듯이 말을 걸었다. 이건 또 뭐야. 누가 할 소리를……. 교원은 인상을 찡그리며 다시 선글라스를 쓰고 뒤를 돌아보았다.

"방금 뭐라고 했지?"

"아저씨 누구냐고요. 집주인은 미국에 있다고 들었는데요?"

제 몸집보다도 더 클 것 같은 가방을 하나 옆에 내려놓은 채 자그마한 여자가 교원을 향해 손가락질을 하며 대꾸했다. 교원은 바지 주머니에 양손을 각각 찔러 넣은 채 여자에게 다가갔다. 그의 겨드랑이 근처에 닿을까 싶을 정도로 여자는 작았다.

"백오십?"

"대체 누군데 남의 집에 들어…… 예?"

여자가 잔뜩 흥분한 듯 볼이 빨갛게 달아오른 채 목소리를 높이다가 순간적으로 멍한 표정을 하며 되물었다. 교원이 방금 한 말을 이해하지 못한 얼굴이었다.

"키 말이야. 백오십은 돼?"

교원은 턱을 긁적이며 여자에게 물었다. 그러자 여자가 발끈해서 주먹을 꽉 쥐더니 외쳤다.

"됩니다! 되거든요! 백오십 넘거든요! 백오십일, 아니, 백오

11

십이……."

이…… 이쯤오 정도는 될 텐데……. 여자가 말을 하다 말고 자신감이 사라지는 듯 말끝을 흐리며 웅얼거렸다. 교원은 여자를 위아래로 훑어보다가 다시 입을 열었다.

"백사십구쯤오, 라고 하면 믿겠는데……."

"아니, 남의 키는 왜……. 지금 그게 중요한 게 아니잖아요! 아저씨, 대체 누구예요?"

"나? 이 집 주인."

교원은 다시 여자를 향해 대꾸했다. 그러자 여자가 입을 딱 벌리더니 기가 막힌다는 듯 하하, 하고 웃고는 양손을 옆구리에 얹고 말을 이었다.

"어쩐지 생긴 것부터 빼질거린다 했어."

"뭐라고?"

"이거 사기꾼이로구만? 어?"

경찰, 그래! 경찰을 불러야지……. 집주인이 뻔히 미국에 나가 있는 걸 알고 있는데 누구한테 사기를 치려고……. 여자가 주머니를 뒤적거리더니 휴대폰을 꺼냈다. 그리고 112를 누르려는 순간, 교원이 먼저 여자의 손목을 잡아챘다.

"너야말로 뭐하는 거야? 넌 누구야?"

"저요? 여기, 전세 계약한 사람인데요?"

"뭐?"

……전세 계약? 교원은 순간, 골치 아픈 일에 엮였다는 생각을 했다. 아무래도 지금 상황은 그러니까…….

"너, 누구랑 계약했어?"

"예?"

"여기 주인이랑 직접 전세 계약을 했냐고."

"아니, 주인이랑 직접 한 건 아니지만……. 대리인이라는 사람이랑 했다고요. 잠깐만 기다려 봐요. 여기…… 여기 어디에 넣어 놨는데."

여자는 교원이 잡고 있던 손목을 빼고는 옆에 있던 커다란 가방을 열고 뒤적였다. 교원은 여자가 하는 행동을 그저 물끄러미 바라보다가 한숨을 내쉬고는 선글라스를 다시 벗었다.

"자, 봐요! 여기, 계약서 있잖아요!"

"……."

여자는 교원에게 뿌듯한 표정으로 전세 계약서라고 쓰여 있는 종이를 내밀었다.

……흐음, 그럴 듯하게 만들어 놨군. 하긴 이까짓 계약서 종이 정도야 마음만 먹으면 수백 장, 수천 장은 뽑고도 남지. 프린터 잉크만 충분하다면 말이야.

교원이 계약서 내용을 훑어보다가 아랫부분을 보고는 다시 여자를 보았다.

"네 이름이 류별이야?"

"예."

"이름이 유별나네."

"이 아저씨가 진짜! 저랑 말장난해요?"

여자가 발끈하며 말을 이으려는 순간, 교원이 손짓으로 가로막고 입을 열었다.

"말장난은 됐고……. 간단히 말하자면 내가 이 집 주인이야."

"아니, 또 누구한테 사기를 치려고······."

"사기는 내가 친 게 아니라 너한테 이 계약서를 넘긴 사람이 친 것 같은데?"

"······예?"

"내가 이 집 주인이라고. 이미 이전등기까지 다 끝내서 소유권 넘겨받은 이 집 주인이 바로 나야. 그래서 지금 이사 들어온 거고."

"뭐, 뭐라고······."

여자가 잠시 말을 잇지 못하다가 교원에게 달려들었다. 교원은 자신에게 쓰러질 듯 달려드는 여자를 피하려다가 그냥 내버려 두었다. 여자는 교원의 셔츠를 꽉 움켜쥐고 고개를 흔들었다.

"아니죠? 지금 저한테 거짓말한 거죠? 장난한 거죠? 그렇죠?"

"······."

"아저씨, 제발 그렇다고 해 줘요!"

"······."

교원은 자신의 옷을 붙잡고 늘어질 듯 매달린 여자를 내려다보았다. 기껏 해 봤자 스무 살? 아니면 스물하나 혹은 둘 정도나 되었을까. 아무래도 어린애가 세상물정을 몰라서 전세 사기에 걸려든 모양이었다. 교원은 한숨을 내쉬며 다시 무심코 계약서를 보았다.

······잠깐.

"너, 스물넷이야?"

"예?"

"스물네 살이나 먹었냐고."

"그런데요?"

그게 뭐 문제가 되는 건가요? 여자는 눈을 깜빡이며 웅얼거렸다. 교원은 손으로 이마를 짚고는 한숨을 내쉬다가 버럭 화를 냈다.

"스물넷이나 먹고도 사기를 당하냐? 어? 너 바보야? 머리는 장식품이야? 목 위에 돌 하나 큼직한 거 달고 다니느라고 고생했겠네. 아예 그냥 떼어 놓고 살지 그래?"

교원은 자신도 모르게 화가 치밀어서 여자를 향해 독설을 마구 퍼부어 댔다. 웬만한 강심장이 아닌 이상 그의 독설을 접하고 나면 몇 달 정도는 그와 마주치기조차 꺼려 할 정도였다. 그런 독설을 바로 앞에서 받아 낸 여자는 몸을 부들부들 떨다가 그대로 주저앉고 말았다.

"왜 저한테 뭐라고 해요. 제가 뭘 잘못했다고요!"

"사기당했잖아!"

"사기를 당해도 제가 당했지, 아저씨가 당했어요? 그리고 사기를 친 사람이 나쁜 것이지, 제가 나쁜 게 아니잖아요! 스물넷이 왜요! 스물네 살은 사기당하면 안 된대요? 어…… 어엉."

그런 법이 어디 있다고. 어엉. 엉엉. 여자는 마치 어린애처럼 두 발을 뻗은 채 울음을 터뜨렸다. 교원은 여자의 울음소리를 듣고 나서야 치밀었던 화가 조금 가라앉는 듯했다. 미치겠네……. 교원이 인상을 쓰며 머리를 마구 헝클어뜨렸다.

그가 가장 싫어하는 게 바로 사기였다. 그것도 어린애한테 치는 사기. 스물이든 스물하나든 스물넷이든 이런 건 마찬가지였다. 스물네 살이나 먹은 게 아니라 스물넷밖에 안 먹은 것이었다. 교원은 한숨을 내쉬다가 여자의 앞에 무릎을 굽혀 앉았다.

"야. 류별."

"엉엉."

"야, 별똥."

"뭐라고요?"

"별이라는 이름이 아깝잖아. 사기나 당하고 돌아다니는데."

교원이 피식거리며 말하자 여자, 류별이 발끈하며 입술을 앙다물었다. 교원은 그런 별을 잠시 쳐다보다가 손을 내밀었다.

"손 잡아 줘?"

"예?"

"싫으면 말고."

언제 내밀었냐 싶게 교원이 손을 다시 뒤로 물리더니 상큼하게 웃으며 일어났다. 별은 그런 교원의 태도에 황당해져서 입을 벌린 채 그를 올려다보았다. ……생긴 건 멀쩡, 아니, 뺀질거리게 생겨서…….

"성격 되게 더러우신가 봐요, 아저씨."

"뭐?"

"사기당한 사람 놀리는 게 재미있어요?"

별은 엉덩이에 묻은 흙을 털며 다시 일어섰다. 눈앞이 깜깜해졌다. 아무렇지 않은 척 말하고는 있지만, 솔직히 그녀는 지금 이대로 세상이 끝나 버렸으면 하는 극단적인 생각까지 하고 있는 중이었다.

별이 처음으로 아르바이트를 했던 게 열여섯 살 때였다. 미성년자라는 이유로 남들보다 시급도 절반 가까이 깎이면서 돈을 벌었다. 반 아이들이 방학 때마다 학원에 다니거나 해외여행을 갈 때, 별은 동네 빵집이나 치킨집에서 일을 했다.

그때는 오직 미성년자에서 벗어나기만을 꿈꿨다. 최저임금제의 보호를 받으며 제대로 아르바이트를 하는 게 별의 유일한 소원이었다.

그러다가 대학에 들어간 뒤에 스무 살 생일이 지나자마자 그녀는 당당하게 아르바이트 자리를 구했다. 미성년자 시절에는 근처에도 못 가 봤던 호프집이나 피씨방 아르바이트를 했다. 그리고 대학생의 특권인 과외 아르바이트도 했다.

강의가 있는 시간만 제외하면 정말 미친 듯이 아르바이트만 했다. 전액 장학금을 받고 대학에 입학한 덕분에 등록금 걱정을 덜었지만, 일정 수준의 학점을 유지해야 했기에 틈날 때마다 공부도 해야만 했다. 그러니 남들의 두 배, 세 배는 더 바쁘게 살았다고 해도 과언이 아니었다.

……그렇게 살면서 모은 전 재산인데, 대학을 졸업하자마자 전세 사기라는 이름으로 날려 버린 것이다.

별은 다시 울음이 나오려는 걸 꾹 참고 앞에 있는 남자에게 손을 내밀었다.

집주인이라는 남자는 성격이 괴팍한 듯했다. 내가 사기당했지, 자기가 사기당했나. 왜 화를 내는 거야? 졸지에 목 위에 쓸모없는 돌 하나를 달고 사는 괴물이 된 류별은 속상한 마음에 눈물을 툭 떨어뜨리며 퉁명스럽게 말했다.

"주세요."

"뭘?"

"계약서요. 그거 아저씨 것도 아닌데 왜 가지고 있어요? 빨리 주세요."

"어차피 쓰레기밖에 더 돼? 이걸 가져서 뭐하려고?"

"깔고 앉으려고요."

"뭐?"

"당장 갈 곳도 없는데 깔고 앉기라도 해야죠."

별이 울음을 참으며 대꾸했다. 교원은 눈앞의 자그마한 여자를 잠시 보다가 머리를 긁적였다. 뭔가 자신이 나쁜 사람이 된 것만 같아서 기분이 찝찝했다. 그는 잠시 망설이다가 다시 입을 열었다.

"왜 갈 곳이 없어? 부모님은?"

"누구나 부모님이 계실 거라는 편견…… 그 편견 좀 버리면 안 돼요?"

"뭐?"

"항상 사람들은 그래요. 부모님은? 부모님한테 연락해라. 부모님 모시고 와라. 대체 그런 편견은 누가 심어 놓은 거야."

부모님 없는 사람은 서러워서 살겠나……. 별이 투덜대는 걸 보면서 교원은 입을 딱 벌렸다. 그러니까 부모가 없다는 말인 것 같은데 말이지.

"유별나네."

"예?"

"아니. 아무것도 아니야."

이름 그대로 유별난 듯했다. 교원은 심하게 발랄해 보이는 여자를 잠시 의심스럽게 보았다. 사기당한 처지에 지금 이렇게 아무렇지 않을 수 있나? 그게 가능해? 갈 곳도 없다면서 이래도 되는 거야? 왜 이렇게 태연한 건데?

"어쨌든 그만 가 봐라."

"……예?"

"가 보라고. 여기는 내 집이고, 나는 너랑 전세 계약을 한 적이 없으니까. 알았지?"

교원은 벗었던 선글라스를 다시 쓰고 별의 손에 계약서를 건넸다. 그리고 깔끔하게 돌아서려는 찰나, 등 뒤에서 별이 외쳤다.

"아니, 아저씨! 아무리 그래도 그렇지! 이러시면 안 되죠!"

"뭐?"

교원은 별의 항의에 미간을 찌푸리며 다시 그녀를 보았다. 그러자 마치 다람쥐 한 마리가 달려오듯이 다다다, 달려온 별이 교원의 앞에 무릎을 꿇더니 그의 다리를 꽉 끌어안았다.

"야, 너 뭐하는 거야?"

"아저씨, 살려 주세요!"

졸지에 살인범이 된 것만 같았다. 교원은 자신의 다리를 끌어안은 채 울음을 터뜨린 별을 내려다보았다.

"제발 저 여기서 살게 해 주세요! 없는 듯 살게요! 눈에 띄지도 않게 살게요! 갈 데도 없어요. 가진 돈 전부 털어서 그 사기꾼한테 줬다고요."

예? 예? 아저씨. 마음씨 좋게 생긴 아저씨. 이 넓은 집에 제가 늘어살 방 한 칸만 주시면 안 돼요? 에? 별이 교원의 다리를 끌어안은 채 그를 올려다보며 애원했다.

"야, 일관성 좀 가져라. 무슨 애가 방금 전까지는 멀쩡하게 굴더니……."

교원은 황당한 마음에 다리를 움직여 별을 떼어 내려 했다. 그러자 별이 더욱 그의 다리를 꽉 끌어안았다.

"야! 별똥! 좀 놔 봐!"

"살게 해 주세요! 살게 해 주시면 놓을게요!"

별은 입술을 앙다문 채 그의 다리에 볼을 비비며 마구 매달렸다. 눈앞이 깜깜했던 상황에 불현듯 눈앞의 남자가 구세주처럼 보였다. 지금 매달릴 수 있는 사람이 오직 이 남자뿐이라는 것을 깨닫자마자, 별은 무조건 그를 붙들었다.

억지를 부리는 거라는 걸 모르지 않았다. 이런 식으로 행동하는 게 얼마나 민폐인지도 알고 있었다. 하지만 아무것도 붙잡을 게 없는 처지에 그런 것까지 따지고 있을 수는 없었다.

살아남기 위해서 때로는 뻔뻔해져야 한다는 것을, 별은 너무나 잘 알고 있었다.

"야! 야, 이것 좀 놓으라니까! 너한테 사기 친 인간한테 가서 이럴 것이지, 왜 나한테 이래?"

집주인이라는 남자는 쌀쌀맞았다. 하지만 별은 포기할 수 없었다. 조금 전, 자신이 사기를 당한 사실에 버럭 화를 냈던 남자에게 희망을 걸어 보고 싶었다. 그게 뻔뻔한 짓이라 하더라도 말이다.

제대로 된 직장조차 구하지 못하고 사는 형편이었다. 대학을 나와도 취직자리조차 구할 수 없는 처지였다. 더구나 이제는 더 이상 밖에 나가서 아르바이트를 할 수도 없는 상황이었다.

'무조건 집이 있어야 돼!'

몸을 집어넣을 공간이 필요했다. '재택 알바'를 하기 위해서라도 꼭 그런 공간은 필수적이었다. 별은 눈을 질끈 감은 채 교원에게 매달리다가 갑자기 온몸의 힘이 쫙 빠지는 것을 느꼈다. 벌써 몇 번이나 경험했기에 익숙한 감각이었다.

'아…… 안 되는데!'

그게 별이 마지막으로 생각한 것이었다.

"야, 너 이렇게 무조건 매달린다고 해결될 게 아니……?"

풀썩.

교원의 다리를 끌어안은 채 매달리고 있던 별이 그대로 바닥에 쓰러졌다. 교원은 별을 떼어 내려고 다리를 흔들다가 멈추고는, 잠시 상황을 파악하지 못한 채 눈만 깜빡였다. 뒤늦게 현재 상황을 파악한 교원이 다급히 무릎을 꿇고 앉으며 별의 어깨를 흔들었다.

"야! 야, 별똥! 아니, 류별! 야, 너 왜 이래?"

뭐야? 갑자기……. 교원은 당혹스러워하다가 다시 자신의 뺨을 철썩 소리가 날 정도로 매섭게 때리고는 고개를 흔들었다. 그리고 냉정한 표정을 되찾고는 그녀를 차분히 살펴보았다. 호흡은 정상인 듯했다. 안색 역시 나쁘지 않았다. 마치 자고 있는 사람처럼 말이다.

"설마 잠든 거야? 자는 거라고?"

교원의 얼굴에 황당하다는 기색이 역력했다. 분명 그의 눈에는 자고 있는 게 맞았다. 하지만 그래도 혹시 모르는 법. 그는 휴대폰을 들었다.

"예, 수고하십니다. 여기 환자가 있어서요. 갑자기 쓰러졌는데……."

아무리 시골 깡촌이라고 해도 달려올 수 있는 119가 있어서 다행이었다.

1. 동거를 시작하다

'기면증인 것 같습니다.'

'기면증이요?'

'갑자기 쓰러졌다고 했죠? 마치 온몸의 힘이 풀려 버린 사람처럼.'

'예. 그런데……'

'기면증의 흔한 증상으로 졸도 발작이 있습니다. 갑작스럽게 근력의 손실이 동반되지요.'

교원은 의사가 했던 말을 다시 떠올리며 턱을 매만졌다. 이사를 오자마자 짐도 제대로 정리하지 못한 채 이게 무슨 꼴인가 싶었다. 포장이사 직원들이야 자신이 도착하기 전에 모두들 일을 끝내고 돌아갔으니 다른 문제는 없지만 말이다.

그래도 제대로 이삿짐이 다 들어간 건지 확인도 해야 하고, 자신의 방식대로 다시 정리할 것들도 있고, 피아노나 컴퓨터도 이상은 없는지 확인해 봐야 하고……. 가뜩이나 귀찮아 미치겠는데 말이지. 그는 미간을 찌푸린 채 창밖을 보았다. 어느새 어둑해진 하늘 위로 붉은 놀이 물들고 있었다.

"나 참…… 어쩌라는 거야."

류별이라는 이름의 이 어린 여자는 어떻게 된 것인지 휴대폰에 저장된 연락처가 전혀 없었다. 그러니 얘 좀 데리고 가라고, 제발 좀 데리고 가 달라고, 그렇게 연락을 취할 만한 사람도 없었다.

그 바람에 교원은 류별이라는 유별난 여자의 보호자가 되어 읍내에 있는 작은 내과 의원의 구석진 곳에 마련된 회복실에서 그녀가 깨어나기만을 기다리고 있을 뿐이었다.

"후우……."

아직 이삿짐 정리도 못했단 말이야. 그는 포장이사를 했다는 건 가볍게 무시한 채 투덜거렸다. 그런 그의 투덜거림을 들은 것인지, 별이 몸을 뒤척였다.

"어?"

그리고 별의 눈꺼풀이 느리게 열렸다. 별은 눈앞에 보인 낯선 풍경에 어리둥절해서 주위를 둘러보았다. 성격 더러워 보이는 집주인이 팔짱을 낀 채 자신을 보고 있었다. 그제야 그녀는 자신이 마지막에 뭘 하고 있었는지를 기억해 내고 황급히 몸을 일으켰다.

"아, 아저씨……."

"잘 잤냐?"

"예?"

"아주 잘, 자알 자더라? 응?"

일부러 그러는 게 뻔히 보일 정도로 교원은 말을 길게 끌었다. 별은 교원의 눈치를 살피다가 고개를 숙이고 손가락으로 괜히 침대 시트를 긁었다. 색 바랜 병원 마크가 눈에 들어왔다.

"병원비는 내가 냈어."

"감사합……."

"네 가방은 여기 침대 밑에 놔뒀으니까 갈 때 잊지 말고 챙겨."

"예?"

별은 교원의 말에 눈을 휘둥그레 뜨고 쳐다보았다. 그러자 교원이 비스듬히 서서 그녀를 보다가 어깨를 으쓱였다.

"왜?"

"아니…… 아니에요."

별은 어깨를 축 늘어뜨리고 풀 죽은 목소리로 대답했다. 잠에서 깨어나고 보니 자신이 했던 행동이 얼마나 말도 안 되고 어이없는 것이었는지 깨달았다.

생전 처음 본 사람한테 무조건 그 집에서 살게 해 달라고 매달리다니……. 별은 입술을 깨물었다. 아무리 절박한 상황이라고 하지만 염치없는 행동이었다. 하지만 당장 어떻게 살아야 할지를 생각하면 막막했다.

'기면증만 아니었으면…….'

별이 기면증이란 것을 처음 알게 된 건 대학 2학년의 겨울이었다. 설 명절을 닷새 정도 남겨 놓았던 때였다. 별은 선물세트를 포장하는 단기 아르바이트를 하던 중이었다. 단기간에 꽤 돈을 벌 수 있어서 그녀가 명절이 다가올 때마다 기다리던 일이기도 했다.

그날도 별은 밤늦게까지 선물세트를 포장하고 있었다. 마트의 지하 창고에서 다른 날과 마찬가지로 포장 작업을 하던 중이었다. 아예 바깥에 나가지도 않고 일을 한 탓에 낮인지 밤인지도 구분이 되지 않을 정도였다.

문득 별은 귓속이 울린다고 느꼈다. 마치 귓가에 벌떼가 몰려든 것처럼 웅웅대는 소리가 점점 커졌다. 그리고 참을 수 없이 졸음이 밀려든다고 느낀 순간, 기억이 끊겼다.

다시 정신을 차렸을 때, 별은 자신이 '기면증 환자'라는 것을 처음으로 알게 되었다. 그리고 많은 것을 잃어야 했다. 꿈도, 희망도, 미래도, 그리고…… 취직도.

"폐를 끼쳐서 죄송해요, 아저씨."

별은 어깨를 움츠리며 고개 숙여 사과했다. 이렇게 시간과 장소를 가리지 않고 잠이 드니, 주위 사람들에게 민폐가 아닐 수 없었다. 더구나 이번에는 아예 상관도 없는 사람에게 폐를 끼친 셈이 되었으니 더욱 미안했다.

이런 식으로 살고 싶었던 적은 단 한순간도 없었다. 대학만 졸업하고 나면 정말 번듯한 직장에 취직도 하고 제대로 멋지게 살 수 있을 거라고 꿈꿨었다. 그런데 지금의 자신은 아무 곳에서나 툭하면 잠들어 버리는 한심한 존재가 되어 있었다.

게다가 바보처럼 사기까지 당하고……. 잔뜩 주눅이 든 자세로 움츠러들어 응얼대는 별을 보고 있던 교원이 무심한 표정으로 입을 열었다.

"솔직히 말해."

"예?"

"백오십 안 되지?"

"예? 백오십이라니…… 백오십 되거든요! 아니, 충분히 넘거든요!"

별은 교원의 말뜻을 이해하지 못해서 눈을 깜빡이다가 이내 발끈해서 목소리를 높였다.

이 아저씨가 왜 자꾸 남의 키를 궁금해하는 거야? 어? 백오십…… 그거 좀 못 넘으면 어때서! 키 작은 데에 보태 주기라도 했나? 응? 그렇게 내 키가 작은 게 눈에 거슬리면, 키 쑥쑥 자라라고 나 어릴 때 보육원에 우유라도 넣어 주지?

별은 입속으로 궁얼대다가 입을 삐죽였다. 그 모습을 무심한 눈으로 보던 교원이 픽 웃더니 별의 이마를 손가락으로 튕기듯 가볍게 때렸다.

"거짓말은 금지야."

"아얏! 아파요!"

"내 집에서, 거짓말은 금지라고. 알아들어, 별똥?"

"그게 저랑 무슨 상관인데요! 아저씨 집에서나 거짓말이 금지라는 거잖아요!"

요것 봐라? 거짓말이 아니란 말은 안 하네? 그러니까 진짜 백오십도 안 된다, 그거지? 그러면서 뭐, 충분히 넘어? 교원은 별을 위아래로 보며 기가 막힌다는 표정을 짓다가 다시 입을 열었다.

"그러니까 상관있지. 내 집에서 살려면 말이야."

"예?"

"싫어? 싫으면 말고."

교원이 어깨를 으쓱이며 다시 선글라스를 쓰더니 돌아서려 했다. 그 바람에 멍한 얼굴로 잠시 눈만 깜빡이던 별이 휘둥그레 눈을 뜨고는 교원을 향해 몸을 기울이려다가 그대로 침대에 엎어지고 말았다.

"우왓!"

아, 얼얼해. 별은 콧등이 얼얼해서 인상을 찡그리며 앓는 소리를 냈다. 그런 별의 머리 위에서 혀를 차는 소리가 들렸다.

"칠칠치 못하기는."

"아, 아저씨! 방금, 방금 전에 한 말씀이요. 그러니까, 그러니까요……."

별이 다시 몸을 일으키고는 침대 아래로 뛰어내릴 듯 다급히 난간을 움켜쥐고 교원을 향해 물었다.

"아저씨 집에서 살게 해 주시는 거예요? 예?"

"단, 조건이 있어."

"무슨 조건이요?"

"내 집에 공짜로 얹혀살 생각은 하지 마."

"당연하죠! 저도 공짜로 얹혀살 생각은 안 했어요! 그런데 저기…… 제가 지금 당장 가지고 있는 돈이 없거든요. 아저씨도 아시다시피 제가 가지고 있던 걸 홀랑 다 날려 버렸잖아요. 그래서 지금 바로 돈을 드리는 건……. 아니, 그보다도 제가 전세는 불가능하고요. 월세……."

"몸으로 대납해."

"……알바해서 돈 버는 대로 월세 드릴 테니까요. 몸으로…… 예에?"

별은 중얼대며 말을 하다가 교원의 말을 무심코 따라했다. 그리고 곧바로 그 말뜻을 이해하고는 경악한 눈으로 그를 쳐다보았다. 교원은 그녀의 시선을 받고는 못마땅한 표정으로 미간을 찌푸리며 말했다.

"뭐야, 수배 전단지에 나온 흉악범 보는 듯한 그 시선은?"

"……뭔가 구체적인 설명이네요. 그런 말을 많이 들으셨나 봐요, 아저씨. 아니, 지금 이게 중요한 게 아니라! 모, 몸이라니요! 뺀질거리게 생기긴 했어도 변태는 아닌 줄 알았는데, 어떻게 그런 말씀을 하실 수 있어요!"

별이 뒤늦게 생각났다는 듯 파르르 떨며 분한 어조로 목소리를 높였다. 교원은 별이 빨갛게 된 얼굴로 씩씩대는 걸 황당하다는 시선으로 잠시 보다가 아, 하며 고개를 갸웃거렸다.

"변태라……. 내가 한 말이 '그런' 뜻으로 해석되기도 하는군. 조그만 게 머릿속에 야한 생각만 들어서 말이야."

"뭐라고요?"

"몸으로 대납하라는 말을 그런 식으로 받아들인 건 네 문제야. 어떻게 그 말을 그렇게 저질스럽게 알아들을 수 있지? 어?"

"저…… 저질이요?"

오히려 자신을 이상하게 쳐다보는 교원의 시선에, 별은 입을 벌린 채 아무 말도 잇시 못하고 있다기 버럭 화를 냈다.

"저 정상이거든요! 그럼, 그 말이 무슨 뜻이었는데요! 예? 말씀해 보세요!"

몸으로 대답하라니! 너무 뻔한 말이잖아요! 드라마에서도 식상하다 할 정도로 들었던 말인데! 발끈한 별을 잠시 재미있다는 듯 쳐다보던 교원의 입이 다시 열렸다.

"말 그대로 몸으로, 집안일을 하라고."

"예?"

"돈 대신 몸으로 노동해서 월세를 대신 내는 셈 치란 뜻이었어."

"어……?"

별은 바보처럼 입만 벌린 채 눈을 끔뻑였다. 분명히 눈앞의 남자가 한 말이 귓속으로 접수는 되었는데, 그게 머릿속까지 전달되지는 못한 것 같았다. 그러다가 뒤늦게 그의 말이 무슨 뜻인지 이해를 한 순간, 별의 얼굴이 새빨갛게 달아올랐다. 맙소사! 그, 그게 '그런' 뜻이 아니라…….

"조그만 녀석이 야한 것부터 생각하기는. 백오십도 안 되는 게."

"여기서 왜 또 백오십 얘기가 나와요!"

교원의 말이 끝나기가 무섭게 별이 부르르 떨며 항의했다.

자꾸만 백오십, 백오십, 하는 소리를 듣다 보니까 노이로제라도 걸릴 것만 같았다. 이러다가 꿈에 나올지도 몰라. 백오십 이상은 이쪽, 백오십 이하는 저쪽, 그래서 백오십 이하가 가는 길로 가다 보면 그 끝에는…….

"으악! 아, 왜 갑자기 사람 머리를 만져요!"

상상이 걷잡을 수 없을 정도로 뻗어 가던 찰나, 교원이 별의 머리를 쓱쓱 문질렀다. 그 바람에 별은 상상 속에서 벗어나면서 화들짝 놀라 소리쳤다. 하지만 내심 다행이란 생각도 했다.

조금 전에 했던 상상은 정말…… 다시 떠올리기도 싫으니까. 그런 세상에서 살지 않아서 다행이야. 별은 고개를 붕붕 저으며 머릿속에 남아 있는 상상의 흔적들까지 깨끗하게 날려 버렸다.

그런 별을 바라보던 교원이 피식 웃고는 자신의 손바닥을 슬쩍 보았다. 충동적인 행동이었다. 그냥 눈앞의 자그마한 여자가 어쩐지 귀엽단 생각이 들어서……. 미쳤군. 교원은 생각을 애써 접으며 입을 열었다.

"그래서 결론은 밥, 빨래, 청소를 하라는 거야. 뭐, 정원까지 돌보란 말은 안 할게. 거기는 가끔 사람 불러서 맡길 테니까 너는 그냥 실내에서만 하면 돼."

"그럼, 진짜 아저씨네 집에서 살아도 된다고요?"

"그래."

"정말로요?"

"그렇다니까."

"돈도 안 내고요?"

별이 흥분한 목소리로 눈을 빛내며 물었다. 교원은 턱을 매만지며 피식 웃더니 고개를 끄덕였다.

"그래. 사기까지 당한 애한테 내가 뭘 벗겨 먹겠냐. 안 그래?"

"그렇게 보기에는 좀…… 노동 착취 부분이……. 하하, 아니요. 아니에요. 아저씨, 진짜 착하세요. 인정도 많으시고요. 복 받으실 거예요."

별이 속으로 웅얼거리듯 대꾸하다 말고 교원의 한쪽 눈썹이 올라간 걸 보고 말을 돌렸다. 그리고 다시 생각난 듯 그를 향해 물었다.

"그런데 아저씨는 이름이 뭐예요?"

"내 이름? 그건 알아서 뭐 하려고?"

"뭐 하긴요. 집주인 아저씨 이름 정도는 알아야 기본 아니에요?"

"그 기본도 몰라서 사기당했냐? 등기부 등본 발급 받아서 확인해."

"고약해, 진짜! 그냥 알려 주면 안 돼요?"

"민교원."

"예?"

"민교원이라고, 내 이름. 됐지?"

교원은 별에게 퉁명스러운 어조로 대답하고는 목을 좌우로 돌리며 말을 이었다.

"그래서, 별똥, 집에는 언제 갈 작정이냐? 내가 오늘 이사를 한 날이거든? 그런데 누구 때문에 이사한 집에 들어가 보지도 못한 채 이러고 있다. 그걸 알고는 있어?"

"……아, 예. 가, 가야죠. 하하. 가야죠! 우리 집에 가야죠!"

별이 교원의 물음에 잠시 어깨를 움츠리며 주눅 든 듯 웅얼거리다 말고 금세 신난다는 듯 몸을 움직였다. …… '우리 집' 이라고? 교원은 금세 '우리 집' 이라 말하는 별의 모습에 픽 웃고는 턱짓을 했다.

"그럼 가방 들고 나와. 여기는 콜도 안 들어온다니까 버스 끊기기 전에 가야 돼."

"어, 가, 같이 가요!"

뒤에서 별이 부르거나 말거나 교원은 냉큼 회복실 문을 열고 밖으로 나섰다. 스스로 생각해도 이건 미친 짓이었다. 세상에서 귀찮은 일을 가장 싫어하는 민교원이 스스로 귀찮은 일을 만들다니. 게다가 이사를 온 첫날, 완벽하다고 느꼈던 자신의 집에 다른 사람을 들이다니. 교원은 고개를 절레절레 흔들며 병원 밖으로 걸음을 옮겼다.

◆

"들어와."

"실례합니다……."

현관에 들어서자마자 아무도 없는 곳에 대고 몸이 직각이 될 정도로 허리를 구부려 인사하는 별을 돌아보며 교원은 피식 웃고는 입을 열었다.

"대체 누구한테 실례한다는 거야?"

"예? 그러니까 아저씨네 사모님…… 안 계세요?"

"사모님?"

"결혼하신 거 아니에요? 딱 봐도 유부남 아저씨였는데?"

"……."

예상치 못한 별의 발언에, 교원의 입이 저절로 벌어지고 말았다.

딱히 자신의 외모에 대해 쓸데없이 자부심 같은 건 가지고 있었던 건 아니지만—오히려 성가시게 만드는 외모라고 생각한 적은 종종 있었지만— 적어도 자신의 생김새를 보고 '유부남'이라고 생각하는 여자가 있을 줄은 몰랐다. 얼굴이 구겨진 교원은 설마, 하는 마음으로 물었다.

"아저씨라고 부른 게 그런 뜻이었냐?"

"예?"

"유부남."

"예! ……아니에요?"

유부남 아니었어요? 별이 조심스럽게 거듭 묻는 질문에 대답하지 않고, 교원은 이를 뿌드득 갈았다. 그 얼굴이 꽤 험악해 보였는지 별이 하하하, 하고 어색하게 웃더니 다시 입을 열었다.

"그럼 이혼남이신가 보다……. 하하, 하긴 그러니까 집안일을 할 사람을 구하셨겠죠."

"뭐? 이혼남?"

갈수록 태산이다, 라는 말이 바로 이런 상황에 쓰이는 것인가 보다. 교원은 아득해지려는 정신을 붙들고 으르렁대듯 콧등을 찡그린 채 입을 열었다.

"내가 어딜 봐서 이혼남으로 보이는 건데? 응?"

"예? 이혼남도 아니에요?"

"나도 좀 알려 줘. 응? 내가 왜 이혼남으로 보인 건지."

살벌하게 묻는 교원의 표정을 본 뒤에야 별은 자신이 실수했다는 걸 깨달았다. 유부남도, 이혼남도 아니라면 남는 건…….

"노총각이셨구나. 죄송해요, 몰랐어요. 워낙 분위기가 늙어 보이셔서……."

"뭐?"

'이걸 죽여, 살려.' 하는 마음으로 교원이 눈을 가늘게 뜬 채 별에게 성큼, 다시 다가갔다. 그러자 별은 본능적으로 살아야겠단 생각을 했는지 뒤로 한 걸음 물러서며 어색하게 웃었다.

"아니, 저기 그러니까요. 그, 늙어 보였다는 게요……. 나쁜 뜻이 아니거든요. 뭐랄까. 그런 거 있잖아요. 어린 풋내기 같은 젊은 남자 말고, 뭔가 의지도 될 것 같고 진짜 '어른'이구나 하는 느낌도 들고…… 뭐, 그런 거 말이에요. 아저씨가 딱 그런 분위기라서……."

물론, 성격이 꽤 더럽고 까다로워 보이기는 했습니다만. 별은 뒷말은 목구멍 아래로 꾹꾹 삼켰다.

솔직히 앞에서 잔뜩 인상을 쓰고 있는 남자는 유부남으로 보기에는 좀 과하게 멋지기는 했다. 처음에 봤을 때에는 사기꾼인 줄 알고 뺀질거리게 생겼다고 생각하기는 했지만, 객관적으로 봤을 때 웬만한 남자 배우들은 얼굴도 내놓지 못할 듯싶었다.

그러니 늙어 보였다는 말에 어폐가 있기는 했다. 아니, 늙어 보였다는 게 못생겼다는 말은 아니지만……. 그리고 유부남이라는 말이 못생겼다는 말과 동급인 것도 아니고. 어쨌든 뭐라고 해야 할까.

"……여유로워 보여서요."

별은 덧붙여 말하고는 입을 꾹 다물었다. 그래, 이 남자는 정말 여유로워 보였다. 단순히 젊은 남자들 특유의 치기 어린 허세 같은 게 아니라, 정말 느긋하고 여유로워 보였다.

자기 자신에게도 당당하고, 자신의 삶에도 당당한 사람만이 누리는 그런 여유로움 같다고 해야 할까. 그래서 그렇게 생각했다. 가정이 있는 남자로구나. 그래서 저렇게 여유로운 것이겠지, 하고 말이다.

……별은 다섯 살 이후로 가져 본 적 없는 가족이기에.

그러나 그녀는 더 이상 어떤 말도 하지 않았다. 그저 미안하다는 표정으로 어색하게 웃어 보였을 뿐.

"솔직히 게을러 보인다고 해도 돼. 무슨, 여유로워 보이긴……."

교원이 피식 웃으며 대꾸하고는 다시 턱짓으로 안을 가리키며 말을 이었다.

"어쨌든 들어와. 네가 쓸 방을 골라야 하잖아."

"예? 하하, 고르기는요. 저는 그냥 아무 방이나 주시는 대로……."

"그래? 그럼 밖에 개집 하나 들여놓을까?"

"……심술쟁이."

별은 교원의 심술 섞인 말에 얼굴을 찡그렸다. 그리고 입을 삐죽이며 커다란 가방을 끌고 거실 안쪽으로 걸음을 옮겼다. 그 모습을 보던 교원이 픽 웃으며 말했다.

"그건 좀 내려놓고 돌아다니지 그러냐? 누가 훔쳐 간다고."

"그거야 모르죠. 아저씨가 도둑놈일지."

"그 도둑놈 집에 얹혀살겠다고 억지 부렸던 건 누군데?"

"얹혀사는 거 아니거든요? 정당하게 몸으로 대신 내기로 했잖아요!"

별이 눈을 부릅뜨고 큰소리로 외쳤다. 그러자 교원의 표정이

묘하게 변했다. 뭔가 웃음을 참으려는 것도 같고, 어딘가 떨떠름한 것도 같고……. 교원이 턱을 쓸며 나직하게 혼잣말을 중얼거렸다.

"몸으로 대신 낸다는 말이, 좀 이상하게 들리기는 하는군."

"뭐라고요?"

"아니야, 아무것도."

교원은 다시 아무렇지 않은 표정으로 대꾸하고는 느긋한 자세로 집 안을 둘러보았다.

어쩌다 보니 이삿짐을 풀어 놓고도 이제야 집에 들어오게 되었다. 원래 계획은 느긋하게 짐 정리를 끝내고 저녁으로 컵라면 하나 끓여서 소주 한 잔 하고 잘 생각이었는데……. 그의 시선이 자그마한 여자에게 닿았다.

……이게 굴러들어 오는 바람에.

성격대로라면 귀찮은 건 질색이니 다시 밖으로 내버리는 게 맞았다. 인정머리 없다고 누가 비난할 만한 일도 아니었다.

자신은 제대로 계약을 하고 이 집의 주인이 된 입장이고, 이여자는 본인이 어리숙하게 구는 바람에 사기를 당한 것이니. 아무리 그 사정이 딱하다 하더라도 교원이 류별이라는 이름을 지닌 이 여자를 구해 줘야 할 의무가 있는 것도 아니었다.

그런데…… 그럼에도 불구하고 자신답지 않게, 교원은 귀찮음을 무릅쓰고 여자를 받아들이기로 했다. 성인이 된 뒤로는 그 누구와도 같이 살아 본 적이 없는 교원이었다. 그러니 십여 년 만에 다른 사람과 함께 살게 된 이 상황이 번거롭고 귀찮은 것은 부정할 수 없는 사실이었다.

'내가 왜 그랬지?'

교원은 병원에서 충동적으로 별과 함께 살기로 마음먹었던 자신을 떠올리며 귀찮은 표정을 지었다. 이제 와서 다시 없었던 일로 하자고 할 수도 없고……. 뭐, 그렇게 할 수 있다고 해도 막상 그러기에는 뭔가 찝찝하기도 하고.

어쩔 수 없지. 그는 체념하며 다시 별을 향해 입을 열었다.

"방은 1층에 하나, 2층에 두 개가 있어. 2층에 있는 방 중에 하나는 다락방이 딸려 있고. 화장실은 1층, 2층에 각각 있어. 네가 네 입으로 아무 방이나 주는 대로 쓴다고 했지? 그럼, 네가 1층을 써."

"예?"

"뭐야, 2층을 쓰고 싶어?"

"아, 아니요. 그건 아니고요……."

별은 교원을 쳐다보며 눈치를 살피다가 우물거리며 말을 꺼냈다.

"보통 집주인이나 어르신들이 1층을 사용하지 않나 해서요."

"내가 무슨 어르신이야? 그리고 너야말로 그건 무슨 편견이야? 집주인은 무조건 1층만 써야 된대?"

"아니요. 누가 그렇다고 했나……."

은근히 뒤끝 있네. 아까 편견 어쩌고 했던 말을 고대로 써 먹는 것 좀 봐. 별은 속으로 구시렁대다가 다시 어깨를 으쓱이며 말을 이었다.

"저는 좋아요. 그런데 아저씨는 2층을 써야 하는 이유라도 있어요?"

"아니. 뭐, 이유라고 할 것까지는 없지만 침실이랑 작업실이 가까워야 편하니까."

"작업실이요?"

교원은 별의 물음에 그저 어깨를 으쓱인 것으로 대답을 대신했다.

어차피 2층의 방 중에 다락방이 딸려 있는 방을 작업실로 사용하려고 했으니, 피아노나 컴퓨터 모두 2층에 있을 것이다. 그리고 거의 그 작업실에서 생활을 할 것이라 딱히 다른 가구들이 필요한 것도 아니었고.

그래서 나머지 두 방은 비어 있는 상태였다. 아니, 비어 있는 상태일 것이다. 포장이사 계약을 할 때 얘기가 오갔으니 그렇게 해 놓았겠지. 교원은 확인하러 올라가 볼까 잠시 생각하다가 이내 귀찮아져서 고개를 흔들었다. 그 순간, 배에서 꼬르륵 소리가 났다.

"아, 맞다."

"예?"

"너, 밥부터 해라. 가방 풀기 전에. 배고파."

"……예?"

"밥 안 해? 그 조건으로 들어와 살기로 했잖아."

교원은 당당하게 밥을 요구하며 별을 쳐다보았다. 별은 황당한 얼굴로 잠시 눈을 깜빡이다가 고개를 끄덕였다.

"쌀도 없으면서 무슨 밥을 하라고……. 아니, 쌀은 고사하고 라면 한 봉지조차 없는데, 저더러 무슨 밥을 하라고 그런 거예요?"

"자장면이나 먹어. 그거, 내 돈으로 산 거야. 너, 아직 나한테 한 푼도 안 낸 셈이라고. 그것만 기억해 둬라. 어?"

"……예, 잘 먹겠습니다."

별은 투덜대다가 교원의 말에 곧바로 어깨를 움츠렸다. 그리고 자장면 면발을 입에 넣고 우물거리며 다시 교원의 얼굴을 쳐다보았다.

그는 짬뽕 국물을 시원하게 들이마시더니 군만두 하나를 탕수육 소스에 찍어서 입에 넣으며 별을 향해 '뭘 봐?' 하는 듯한 시선을 던졌다. 그 바람에 괜히 머쓱해진 별이 머리를 긁적이고는 젓가락을 입에 물고 있다가 조심스럽게 다시 입을 열었다.

"저도 군만두랑 탕수육 먹어도 돼요?"

"뭐?"

"……하하, 안 된다고 하시면 뭐, 그냥 구경만……."

자린고비 영감이 굴비 쳐다보듯이 말이다. 별이 어색하게 웃으며 말끝을 흐리자 교원이 어이없다는 표정으로 그녀를 보다가 퉁명스럽게 대답했다.

"누구를 쫀쫀한 영감으로 아나……. 누가 먹지 말라고 했냐? 먹어. 먹고, 몸으로 열심히 갚아라. 응?"

"그 말 좀 안 하면 안 돼요? 괜히 기분 이상해지게……."

별이 투덜거리고는 다시 고개를 뒤로 젖혀 주위를 둘러보았다. 그리고 다시 교원을 향해 고개를 돌리고는 입을 열었다.

"아저씨, 여기서 혼자 살려고 한 거예요?"

"당연하지."

"근처에 다른 집도 없는데요? 외롭지 않아요?"

"오히려 귀찮지 않고 좋지. 아니, 좋을 뻔했지. 똥덩어리가 굴러들어 오지만 않았으면 말이야."

"또, 똥덩어리요?"

"응, 너 말이야. 별똥."

교원이 콧방귀를 뀌며 고개를 끄덕였다. 별은 교원의 말에 발끈하려다가 심호흡을 하며 속으로 중얼거렸다. 치사해도 참자. 집주인이다. 월세도 안 받는다잖아. 보증금도 없고. 그래, 참자……

"다 먹고 나면 네가 치워라. 그리고 나는 잘 테니까 소음 내지 말고."

"잠깐만요! 내일 아침밥은 어떻게 해요?"

"지금 저녁 먹고도 내일 아침 생각이 벌써 나냐? 생긴 건 비쩍 마른 꼴뚜기 같은 게……"

"뭐라고요? 아니, 누구를 해산물 취급해요!"

별이 파르르 떨며 교원을 향해 목소리를 높였다. 아, 진짜 이 아저씨랑 있다가 득음하겠네. 자꾸 목소리를 높이게 만들어.

별이 잔뜩 흥분해 있는 걸 보면서도 교원은 대수롭지 않다는 듯 피식 웃고는 몸을 일으켰다. 길게 쭉 뻗은 몸이 날렵한 맹수를 연상하게 했다. 그 순간, 별이 교원을 올려다보다가 입을 열었다.

"백팔십?"

"네 기준으로 생각하지 마, 별똥."

"백팔십 넘어요? 치사하게 남의 키까지 디 빼앗아서 컸구만, 뭘."

별이 잠시 눈을 휘둥그레 뜬 채 교원을 올려다보다가 입을 삐죽였다. 뭔가 자존심이 상한 표정이었다. 그런 별을 내려다보던 교원이 피식거리고는 그녀의 머리를 마구 헝클어뜨렸다.

"아, 왜 그래요!"

"넌 겁도 안 나냐?"

"예?"

"처음 보는 남자 집에서 살겠다고 들어오다니 말이야. 겁도 안 나냐고. 내가 너한테 무슨 짓을 할 줄 알고."

그러고 보니 그게 희한하기는 했다. 아무리 어리숙하다고 해도 이렇게 생각 없이 낯선 남자가 사는 집에 들어오나 싶었다.

교원의 말을 들은 별의 표정이 잠시 멍해지는 듯하더니 이내 그녀가 쓰게 웃으며 대답했다.

"아저씨는 딱 봤을 때 성격이 나빠 보이기는 했는데요."

"그런데?"

"'무슨 짓' 같은 걸 할 사람처럼 생기지는 않아서요."

"'무슨 짓'을 할 사람은 어떻게 생겼다, 뭐, 그런 거라도 있다는 말이야?"

교원은 별의 말을 비아냥거리며 받아쳤다. 그러자 별이 고개를 절레절레 흔들고는 다시 교원을 향해 말했다.

"아저씨는 딱 얼굴에 이렇게 쓰여 있어요."

"뭐?"

"나 귀찮음. 나 건드리지 말 것."

"내 얼굴이 무슨 '개 조심' 같은 팻말이냐."

교원은 퉁명스럽게 대꾸하면서도 실소를 감추지 못했다. 하긴, '무슨 짓' 같은 것도 부지런해야 하지…… 교원은 금세 만사가 귀찮아진 표정으로 설렁설렁 손짓을 하며 2층으로 올라가는 계단 쪽으로 향했다.

"자라."

"아! 내일 아침밥이요! 그거, 대답해 줘야죠!"

"굶어."

"안 돼요!"

"한 끼 굶어도 안 죽어. 게다가 저녁을 든든하게 먹었잖아."

"죽지는 않아도 배는 고프잖아요! 게다가 나더러 밥하고 빨래하고 청소하는 대가로 집에 들어와 살라고 했잖아요. 그러니까 밥을 하게 해 달라고요!"

별이 일어나 다급히 계단으로 달려가 막 올라가려던 교원의 셔츠자락을 뒤에서 잡아당겼다. 그런데 너무 세게 잡아당긴 탓일까. 아니면 느릿느릿 걸음을 떼던 교원이 순간적으로 균형을 잃어버린 탓일까. 교원은 그대로 발을 헛디디며 뒤로 넘어가고 말았다.

"으악!"

"우아앗! ……아, 아저씨! 괜찮아요?"

"지금 내가 괜찮아 보여?"

교원이 간신히 별을 깔고 뭉개는 일은 피했지만, 그 대신 그녀의 얼굴 양옆으로 다급히 바닥을 짚었던 그의 손목 상태가 심상치 않아 보였다.

◆

"……죄송해요."

"됐어."

별은 교원의 눈치를 살피다가 시선을 내렸다. 깁스한 팔이 눈에 들어왔다. 미안한 마음에 별이 고개를 푹 숙인 채 훌쩍였다. 많이 놀랐던 그녀는 구급차를 타고 병원 응급실에 오는 내내 울었다.

내가 죽은 것도 아닌데 제발 좀 그만 울라고, 아니, 내가 죽었어도 너는 나랑 아무 상관도 없으니까 울 일도 아니라고, 그렇게 몇 번이나 교원이 짜증을 내며 말했지만 별의 울음은 쉽게 그치지 않았다. 그 바람에 아직까지도 교원의 귓가에는 그녀의 울음소리가 들리는 듯했다.

"후우……."

교원은 벽에 머리를 댄 채 한숨을 쉬었다.

늘 평범한 날들이었다. 음악 작업을 하고, 자고, 멍하니 있고, 또 음악 작업을 하고, 자고, 밥 먹고. 언제나 그런 평범한 날들이었는데.

드디어 완벽한 집에서 살게 되었다고 들떴던 날, 이사를 하자마자 이게 대체 무슨 꼴인지 모를 일이다. 평생 부른 적 없던 119를 하루에 두 번이나 부르게 되다니. 그나마 깁스한 팔이 왼쪽이라서 다행이라고 해야 하나.

……다행은 무슨 다행. 병원에서 밤을 지새우고 아직 늦잠을 자도 부족할 이른 오전에 병원 복도에서 처량한 모습으로 청승

맞게 이러고 있는 게 무슨 다행한 일이라고.

이 모든 일의 원흉이라 할 수 있는 별을 힐끔 보던 교원이 한숨을 내쉬고는 일어섰다. 그러자 별이 냉큼 일어서서 그의 옆을 따라오다가 물었다.

"아저씨, 지금 어디 가요?"

"아침밥 먹으러."

"······."

교원의 퉁명스러운 대답을 들은 별이 갑자기 멈춰 섰다. 그러자 교원이 별을 돌아보고는 턱짓을 하며 말을 건넸다.

"뭐 해? 안 따라오고. 밥 안 먹어?"

"······드시고 오세요."

"너는?"

"저는 뭐····· 별로 생각이 없어서."

별이 웅얼거리며 말끝을 흐렸다. 교원은 그녀를 잠시 쳐다보다가 픽 웃고는 말했다.

"웃기네. 생각 없기는. 네가 밥 타령하다가 내가 이 꼴이 된 건데, 지금 그 말을 나더러 믿으라고 하는 거냐?"

"······."

"따라와."

"그렇지만····· 저도 염치란 걸 알거든요?"

"내가 믿을 만한 말을 해라. 염치란 걸 아는 애가 처음 보는 사람한테 이 집에서 살게 해 달라고 떼쓰고 그러냐?"

"······."

내가 말하는 것마다 뭐라고 그래. 별은 시무룩한 얼굴로 속으로 투덜거렸다. 하지만 솔직히 그의 말에 틀린 점이 없어서 대꾸할 수가 없었다.

"공짜로 밥 사는 거 아니야. 밥 먹고 시장 들러서 장 볼 거야. 쌀도 사야 하고."

아무리 깡촌이라고 하지만, 마트도 없냐. 그래도 쌀은 배달해주는 데가 있기는 하겠지? 교원이 투덜거리다가 다시 별을 향해 물었다.

"안 가?"

"가, 가요! 간다고요!"

별은 후다닥 다시 교원의 옆에 따라붙었다. 그리고 싱글거리며 물었다.

"그런데 우리 뭐 먹을 거예요, 아저씨? 저, 돈가스 먹고 싶은데."

"안 먹고 뭐 해?"

"……술도 안 마셨는데."

무슨 해장국이래……. 별은 입을 삐죽이다가 숟가락을 들었다. 그리고 해장국에 밥을 말았다.

그 모습을 맞은편 자리에 앉아서 무심한 눈으로 잠시 바라보던 교원이 큼직한 깍두기 하나를 입에 넣었다. 오래된 것인지 묵은내가 났다. 교원은 깍두기를 씹자마자 얼굴을 찡그리고는 별을 향해 물었다.

"김치는 담글 줄 알아?"

"예?"

"김치 말이야. 담글 줄 아냐고."

스물넷 어린애가 할 수 있을 리는 없겠지만. 교원은 기대도 하지 않는다는 표정으로 툭, 질문을 던진 뒤에 대답을 들을 생각이 없는 듯 다시 국밥을 퍼 먹었다. 그런데 예상치 못한 답이 들렸다.

"당연하죠. 제가 이래 봬도 김치 명인 소리까지 들었다고요."

"진짜?"

"……꿈에서."

천연덕스럽게 배시시 웃는 얼굴이 얄미웠다. 교원은 순간적으로 그녀의 말을 믿어 버린 자신을 탓하며 다시 미간을 찌푸렸다. 그러자 별이 눈을 반짝이며 몸을 탁자 위로 기울이더니 입을 열었다.

"김치 담글까요?"

"됐어. 할 줄도 모르는 게."

그건 힘들게 배추 농사, 무 농사를 짓는 분들에 대한 모욕이야. 교원이 덧붙여 말하는 걸 듣던 별의 표정이 뚱해졌다.

"할 줄 알거든요?"

"사기를 당하기만 하는 줄 알았더니 직접 치기도 하려고? 어이구, 장해라."

교원이 입꼬리를 슬쩍 올린 채 놀리듯 대꾸했다. 그러자 별이 눈을 부릅뜨고 콧김을 뿌욱, 하고 뿜을 듯이 얼굴을 붉히고는 항의했다.

"사기 피해자를 위로는 해 주지 못할망정 자꾸 놀릴 거예요?"

"네가 멍청해서 사기당한 걸 왜 내가 위로해야 돼?"

"그, 그렇지만! 인정이라는 게……."

"그럼 그 사기꾼 놈은 인정 베풀어서 너한테 사기 치고 날랐 겠냐?"

교원은 물컵을 들어 입에 대고 물을 마시고는 다시 냉랭한 표 정으로 별을 쳐다보며 말했다.

"세상 쉽게 보고 살지 마. 스물넷이나 먹었으면 그 정도는 알 아야 하는 거 아니야?"

"쉽게 본 적 없어요. 아저씨야말로 함부로 말씀하지 마세요."

별은 숟가락을 내려놓으며 가라앉은 목소리로 대답했다. 세상 살이가 쉽지 않다는 건 누구보다도 류별, 본인이 잘 알고 있었 다.

어릴 때 길을 잃어 미아가 되었다. 어렴풋하게 남아 있는 기억 으로는 아마도 어린이날이었던 것 같다. 강아지 인형을 품에 안 은 채 엄마, 아빠, 하고 울면서 길을 헤맸던 기억도 희미하게 난 다.

하지만 별은 부모를 다시 만나지 못했다. 그 대신 어느 누군가 가 별의 작은 손을 잡아 보육원으로 데리고 갔다. 기억하는 것은 이름과 나이뿐이었다. 류별, 다섯 살. 바보처럼 엄마나 아빠의 이름도 알지 못했고, 집이 어디인지도 알지 못했다.

다섯 살에 홀로 내던져진 세상은 무섭고 추웠다. 별에게 있어 서 세상은 언제나 무섭고 추운 곳이었지, 결코 쉬운 곳이 아니었 다. 그런 사정을 알 까닭이 없는 이 남자가 괜히 야속하고 원망 스러웠다.

"미안."

"예?"

갑자기 들린 남자의 목소리에 별은 고개를 숙이고 있다가 다시 교원을 쳐다보았다.

"내가 함부로 말한 건 맞아. 너에 대해 잘 알지도 못하는 입장인데. 미안하다."

"……."

자신을 바라보며 미안하다고 사과한 남자의 눈은 진지했다. 쌀쌀맞고 빈정대기만 하는 사람인 줄 알았더니……. 하기야 아무 사이도 아닌 자신을 덥석 집에 들인 것만 봐도 아주 나쁜 사람은 아닌 것 같다. 이사를 온 첫날, 그 난리를 치게 만들었는데도 말이다.

세상의 인심이란 게 얼마나 각박하고 차가운지 별은 잘 알고 있었다. 부모가 없는 아이라는 것만으로도 사람들은 냉혹한 시선을 던졌다. 그리고 함부로 대해도 된다는 듯 그리 행동하고는 했다.

그에 비하면 자신의 앞에 있는 이 남자는 본인이 사기를 당한 게 아닌데도 버럭 화를 냈고, 갈 곳 없는 자신을 외면하지 않고 받아 주었다. 별은 새삼 고마운 마음에 교원을 쳐다보았다. 진지하던 교원의 표정에 슬쩍 짓궂은 기색이 스치는 듯하더니 그의 입이 열렸다.

"왜? 이제 솔직히 말하려고?"

"예? 뭘 솔직히 말해요?"

"김치 담글 줄 모른다고."

"할 줄 안다니까요!"

별은 다시 얼굴을 찡그리며 큰소리를 쳤다. 그리고 입을 삐죽이며 말을 이었다.

"빨리 밥 먹고 김칫거리 사러 가요. 제가 진짜 제대로 명인의 솜씨가 어떤 건지 보여 드리죠."

"어쭈, 너 그 말에 책임져라. 난 내 돈 허투루 나가는 거 용서 못 해. 알았어?"

"물론이죠."

별은 우쭐대는 표정으로 교원을 향해 턱을 치켜들었다. 교원이 그런 별을 기가 막힌다는 듯 보다가 픽 웃자, 별이 입을 삐죽이더니 말을 걸었다.

"그런데 아저씨는 대체 연세가 어떻게 되시는데, 저를 어린애 취급하세요? 저도 스물넷이면 먹을 만큼 먹었거든요?"

"……연세?"

교원은 듣기 거북한 단어를 곱씹듯 되묻고는 미간을 찌푸렸다. 그리고 눈을 가늘게 뜨더니 말을 이었다.

"네가 생각하는 내 연세가 얼마나 된 것 같냐?"

"흠…… 글쎄요. 얼굴만 보면 이십 대 같기는 한데."

"그런데 어제 나를 유부남, 이혼남, 그런 취급을 했냐?"

"아, 그건 좀 잊으시죠? 하여간 이렇게 까다롭게 잔소리하는 거 보면 갱년기 같기도 하고."

"뭐야!"

교원은 기가 막혀서 목소리를 높였다. 그러자 별은 배시시 웃으며 혀를 낼름 내밀고는 다시 대답했다.

"농담."

"너랑 농담할 군번 아니거든."

교원이 이를 갈듯 꽉 어금니를 문 채 말하자, 별이 눈을 둥글게 휘고 웃으며 말을 이었다.

"서른? 서른하나?"

"……."

"어? 둘 중 하나가 정답이에요? 대답 못 하는 거 보니까 그런가 보네."

갑자기 튀어나온 별의 정답에 교원이 대답을 하지 못하자, 별은 신이 난 듯이 몸을 들썩였다. 교원은 그런 별을 보다가 어쩔 수 없다는 듯 고개를 끄덕이며 말했다.

"서른하나. 그래도 아주 모자라지는 않네."

"모자라다니요! 저 안 모자라거든요?"

별은 콧김을 뿡뿡 뿜어내며 항의를 하고는 다시 부럽단 표정으로 그를 쳐다보았다.

"어쨌든 아저씨는 서른한 살에 집도 있고……. 진짜 좋겠어요."

"뭐가 좋아?"

"성공한 인생이잖아요. 저는 집은 고사하고 지금껏 모아 놓았던 돈도 다 날렸는데."

"조그만 게 무슨 집 타령이야? 그리고 날렸으면, 뭐? 앞으로는 안 벌 거야? 앞으로 돈 벌 날이 더 많은 게……. 네가 무슨 정년퇴직 앞두고 있냐? 아직 스물넷밖에 안 된 게 그러네. 밖에 나가서 그런 얘기하면 돌 맞아."

"제일 앞줄에 서서 짱돌 하나 던지실 것 같아요, 아저씨가."

"잘 아네."

교원은 피식 웃으며 대답했다. 그 모습을 보던 별이 다시 고개를 갸웃거리더니 물었다.

"그런데 아저씨는 무슨 일을 하세요? 작업실은 뭐예요?"

"궁금해?"

"당연하죠. 같이 사는 사람이 무슨 일을 하는지, 그런 건 기본적으로 알아야 하는 거라고요."

"그게 무슨 생존 필수 사항도 아니고. 안다고 해서 너한테 돈이라도 한 푼 생기냐?"

"호기심은 충족되죠."

"쓸데없는 호기심."

교원은 턱짓으로 별의 앞에 놓인 뚝배기를 가리키며 말을 이었다.

"밥이나 마저 먹어. 여기서 하루 종일 이러고 있을 거야?"

"대답도 안 해 주고. 뭐, 국정원 비밀 요원이라도 돼요?"

치사해. 별이 구시렁거리면서도 교원의 말을 순순히 따르듯 밥을 먹었다. 묵은내 나는 깍두기까지도 오물거리며 먹는 걸 잠시 지켜보던 교원이 툭, 말을 던졌다.

"음악 작업."

"예?"

"음악 작업한다고. 방금 물어봐 놓고 그새 까먹었냐? 진짜 목 위에 머리 대신 돌 달고 사나……."

교원의 빈정대는 말투에도 불구하고, 별은 희귀 생물이라도 본 듯한 눈으로 반짝거리며 그를 쳐다보았다.

"우와, 그럼 작곡가예요? 무슨 노래 만들었어요? 아니, 무슨 장르예요? 댄스, 발라드, 아니면 트로트?"

"……트로트는 여기서 왜 나와."

"지금 트로트 무시해요? 오히려 남녀노소 불문하고 다들 좋아하고, 생명력도 질긴 게 뽕짝이라고요."

별은 마치 자신이 무시당했다는 듯 볼을 부풀리며 뚱한 표정을 지었다. 교원은 피곤한 표정으로 고개를 젓고는 일어섰다.

"다 먹었지? 가자."

"어? 저기, 잠깐만요!"

교원이 일어나서 계산대로 향하려 하자 별이 허둥대며 덩달아 일어났다. 그리고 종종거리며 그의 뒤를 따라가다가 자신의 머리 위에 손을 대고는, 그의 등에 키를 재 보았다. 그의 등 중간 정도밖에 오지 않을 법한 자신의 키에, 별은 저절로 한숨이 나오는 걸 삼켰다.

그러자 막 계산을 마치고 돌아서던 교원이 가늘게 뜬 눈으로 그녀를 돌아보고는 타박했다.

"조그만 게 밥 먹여 놓았더니 웬 한숨이야?"

"아, 가뜩이나 키 때문에 한숨 쉬는데, 조그맣다는 얘기는 또 왜 해요."

"억울하면 지금이라도 자라면 되겠네."

"아저씨!"

별이 발을 동동 구르며 목소리를 높였지만 교원은 뒤도 돌아보지 않고 먼저 식당 밖으로 나갔다. 별은 그런 교원을 노려보면서 씩씩대며 따라 나갔다.

◆

"동글마을에 새로 이사 왔구만. 저번에도 밤에 버스 탔었지요?"

"예. 아, 그때 그 기사님이세요?"

까르르 웃으며 별이 반갑다는 듯 재잘거렸다. 교원은 별의 옆자리에 앉은 채 무심히 창밖을 바라보기만 했다.

김칫거리를 사 가지고 마을버스를 탔다. 워낙 깡촌 깊숙한 곳으로 들어가서 그런지 버스 안에는 그들 외에는 버스 기사와 꾸벅꾸벅 졸고 있는 노인 두어 사람밖에 없었다. 기사는 별과 수다를 떠는 게 재미있다는 듯 계속 이런저런 이야기를 나누었다.

"그런데 신랑이 좀 무뚝뚝한 건가? 통 말을 안 하네."

"예? 누구…… 아, 이 아저씨요?"

신랑 아니에요. 저 아직 풋풋한 이팔청춘이라고요. 깔깔대며 웃는 별에게서는 조금도 불쾌해하는 듯한 기색이 엿보이지 않았다. 교원은 힐끔 버스 기사를 보고는 다시 별을 보았다.

자그마한 얼굴은 햇빛조차 제대로 받은 적 없다는 듯 새하얗기만 했다. 그리고 기분 좋은 듯 반짝이는 눈과 살짝 불그스름하게 물든 볼을 보면 싱그러운 스물넷, 딱 그 나이의 아가씨로 보였다.

대체 어디를 봐서 얘랑 나를 부부로 본 거야? 교원은 미간을 찌푸리며 속으로 투덜댔다. 지금껏 어디 가서 유부남 대접을 받은 적이 없었는데, 이 여자가 유부남이니 이혼남이니 한 것으로도 부족해서 이번에는 버스 기사마저도 이 여자와 엮어서 부부인 줄 착각하다니.

교원은 괜히 턱을 쓸면서 시선을 슬쩍 내려 별을 보았다. 아니, 그녀의 앞에 놓인 배추와 무 등의 김칫거리가 가득 담긴 비닐봉지를 보았다. 누가 보면 김장 담그는 줄 알겠네. 몸집은 작은 여자가 손은 왜 이렇게 큰 건지.

'설마 자기 돈 아니라고 막 펑펑 써 댄 거 아니야?'

슬그머니 의심을 하려던 교원의 머릿속에 악착같이 깎아 달라며 매달리던 별의 모습이 떠올랐다. ……뭐, 그건 아닌 것 같군. 그는 다시 창밖을 보다가 '동글마을'이라 쓰여 있는 동글동글한 바위를 보고는 몸을 움직였다.

"다 왔어. 내리자."

"어? 정말이네요?"

기사와 수다를 떠느라고 몰랐는지, 별은 교원의 말을 듣고 나서야 화들짝 놀라 주섬주섬 비닐봉지를 들려고 했다. 교원은 그런 별을 밀어내며 턱짓을 했다.

"출입문 쪽으로 나가. 내가 들고 내릴 테니까."

"아니에요! 아저씨는 환자니까 가만히 계세요. 제가 다 들 수 있어요."

"걸리적거리지 말고, 비키라니까."

교원은 퉁명스럽게 말하고는 김칫거리가 담긴 큼직한 비닐봉지를 깁스하지 않은 오른손으로 한꺼번에 들고 일어섰다.

시장에서 이걸 들고 휘청대던 별의 모습이 못마땅했던 터였다. 그 꼴을 또 보느니 내가 드는 게 낫지. 교원이 속으로 중얼거리고 있는데, 버스 기사가 허허, 하고 웃더니 입을 열었다.

"무뚝뚝하기는 해도 애인 아낄 줄은 아나 보네. 그 몸으로도 애인한테 무거운 거 들게 하기는 싫은가 봐? 그럼, 그래야 사내라 할 수 있지."

"예?"

……이번에는 애인이냐. 교원은 잠시 기가 막혀서 말을 잇지 못하다가 그냥 귀찮아져서 어깨를 으쓱이고 돌아섰다. 애인이 아니라고 말하다 보면 얘기만 길어질 테니, 귀찮은 건 딱 질색인 교원으로서는 아무 대답도 하지 않는 게 상책이었다.

별이 출입문 쪽의 손잡이를 잡은 채 걱정스러운 얼굴로 교원을 쳐다보고 있었다. 하지만 기사가 한 말을 듣지는 못한 듯했다. 하기야 들었더라면 또 까르르 웃으며 수다를 이어 나갔겠지. 그나마 못 들은 게 다행인가.

교원이 출입문 쪽으로 다가가는 동시에 문이 열렸다. 그리고 별이 교원을 살짝 돌아보았다가 냉큼 먼저 버스에서 내렸다.

"이제 같이 들어요, 아저씨."

"됐어."

버스가 출발한 뒤에 별이 교원에게서 비닐봉지를 빼앗으려고 시도했지만 허사였다. 교원은 한 손에 큼직한 비닐봉지를 든 채 성큼성큼 걸음을 옮기기 시작했다.

대체 내가 내 차 놔두고 왜 이 짓을 두 번이나 하고 있는 거야. 생전 부른 적 없던 119도 두 번이나 부르고. 그는 속으로 계속 투덜거리며 걸음을 옮겼다. 그때 옆으로 종종거리며 다가온 별이 조심스럽게 입을 열었다.

"나눠 들면 안 돼요?"

"귀찮게 굴지 마."

"귀찮게 굴지 않을 테니까 같이 들어요. 예? 아저씨, 환자라고요. 환자를 이렇게 부려 먹으면, 저 죄 받아요. 저 지옥 가라고 일부러 그러는 거예요?"

"그거 좋네. 너나 가라, 지옥."

"못됐어!"

교원의 까칠한 대꾸에 기분이 상했는지 별이 소리를 지르더니 그대로 먼저 앞장서서 성큼성큼 걸어갔다. 그 뒷모습을 보던 교원의 입가에 짓궂은 미소가 슬쩍 번졌다.

◆

교원은 쓰고 있던 헤드폰을 벗고는 그대로 몸을 뒤로 기댔다. 왼손을 쓸 수 없어서 피아노를 치는 건 불가능했다. 그래서 작업해 놓았던 곡들을 다시 꺼내서 원음에 살을 입히는 작업을 하던 중이다. 그런데 머릿속이 뒤숭숭해져서 그런지 그다지 진척이 없었다.

그는 짜증스러운 표정으로 머리를 헝클어뜨리고는 일어서서 창가로 향했다. 창틀은 대충 엉덩이를 대고 앉을 만큼 넓었다. 그는 창틀에 걸터앉은 채 담배를 하나 입에 물려고 주머니를 뒤지다가 담뱃갑을 침실에 두고 온 것을 깨닫고는 투덜거리며 한숨을 내쉬었다.

"귀찮아……."

담배 갖다 주는 개라도 한 마리 키워야 되나. 동물농장 같은 거 보면 뭐 갖고 오라고 시키면 척척 갖고 오는 개들도 있던 데…….

교원은 잠시 궁리하다가 이내 고개를 젓고 말았다. 개 밥 챙기는 게 귀찮아서 안 될 듯싶었다. 그는 체념한 표정으로 허전한 입가 주변을 손으로 만지며 무심코 창밖으로 시선을 던졌다.

배추를 절이고 있는 별의 모습이 눈에 들어왔다. 조그만 게 참 부지런하다 싶었다. 지가 다람쥐인 줄 아는 건가. 뽈뽈거리고 돌아다니는 모습이 흡사 다람쥐 같았다. 그는 피식거리며 자신도 모르게 찡그리고 있던 표정을 풀고는 별을 계속 바라보았다.

완벽한 집에 딱 하나, 흠이라고 한다면 바로 저 존재였다. 전혀 예상하지 못했던 존재. 별똥. 교원은 잠시 그녀를 내려다보다가 다시 눈을 돌렸다.

맞은편의 다락문이 눈에 들어왔다. 자신이 가장 원했던 그 공간이 지금 이 방에 있었다. 하지만 우습게도, 아직 다락방으로 통하는 저 문을 열어 보지 않았다. 아니, 열어 보지 못했다. 교원의 눈이 흔들렸다.

다락방은 그에게 익숙하다 못해 지긋지긋한 공간이었다. 어릴 적 그는 숙부의 집에서 살았다. 더 정확히 말하자면 사육되었다고 해야 했다. 그는 다락방에 갇혀서 사육되다시피 자랐다.

교원에게 허락된 공간은 다락방이 전부였다. 하다못해 생리적인 현상조차 다락방 한쪽에 들여놓은 요강으로 해결해야 했다. 숙부와 숙모는 그가 다락방 밖으로 나오는 것을 좋아하지 않았다.

교원이 유일하게 다락방 밖으로 나올 수 있는 건 학교에 갈 때뿐이었다. 그는 또래 아이들이 학교에 가기 싫다며 투정을 부릴 시간에 홀로 가슴 설레어 하고는 했다. 그리고 하교 시간을 가장 싫어했다. 숙부의 집으로 돌아가면 다시 다락방으로 들어가야 하기 때문에 교원은 최대한 발을 질질 끌며 가고는 했다.

하지만 그조차도 마음대로 할 수 없었다. 숙모는 시간을 칼같이 지키기를 원했다. 그래서 교원이 조금이라도 정해 놓은 시간보다 늦게 올 때면 매섭게 뺨을 올려붙이고는 했다.

지금도 그의 오른쪽 귀에는 고막이 없다. 숙모가 왼손잡이였던 탓이다. 곧바로 치료를 하지 못한 귀는 이명과 난청을 불러왔다. 그의 친구인 박건호는 지금이라도 제대로 치료를 받으라고 지금껏 몇 번이나 다그치고는 했지만, 교원은 별로 그럴 마음이 들지 않았다.

물론 수술을 하면 고막을 재건하고 다시 청력도 개선시킬 수 있다는 말을 듣기는 했다. 하지만 굳이 그렇게까지 할 필요를 그는 느끼지 못했다. '다락'이라는 이름으로 활동하고 있는 지금만 하더라도 곡 작업을 하는 데에 문제는 없으니까.

'네가 무슨 베토벤인 줄 아냐!'

건호는 교원을 붙잡고 화를 냈다. 그리고 엉엉 운 적도 있었다. 교원은 문득 예전 기억이 떠올라 피식 웃었다.

건호와 교원이 처음 알게 된 건 고등학교 입학식을 앞둔 어느 날이었다. 지방의 기숙사 고등학교에 진학을 하게 되면서, 교원은 드디어 숙부의 집 다락방에서 벗어날 수 있게 되었다.

기숙사에 들어갈 수 있게 되었음을 확인한 뒤, 그는 조금도 망설이지 않고 곧바로 짐을 쌌다. 단 한순간도 더 이상 그곳에 남아 있고 싶지 않았다. 그래서 무작정 짐을 챙겼고, 열차를 탔다.

교원이 가지고 나온 짐은 단출했다. 계절별로 입는 옷 몇 벌과 CD플레이어, 그리고 CD 몇 장이 전부였다. 그가 그때까지 버틸 수 있게 해 주었던 건 CD 몇 장에 담긴 노래였다.

CD플레이어와 CD는 전부 중학교 때 음악 선생님이 선물로 준 것이었다. 음악 선생님은 교원의 음악적 재능을 무척 아끼고 사랑했다. 그래서 어떻게든 교원에게 음악에 대한 관심을 이어 주고 싶어 했다.

그렇지만 그는 음악 선생님에게 그 어떤 관심도 내보이지 않았다. 그가 이어폰을 귀에 꽂고 음악을 듣는 시간은 오직 다락방에서의 시간뿐이었다.

교원은 열차를 타고 내려가면서 처음으로 다락방이 아닌 다른 곳에서 음악을 들었다.

꼬여 있는 이어폰 줄을 제대로 펴지도 않고 양쪽 귀에 꽂은 채 그는 CD플레이어의 재생 버튼을 눌렀다. 오른쪽 귀로는 거의 소리가 들리지 않았다. 하지만 그래도 괜찮았다. 왼쪽 귀를 통해 전해지는 음악만으로도 충분했다.

교원은 그날 마를 생각 없던, 젖은 뺨의 감촉을 떠올렸다. 지금 생각하면 낯부끄러운 기억이지만 열차를 타고 내려가는 동안, 그는 계속 울고 또 울었다.

'우와, 반갑다! 나 말고 벌써 내려온 놈이 또 있었구나……. 어? 그런데 너 벌에 쏘이기라도 했냐? 눈이 왜 그 꼬라지야?'

건호는 기숙사 방에 들어오자마자 자신을 보고 반색하다 말고 퉁퉁 부어오른 눈꺼풀을 보고는 기겁했었다. 어디서 굴러먹다 들어온 양아치처럼 생긴 녀석이 어울리지도 않게 겁은 많아서, 그는 그 뒤로도 십여 분을 방 안에 벌이 있나 없나를 고민하며 덜덜 떨었다. 나중에 울어서 부은 거라는 걸 깨닫고 나서야 다시 허세를 부렸었지만 말이다.

……어쨌든 그렇게 시작된 인연이 지금껏 지겹도록 이어지고 있으니.

교원은 피식 웃고는 고개를 흔들었다. 이게 무슨…… 기승전 박 '견' 호도 아니고.

그는 다시 다락문을 보다가 시선을 돌렸다. 웃음은 나오지 않지만, 그래도 우스웠다. 그토록 다락방이 있는 집을 꿈꾸고 원했으면서, 막상 직접 들어가 볼 엄두는 내지도 못하고 있으니 우스운 꼴이었다.

그 순간, 휴대폰 벨이 울렸다. 교원은 컴퓨터 책상 위에 있던 휴대폰을 집어 들었다. 확실히 박건호는 양반은 아닌가 보다. 그는 픽 웃으며 전화를 받았다.

"왜."

— 이 새끼, 멋대가리 없기는. '친구야, 반갑다!' '건호야, 보고 싶었어!' 뭐, 그런 인사 좀 하면 안 되냐?

"왜 전화하자마자 헛수리야?"

교원은 풀어진 입가를 손가락으로 문지르면서도 퉁명스럽게 입을 열었다. 그러면서도 그의 눈매는 부드럽게 휘어져 있었다.

— 짜아식, 부끄러워서 그러는구나? 야, 그나저나 동글마을? 여기 맞는 거지? 동글마을이라고 쓰여 있는 돌덩어리 기준으로 어느 쪽이냐? 길이 양 갈래라서 알 수가 없잖아! 왼쪽이야, 오른쪽이야?

"뭐?"

교원은 비스듬히 몸을 기울인 채 건호의 목소리를 듣고 있다가 놀라서 몸을 똑바로 세웠다.

— 왼쪽이냐? 아니, 오른쪽? 오른쪽으로 멀리 딱 네 스타일인 것 같은 집 한 채가 보이기는 하는데…….

"잠깐만. 너, 지금 여기 온 거야?"

교원이 건호의 말을 끊고 다급한 어조로 물었다. 그러자 휴대폰 너머에서 키득거리며 웃는 소리가 들리더니 다시 건호의 목소리가 이어졌다.

— 오냐. 이 형님이 큰맘 먹고 연차 냈잖냐. 오른쪽이지? 지금 간다!

"야, 잠깐! 오른쪽 말고 왼……."

성격 급한 건호는 교원의 말을 채 듣지도 않고 전화를 끊었다. 교원은 이미 끊어진 휴대폰을 잠시 들고 있다가 피식 웃고는 중얼거렸다.

"어디, 고생 좀 해 봐라."

교원의 집은 건호가 본 대로 오른쪽에 있는 게 맞다. 하지만 그쪽으로 난 길이 공사로 인해 막힌 탓에 왼쪽 길로 돌아서 가야

하는 게 문제였다.

교원은 굳이 다시 전화를 걸어 정정할 생각 따위는 없다는 듯 어깨를 으쓱이며 다시 창밖을 보았다. 배추를 다 절인 것인지 별이 나무 그늘 아래에서 쉬고 있는 게 보였다.

"……조그만 게 그래도 제법이네?"

교원은 무심코 중얼거리며 콧등을 만졌다.

◆

"우와……."

좋다아아아. 별은 나무 그늘 밑에 무릎을 접고 앉아서 하늘을 올려다보며 무심결에 감탄했다. 무성한 나뭇잎 사이로 보이는 파란 하늘이 유난히 예뻤다.

그녀는 하늘을 올려다보다가 눈을 감았다. 시원한 바람결에 나뭇잎들이 파사삭, 소리를 내며 서로 맞부딪치는 게 느껴졌다. 저절로 입꼬리가 올라갔다.

바로 이런 점 때문에 무턱대고 사기인 줄도 모르고 덥석 계약을 했던 것인지도 모르겠다.

처음에 딱 봤을 때, 마음에 쏙 들었다. 우연히 어느 블로그에 들어갔다가 사진 속에서 보게 된 집이었다. 그것도 집을 중심으로 찍은 사진이 아니라, 그냥 풍경 속에 작게 나온 것에 불과했다. 그런데도 마음이 갔다.

그래서 무작정 블로그 주인에게 사진 속의 지역이 어디인지를 물었다. 나행히 친절한 블로그 주인은 별에게 구체적인 위치를 알려 주었다. 그렇게 찾아 나섰던 집이었다.

곧바로 고속버스를 타고 내려와서 근처를 서성이다가 어떤 사람을 만났다. 집주인의 대리인이라는 사람이었다. 집이 예쁘다고, 그렇게 대화를 나누다가 전세로 내놓았다는 말을 들었다. 결과는 뭐, ……지금 이렇게 되었지만.

"내가 바보 같기는 했지."

별은 머리를 긁적이며 멋쩍은 표정을 지었다. 지금 생각하면 낯 뜨거울 정도로 한심한 행동이었지만, 그래도 이렇게 이 집에 있으니 마치 꿈을 꾸는 것도 같았다. 물론 고약한 집주인이 함께 살기는 하지만…….

"뭐 하고 있냐? 배추는 다 절였어?"

"으앗! 깜짝 놀랐잖아요!"

느닷없이 들린 목소리에—방금 고약하다고 속으로 흉을 보고 있던 남자의 목소리에— 화들짝 놀란 별이 고개를 휙 돌렸다. 교원이 삐딱한 자세로 서서 한심하다는 얼굴로 별을 쳐다보고 있다가 입을 열었다.

"제대로 일해. 놀고먹을 생각은 하지도 말고."

"절대 안 그러거든요?"

별이 입을 삐죽이며 일어났다. 그리고 엉덩이에 묻은 흙을 털고 있는데 다시 교원의 말이 이어졌다.

"손님이 올 거야. 아니, 손님이라기보다는…… 군입이라고 해야 하나?"

"예?"

"어쨌든 별로 중요한 놈은 아닌데, 손님이랍시고 오기는 오니까. 밥은 3인분을 하라고."

"그거야 뭐, 조금 더 하면 되니까 상관없지만요."

쌀도 샀겠다, 문제될 건 없었다. 별이 태연한 얼굴로 대답하는 걸 보며 교원이 다시 입을 열려는 순간, 우렁찬 목소리가 그를 가로막았다.

"야! 민교원! 형님 오셨다!"

"헤매지도 않았나. 왜 이렇게 빨리 왔어?"

교원이 혀를 차며 심술궂은 표정을 지었다. 대문을 열고 들어온 건호의 모습이 눈에 들어왔다. 아예 작정을 하고 왔는지 캐리어 하나를 끌고 들어오던 건호가 교원과 눈이 마주치자마자 활짝 웃었다.

"야, 인마! 집이 아주 딱 찾기 좋더라. 외진 데 있다고 생각했는데 말이야. 길 따라서 쭉 오다 보니까 쉽던데?"

하하, 앞으로 종종 별장으로 삼아 주마. 건호가 유쾌하게 웃으며 다가오다가 뒤늦게 별을 발견하고는 그 자리에 멈춰 섰다. 그리고 별 역시 건호를 돌아보고는 눈을 깜빡이다가 냉큼 고개를 꾸벅 숙여 인사했다.

"안녕하세요."

"아, 예. 안녕하세……."

누구냐? 누구냐고? 건호가 덩달아 인사를 하다 말고 교원을 향해 눈짓으로 물었다. 교원이 별의 옆에 서서 어깨를 으쓱이고는 대꾸했다.

"세입자."

"뭐?"

뭔 입자? 미세입자……는 아닐 테고. 건호는 믿을 수 없다는 눈으로 교원과 별을 번갈아 보다가 다시 입을 열었다.

"그러니까…… 세입자시라고? 이쪽 분께서?"

"그래."

"집 사면서 대출을 얼마나 받았던 거냐, 민교원."

"뭐라고?"

"네가 세를 들일 성격이 아닌데……."

건호는 교원을 다시 위아래로 훑어보듯이 게슴츠레 눈을 떴다. 누구보다도 교원의 성격을 가장 잘 아는 사람이 바로 박건호, 자신이었다. 민교원이 다른 누군가와 같이 산다고? 허, 나더러 그걸 믿으라고? 건호는 다시 별을 향해 물었다.

"교원이한테 돈 빌려주셨어요?"

"예?"

"교원이가 돈 안 갚아서 그거 갚을 때까지 들어와서 살기로 하신 건가요?"

"예에?"

별은 이해할 수 없는 소리를 계속하는 남자를 보다가 황당한 눈으로 교원을 돌아보았다. 그러자 교원이 얼굴을 찡그리더니 건호를 잡아끌었다.

"헛소리 작작 하고 들어가."

"야! 내가 무슨 헛소리를 했다고!"

"그리고 너, 얘 밥은 할 필요 없어."

"예?"

"이놈은 밥도 아까워."

교원이 건호를 가리키며 빈정거리고는 그대로 끌고 집 안으로 들어갔다. 홀로 남겨진 별은 잠시 멍하니 서 있다가 어색하게 웃고 말았다. 뭔가…… 그냥 부럽단 생각이 들었다.

♦

"이게 무슨 로코 드라마 설정이냐."

"뭘 또 헛소리야."

"그렇잖아. 지금 이 상황이 딱 그렇다고, 인마. 전세 사기를 당한 여자. 그리고 집주인인 남자. 돈 대신 몸으로 갚겠다며 이 집에서 살게 해 달라는 상황. 그렇게 시작된 동거. 게다가 남자는 한쪽 팔을 쓰지 못하는 처지이기에 여자에게 전적으로 의존할 수밖에 없으니. 그 속에서 싹 트는 사랑과……. 케엑, 야! 목 졸려 죽는 줄 알았어!"

"누가 들으면 내가 무슨 병에 걸린 줄 알겠네. 살짝 금이 간 것뿐이라 금방 깁스 풀 거야. 그리고 헛소리 좀 그만해라. 그 주둥이 꿰매 버리기 전에."

교원이 건호의 넥타이를 잡아당기던 손을 풀고는 다리를 꼬고 비스듬히 앉은 채 담배를 하나 입에 물었다. 그러자 건호가 잠시 눈을 끔뻑이다가 자신의 와이셔츠 주머니를 확인하고는 버럭 소리를 질렀다.

"야, 인마! 그거 내 담배잖아!"

"먼저 피우는 사람이 임자야."

교원이 입꼬리를 한쪽으로 슬쩍 올리며 담배에 불을 붙였다.

그러자 건호가 투덜대며 주위를 둘러보다가 침대 위에 있는 교원의 담뱃갑을 발견하고는 킬킬거리며 낚아챘다.

"그럼 이건 내 담배…… 뭐야? 한 개비밖에 안 남았잖아!"

내 건 이제 겨우 뜯어서 하나 피운 거였는데! 이 날강도 같은 놈! 건호가 펄펄 날뛰다가 제풀에 지쳤는지 하나 남아 있던 담배를 입에 물었다. 교원은 건호에게 라이터를 건넸다. 그러자 건호가 라이터를 받아 들며 투덜댔다.

"라이터도 내 거잖아. 어디서 주인 행세야. ……그나저나 어쩌려고 그래? 저렇게 풋내 나는 어린 아가씨랑 같이 산다고? 단둘이? 미쳤냐?"

"그게 왜 미친 건데. 걔는 내 대신 밥이랑 빨래, 청소하고, 나는 그 대가로 월세 안 받고. 서로 원원하는 거잖아?"

"남녀가 단둘이 붙어 있겠다는데, 그게 정상이냐? 어? 애인 사이도 아니고. 게다가 넌 굳이 사람 들여놓고 살 필요가 있는 것도 아니잖아. 내가 네 집에 처음 와 봤냐? 쓰레기 시궁창도 네 집보다는 깨끗했을 거다. 어쨌든 그런 곳에서 잘 살아 놓고 왜 갑자기 그러는 건데? 밥도 대충 빵이나 라면 먹고. 그것도 하루에 한 끼나 먹으면 다행일까. 너 작업 들어가면 제대로 밥도 안 먹었으면서 새삼스럽게."

"앞으로는 꼬박꼬박 챙겨 먹으려고. 나도 이제 서른이 넘었잖아. 미리 건강도 챙겨야지."

"하이고, 그 말을 나더러 믿으라고?"

건호는 피식 웃으며 고개를 절레절레 흔들었다. 자신의 친구가 대체 무슨 생각을 하고 있는 건지 모르겠다. 어쨌든 스물넷의

아가씨와 시골의 외진 집에서 단둘이 동거를 한다니. '다락'이 이러고 있는 게 소문나면 연예계 쪽이 아주 제대로 뒤집힐 거다, 아무렴.

그는 다시 교원을 쳐다보았다. 부모가 없는 스물넷의 여자. 게다가 이 여자는 기면증까지 앓고 있는 상황이란다. 누가 봐도 혀를 차고 동정할 만한 상황이다. 하지만 문제는 그런 동정심을 눈앞의 친구에게서는 지금껏 기대조차 하지 못했다는 것이다.

그런데 왜 이 여자에게는 너그러운 건데? 번거롭고 귀찮은 건 딱 질색인 녀석이 그런 것까지 전부 감수하면서 말이야.

"첫눈에 반하기라도 했냐?"

"정신 나간 놈."

"내가 아니라 네가 정신 나갔어."

건호가 투덜대는 것과 동시에 문을 조심스럽게 두드리는 소리가 들렸다. 그리고 천천히 문이 열리더니 문틈으로 자그마한 얼굴이 나타났다.

"저기…… 식사하세요, 아저씨. 그리고 아저씨 친구분도요."

"푸핫! 아, 아저씨?"

건호는 느닷없이 들린 '아저씨'란 호칭에 눈을 휘둥그레 떴다가 그대로 웃음을 터뜨렸다. 천하의 민교원이 '아저씨' 소리를 듣다니. 아, 민교원도 한물갔네. 건호는 본인이 그 '아저씨'의 친구라는 점을 까맣게 잊은 듯이 유쾌하게 웃다가 몸을 일으켰다.

불만스러운 얼굴로 건호를 보던 교원 역시 일어났다. 그러자 문틈으로 얼굴만 십어넣었던 별이 후다닥 뒤로 물러나더니 그대로 몸을 돌려 계단으로 향했다. 뭐랄까. 낯선 사람을 경계하는 강아지 같다고 해야 하나…….

"네가 아저씨 소리를 들을 만하기는 하다."

"뭐야?"

"귀엽잖아."

건호가 이미 1층으로 내려간 별을 턱짓으로 가리키며 말했다. 그러자 교원이 얼굴을 찡그리며 입을 열었다.

"네 입에서 그런 말이 나오니까 뭔가 변태 같아."

"뭐, 인마?"

"그리고 귀엽기는 뭐가 귀엽냐. 모자라서 사기나 당하는 게."

"너, 그거 사기 피해자들이 들으면 돌 맞을 소리야. 사기당한 사람들이 모자라서 당했겠냐? 작정하고 사기 친 인간들이 죽일 놈들이지."

"흥."

교원은 콧방귀를 뀌며 계단을 내려갔다. 건호가 그런 교원의 뒷모습을 잠시 보다가 혀를 찼다. 까칠한 민교원. 그가 왜 저렇게 까칠하게 구는지 대강 알고 있는 건호로서는 입맛이 쓸 수밖에 없었다.

부모를 일찍 여읜 뒤 숙부의 집에서 자랐다는 교원은 학대를 당했다. 교원이 자기 입으로 구체적인 얘기를 털어놓은 적은 없지만, 그와 함께 보낸 세월 동안 조금씩 접한 과거의 이야기를 통해서 건호는 짐작할 수 있었다.

또한, 그가 받았어야 할 부모의 재산 역시 숙부와 숙모가 가로 챘었다는 것도.

그건 단순히 돈 문제로 끝나지 않았다. 교원은 숙부와 숙모가 유산을 가로챘다는 사실을 스무 살이 넘은 뒤에 알았다. 그리고 그 뒤부터 더욱 마음을 닫아 버렸다. 그 전에도 살가운 성격은 아니었지만, 사람을 더욱 믿지 않게 된 것은 그 이후의 일이었다.

그나마 교원과 지금껏 제대로 마음을 털어놓고 교류하는 사람이라면 박건호, 자신뿐이리라. 그것을 뿌듯하게 여기던 때도 있었지만 솔직히 지금은 안타까운 마음이 더 크다. 그가 조금 더 마음을 열고, 조금 더 다른 사람을 믿고, 조금 더 다른 사람과 감정을 나눌 수 있었으면 하는 바람을 갖게 된다.

"안 내려와? 밥 안 준다?"

교원이 계단 아래에 서서 뒤를 돌아보고는 퉁명스러운 어조로 말했다. ……안타깝기는. 저런 놈을 친구로 둔 내가 안타깝지. 건호는 속으로 구시렁대며 입을 열었다.

"내려간다, 내려가! 치사하게 밥 가지고 그럴래?"

◆

"음식 솜씨가 정말 대단하신데요?"

"어…… 고맙습니다."

별은 오물거리며 밥을 먹다가 건호의 칭찬에 작은 목소리로 인사하며 고개를 꾸벅 숙였다. 그러자 대각선 자리에 앉아서 밥을 먹던 건호가 눈을 휘며 웃더니 다시 입을 열었다.

"류별 씨라고 하셨죠? 아니, 뭔가 좀 어감이 이상하네. 별씨…… 이것도 조금 이상하고. 그렇지 않아요?"

"예? 아…… 뭐, 저는 상관없는데요."

"교원이 놈은 뭐라고 불러요?"

"예?"

"별 씨는 아저씨라고 부르던데, 교원이는 별 씨를 뭐라고 부르냐고요."

건호가 히죽거리고 웃으며 궁금하다는 듯 눈을 반짝였다. 쓸데없는 호기심. 교원은 혀를 차며 못마땅한 표정을 지었다.

별이 그런 교원을 힐끔 보고는 입을 삐죽였다. 뭐라고 대답해야 하지? 별똥. 야. 너. 생각해 보니 교원이 자신을 부른 호칭은 다 그런 것뿐이었다. 그렇다고 이걸 그대로 말하는 건 왜 그런지 자존심이 상하는 것도 같고…….

이게 다 아저씨 때문이야!

별이 눈을 부릅뜬 채 교원을 노려보았다. 그러자 교원이 젓가락을 내려놓다 말고 별을 보더니 가볍게 물었다.

"왜 쳐다봐, 별똥?"

"아저씨!"

"푸핫!"

벼, 별똥이라니! 건호는 느닷없이 교원의 입에서 튀어나온 호칭에 그대로 웃음을 터뜨리고 말았다. 이런 미친놈 같으니라고! 그새 애칭까지 붙인 거냐! 그는 입 밖으로 나오려는 말을 간신히 삼키고 교원을 돌아보았다.

교원이 건호와 눈이 마주치자 한쪽 눈썹을 쓰윽 올리며 눈을 치켜뜨고는 입을 열었다.

"넌 뭘 쳐다봐?"

"은근히 할 건 다 하는 거냐?"

"뭐?"

"됐다, 됐어."

건호는 키득거리며 웃고는 다시 별을 쳐다보았다. 이 자그마한 아가씨가 자신의 친구에게 뭔가 좋은 변화를 가져다주지는 않을까, 하는 막연한 기대가 솟아났다. 딱히 어떤 근거가 있는 건 아니지만, 뭔가 그런 예감이 들었다.

흔히 별똥별이 행운을 불러온다고 했다. 눈앞의 이 '별똥' 아가씨가 교원에게 행운이 되어 주지는 않을까. 건호는 막연한 기대에 가슴이 설레었다. 그런 자신의 모습을 옆에서 쳐다보던 교원의 미간이 찌푸려진 것도 모른 채.

"……?"

그리고 별은 그런 교원의 찌푸린 얼굴을 가만히 보고 있다가 고개를 끄덕였다. 나한테만 성격 더러운 게 아니었구나. 원래 저런 성격인가 봐. 그녀는 맞은편에 앉아 있는 교원을 보다가 그 옆에 있는 남자를 보았다.

약간 껄렁대는 타입인 줄 알고 조금은 겁을 먹었는데, 그랬던 게 민망할 정도로 남자는 수더분하고 털털한 성격인 듯했다. 박건호라는 이름이었지? 별은 자신의 앞에 앉아 있는 두 남자를 번갈아 쳐다보다가 다시 스스로 민망해져서 고개를 숙였다.

얘기하는 걸 들어 보니까 연차까지 내고 찾아온 것 같은데 말이다. 친구가 이사를 했다고 그렇게까지 할 수 있는 걸까 싶으면서도 한편으로는 많이 부러웠다. 그런 친구가 있다는 게 무엇보다도.

별은 작게 한숨을 내쉬며 젓가락을 내려놓고 물컵을 들었다. 사기를 당해서 갈 곳이 없어진 상황에서, 누구에게도 연락할 사람이 없다는 건 참 초라한 일이었다. 아무도 자신이 어디로 이사를 했는지, 이사한 곳은 마음에 드는지, 어떻게 지내고 있는지, 그런 것에 대해 궁금해하지 않는다. 궁금해할 사람이 없다.

나름대로 열심히 산다고 살았는데…… 남은 것이라고는 텅 빈 통장 잔고뿐이라는 게 서러웠다. 별은 갑자기 코끝이 시큰거려서 코를 훌쩍이며 물컵을 비웠다.

"감기 걸렸어요?"

"예? 아…… 아니요."

별은 건호의 질문에 잠시 눈만 깜빡이다가 이내 고개를 저었다. 그러자 교원이 힐끗 그녀를 쳐다보고는 입을 열었다.

"감기 기운 있으면 미리 말해. 여기는 근처에 약국도 없잖아. 이 녀석 있는 동안 읍내 보내서 약 사 오라고 시켜야 되니까."

"내가 네 머슴이냐!"

"그럼 내가 가냐?"

교원은 건호에게 피식거리며 대꾸하고는 다시 별을 쳐다보며 알아들었냐는 듯 눈짓했다. 별은 입을 삐죽이다가 고개를 저으며 대꾸했다.

"만약 감기 걸린 거라면 제가 알아서 약 사 올게요. 버스 타고 다녀오면 되는데요, 뭘. 손님한테 그런 것까지 부탁할 수는 없죠."

"어? 아니, 아닙니다! 제 차로 나갔다 오면 금방인데요. 그런데 진짜 감기 기운 있는 거예요? 증세가 어떤데요?"

"아니요. 감기 아니에요."

그냥 말이 그렇다는 거예요. 별이 어색하게 웃으며 건호에게 대답하자, 그가 멍하니 그녀를 보다가 머리를 북북 긁더니 다시 입을 열었다.

"아, 진짜 존대도 못해 먹겠네. 별아, 나 말 놓아도 되냐?"

"예?"

"내가 이 '아저씨' 친구인데, 그러니까 나도 편하게 말 놓을 게. 응?"

"……어, 예에."

"불쾌한 건 아니지?"

"예."

건호의 물음에 별은 순순히 고개를 끄덕여 대답했다. 불쾌하지는 않았다. 말을 놓는다며 느닷없이 편하게 대한 탓에 당황하기는 했지만 말이다. 딱히 자신을 무시한다거나 악의를 가졌다거나 한 것은 아닌 듯하니……. 오히려 자신을 보는 시선에는 호의가 담겨 있었다.

……밥이 그렇게 맛있었나?

별은 고개를 갸웃거리며 식탁을 보았다. 특별한 반찬 같은 건 없었다. 그냥 계란말이와 두부조림, 콩나물 무침이 전부였다. 그런데 밥을 두 그릇이나 먹다니. 별은 입꼬리가 괜히 올라가려는 걸 손바닥으로 쓸어내리며 눈을 깜빡였다.

어쨌든 기분은 나쁘지 않았다. 아니, 이럴 때는 좋다고 말하는 게 더 정확할 것 같다. 별은 긴호의 교원을 쳐다보며 생각했다.

누군가 다른 사람들과 이렇듯 함께 모여 앉아서 밥을 먹은 게 얼마만인지 모르겠다. 대학에 다닐 때에도 항상 강의 시간 외에 는 아르바이트를 하러 다니느라고 시간이 없었던 탓에, 교내 식 당조차 몇 번 간 적이 없었다.

근처의 슈퍼마켓에서 빵 하나를 사서 꾸역꾸역 먹으며 다음 아르바이트를 하러 바쁘게 옮겨 다니고는 했으니까. 그러니 같은 과 동기들과 함께 어울리는 자리 같은 건 아예 없었고…….

'그렇게 벌어서 모았던 돈인데.'

별은 울컥하는 마음을 누르며 순식간에 뜨거워진 눈시울을 감 추려고 고개를 돌렸다. 누구를 탓할 수도 없다. 어리숙했던 자신 의 잘못이다. 제대로 확인조차 하지 않고 계약을 했던 제 잘못이 다. 그러니 누구를 원망할 수도 없다.

하지만…… 그래도 속상한 건 어쩔 수 없다. 그리고 앞으로 어떻게 살아야 할지 막막하기도 하고.

"밥상 앞에서 표정이 그게 뭐야?"

그 순간, 냉랭한 목소리가 들렸다. 별은 다시 상념을 접고 냉 랭한 목소리의 주인을 보았다. 교원이 미간을 찌푸린 채 별을 보 고 있다가 타박하듯 말을 이었다.

"복 달아나. 밥상 앞에서 그러고 있으면."

"뭐라고요?"

"푸하하! 내가 미쳐. 너 지금 딱 우리 할머니 같았던 거 알고 있냐?"

별이 황당한 마음에 되묻는 것과 동시에 교원의 옆자리에 앉 아 있던 건호가 웃음을 터뜨렸다. 교원은 불쾌하다는 듯 별과 건호를 번갈아 보다가 다시 별을 향해 말했다.

"새파랗게 어린 녀석이 혼자 세상 고민 다 짊어진 것처럼 그러고 있는 거, 진짜 재수 없어. 알아?"

"그러는 아저씨가 더……."

더 재수 없거든요. 그 말이 목구멍 위까지 올라오려던 걸 꿀꺽 삼킨 뒤에 별은 시무룩한 얼굴로 다른 말을 꺼냈다.

"아저씨가 제 입장이면 더 그랬을지도 모르잖아요."

"내가 뭐?"

"저처럼 사기당해서 돈 한 푼 없는 알거지가 되었다면요. 지금처럼 그런 말, 함부로 못 할 거라고요."

본인이 그 입장이 되어 보지 않는 이상, 알지 못할 것이다. 그러니까 함부로 말해서는 안 된다. 별은 입술을 짓씹듯 깨물고는 눈물이 가득 고인 채 교원을 향해 다시 말했다.

"사기당한 사람은 뭐, 고민 좀 하면 안 돼요? 사기당한 사람은 속상한 마음을 표현도 못 해요? 사기당한 사람은……."

울음이 나올 것만 같아서, 별은 더 이상 말을 잇지 못했다. 그런 별을 물끄러미 보던 교원의 입이 열렸다.

"고민하지 마. 속상해하지도 마. 그래, 사기당한 사람은 그런 것도 할 자격 없어."

"야, 교원아."

보다 못한 건호가 교원을 말리려 했지만, 교원은 서늘한 눈으로 별을 쳐다보며 말을 이었다.

"그럴 시간에 다시 일어서서 빼앗긴 걸 어떻게 되찾아야 하나, 그길 궁리해. 당한 만큼 어떻게 되돌려 줄까, 그걸 생각해.

77

그렇게 울고 짜고 그런다고 너한테 사기 친 인간이 죄책감을 느낄 것 같아?"

별은 아무 대꾸도 하지 못했다. 교원의 말은 냉정하고 매서웠지만, 그만큼 반박할 말을 찾을 수 없는 게 사실이었다. 그래서 그녀는 그저 입술을 짓씹으며 고개를 숙였다. 억울한 마음이 들었다. 또한 대꾸조차 하지 못하는 제 자신에게 화가 났다.

그러던 중에 교원이 별을 위아래로 훑어보듯 바라보더니 다시 못마땅한 얼굴로 말을 이었다.

"나한테는 무작정 살려 달라고 매달리고, 이 집에서 살게 해 달라고 떼쓰더니. 그 배짱은 어디에 갖다 버리고 청승을 떨어?"

"그게 말처럼 쉬운 줄 알아요, 아저씨는?"

별은 더 이상 참지 못하고 뾰로통한 표정으로 입을 삐죽였다. 하지만 조금 전과는 확연히 다른 표정이었다. 조금 더 밝고, 조금 더 그 나이에 어울릴 법한 얼굴이었다.

건호는 그런 별의 변화를 보다가 교원을 보았다. 교원 역시 냉랭하면서도 어딘가 별을 신경 쓰는 듯한 표정을 짓고 있었다. 물론 다른 사람들이 보면 '저 냉랭한 얼굴의 어떤 점이?' 하고 묻겠지만 말이다. 교원과 친구로 지낸 지 십여 년이 지난 건호에게는 어느 정도 보였다.

'뭔가, 둘 사이에 진짜……'

무슨 일이 생기는 건 아니겠지? 에이, 설마……. 그러면 진짜 도둑놈이지. 한창 어린애를 집에 데려다 놓고.

건호는 머리를 긁적이다가 이내 고개를 흔들었다.

"치과 의사면 돈 많이 버시겠네요?"

"뭐…… 그렇다고 해야 하나. 그런데 요즘은 페이 닥터가 워낙 많아서, 연봉도 막 깎이고 그래."

"페이 닥터가 왜 많아졌어요?"

"아무래도 경기가 불황이다 보니까 대출 잔뜩 받아서 개원하는 것보다는 남의 밑에 들어가서 다달이 월급 받는 게 속은 편하거든."

건호가 어깨를 으쓱이며 별의 질문에 대답하고는 소파에 벌러 덩 드러누웠다. 별이 그 앞의 바닥에 앉아 있다가 건호에게 물었다.

"이불 갖다 드려요?"

"아니야. 씻고 2층 가서 자야지."

여기는 아가씨 전용 1층인데. 건호가 넉살 좋게 사양하고는 키득거리며 웃었다. 그 모습을 잠시 지켜보던 교원이 다리를 들더니 소파에 드러누워 있던 건호를 발로 밀어내고는 그 자리에 걸 터앉으며 말했다.

"집주인은 난데 누구 마음대로 1층이 얘 전용이야?"

"치사한 놈……. 별아, 그렇지?"

"예. 좀 치사해요. 아저씨 성격도 진짜 까칠하고."

별은 건호의 말에 고개를 끄덕여 동조하고는 다시 볼에 바람을 잔뜩 넣은 채 교원을 보았다. 교원은 말똥말똥 자신을 쳐다보는 별을 보다가 퉁명스럽게 물었다.

"안 졸려?"

"예? 아직 열 시밖에 안 됐는데요?"

"너, 그거잖아. 기면증. 그런데 안 졸려?"

"기면증이 뭐, 그냥 잠이 많은 병인 줄 아세요?"

"자는 병이잖아."

"에휴, 생긴 것과 다르게 되게 무식하다."

"뭐?"

별은 새침한 표정으로 입을 다물었다. 교원은 그런 별을 보다가 한숨을 쉬고 일어섰다. 그리고 그때까지 가만히 누워서 교원과 별을 보고 있던 건호를 발로 걷어찼다.

"야, 일어나."

"아얏! 야, 인마! 남의 소중한 엉덩이를 왜 걷어차!"

건호는 엉덩이를 문지르며 일어나 앉더니 버럭 소리를 질렀다.

괜히 나한테 화풀이를 한다, 그거지? 건호가 눈을 게슴츠레 뜨고 교원을 보았다. 까칠한 친구가 이렇게 자신을 홀대하고 구박하는 게 하루 이틀 일은 아니지만, 뭔가 느낌이 달랐다. 뚜렷하게 뭐가 다른지는 알 수 없지만……

"너도 빨리 자. 쓸데없이 불 켜 놓고 있지 말고."

교원이 별에게 퉁명스럽게 말을 하고는 건호를 끌고 2층으로 올라가는 계단으로 향했다. 별은 어리둥절한 얼굴로 몸을 일으키고는 교원을 쳐다보다가 다시 입을 열었다.

"아저씨!"

"왜?"

계단을 막 올라가려던 교원이 별의 목소리에 고개를 돌렸다. 별은 잠시 주저하다가 어색하게 웃으며 물었다.

"설마 무식하다고 해서 삐친 거 아니죠?"

그러나 교원에게서는 아무 대답도 들을 수 없었다. 그는 잠시 별을 쳐다보다가 그대로 건호의 목에 팔을 감아 끌고 올라갔다. '숨 막혀, 나 죽어!' 하며 외치는 건호의 저항에도 아랑곳하지 않은 채.

"……서른 넘은 아저씨도 삐치는구나."

별은 혼자 1층에 남겨진 채 계단을 바라보다가 느릿느릿 중얼거렸다. 그리고 다시 몸을 돌렸다. 대충 거실 정리를 한 뒤에 씻고 자야 할 것 같았다. 교원에게 말한 대로 아직 열 시밖에 되지 않았지만 말이다. 딱히 할 일이 있는 것도 아니고…….

그녀는 거실 한가운데 서서 주위를 둘러보았다. 소파 밑에 굴러 떨어진 쿠션이 보였다. 조금 전에 건호가 일어나면서 떨어뜨린 모양이다. 별은 소파 쪽으로 다가가 그 아래에 떨어진 쿠션을 집어서 탁탁 먼지를 털고는 소파 한쪽에 놓았다.

"흠……."

그녀는 쿠션이 놓인 자리 옆에 살짝 걸터앉았다. 사각 무늬가 그려져 있는 쿠션을 검지로 꾹꾹 누르던 별의 입가에 슬그머니 미소가 맴돌았다. 우습게도 마음이 한결 가벼워진 것 같았다. 아까 느꼈던 억울함, 속상함, 막막함 같은 건 까맣게 잊은 것처럼.

……사실 잊은 건 아니다.

별은 숨을 깊이 들이쉬고 입을 앙다물었다. 머릿속에도, 가슴속에도 그대로 남아 있다. 그런데 교원의 퉁명스럽고 냉담한 말을 들은 뒤, 그냥 괜찮다는 생각이 들었다.

'그럴 시간에 다시 일어서서 빼앗긴 걸 어떻게 되찾아야 하나, 그걸 궁리해. 당한 만큼 어떻게 되돌려 줄까, 그걸 생각해. 그렇게 울고 짜고 그런다고, 너한테 사기 친 인간이 죄책감을 느낄 것 같아?'

'나한테는 무작정 살려 달라고 매달리고, 이 집에서 살게 해 달라고 떼쓰더니. 그 배짱은 어디에 갖다 버리고 청승을 떨어?'

어쩐지 딱 그 남자답다는 생각이 들었다. 만난 지 얼마 되지도 않은 사람이고, 어떤 사람인지 제대로 알지도 못하지만. 그래도 느낌이란 게 그랬다. 쌀쌀맞고 냉랭해 보이지만, 그러면서도 자신의 일도 아닌 일에 화를 내고 도와주고…….

이렇게 이 집에서 살게 해 준 것만 봐도 그렇다.

성격상 다른 사람과 함께 한 집에서 살지 못할 것 같은데 말이다. 그런데 무작정 억지를 쓰고 매달린 자신을, 생전 처음 본 자신을 받아 주었으니.

"저 아저씨…… 은근히 무른 데가 있나?"

세상을 어떻게 살려고 그러냐. 별은 교원이 들었더라면 코웃음을 쳤을 말을 혼자 중얼거리며 발을 앞뒤로 흔들었다.

문득 그녀는 다행이란 생각을 했다. 지금껏 저축했던 돈을 한순간 전부 잃었지만, 그 대신 사람을 얻은 건지도 모른다는 생각도 들었다. 심술궂고 고약한 성격에 냉정하고 쌀쌀맞은 말만 골라서 하는 사람이지만, 그래도 지금 이 순간에 누군가가 가까이 있다는 것이 얼마나 다행이고 행운인지 모른다.

별은 입가에 미소를 머금은 채 코를 훌쩍였다. 눈물이 나올 것 같은 걸 꾹 참으면 왜 코를 훌쩍이게 되는 건지 모르겠다. 그녀는 겸연쩍은 마음에 눈을 찡긋거리고는 다시 일어섰다.

"그나저나 내일 아침은 뭘 먹지……."

별은 목덜미를 손으로 쓸며 고민했다.

◆

"네가 침실에서 자."

"어? 너는?"

"작업 좀 하다가 그냥 여기서 자려고."

교원은 헤드폰을 쓴 채 건호를 돌아보았다. 건호가 방바닥에 드러누운 채 휴대폰을 만지작거리고 있다가 일어나 앉았다. 젖은 머리를 제대로 말리지 않고 누워 있었던 탓에 건호의 머리는 까치집이 따로 없을 지경이었다.

본인의 모습이 우스꽝스러운지 알 리 없는 건호는 어울리지 않게 진지한 얼굴로 교원을 향해 물었다.

"그런데 너 혹시 쟤한테 관심 있냐?"

"뭐?"

"별 말이야. 아래층 아가씨. 아니, 아가씨라고 하는 것보다는 차라리 소녀가 더 어울리겠네. 그래, 아래층 소녀 말이야."

"소녀……. 미친 놈."

교원은 듣기만 해도 닭살이 돋아나는 단어를 중얼거리다가 얼굴을 찡그렸다. 그러자 건호가 킬킬거리며 짓궂은 표정으로 다시 물었다.

"왜? 듣기만 해도 가슴 설레냐?"

"헛소리하려고 왔냐?"

교원은 더 이상 상대하지 않겠다는 듯 다시 컴퓨터 쪽으로 돌아앉았다.

건호는 뒤에서 교원을 보고 있다가 머리를 긁적이고는 다시 바닥에 누웠다. 저, 일 중독자 같으니라고. 깁스까지 했으면 그냥 쉴 것이지, 저게 지금 뭐 하는 짓이냐. 건호는 못마땅한 얼굴로 혀를 끌끌 차다가 하품을 늘어지게 했다.

"그러니까 가서 자라고. 왜 남 작업하는데 들어와서 귀찮게 굴어?"

"쌀쌀맞기는."

교원의 냉랭한 목소리가 다시 들렸다. 하지만 건호는 전혀 기분 상한 기색 없이 다시 키득거렸다. 자신의 친구가 뭐, 하루 이틀 이러는 것도 아니니 달리 마음 상할 이유도 없었다. 오히려 지금 이 반응으로 보자면 분명히 민망하거나 부끄러워서……

"으아앗! 야, 너 누구 머리통 깰 작정이냐?"

"쓸데없는 생각이나 하는 머리통이라면 깨도 괜찮겠지."

교원은 컴퓨터 책상 위에 놓여 있던 작은 탁상시계를 집어 던지고는 아무렇지 않게 평온한 얼굴로 대답했다. 그런 교원의 태도에 기가 막혀서 건호는 잠시 말을 잇지 못하다가 손에 쥐고 있던 탁상시계를 다시 던지며 일어나 앉아서 항의했다.

"야, 인마! 내가 쓸데없는 생각을 했는지, 그걸 네가 어떻게 안다고!"

"하루 24시간 중에 밥 먹고 잠자는 시간 외에는 쓸데없는 생각만 한다는 건 알지."

"야! 민교원!"

"시끄러워. 네가 무슨 어린애도 아니고, 왜 툭하면 소리부터 질러 대?"

교원이 한심하다는 듯이 쳐다보며 건호에게 말했다. 건호는 뒷목을 잡으며 잠시 입을 달싹이다가 한숨을 내쉬고는 고개를 저었다.

"고혈압 생기면 그건 전적으로 네가 원인일 거야, 민교원."

"말은 똑바로 하자. 알코올성 지방간 내지는 축적된 내장 지방 탓이겠지."

"하여간 이 자식, 한마디도 안 진다니까⋯⋯. 쳇. 그나저나 대체 무슨 생각이냐?"

"뭐가?"

"어쨌든 여자랑 단둘이 동거하는 건, 좀 그렇지 않아? 차라리 내가 어디 알아봐 줄까? 당분간이라도 머물 수 있는⋯⋯."

"됐어. 내버려 둬, 귀찮아."

"야, 귀찮기는. 너더러 다시 이사하라고 했냐? 별이, 걔한테 적당한 곳을 알아봐 준다니까."

"걔는 내 집에 돈 안 내고 들어와 살게 됐고, 나는 공짜로 밥, 빨래, 청소해 줄 사람을 구했어. 그럼 됐지, 안 그래? 이런 게 서로 원원하는 거지, 뭐."

"원원 좋아하네. 너, 다른 사람이랑 같이 사는 거 싫어하잖아. 그런데 괜찮아?"

"그럭저럭."

교원은 턱을 쓸어내리며 고개를 끄덕였다.

하긴 건호가 그렇게 묻는 게 당연하기는 했다. 다른 사람과 같은 공간에 있는 것 자체를 그다지 좋아하지 않는 성격이기에, 지금껏 건호를 제외하고는 집에 누군가를 들인 적이 없었다. 그런데 류별, 그 여자에게는 아예 1층을 내주었으니. 교원은 새삼 이상한 기분이 들었다.

왜 그랬을까.

그는 스스로에게 물었다. 그것은 어쩌면 단순한 충동인지도 몰랐다. 하지만 그렇다고 말하기에는 뭔가 걸리는 게 있었다. 구체적인 형태가 없는 무엇이었다. 연민과 동정 같은 감정도 아니었다.

교원의 눈이 천천히 눈꺼풀 아래로 가라앉았다. 그리고 그의 입꼬리가 비틀리듯 올라갔다. 순간적이지만, 답을 찾은 것도 같았다.

……어쩌면 그녀를 통해 어릴 적 자신의 모습을 본 것인지도 모른다는 것.

약해 빠져서, 멍청해서, 속고 있는 줄도 모르고 속았던 제 모습을 마주한 것 같아서.

다락방에 갇혀 숙부와 숙모의 학대를 받으면서도 벗어나지 못하던 제 어린 시절을 본 것 같아서.

"……그래서인가."

"뭐가 그래서야?"

교원이 무심결에 중얼거리자 건호가 냉큼 물었다. 그러나 교원은 딱히 대꾸할 마음이 없다는 듯 다시 돌아앉았다.

2. 같이 살게 되면 발생하는 문제

컹컹거리며 어딘가에서 개들이 짖는 소리가 들렸다. 따뜻한 햇살이 별의 머리 위를 맴돌듯 일렁였다. 늦은 아침이었다. 그러나 잠에 취하다시피 한 그녀는 여전히 이불 속에서 웅크린 채 꿈속을 헤매는 중이었다.

"……엄마, 아빠."

웅얼대듯 부르는 단어들은 입 밖으로 나오기 무섭게 뭉개졌다. 누군가가 들었더라면 그저 의미 없는 잠꼬대라고 여길 것이었다. 별의 눈가가 촉촉하게 젖어 들었다. 그녀는 이불을 꼭 쥔 채 계속 눈물을 흘렸다.

그때 문을 두드리는 소리가 들렸다.

"야, 별똥! 너, 밥 안 해?"

그리고 성난 듯한 목소리가 문 너머에서 웅웅대며 들렸다. 조금 전 컹컹 짖어 대던 개들과 흡사한 소리였다.

"졸려…… 지금이 몇 시인데 이렇게 시끄러운 거야?"

별은 퉁퉁 부은 눈을 간신히 뜨고 고개를 들었다. 그리고 곧바로 눈이 부셔서 두 손으로 얼굴을 감싸며 앓는 소리를 냈다.

"아, 눈 부셔. ……헉. 벌써 아침이야?"

별은 뒤늦게 자신이 늦잠을 잤음을 깨닫고 황급히 일어나 앉았다. 몇 년째 깔고 누웠던 요는 얇은 탓에 별의 움직임에 따라 이리저리 구겨졌다. 그녀는 헝클어진 머리를 빗지도 못한 채 허둥대며 일어섰다. 여전히 문을 두드리는 소리와 함께 교원의 성난 목소리가 이어졌다.

"너, 처음부터 이런 식이면……."

"죄송해요, 아저씨!"

별은 다급히 문을 열고는 앞을 보지도 않고 무조건 허리를 직각으로 숙이며 사과했다. 그리고 고개를 들었을 때, 그녀는 황당한 표정을 짓고 있는 교원과 마주했다.

"……방이 아니라 어항 속에 들어가 있었냐?"

"예?"

"붕어가 따로 없네."

교원은 별을 위아래로 훑어보다가 얼굴을 찡그리고 돌아섰다. 별은 교원의 말을 이해하지 못하고 눈을 깜빡이다가 헝클어진 머리를 손가락으로 대충 빗으며 돌아섰다. 그리고 방으로 다시 들어와 이불과 요를 한쪽 구석에 개어 놓은 뒤, 작은 손거울에 얼굴을 비춰 보았다.

"으악! 미쳤어!"

손거울에 비친 자신의 모습에 별은 경악했다. 마치 어디서 머리채 잡혀 싸우다가 온 사람처럼 헝클어진 머리는 그냥 넘어간다고 하자. 하지만 그보다 더 감당이 안 되는 게 있었으니……바로 퉁퉁 부은 눈이었다.

　"미, 미쳤어. 어떻게 이 얼굴로……."

　이래 봬도 스물넷 아가씨인 류별은 민망함을 이기지 못하고 두 손으로 얼굴을 감싸며 몸을 마구 비틀었다. 조금 전에 교원이 한 말이 무슨 뜻인지 이해가 된 탓이다. 그녀는 울상을 지으며 한숨을 내쉬고는 중얼거렸다.

　"그런데 왜 이렇게 부었지? 라면 먹고 잔 것도 아니고."

　별은 고개를 갸웃거리다가 다시 가방 쪽으로 몸을 돌리고는 제 몸집보다 클 것 같은 시커먼 가방을 열었다. 그리고 가방 속을 뒤적여서 편한 셔츠와 청바지를 꺼냈다. 전부 아울렛 매장에서 몇 년 전에 산 것들이었다.

　"아…… 참! 그러고 보니 이 차림새로 문을 열었잖아."

　별은 옷을 갈아입으려다 말고 고개를 숙여 자신이 입고 있던 옷을 확인했다. 어깨 쪽에 구멍이 난 커다란 잠옷 대용 셔츠와 일 바지를 보고는 입꼬리를 아래로 쭉 내렸다. 잠이 덜 깬 상태라서 제정신이 아니었구나……. 그녀는 시무룩한 얼굴로 중얼거렸다.

　"셔츠는 일부러 구멍 뚫은 거고, 바지는…… 일 바지가 아니라 배기 팬츠라고 해도 안 믿겠지?"

　스스로 생각해도 도무지 믿을 수 없는 말을 중얼거리던 자신의 모습이 한심해 보여서, 별은 고개를 마구 흔들고는 다시 볼을 부풀렸다.

괜찮아.

내가 빈털터리인 걸 모르는 것도 아니고.

그리고 뭐, 어때. 잘 때는 무조건 편한 거 입고 자는 거지.

"그래. 게다가 그 아저씨가 뭐…… 내 애인도 아닌데. 내가 아저씨한테 예쁘게 보일 필요도 없잖아?"

맞아, 응, 맞아. 별이 혼자 중얼대고 있는데 문 너머에서 다시 재촉하는 목소리가 들렸다.

"야! 너 진짜 밥 안 해? 아예 나를 굶겨 죽이고 이 집을 차지할 생각이냐?"

"나갑니다, 나가요! 옷만 갈아입고요!"

아, 진짜 성격 되게 급하네. 외모만 보면 우아하게 브런치 운운할 것 같은데, 밥 귀신이 들렸나……. 별은 속으로 구시렁대며 급히 옷을 갈아입고 방문을 열었다. 그러자 또다시 문을 두드리려고 했는지 교원이 바로 문 앞에서 주먹을 휘두르려다가 멈칫하더니 별을 보았다.

"와……. 아저씨, 밥 안 준다고 저 때리려고요?"

"뭐?"

별은 교원을 보며 입을 삐죽이고는 머리를 동그랗게 묶으면서 다시 말을 이었다.

"세수 좀 하고요, 아저씨. 그래도 세수는 하고 밥을 해야 되잖아요."

"됐어. 지금 밥해서 언제 먹으라고. 빨리 세수나 하고 와, 밥 먹게."

별이 욕실로 향하려다가 교원의 말에 다시 멈춰 섰다. 그러자 교원이 별을 힐끗 보았다.

"밥이요? 누가 밥 했어요? 아저씨가 밥 했어요? 어떻게 했어요, 깁스까지 한 상태로? 아, 그러지 말고 저를 깨웠어야죠!"

시계 알람을 깜빡 잊고 해 놓지 않았던 게 잘못이었다. 별은 난감한 마음에 발을 굴렀다. 어쨌든 이 집에 살게 된 대신 자신이 해야 할 일이었다. 별의 마음을 아는지 모르는지, 교원이 차분한 시선으로 그녀를 바라보다가 턱짓으로 주방 쪽을 가리키며 말했다.

"내가 왜 해? 저놈이 했어."

"일어났어, 별아? 빨리 세수하고 와."

건호가 주방 쪽에서 몸을 쭉 빼더니 국자를 든 채 손을 흔들었다. 별의 입이 함지박처럼 크게 벌어졌다. 이런 아침은 상상 속에서나 존재하는 줄 알았다. 누군가가 밥을 차려 주고 아침 인사를 건네는 풍경이라니.

별이 커다랗게 벌어진 입을 다물 생각도 하지 못한 채 멍하니 서 있는데, 옆에서 교원의 목소리가 다시 들렸다.

"눈곱 떼고 와. 5분 안에 안 오면 밥 없어."

"아! 5분이라니요! 야박해, 진짜! 알았어요, 알았어! 밥 줘야 돼요, 아저씨!"

별이 교원의 말에 정신을 차리고는 후다닥 욕실 쪽으로 달려가며 외쳤다. 그 모습을 잠시 바라보던 교원의 입꼬리가 위로 올라갔다.

"하여간 저 심술……."

"뭐가?"

건호가 식탁에 몸을 기댄 채 교원을 쳐다보며 못 말린다는 식으로 고개를 저었다. 어차피 밥을 안 줄 것도 아니면서 괜히 저러는 건 무슨 심보인지 모를 일이다. 안 줄 마음이었다면 애당초 방문 앞에 서서 끈질기게 문을 두드리고 있지도 않았을 터.

제 몸 움직이는 것도 귀찮아하는 '집늘보'가 저 정도로 움직인 건 거의 기적이나 다를 바 없었다. 그러면서 괜히 저러지.

"밥이나 차려."

"내가 식모냐!"

교원의 냉랭한 말에 발끈한 건호가 구시렁대면서도 다시 밥솥이 놓여 있는 쪽으로 몸을 돌렸다. 대학에 들어가면서부터 시작된 자취생활 십이 년의 세월이 묻어나는 듯 자연스러운 움직임이었다.

"국은 제가 풀게요."

"그럴래?"

욕실에서 나온 별이 살짝 물기가 남은 얼굴로 바쁘게 주방 안에 들어왔다. 건호는 별을 보고 웃다가 다시 교원을 보며 뚱한 얼굴로 말했다.

"좀 보고 배우지?"

"내가 왜?"

교원이 어깨를 으쓱이고는 식탁 의자를 뒤로 빼내어 앉은 채 다리를 꼬았다. 건호는 그런 교원을 잠시 쳐다보다가 얼굴을 찡그리며 별에게 말을 걸었다.

"저놈, 성격은 고약해도 저거 봐라. 포즈는 완전 모델 아니냐?"

"예? 아아, 예. 그러게요."

별은 국을 푸다 말고 교원을 돌아보고는 고개를 끄덕였다. 건호의 말이 아니더라도 교원에게서는 뭔가 독특한 분위기가 풍겼다. 단순히 잘생겼다거나 스타일이 좋다는 뜻이 아니었다.

뭐랄까. 표현하기 힘든 분위기가 있었다. 마치 화보 속의 가상 인물을 접하고 있는 듯한⋯⋯.

"밥 안 차려? 내 집에 있을 거면 둘 다 그 값을 해야 할 것 아니야?"

"포즈만 모델이면 뭐하냐. 저 더러운 성격이 다 깎아 먹지."

"하하."

별이 동조하듯 웃으며 고개를 끄덕이고는 국을 가득 퍼서 교원에게 가지고 갔다. 그러자 교원이 고개를 살짝 숙이고 있다가 들어서 별을 보고는 턱짓을 하며 말했다.

"조심해서 내려놔."

"⋯⋯예."

어머나, 실수! 하면서 그릇을 쾅, 내려놓고 싶은 충동을 꾹 눌러 참으며 별은 얌전히 교원의 앞에 국그릇을 놓았다. 그리고 뒤이어 건호가 밥그릇을 들고 식탁으로 다가와 내려놓았다.

"하여간 민교원, 인마, 수저라도 좀 놓아 볼 생각은 안 들던?"

"네가 다 했잖아. 그리고 난 환자라고."

교원이 깁스한 왼쪽 팔을 움직이며 말하자 건호가 어이없다는 듯 콧방귀를 뀌고는 대꾸했다.

"이봐, 오른손잡이 민교원 씨. 멀쩡한 오른손으로 수저 놓는 것 정도는 누구나 할 수 있거든? 게다가 내가 하기 전에, 그러니까 네가 먼저 할 수도 있는 거고!"

"먼저 하는 사람이 임자야."

"그게 이럴 때 쓰라고 있는 말이냐?"

건호가 버럭 소리를 질렀지만 교원은 아무렇지 않게 수저를 들었다. 그리고 국을 떠먹더니 다시 별과 건호를 보고는 입을 열었다.

"둘 다 밥이나 먹어."

"안 그래도 먹을 거다, 인마."

내가 왜 연차까지 내서 이 생고생을 하고 난리인지. 건호는 투덜거리며 다시 밥솥 쪽으로 몸을 돌렸다. 별 역시 가스레인지 쪽으로 몸을 돌리려는데 교원의 목소리가 들렸다.

"넌 여기 앉아. 저 녀석이 갖다 줄 거야."

"예? 아…… 아니요. 제가 가져다 먹어야죠."

"앉아. 뭐 하러 정신 사납게 둘이나 움직여? 하나만 움직여도 돼."

교원이 젓가락을 든 채로 맞은편 의자를 가리키며 별을 쳐다보았다. 치켜뜬 눈에 괜히 어깨가 움츠러든 별이 주저하다가 건호 쪽을 슬쩍 보았다. 그러자 건호가 기가 막힌다는 표정으로 교원을 보다 말고 별과 눈이 마주치자 손짓을 하며 말했다.

"그래. 앉아 있어, 별아. 내가 갖다 줄게."

"그렇지만……."

"내가 저놈 무서워서 그러는 게 아니라, 별이 네가 예뻐서 그러는 거야."

"……."

94

건호가 아무렇지 않게 던진 말에 별의 얼굴이 빨갛게 달아올랐다. 어제 처음 본 사람이다. 따지고 보면 만난 지 하루도 채 되지 않는다. 그런데 이렇게 가까운 사람처럼 친근하게 대하니 당황한 것이 당연했다.

별이 당황해하는 걸 보던 교원이 혀를 차더니 다시 그녀를 불렀다.

"야, 별똥."

"예? 아, 왜 남의 이름을 그렇게 불러요!"

별이 언제 당황했었나 싶게 발끈하더니 입을 삐죽였다. 그 모습을 보는 교원의 입꼬리가 슬쩍 올라갔다.

"앉은 거냐? 아니면 서 있는 거야?"

"예?"

"하도 작아서 앉은 건지, 서 있는 건지 도무지 구별이 안 되네."

"아저씨!"

별은 교원이 자신을 놀리는 것임을 뒤늦게 깨닫고 소리를 질렀다. 그러자 교원이 물컵을 들며 다시 말을 이었다.

"정신 사납다고 했지? 앉아."

별의 볼에 바람이 잔뜩 들어갔다. 그녀는 잔뜩 부어터진 얼굴로 의자를 뒤로 뺐다. 조심성 없이 의자를 뺀 탓에 의자 다리가 바닥에 마찰되면서 듣기 싫은 소리를 냈다. 교원이 미간을 찌푸리며 한마디 타박을 하려는데, 별이 냉큼 고개를 꾸벅 숙였다.

"죄송해요."

"······됐어."

교원은 못마땅한 얼굴로 별을 쳐다보다가 다시 밥을 떠서 입에 넣었다. 뭔가 타박을 하려고 했는데, 그것과는 별개로 자신이 뭐라고 말하기도 전에 움츠러든 걸 보니 기분이 좋지 않았다.

그는 자기 스스로도 제 성격에 까다롭고 괴팍한 부분이 있다는 건 알고 있었다. 그리고 다른 사람들에게 무정하다 싶을 정도로 쌀쌀맞아서, 사람들이 은근히 자신의 말이나 행동에 서운해한다는 것 역시 알고 있는 바였다.

하지만 딱히 그런 부분을 고쳐야 한다고 생각한 적은 없었다. 오히려 귀찮게 구는 사람들이 알아서 떨어져 나가니 더 좋다고도 생각했다. 그런데 지금 이 순간에는 뭐랄까······ 이런 본인의 성격이 마음에 들지 않았다.

움츠러든 별을 보고 있으려니 어린 시절의 자신을 보는 것만 같았다.

숙부와 숙모의 눈치를 살피던 제 모습을 거울로 마주하고 있는 기분이 들었다. 맞은편에 앉아 있는 여자는 교원에게 마치 거울과도 같았다. 아니, 더 정확히 말하자면 과거의 자신을 비추는 거울이라고 해야 할까. 그는 반찬 그릇들을 별 쪽으로 밀어 주며 말을 이었다.

"내 집에서 적어도 밥만큼은 깨작거리고 먹는 꼴은 용납 못해."

"예?"

"제대로 푹푹 퍼서 먹으라고."

교원이 별을 쳐다보며 잘라 말했다. 별은 잠시 그를 쳐다보다가 가만히 시선을 내렸다. 자신 쪽으로 가까이 놓인 반찬 그릇들을 보았다. 그리고 교원의 밥그릇에 아직 절반이나 남아 있는 밥도 보았다. ……속이 뜨끈해지는 것만 같았다.

"하이고, 지는 지금껏 얼마나 밥 잘 챙겨 먹었다고……."

그때, 별의 앞에 밥과 국이 담긴 그릇이 나란히 놓이더니 건호의 투덜거리는 목소리가 그녀의 머리 위에서 들렸다. 그러더니별의 옆에 있던 의자가 뒤로 밀려났다.

"그래도 이번만큼은 교원이 말을 들을 필요가 있겠다, 별아.밥은 잘 먹어야지."

"……예. 잘 먹겠습니다."

별이 눈을 깜빡이다가 건호를 향해 몸을 돌리고는 고개를 숙여 인사했다. 그러자 건호가 너털웃음을 터뜨리고는 다시 싱글거리며 교원을 향해 말을 걸었다.

"너, 수상하다?"

"뭐가?"

"하는 짓이 좀…… 수상하다고."

"잠 덜 깼냐? 아침부터 웬 헛소리야?"

교원의 냉담한 반응에도 불구하고 건호는 싱글벙글 웃으며 자신의 친구를 쳐다보았다. 아무래도 이놈이 도둑놈이 될 것 같은데 말이지. 이걸 어떻게 받아들여야 하나…….

그는 교원을 보다가 다시 별을 보았다. 자그마한 아가씨가 밥을 야무지게 꼭꼭 씹어 먹는 모습이 마치 다람쥐 같았다.

엄마야.

이 어린 것을 저 늑대 주둥이에 처넣고 돌아서라고?

건호가 가슴을 쓸어내리며 양심의 가책을 느낀다는 듯한 표정을 짓다가 그대로 식탁 위로 엎어져서 키득거리기 시작했다.

아, 장기 휴가 내고 이 집에서 있고 싶어!

재미있을 것 같은데!

"여기 내 명함. 임플란트 할 일 있으면 연락해, 별아. 내가 너는 특별히 더 할인해 줄 테니까…… . 으앗! 왜 때려!"

"그게 스물넷 먹은 어린애한테 할 소리냐?"

교원이 건호의 등을 때리고는 한심하다는 얼굴로 말했다. 그제야 건호는 자신이 헛소리를 했다는 걸 깨닫고는 멀뚱히 자신을 보고 있는 별을 향해 어색하게 웃었다.

"하하. 아, 그렇지. 임플란트……를 하면 안 되지. 그럼! 연락하지 마. 아니, 무조건 연락하지 말라는 건 아니고. 치과 쪽으로 연락하지는 말라고. 양치 열심히 하고 관리 잘해서, 치과 쪽으로는 연락하지 마. 알았지?"

"예에…… ."

별은 눈을 깜빡이다가 다시 건호가 준 명함을 만지작거렸다. 그 모습을 힐끔 보던 교원이 입을 열었다.

"읍내에 너도 나갈 거야?"

"읍내요? 아저씨, 읍내 나가요? 왜요? 건호 아저씨 배웅하시려고요?"

"미쳤냐? 내가 이런 놈 배웅하는 데에 시간을 낭비하게?"

교원은 진심으로 불쾌하다는 듯 별을 타박했다. 별은 교원의 타박에도 불구하고 아무렇지 않은 얼굴로 고개를 갸웃거리다가 되물었다.

"그럼요?"

"화분 좀 살까 해서."

"화분이요?"

별은 교원의 입에서 나온 말이 '화분'이 아닌 '분화'라도 되는 듯 놀라운 기색을 감추지 못하고 그를 쳐다보았다. 교원은 그런 별의 표정이 마음에 안 들어서 미간을 찡그렸다.

"왜? 뭐, 불만이야? 내가 내 집에서 키울 화분 산다는데?"

"아니……. 그게 아니라, 아저씨랑 별로 안 어울리는 것 같아서요."

차라리 표범이나 재규어 같은 걸 키운다고 하면 더 어울릴 것 같아요. 별이 말끝을 흐리며 속으로 중얼거렸다. 그러자 건호가 킬킬거리며 웃더니 고개를 끄덕이면서 맞장구를 쳤다.

"하긴 별이 네 말이 맞긴 하다. 예전에 이놈이 어울리지도 않게 화분 분갈이하는 거 보고, 내가 진짜 닭살 돋아서 말이지. 아주 그냥, 그렇게 자상할 수가 없더라고. 뿌리 잔털 하나라도 다칠까 조심조심. 사람한테, 특히 여자한테 그 절반의 자상함이라도 보였더라면 분명 너는 세상의 여자들 중 절반을……."

"곱게 가고 싶으면 그쯤에서 입 다물어라, 박건호."

교원이 미간을 찌푸린 채 냉랭한 어조로 건호의 말을 끊었다. 그리고 다시 별을 쳐다보며 재촉하듯 물었다.

"갈 거야?"

"예? 어디를 가요?"

"나이도 어린 게 치매 왔어? 읍내에 나간 거냐고 물었잖아,

조금 전에."

교원은 눈을 날카롭게 치켜뜬 채 쌀쌀맞게 말했다. 별은 그런 교원을 보며 입을 삐죽였다. 그러더니 개구쟁이처럼 웃고는 다시 입을 열었다.

"아저씨는 갱년기예요?"

"뭐?"

"계속 짜증만 내고. 이왕 읍내 나가는 거, 갱년기에 좋은 게 뭐가 있나 알아보고 사 와요, 우리."

"야! 너!"

"으하하! 이야, 별이 최고다!"

별의 말이 끝나기가 무섭게 교원이 버럭 소리를 질렀다. 그리고 멀뚱히 교원과 별의 대화를 듣고 있던 건호가 웃음을 터뜨렸다.

♦

"아…… 아쉽다. 나, 이쪽 읍내 치과로 자리 알아볼까?"

"헛소리 말고 가기나 해."

"흠……."

건호는 아쉽다는 얼굴로, 그러면서도 흥미롭다는 기색을 지우지 못한 채 교원을 쳐다보다가 다시 별을 보았다. 교원의 옆에 서 있는 자그마한 아가씨가 동그랗게 눈을 뜨고 자신을 보고 있었다.

뭔가 어울리지 않으면서, 반대로 또 어울린단 말이지. 성격 더러운 민교원이 이렇게까지 곁에 두고 있는 것도 희한하고.

"다음에 볼 때는 둘이 다른 모습이려나?"

"예?"

"무슨 소리야?"

아니, 뭐……. 둘이 물고 빨고 좋아 죽는……. 아서라, 내가 몹쓸 상상을 하는구나. 건호는 속으로 중얼거리다가 고개를 흔들었다.

아무리 상상의 힘이 놀랍다고 해도 민교원이 누군가를 좋아해서 물고 빨고 하는 건 도저히 그려지지 않았다. 내가 요즘 드라마를 너무 많이 봤어. 건호는 스스로 반성하며 다시 입을 열었다.

"간다. 그리고 별아, 집주인이 혹시 못되게 굴면 나한테 연락해."

"예."

별이 잠시 멋쩍은 표정으로 웃다가 고개를 끄덕이며 대답했다. 그러자 건호가 다시 교원과 별을 번갈아 보다가 눈을 가늘게 뜨더니 고개를 마구 흔들고 자신의 차에 올라탔다. 교원은 건호의 차가 출발하는 것을 잠시 지켜보다가 별을 돌아보았다.

"야, 가자."

"어디, 아! 시장 가는 거예요? 아니다. 화분은 시장에서 안 팔죠? 그럼, 화원 같은 데에 가는 거예요? 어떤 화분으로 살 거예요, 아저씨? 몇 개 살 건데요? 아저씨, 화분 많이 키워 봤어요? 저는 키워 본 적이 없어서 자신 없는데……. 이제부터라도 인터넷 검색해서 공부할까요? 공부하면 잘 키울 수 있겠죠? 영양제도 사 가지고 갈 거예요? 비료는요? 혹시 농약도 사 가지고 가야 돼요? 그런데 농약은 우리 같은 일반인이 살 수 있어요?"

별이 교원의 옆에 따라가며 기대된다는 듯 재잘거리기 시작했다. 교원은 별의 재잘거리는 목소리를 들으며 걸음을 옮기다가 '농약' 발언에 기가 막히다는 표정을 짓고는 그녀를 돌아보았다.

"우리가 지금 농사 짓냐?"

"예?"

"집에 화분 몇 개 들여놓는데 무슨 농약이야?"

교원이 툴툴거리며 다시 걸음을 옮겼다. 그러나 별은 걸음을 떼지 못하고 그의 뒷모습만 멀거니 보았다.

방금…… 그러니까 방금, '우리' 라고 했지? 별은 괜히 입꼬리가 올라가려고 해서 손으로 입가를 만졌다. '우리' 라는 말을 듣게 될 거라고는 생각하지 못했다. 물론 그는 무심결에 한 말이었겠지만 말이다.

그래도 별은 '우리' 라는 말이 주는 느낌에 괜히 기분이 들떴다.

어릴 적부터 혼자였던 별은 그 말이 참 부러웠었다. 우리 아빠가…… 우리 엄마가…… 그런 식으로 다른 아이들이 재잘대며 말하는 것을 들으며, 부러운 마음에 괜히 속으로 '우리 별이' 하고 스스로 불러 본 적도 있었다.

흐릿한 기억이지만, 그렇게 부모님이 불러 주었던 것도 같다. 우리 별이. 우리 예쁜 별이…….

"야, 별똥! 거기서 멍하니 서서 뭐 해? 빨리 안 와?"

"지금 가요, 아저씨! 잠깐만요!"

몇 걸음 앞서 걷던 교원이 뒤를 돌아보고는 별에게 손짓을 했다. 별은 젖은 눈가를 손으로 훔쳐 내며 다시 씩씩하게 외치고 그를 향해 달려갔다.

◆

"사피니아, 섬초롱, 그리고 이건……."

뭔가 어려운 이름들이 막 나온다. 화분 앞에 꽂혀 있는 팻말에 적힌 이름들을 하나씩 읽던 별은 그런 생각을 하다가 자꾸만 감기려는 눈을 손으로 비볐다. 읍내에 하나 있다는 꽃집에 들어온 지 벌써 삼십 분은 지났을 것 같은데, 교원은 여전히 화분을 고르고 있는 중이었다.

그리고 별은 그 뒤에 서서 밀려오는 졸음을 쫓아 버리기 위해 괜히 화분의 팻말에 적힌 이름들을 읽고 또 읽는 중이었다. 그런데 이게 썩 좋은 방법은 아니었는지 오히려 잠이 더 쏟아지는 것 같다.

별은 고개를 마구 흔들고는 다시 자신의 앞에 서 있는 교원의 등을 보았다. 널찍한 등은 마치 날렵한 맹수의 그것처럼 강인해 보였다. 그런데 지금 하고 있는 건 화분 구경이니…… 부조화도 이런 부조화가 없구나 싶었다.

그렇게 잠시 물끄러미 교원의 등을 보던 별의 눈이 순식간에 스르르 감기더니 몸이 옆으로 기울었다.

"배달함 화분이 그러니까……. 어이구, 이런!"

꽃집 주인 남자가 교원에게 주문 받은 목록을 다시 한 번 확인할 겸 보여 주면서 말을 걸다가 뒤쪽에서 난 소리에 고개를 돌리고는 화들짝 놀랐다. 그리고 교원 역시 뭔가가 쓰러진 소리에 무심코 뒤를 돌아보았다가 곧바로 별을 향해 움직였다.

별이 꽃집 바닥에 쓰러져 있었다. 아니, 더 정확히 말하자면 꽃집 바닥에 쓰러져 잠든 상태였다.

"구, 구급차를……!"

"이 앞에 의원이 있으니 바로 데려가지요."

당황해하는 꽃집 주인을 뒤로하고 교원은 깁스하지 않은 오른쪽 팔로 별의 겨드랑이 아래를 받쳐 끌어안고는 그녀의 몸을 일으켰다. 쯧. 그는 깁스한 왼쪽 팔이 마음에 들지 않아서 얼굴을 찡그렸다. 깁스한 것만 아니면 가볍게 안아서 곧바로 길 건너편에 있는 의원에 데려갈 수 있을 텐데 말이다.

뜻대로 되지 않는 상황에 짜증이 치밀었다. 그는 짜증이 묻어나는 얼굴로 별의 몸을 살짝 흔들며 입을 열었다.

"야, 류별. 별똥, 일어나 봐."

"……으응."

"어쭈, 반말이냐? 야, 일어나 보라니까."

"……아저씨?"

별은 졸음을 억지로 떨쳐 내고는 무거운 눈꺼풀을 들어 올렸다. 교원의 얼굴이 제일 먼저 눈에 들어왔다. 대체 어떻게 된 거지? 그녀는 잠시 어리둥절한 얼굴로 눈만 깜빡이다가 뒤늦게 어떤 상황인지 깨달았다.

"아…… 나 또 잠들었던 거예요?"

"어지럽거나 어디 안 좋은 데는 없어? 아픈 곳은?"

"예? 아니요. 괜찮은데요."

"잘 거면 미리 자리 잡고 누우면 안 되냐? 그렇게 화분 넘어가듯이 쓰러지면 어쩌자는 거야?"

졸지에 화분이 되어 버린 별은 교원의 그 비유에 웃을 수도 울 수도 없는 난감한 기분으로 그저 입을 다물어야 했다. 그러다가 문득 자신이 교원에게 반쯤 안겨 있는 상황임을 깨닫고 놀라서 몸을 버둥거렸다.

"어, 어어……."

"가만히 있어. 요 앞에 의원 가 보게. 지난번에 갔던 데야. 기억하지?"

"아니……. 저기요, 아저씨. 저 이제 괜찮거든요. 그러니까 일단 이 손 좀……."

"멀거니 서 있다가 그대로 넘어갔는데 괜찮겠냐? 어디 부러진 데는 없는지 엑스레이라도 찍어 봐야지. 머리 쪽에도 이상은 없는지 진료도 받고."

나중에 누구한테 책임 물으려고 그래? 교원이 으름장을 놓듯 말하며 강제로 별을 끌어안다시피 한 채 꽃집 밖으로 걸음을 옮겼다. 그러다가 다시 생각난 듯 뒤를 돌아보고는 꽃집 주인을 향해 말했다.

"주문한 대로 배달 부탁드립니다. 주소는 아까 알려 드린 그집으로요."

"예, 걱정 마세요. 오후 4시 안에 배달해 드릴 테니까. 그나저나 아가씨, 어서 병원 가 봐요. 깜짝 놀랐네."

"예에……."

별은 꽃집 주인의 말에 살짝 고개를 돌려 꾸벅 인사를 했다. 교원이 그런 별을 보더니 피식거리고는 입을 열었다.

"이 와중에 대단한 인사성이야."

"기본 예의거든요?"

"그놈의 예의, 나한테도 좀 보여 주지 그러냐?"

"아저씨한테 예의 없이 군 적 없는데요."

"그건 네 생각이고."

교원은 별의 등을 감싼 채 좁은 1차선 도로를 건너 허름한 2층 건물 앞에 서서는 투덜대듯 말했다.

"그런데 나야말로 환자잖아. 대체 내가 왜 이러고 있어야 하는 거야?"

일부러 보란 듯이 깁스한 팔을 움직이며 교원이 별을 쳐다보자 그녀가 어깨를 움츠리며 중얼거렸다.

"저도 환자인데요. 기면증 환자……."

"자랑이다."

"……."

퉁명스러운 교원의 대꾸에 할 말이 없어진 별은 뾰로통한 얼굴로 건물 2층 외벽에 걸려 있는 간판을 보았다. 《읍내과》라는 간판을 보던 별이 고개를 갸웃거리며 교원을 향해 물었다.

"아저씨, 저 간판이요. '읍 내과' 라고 읽어야 돼요? 아니면 '읍내 과' 라고 읽어야 돼요?"

"그게 뭐가 궁금해?"

"그냥 궁금하잖아요."

"'읍내과' 라고 읽으면 되겠지."

내가 너랑 지금 무슨 얘기를 하는 거냐. 교원은 혀를 차며 건물 안으로 발을 들여놓았다. 그러자 별 역시 교원을 따라서 건물 안으로 들어서며 다시 물었다.

"팔은 괜찮아요?"

"안 괜찮을 건 뭔데?"

"아니, 혹시 저 때문에 깁스한 팔에 무리라도 갔나 해서요."

"이쪽 팔은 쓰지도 않았어. 남들만큼 먹지도 않고 살았냐? 한 팔로도 들겠더라."

"가벼워도 구박이야."

별이 입을 삐죽이며 투덜댔다. 그리고 교원의 뒤를 따라 계단을 하나씩 밟았다.

이사를 오자마자 잠드는 바람에 한 번, 교원의 팔에 금이 가는 바람에 깁스하느라고 또 한 번, 이사를 오고 아직 일주일도 지나지 않았는데—일주일은 고사하고 사흘도 안 지났다— 벌써 이 작은 내과 의원에 세 번째 왔으니…….

"이러다가 우리 여기 단골 되면 어떻게 해요?"

"저주를 해라, 어?"

앞서 올라가던 교원이 기가 막히다는 듯 으름장을 놓았다. 별은 뚱한 얼굴로 입을 삐죽이고는 얌전히 뒤따라 올라갔다.

"어서 오세…… 아, 또 오셨네요, 두 분?"

간호사가 데스크 안쪽에서 나오다가 교원과 별이 들어오는 걸 보고 반가운 기색으로 말을 걸었다. ……이것 봐요. 단골 되겠다니까. 별이 속으로 구시렁대며 고개를 숙여 인사했다. 그러자 교원이 별의 어깨를 가볍게 밀어서 데스크 쪽으로 향하디니 입을 열었다.

"류별이요."

"오늘은 이쪽 분이 진료받으시나요?"

"예."

"잠시만 기다리세요."

간호사가 차트실로 들어가고 교원은 데스크에 슬쩍 기댄 채 한숨을 내쉬었다. 마음에 딱 드는 집을 발견하고 계약을 했다. 그리고 이사를 했다. ……거기까지는 완벽했다. 자신이 꿈꾸던 집에서 드디어 살 수 있겠구나 하는 생각에 어린애처럼 들뜨기도 했다.

그런데, ……별똥인지 뭔지가 내 인생에 끼어든 순간부터 뭔가 자꾸 귀찮은 일이 생긴다. 평소 같으면 식료품을 사기 위해 일주일에 한 번 외출하는 걸 빼면 밖에 나갈 일도 없이 실내에서 마음껏 게으름을 부리며 음악 작업이나 하고 있었을 텐데.

"아저씨, 눈 그렇게 뜨지 말아요. 아무리 잘생겼어도 그렇게 눈 뜨면 보기 흉해요."

"그 입이라도 좀 다물어라. 응?"

내 집에 사는 조건으로 입 다물고 있을 것, 이라는 조항을 넣어서 계약서라도 써야 하나. 교원은 잠시 진지하게 궁리하다가 이내 피식 웃고 말았다. 이런 유치한 생각을 하고 있는 제 자신의 모습이 우스웠다.

하기야 지금 나온 건 어차피 화분도 살 겸 해서 나온 거니까……. 교원이 그렇게 다시 생각을 정리하는데, 차트실 안쪽에서 간호사가 불쑥 고개를 내밀더니 별을 불렀다.

"들어오세요, 환자분."

"예? 아, 예!"

별이 멍하니 있다가 화들짝 놀라 크게 대답하고는 진료실로 향하려다가 교원을 돌아보았다.

"왜?"

"치사하게 먼저 간다거나 하지는 않을 거죠, 아저씨?"

"뭐?"

"아니……. 물론 아저씨가 그럴 사람은 아니란 걸 알고 있지만……."

그래도 혹시 모르니까. 별이 어색하게 웃으며 말끝을 흐리는 걸 쳐다보던 교원이 고개를 절레절레 흔들었다.

"쓸데없는 소리 자꾸 하면 진짜 두고 갈 줄 알아. 빨리 들어가서 진료나 받아. 왜? 따라 들어가? 보호자 필요해?"

"보호자는 무슨! 그런 거 없이 지금껏 잘 살았거든요?"

"그래. 사기당하고 잘 살았겠지."

"아저씨! 진짜 치사하게 남의 약점 자꾸 건드릴 거예요?"

"빨리 들어가기나 해. 의사 선생님이 기다리시잖아. 넌 어떻게 된 애가 예의란 게 없냐."

쯧쯧, 혀를 차며 교원이 별의 등을 떠밀었다. 그 바람에 얼떨결에 항의조차 하지 못하고 별은 진료실로 들어가고 말았다. 그런데 교원이 뒤따라 들어오더니 진료실 문을 닫았다.

아저씨가 여긴 왜 들어와요!

별이 당황해서 마구 눈빛으로 말을 걸었지만 교원은 이해하지 못한 것인지—못한 척하는 것인지— 의사를 향해 말을 걸었다.

"안녕하십니까. 본의 아니게 자주 뵙습니다."

"하하. 그러게 말입니다. 어서 오세요. 오늘은 또 어디가 불편하셔서 오셨나요?"

의사가 교원의 말에 웃더니 별을 향해 고개를 돌리고 물었다. 별은 잠시 쭈뼛거리다가 한숨을 작게 내쉬고는 의사의 앞에 다가가 꾸벅 인사를 하고 의자에 앉았다.

"조금 전에 건너편 꽃집에서 잠들었거든요. 그래서 이 아저씨가 엑스레이 같은 거 찍어 봐야 한다고……."

"아, 기면증 때문에요?"

"예."

"화분 넘어가듯이 순간적으로 쓰러졌습니다."

"아저씨!"

별이 의사의 물음에 대답하는데 교원이 냉큼 뒤에서 끼어들었다. 또 화분 취급이야! 별이 씩씩대며 뒤를 돌아보려고 하자, 교원이 서늘한 눈으로 그녀를 보고는 말했다.

"앞을 봐. 진료 중이잖아."

교원의 말에 반박조차 하지 못하고 그녀는 풀죽은 얼굴로 다시 의사를 보았다. 그 모습을 보고 있던 의사가 벙긋 웃더니 입을 열었다.

"두 분이 아주 사이가 좋아 보입니다. 그런데 애인 사이에 아저씨라는 호칭은 좀 그렇지 않나요?"

"예?"

"뭐라고요?"

그리고 동시에 교원과 별이 경악한 눈으로 의사를 향해 물었다. 지금 그 말이 진심인지 묻고 싶었다.

"지금은 약을 안 드신다고요?"

"예에……."

의사의 질문에 별은 괜히 죄인이 된 것 같은 기분이 들어 어깨를 움츠리며 대답했다.

"그래도 모다피닐이 제일 부작용이 적은 약인데…… 그게 안 맞는다니."

의사가 펜으로 책상을 두드리며 안타깝다는 듯 중얼거렸다. 별은 고개를 숙인 채 입술을 꽉 깨물었다.

처음에 기면증 진단을 받은 뒤, 약만 꾸준히 먹으면 일반인과 다를 바 없이 평범하게 생활할 수 있다는 말을 들었다. 그때만 하더라도 희망을 품었다. 고혈압 환자가 평생 고혈압 치료제를 먹고 사는 것과 다르지 않다고, 그렇게 여겼다.

처음에는 그나마 효과가 있던 약의 부작용이 나타난 건 한 달이 채 지나지 않았을 무렵이었다.

"그래도 나름대로 낮 동안에 오는 졸음을 조절하려고 하고 있어요. 그래서 전보다는 많이 나아졌고요."

별은 다시 제 나름대로 변호를 하고 싶은 마음에 입을 열었다.

약의 부작용은 다양한 형태로 찾아왔다.

지나친 각성 상태는 금방이라도 발작할 것 같은 증세를 동반했다. 가슴이 심하게 두근거렸고, 호흡이 가빴다. 손이 떨려서 제대로 물건 하나 잡을 수도 없었고, 그런 육체적인 증세로 인해 공포와 불안이 찾아늘었다. 남들은 잘 믹는 약도 왜 나는 머지 못하나, 그렇게 절망한 적도 있었다.

하지만 별은 어쩔 도리 없이 체념해야 했다. 그냥, 그렇게 생긴 몸이니 받아들여야 한다는 걸 알았다. 그래서 약을 끊고 스스로 몸 상태를 조절하려고 애썼다. 비록 정상적인 생활은 할 수 없더라도 최악까지 가고 싶지는 않았다.

덕분에 어느 정도 졸음을 참을 수 있게 되었다. 물론 그 한계를 넘으면 어쩔 수 없이 졸음을 이기지 못하고 잠들어 버리기는 하지만 말이다.

의사가 대견한 어린아이를 보는 눈으로 별을 가만히 바라보며 미소를 짓다가 그 뒤에 서 있던 교원을 향해 말을 건넸다.

"환자분이 씩씩하니까 보기에 좋네요. 그렇지 않아요, 애인 분?"

"애인이 아니라고 말씀드렸는데요."

"에이, 뭘 그렇게 부끄러워해요. 딱 봐도 애인인데. 그렇지 않고서야 매번 이렇게 같이 올 리가 없지 않습니까. 가족도 아니고."

집주인과 세입자입니다만. 교원은 그 말이 나오려는 걸 꿀꺽 삼켰다. 집주인과 세입자가 이렇게 매번 같이 병원에 오는 게 오히려 더 이상해 보일 것 같다는 생각이 들어서였다.

나 참……. 그는 혀를 차며 자신의 앞에 있는 자그마한 머리통을 내려다보았다. 대체 이 조그만 별똥이랑 내가 무슨 애인 사이라는 거야?

"백오십도 안 되는 거랑……."

"아저씨!"

무심코 입 밖으로 새어 나온 말을 들었는지 별이 뒤를 돌아보더니 교원을 노려보았다. 교원은 다시 어깨를 으쓱이고는 시선을 돌려 의사를 향해 물었다.

"그럼 다른 문제는 없는 겁니까?"

"예? 아아, 예. 엑스레이상으로도 별다른 문제는 없고, 뭐, 환자분 본인도 특별히 증세를 호소하는 건 없으니까요. 하지만 만약 뭔가 이상 증세를 느끼면 바로 오셔야 합니다. 아셨지요?"

의사는 교원의 물음에 대답하다가 별을 보고 당부했다. 별은 멀뚱히 의사를 쳐다보고 있다가 뒤늦게 고개를 끄덕였다. 그런 별을 잠시 내려다보던 교원이 그녀의 어깨를 툭 치며 입을 열었다.

"그럼 그만 가자."

"예? ……아, 예."

별은 고개를 들어 교원을 올려다보다가 서둘러 자리에서 일어섰다. 그리고 의사를 향해 인사를 하고는 돌아섰다. 교원이 먼저 진료실 문을 열고 나가는 게 보였다. 별은 교원의 뒷모습을 보다가 괜히 기분이 이상해져서 머리를 긁적였다.

기면증이 아니라 단순한 감기 때문에 병원을 와도 별은 언제나 혼자였다. 어릴 때부터 줄곧 그랬기에 그녀에게 있어서 혼자병원에 오는 건 이상한 일이 아니었다.

중학생 때 발을 접질리는 바람에 제대로 걷지 못할 때조차 어느 누구의 도움도 받지 못한 채 홀로 정형외과를 간 적도 있었다.

수면다원검사를 받기 위해 병원을 갈 때에도 혼자였다. 기면

중인지 아닌지 불확실하던 때였다. 너무 무섭고 두려워서 누구에게든 의지하고 싶었지만, 그럴 수 있는 사람이 주위에 없었다. 돈을 번답시고 아르바이트만 하느라고 친구들조차 사귀지 못했던 것이 후회스러웠다. 그렇게 늘 혼자였는데…….

"안 나와? 거기서 살 거야?"

"가요!"

진료실 문을 열어 놓은 채 교원이 별을 향해 퉁명스러운 투로 물었다. 별은 눈물이 나오려는 걸 꾹 참으며 의사를 향해 다시 인사를 꾸벅 하고는 급히 진료실 밖으로 빠져나왔다.

"아저씨는 왜 말을 그렇게 밉상으로 해요?"

"내 마음이지. 네가 무슨 상관이야?"

교원이 데스크 쪽으로 향하며 지갑을 꺼냈다. 별이 교원의 뒤를 종종거리며 따라갔다. 그리고 그가 진료비를 계산하고 처방전을 받아 드는 걸 보며 다시 말을 이었다.

"말은 밉상으로 하는데…… 아저씨, 은근히 착해요."

"뭐?"

착하다는 말이 아니라 무슨 욕이라도 들은 사람처럼 교원의 한쪽 눈썹이 올라갔다. 별은 배시시 웃으며 고개를 숙여 인사했다.

"고맙습니다."

"됐어. 가서 김치나 해. 배추 너무 절인 거 아니야?"

"어? 아, 맞다. 그러게요. 어떻게 하죠?"

별이 그제야 생각난 듯 울상을 지으며 교원을 쳐다보았다. 교원이 한숨을 푹 내쉬고는 별의 이마를 콩, 손으로 튕기듯 때리고 말을 이었다.

"너 말이야. 남의 돈이라고 허투루 낭비할 생각하지 마. 알았어?"

"안 그래요. 아, 그러게 왜 저까지 읍내에 데리고 나와서⋯⋯."

"내가 데리고 나왔냐? 네가 따라왔지!"

별은 목을 쑥 집어넣으며 입을 삐죽였다. 하여간 이 아저씨는 잘해 주면서 괜히 입으로 다 까먹는다니까. 고마운 마음이 들려다가도 쑥 들어가잖아. 별은 속으로 구시렁대다가 교원에게 손을 내밀었다.

"처방전 주세요."

"돈도 없으면서, 약은 무슨 돈으로 사려고?"

교원이 픽 웃더니 처방전과 함께 지갑을 별에게 건넸다. 별은 얼떨결에 교원의 지갑을 받아 들고는 이내 멍한 얼굴로 그를 쳐다보다가 눈을 휘둥그레 떴다.

"아니, 지갑을 이렇게 통째로 주는 사람이 어디에 있어요?"

"여기 있잖아."

"제가 이거 들고 도망가면 어쩌려고요!"

"그거 들고 가 봤자 얼마 버티지도 못해. 카드는 바로 정지시킬 거고, 현금은 별로 없어서."

"아니, 그래도⋯⋯. 그럼 제가 아저씨 신분증 도용해서 나쁜 데에 쓰면 어쩌려고요!"

"경찰에 신고하지, 뭐."

교원의 태연한 자세에 답답해진 별이 얼굴을 찡그리고는 투덜거렸다.

"저도 그렇지만, 아저씨도 대책 없네요."

"뭐?"

"생전 처음 본 사람을 집에 들인 것만 봐도 그렇고…… 확실히 아저씨도 문제가 있다고요."

"내 집에서 제발 살게 해 달라고 애원했던 네가 할 말은 아니지 않아?"

"그러니까 제가 오히려 할 수 있는 말이죠. 아저씨한테 은혜를 입은 입장이니까, 아저씨를 위해서. 나중에라도 나쁜 사람들한테 이용당하지 말라고요."

"……."

교원은 별을 물끄러미 바라보다가 슬쩍 입꼬리를 올렸다. 조그만 게 당차게 대꾸하는 모습이 버릇없다기보다는 귀엽단 생각이 먼저 들었다. 내가 미쳤나……. 속으로 중얼거리던 교원이 다시 돌아서며 입을 열었다.

"겁도 없이 남자 집에 냉큼 들어와 사는 주제에 말도 많다."

"……칫."

쪼잔하게 자꾸 그걸 상기시키고 그러냐. 누가 모르나, 그걸. 별은 겉으로는 얌전히, 그러나 속으로는 계속 구시렁대며 교원을 따라 건물 1층에 있는 약국으로 향했다.

기면증 치료제는 어차피 먹지 못하니 필요가 없지만, 기면증으로 인해 쓰러져서 여기저기 부딪치는 바람에 생긴 타박상 때문에 진통소염제는 받아 놓는 게 좋을 것 같아서 처방전을 받았다.

가급적 그럴 일은 피해야겠지만, 그래도 아예 피할 수는 없는 법이니까. 그럴 때마다 매번 읍내에 나오는 것도 번거로운 일이다.

"아! 아저씨, 저한테 잘 보이는 편이 좋을 거예요."

"뭐?"

약국 문을 밀고 들어가려다 말고 별이 배시시 웃더니 짓궂은 표정으로 교원에게 말을 이었다.

"진통소염제 필요하면 저한테 받으면 되잖아요."

"나 아프라고 고사 지낼 작정이야?"

"혹시 모르잖아요. 팔에 금 간 것도 뭐…… 아플 수도 있고."

"내가 아팠으면 좋겠지? 응?"

교원이 눈을 가늘게 뜨고는 쌀쌀맞게 묻더니 별의 옆으로 팔을 뻗었다. 갑자기 얼굴 쪽으로 다가온 그의 팔에 놀란 별이 몸을 움츠렸다. 하지만 교원의 팔은 별의 얼굴 옆을 지나쳐 약국의 유리문을 열 뿐이었다.

"아, 깜짝이야."

"누가 보면 내가 너 툭하면 때린 줄 알겠다."

"헤, 그러게요. 악독한 집주인이라고 소문낼까 봐요."

별은 교원의 말을 농담처럼 받아치고는 작게 웃으며 약국 안으로 들어갔다. 쪼르르 달려가듯 안으로 들어가서 약사에게 처방전을 건네는 별의 뒷모습을 피식거리며 보던 교원은 순간 미간을 찌푸렸다.

그리고 그는 의자에 앉아 오른쪽 귀를 손바닥으로 가만히 눌렀다. 기계 돌아가는 소리 같은 환청이 귓속을 찔렀다. 한동안 이명 증세가 나타나지 않았었는데……. 교원은 미간을 찌푸린 채 눈을 꽉 감고 고개를 숙였다.

그 여자가 남긴 흔적이었다. 숙모라는 이름의 여자는 타인만도 못한 존재였다. 아마 그녀에게 자신 또한 그런 존재였겠지만.

"아저씨?"

그 순간 맑은 목소리가 날카로운 쇳소리를 지우며 들렸다. 이명에 동반되었던 두통이 슬그머니 가라앉는 것 같았다. 그와 동시에 작은 손이 교원의 어깨를 잡고 흔들었다. 그는 천천히 고개를 들었다.

약 봉지를 다른 손에 쥔 채 별이 교원의 어깨를 잡고 살짝 흔들다가 그와 눈이 마주치자 멈췄다.

"어디 아파요?"

별의 시선에 서린 걱정스러운 기색을 읽을 수 있었다. 누군가가 이렇게 걱정스러운 눈으로 보는 건 낯설었다. 물론 유일하다 할 수 있는 친구인 건호가 늘 걱정스럽게 자신을 보고 잔소리를 하기는 했지만.

그와 별개로 자신에 대해 아무것도 알지 못하는 타인이 이렇듯 바라보는 건 흔한 일이 아니었다. 거리를 걷다 보면 수많은 시선들과 스치고는 했다.

하지만 그 시선들은 보통 비슷했다. 외모를 향한 호감, 유혹, 그런 것들. 이렇듯 걱정하는 시선은 없었다. 그럴 일도 없었고.

"약사 선생님한테 약 달라고 그럴까요? 머리 아파요? 아니면 귀?"

"아니……. 아니야, 됐어."

어느새 이명이 사라지고 두통도 가라앉았다. 교원은 픽, 웃고 말았다. 희한한 일이었다. 일단 이명 증세가 생기면 꽤 시간이 지나야 수그러들고는 했는데 말이다. 마치 눈앞의 이 자그마한 여자가 치료제라도 되는 듯 증세가 사라지다니.

……재워 주는 값은 한다는 건가.

'맞는 말이네. 이것 역시 몸으로 대납하는 거라고 볼 수도 있으니까.'

교원은 피식거리며 몸을 일으켰다. 그러자 별이 다시 교원을 쳐다보다가 그의 오른손을 살짝 건드리더니 걱정스러운 어조로 물었다.

"괜찮아요, 아저씨? 그냥 가도 되겠어요?"

"그냥 잠깐 두통이 있었던 것뿐이야."

"진통제 줄까요?"

별은 처방받은 진통소염제가 들어 있는 약 봉지를 흔들어 보이며 조심스럽게 물었다. 아프라고 그런 건 진짜 아니었는데, 마치 자기가 그런 말을 해서 이 남자가 아픈 것만 같았다. 그래서 별은 괜히 더 미안해져서 그의 손을 다시 붙잡았다.

"진통제 3일 치 받았어요. 지금 하나 줄까요?"

"……."

교원은 대답 대신 슬쩍 시선을 내려 자신의 손을 보았다. 더 정확히 말하자면 자신의 손을 붙잡고 있는 작은 손을. 교원이 무엇을 보는지 알아차린 별이 황급히 손을 떼고는 멋쩍은 표정을 지었다.

"아니……. 저기, 뭐…… 마음대로 손잡은 선 죄송한데요. 지금 그게 중요한 게 아니라."

"남자 손을 그렇게 막 잡고 다니냐?"

"예?"

"그러지 마라. 진짜 조그만 게 겁도 없이 그러고 다니다가 뒤늦게 후회할 일 생기면 어쩌려고."

"……."

별은 눈만 깜빡이며 교원을 보았다. 교원은 뒤도 돌아보지 않고 약국 문을 열더니 밖으로 나갔다. 하지만 별은 그의 뒤를 따라 나갈 생각도 하지 못한 채 전면 유리 너머로 보이는 교원을 그저 물끄러미 바라보았다.

가벼운 캐주얼 스타일의 남자는 마치 화보 속에 있던 걸 오려다가 이곳에 갖다 붙여 놓은 것만 같았다. 도시적이고 세련된 스타일도 그렇고, 화사하면서도 냉랭해 보이는 분위기도 그렇고, 하다못해 지루함을 감추지 않고 얼굴을 찡그리고 있는 것조차…….

"잘생겼네."

빼질거린다기보다는 잘생겼다고 해야 하는 편이 맞겠단 생각이 들었다. 읍내 남자라고 하기보다는 도시 남자라고 하는 편이 어울릴 법했다. 그러던 중에 유리를 두드리는 소리가 들렸다. 별은 멍하니 넋을 놓고 있다가 다시 정신을 차렸다.

교원이 유리 너머에서 얼굴을 찡그린 채 별을 쳐다보더니 빨리 나오라는 듯 손짓을 하는 모습이 보였다. 별은 서둘러 밖으로 나가며 실실 웃었다. 그냥 아무런 이유도 없는데, 괜히 웃음이 나왔다.

이렇게 누군가와 시간을 함께 공유하고 있다는 것 자체가 즐거웠다.

기면증 진단을 받기 전까지는 늘 바빴다. 학교에 다니면서 아르바이트를 하느라 잠시 숨을 돌릴 틈조차 없었다. 그러다가 기면증 진단을 받은 뒤로는 홀로 견뎌야 하는 두려움을 끌어안은 채 누구에게도 털어놓지 못하고 막막한 가슴을 쓸어내리며 구석진 자리를 찾아가 움츠러들었다.

그런데 뜻밖에도 생전 처음 본 남자와 같이 살게 되고, 이렇게 생활을 함께하게 된 것이다. 신기한 일이었다.

……모든 걸 잃었다고 생각했는데, 뭔가 다시 시작하게 된 기분이 들었다.

"약국에서 나 몰래 뭐 잘못 먹었냐? 왜 자꾸 실실거려?"

"아저씨, 우리 이왕 나온 김에 국수 먹고 가지 않을래요?"

"돈 있냐? 돈도 없는 게 누구를 자꾸 벗겨 먹으려고."

교원은 툴툴거리면서도 국수집을 찾는 것인지 주위를 두리번거렸다. 그 모습을 빤히 보던 별이 다시 작게 웃었다.

◆

"이게 김치야? 김치 명인이라며?"

교원은 기가 막힌다는 표정으로 별을 위아래로 보다가 한숨을 내쉬었다. 별은 가만히 눈만 이리저리 굴리다가 배시시 웃으며 입을 열었다.

"김지가 아니면 뭐겠어요. 제가 일본인도 아닌데 기무치를 담근 것도 아니고⋯⋯."

"나랑 장난해?"

교원이 눈을 치켜뜨며 목소리를 높였다. 그 바람에 별은 시뻘겋게 양념이 묻은 고무장갑을 낀 채 목만 쏙 집어넣고 입을 다물었다. 나름대로 농담이라고 했는데⋯⋯ 성격 더러운 집주인에게는 통하지 않나 보다.

별이 난감한 마음에 입술을 깨물었다. 우려했던 대로 배추는 푹 절여진 상태였다. 입에서 사르르 녹는 최악의 예를 들라고 하면 딱 어울릴 것 같았다. 교원은 별이 담근 배추김치를 보다가 다시 한숨을 쉬었다.

"그래도 제법 맛은 나지 않아요? 좀 녹아서 그렇지."

"좀 녹아? 야, 류별. 이게 좀 녹은 수준이야? 배추김치가 아삭아삭한 맛이 있어야지. 대체⋯⋯."

교원은 별을 타박하다가 그대로 말끝을 흐리고는 입을 다물었다. 별의 입이 삐죽이는 듯싶더니 이내 그녀의 두 눈에 눈물이 그렁그렁 고인 것을 본 까닭이었다.

"저는 그래도 나름대로 열심히 한 건데, 아저씨는 자꾸 야단만 치고."

"누가 야단을 쳤다고 그러냐? 그냥, 뭐⋯⋯ 그렇다는 거지."

교원은 시무룩한 얼굴로 입을 삐죽이는 별을 보다가 말을 얼버무렸다.

어쩐지 마음이 편하지 않았다. 이 정도의 말은 그가 종종 하는 독설 수준에 비하면 별것도 아닌데 말이다. 뭔가 나쁜 사람이 된 기분이라고 해야 할까. 그는 짜증스럽게 머리를 헝클어뜨리고는 다시 입을 열었다.

"미안해. 됐지?"

"누가 사과받고 싶다고 했어요? 저도 제가 잘못한 건 안다고요."

"그럼 왜 울려고 그러는데?"

"그냥 눈물이 나오려고 하는 걸 저더러 어쩌라고요."

별은 시무룩한 표정을 감추려고 고개를 푹 숙였다. 이런저런 아르바이트를 하면서 온갖 일을 다 겪어 봤다. 그러니 이 정도의 야단 같은 건 그다지 속상할 일도 아니었다. 아니, 야단이라고 할 만한 것도 아니었다. 차라리 잔소리 같은 거라면 모를까.

……잔소리.

별은 눈물이 나오려던 걸 깜빡거리며 참고는 다시 배시시 웃었다. 그러자 교원이 미친 사람 보듯이 눈을 휘둥그레 뜨고 쳐다봤다. 하지만 별은 자꾸 웃었다. 아, 그래서 이렇게 눈물이 나오려는 거구나. 잔소리 같아서. 그냥 사소한 잔소리 같은 거라서.

그런 거, 말이다.

가족 간에 사소한 것으로 잔소리를 하기도 하고, 그러는 것. 정말 너무 사소한 일이라 치사하단 말까지 저절로 나오게 만드는 그런 것. 한 번도 경험해 보지 못했던 것이라, 그래서 그게 꽤 감격스러웠나 보다.

"너, 진짜 미쳤냐? 왜 울려다가 웃어?"

"좋아서요."

"뭐?"

교원은 이번에야말로 징말 경악했디는 듯 뒤로 슬쩍 물러서며 미간을 찌푸렸다. 그 모습을 보던 별이 키득거리며 개구쟁이처럼 웃더니 다시 말을 이었다.

"아저씨랑 사는 게 좋아요."

예상치 못한 별의 말에, 교원은 바보처럼 입을 벌리고 말았다. 교원의 표정이 너무 이상했는지 별이 잠시 의아한 표정으로 고개를 갸웃거리다가 다시 겸연쩍은 얼굴로 입을 열었다.

"민망하게 왜 그런 표정이에요. 좋다고 말도 못하겠네."

"……."

"왜 아무 말도 안 해요? 아, 몰라. 저기 씻어 놓은 통에 담으면 되는 거죠?"

별은 교원에게서 아무런 대꾸도 듣지 못하자 민망해져서 괜히 말을 돌리며 일어섰다. 그리고 서둘러 김치 통을 가지러 가려던 순간, 교원이 그녀의 팔을 붙잡았다. 그 바람에 균형을 잃은 별의 몸이 기우뚱하며 앞으로 기울었다.

"으앗!"

앞으로 고꾸라질 것이라는 예감과 함께 별은 눈을 질끈 감았다. 하지만 그녀는 곧바로 자신이 딱딱한 바닥이 아니라 온기가 있는 누군가의 품에 안겨 있음을 깨달았다. 누, 누군가라고? 맙소사. 별은 설마, 하는 마음으로 슬그머니 눈꺼풀을 들었다.

남자의 셔츠가 눈앞에 보였다. 연한 푸른빛이 감도는 셔츠였다. 바로 조금 전까지 자신에게 잔소리를 퍼붓고 있던 남자가 입은 셔츠이기도 했다. 그리고……. 별은 침을 꿀꺽 삼키고는 슬그머니 셔츠의 아랫부분을 보았다.

그곳에는 자신의 손과 비슷한 크기의 시뻘건 얼룩이 남아 있었다. 그러니까 그건…… 그건 말이다.

"너, 이거 어떻게 할 거야!"

쩌렁쩌렁 울리는 교원의 목소리에 별이 어깨를 움츠렸다. 고무장갑을 낀 채 넘어지려던 걸 교원이 붙잡아 준 듯했다. 거기까지는 좋았다. 그런데 그 이후가 문제였다.

별은 그의 셔츠에 남은 시뻘건 김치 양념 손자국을 보며 교원의 눈치를 살폈다. 교원이 헝클어진 머리를 빗어 넘기며 별을 노려보았다. 흠칫 놀란 별이 웅얼대며 작게 말했다.

"고의는 진짜 아니었거든요, 아저씨."

"고의범만 처벌하는 줄 아냐? 과실범도 처벌하거든?"

"잘못했어요."

"반성문 쓰고 용서받는 나이는 지났을 텐데."

"그래도 아저씨보다 일곱 살이나 어린데."

"네가 스무 살에 시집만 갔어도 애 엄마거든?"

"결혼을 일찍 해도 꼭 애를 낳는다는 보장은……."

어라, 그런데 대화가 좀……. 푸훗. 별은 자신도 모르게 웃음이 나오려는 걸 황급히 꾹 참으며 교원을 보았다.

교원이 머리를 쓸어 넘기다가 깁스한 쪽에 시뻘건 양념이 튄 것을 보며 한창 짜증을 내고 있는 모습이 눈에 들어왔다. 진짜 성격은 더러운데 말이야. 별이 속으로 중얼거리고 있는데, 교원이 다시 별을 쳐다보았다.

"뭐야? 왜 혼자 소리도 안 내고 실실거려? 누구는 짜증나 죽겠는데."

"아니, 우리 조금 전에요."

"조금 전에, 뭐?"

"꼭 만담하는 것 같지 않았어요? 아저씨는 장소팔, 저는 고춘 자."

"뭐라고?"

교원은 뭐가 그리 재미있는지 까르르 웃는 별을 보다가 어쩔 수 없이 픽, 웃을 수밖에 없었다. 장소팔과 고춘자……. 그 시대에 태어나지도 않았을 녀석이 만담 운운하는 게 웃겼다.

교원은 피식거리며 무심코 별의 머리를 장난스럽게 쓰다듬었 다. 그리고 스스로 놀라 그대로 굳어 버리고 말았다.

"어……."

또한 놀란 사람은 교원만이 아니었는지, 별 역시 까르르 웃다 가 그대로 얼어붙은 눈사람처럼 눈만 깜빡거렸다. 잠시 둘 다 아 무 말도 하지 못한 채 마주하고 있다가 먼저 움직인 사람은 교원 이었다. 그는 언제 놀랐었나 싶게 태연한 표정으로 턱짓을 하며 입을 열었다.

"뭐하고 있어? 김치 담을 통 가지러 안 가?"

"아, 가야죠! 가야……. 참! 그러고 보니까 깜빡 잊고 있었는 데요."

별이 교원의 말이 끝나기가 무섭게 몸을 돌리려다가 멈칫하더 니 다시 그를 돌아보았다. 그리고 따지듯 그에게 가까이 다가가 물었다.

"조금 전에 왜 가려던 사람, 팔을 붙잡아서 못 가게 했어요?"

"뭐?"

"말하고 보니까 진짜 그렇잖아요. 아저씨가 저 붙잡지만 않았어도……."

별은 말하다가 문득 그에게 안겼던 것이 떠올랐다. 그러자 순식간에 양쪽 뺨에 뜨끈하게 열이 오르는 듯싶었다. 애써 아무렇지 않은 척하며 따져 묻자 교원이 잠시 어리둥절한 표정을 짓다가 이내 인상을 쓰더니 대꾸했다.

"그 고무장갑을 끼고 가려고 하니까 그랬지! 내가 괜히 이유 없이 그랬겠냐?"

"예?"

"기껏 통 씻어 놓고 고무장갑 낀 채 가지고 오려고? 하여간 목 위에 머리 대신 돌을 달고 있다니까."

"……아."

별은 뒤늦게 자신의 실수를 깨닫고 입을 달싹였다. 딱히 변명할 말조차 떠오르지 않아서 민망한 얼굴로 입을 삐죽이다가 투덜대듯 말했다.

"그럼 굳이 붙잡을 것 없이 말로 해도 되는 거였잖아요. 다른 때는 잔소리도 많이 하면서, 왜 정작 필요할 때는 말을 안 하고 그런대요?"

"뭐? 잔소리이이?"

교원이 기가 막힌다는 표정으로 일부러 말끝을 길게 늘이며 눈을 치켜떴다. 날카로운 인상인 데다가 눈을 치켜뜨니 위압감이 저절로 느껴졌다. 하지만 별은 그에 굴하지 않겠다는 듯 마치 하룻강아지 범 무서운 줄 모르고 달려드는 모습으로 앙앙대며 대꾸했다.

"예! 잔소리요! 그 산소리를 왜 안 하고 사람을 붙잡았냐고요!

그러니까 아저씨 옷이 그렇게 된 건 제 탓이 아니라 본인 탓이란 말이죠."

"……."

"그, 그렇단 말이에요."

"……."

"물론 저도 잘못이 있기는 하지만……."

기세등등하던 별은 금세 어디로 가고, 그녀는 다시 비굴해진 모습으로 교원의 침묵에 슬그머니 말끝을 흐렸다. 그러다가 고무장갑을 낀 손을 맞잡으며 축 처진 눈으로 다시 말했다.

"잘못했어요, 아저씨. 아니, 주인님."

"뭐?"

"어감이 좀 이상한가요? 집주인이시니까 주인님이라고 한 건데."

별은 배시시 웃으며 혀를 내밀었다. 교원은 그녀를 쳐다보다가 기운이 쭉 빠졌다는 듯 고개를 절레절레 젓고는 그대로 바닥에 털썩 주저앉았다.

"내가 지금 너랑 이게 무슨 짓이냐……. 야, 빨리 정리하고 밥이나 해."

"벌써 밥 먹어요?"

"너랑 유치한 말씨름을 하느라고 소모된 내 에너지를 보충하려면 먹어야지."

"그건 아저씨가 일방적으로 잔소리를……."

별이 항의하려다가 교원의 매서운 시선을 받고는 그대로 깨갱, 하며 입을 다물었다. 그러자 그 모습을 본 교원이 피식거리며 다시 입을 열었다.

"그래도 눈치가 아예 없지는 않나 보네?"

"어쩌겠어요. 눈칫밥을 거의 이십 년 동안 먹으면 다 이렇게 된다고요."

"눈칫밥?"

"예. 뭐예요, 눈칫밥 한 번 안 먹어 본 사람처럼 촌스럽게?"

별이 투덜거리는 걸 듣던 교원의 입가에 쓴웃음이 번졌다. 그리고 그는 손짓을 하며 다시 입을 열었다.

"앉아. 뭐, 서 있어도 작아서 별로 상관은 없지만."

"아, 진짜!"

별은 구시렁대면서도 교원의 말을 기다렸다는 듯 곧바로 그를 마주하고 바닥에 앉았다. 그 바람에 고무장갑에 묻었던 양념이 바닥에 튀었다. 교원은 미간을 찌푸리며 한마디 하려다가 그냥 포기하고는 다시 그녀를 쳐다보았다.

"부모님도 안 계시다고 했었고…… 눈칫밥을 이십 년이나 먹었다고?"

"예."

"뭐, 그럼 친척 집에서 자랐어?"

교원은 가슴이 답답해져서 잠시 말을 잇지 못하다가 다시 물었다. 자신의 어릴 적 모습이 겹쳐 보인다고 여겼던 게 순전히 저 혼자만의 착각은 아니었나 싶었다. 하지만 교원의 생각과는 다르게 별은 고개를 살랑살랑 흔들었다.

"아니야?"

왜일까. 이럴 땐 차라리 다행이라고 여겨야 하는데, 교원은 아쉽다고 느끼는 자신의 이기적인 모습에 조소했다.

자신과 마찬가지로 비슷한 상황에 처하기라도 했기를 바라는 건가.

이 자그마한 여자에게 그런 상처가 있기를 바라는 거야? 어째서? 단순히 동지애라도 느끼고 싶은 건가? 그가 자기 자신을 향해 조소하고 있는데 별의 목소리가 다시 들렸다.

"보육원에서 자랐어요."

"보육원?"

교원의 질문을 받은 별은 고개를 끄덕였다. 자신의 대답이 의외였던 걸까. 별은 마주 보고 있던 남자가 바보처럼 멍하니 자신을 보고 있는 걸 쳐다보다가 웃고 말았다. 그녀는 머쓱한 얼굴로 웃다가 다시 말을 이었다.

"어릴 때 길을 잃어버려서 미아가 됐거든요."

"미아?"

"예. 그 뒤로 보육원에서 컸어요. 성년이 되면서 독립하게 됐고요."

"……그렇구나."

교원은 뭐라고 딱히 하고 싶은 말이 없어서 잠시 입을 다물고 있다가 간단히 대꾸하고는 다시 침묵했다. 그러자 별이 다시 교원을 쳐다보다가 개구쟁이처럼 씩 웃고는 입을 열었다.

"아저씨, 저 불쌍하니까 쫓아내면 안 돼요."

"뭐?"

"불쌍하지 않아요? 불쌍하다고 느끼지 못하면 아저씨는 진짜 반사회적인 성격……."

"웃기네. 불쌍하긴 뭐가 불쌍해?"

"불쌍하죠. 부모도 없고 고아잖아요."

"정확히 말해라. 어? 미아라는 것뿐이지, 네가 고아는 아니잖아? 어딘가에 부모님이 살아 계실지도 모르는데, 네 마음대로 돌아가신 분 취급을 해? 그리고 만약 고아라고 해도, 그게 어째서? 고아는 다 불쌍해야 된다는 법이라도 있냐?"

"그…… 그래도."

별은 교원의 말에 대꾸할 말을 찾지 못해서 입만 달싹이다가 다시 생각났다는 듯 자신 있게 외쳤다.

"전 기면증도 앓고 있다고요! 그러니 얼마나 불쌍해요. 그러니까 절대 쫓아낼 생각하지 마시고……."

"잠이 많을 뿐이지 그 병으로 죽냐? 그리고 자꾸 쫓아내지 마라, 하고 요구하면 진짜 쫓아내고 싶어지거든? 누구 말대로 내가 성격이 좀 더러워서 말이지."

"아, 진짜 치사하게 이럴 거예요?"

— 꽃집입니다. 배달 왔어요!

그 순간, 초인종 소리가 들리더니 대문 밖에서 누군가가 외치는 소리가 들렸다. 그 바람에 별은 어정쩡한 자세로 항의를 하다 말고 눈만 깜빡였다. 그런 별을 쳐다보던 교원이 픽 웃으며 그녀의 머리를 마구 헝클어뜨렸다.

"아저씨! 머리 부스스해지는데!"

"가서 통이나 가져다가 김치 담아. 그리고 밥도 하고."

"화분 구경부터 하면 안 돼요?"

"벌써부터 놀 궁리냐? 그럼 네가 가서 대문 열어 주든지."

교원은 피식거리면서도 순순히 허락하듯 고개를 끄덕였다. 그러자 별이 싱글벙글 웃으며 그대로 대문을 향해 달려가려 했다. 그 모습에 교원이 버럭 목소리를 높였다.

"야, 고무장갑은 벗어야지!"

"아! 아, 맞다!"

별이 혀를 내밀며 배시시 웃고는 급히 고무장갑을 벗었다. 교원은 정원을 가로질러 달려가는 별의 뒷모습을 보다가 다시 고개를 숙여 제 모습을 보았다. 시뻘건 김치 양념이 묻은 옷부터 일단 갈아입어야 할 듯했다.

그러나 교원은 다시 고개를 들어 대문 쪽을 보았다. 꽃집에서 온 젊은 남자가 화분을 들여놓으며 별에게 뭔가 농담을 한 것인지, 그녀가 까르르 웃는 소리가 교원의 귀에 들렸다.

"무슨 애가 저렇게 헤프냐……."

교원은 옷을 갈아입기를 포기하고 구시렁대며 대문 쪽으로 향했다.

"이만 가 보겠습니다."

"예, 감사합니다. 수고하십시오."

화분을 테라스 안쪽으로 전부 옮기고 난 뒤에 꽃집 직원이 대문 밖으로 나가는 걸 잠시 쳐다보던 교원은 옆을 슬쩍 보았다. 별이 허리를 구부린 채 이리저리 화분들을 둘러보며 한창 구경 중이었다. 평소 같으면 누군가가 자신의 물건에 손을 대거나 관심을 보이는 것 자체를 싫어했겠지만, 지금은 딱히 그렇지 않았다.

오히려 기분이 좋다고 해야 할까. 교원은 자신이 왜 이런 기분을 느끼는 것인지 이유를 알 수 없었다. 하지만 어쩐지 쑥스러운 기분이 들어서 그는 입꼬리가 올라가려는 걸 슬그머니 끌어내리며 퉁명스럽게 입을 열었다.

"화분 처음 봐? 촌스럽게 뭐 하고 있어?"

"이렇게 많은 화분들을 한꺼번에 본 건 처음이에요. 아, 물론 꽃집에서 많이 보기는 했지만요. 그거랑 집에서 보는 건 다르니까."

별은 교원의 구박에도 아랑곳하지 않고 잔뜩 신이 난 아이처럼 들떠서 눈을 반짝였다. 교원은 별을 쳐다보다가 턱을 쓰다듬으며 물었다.

"꽃 좋아해?"

"예? 글쎄요."

"글쎄요는 뭐냐? 좋으면 좋은 거고, 싫으면 싫은 거지. 어떻게 된 애가 자기 주관도 없어?"

"먹고살기 바쁜데 꽃을 좋아하는지 싫어하는지, 제가 어떻게 알겠냐고요."

별은 입을 삐죽이며 투덜거리고는 쭈그리고 앉았다. 그리고 조심스럽게 꽃잎을 만지기 시작했다.

교원은 말문이 막힌 사람처럼 잠시 입을 다문 채 그녀를 보았다. 겨우 스물넷의 어리다면 어린 여자였다. 아니, 여자라고 하기보다는 차라리 소녀라고 하는 편이 어울릴 법도 했다.

이 여자는 대체 어떻게 살았던 것일까.

부모도 없이 홀로 견뎌 내기에 세상은 호락호락하지 않았을 것이다. 더구나 기면증이라는 질환을 앓고 있는 상황이고…….
의사가 한 말을 들으면 약도 부작용 때문에 먹지 못하는 것 같으
니, 혼자 감당하기에는 버겁고 무서웠을 것이다. 그럼에도 불구
하고 이렇듯 밝은 모습인 걸 보면 정신적으로 강하다고 해야 할
까.

다락방이 있는 집을 원했으면서, 막상 그곳에 들어가지도 못
하는 자신과는 다르게.

교원은 마른세수를 하듯 두 손으로 얼굴을 쓸어내린 뒤, 다시
별을 쳐다보았다. 동글동글한 인상이었다. 동글마을이라는 이곳
의 이름과 잘 어울릴 법한 얼굴이다. 어떻게 보면 제법 귀여운
것 같기도 하고…….

'미쳤군.'

교원은 자신의 눈을 탓하며 고개를 흔들었다. 그리고 다시 별
을 향해 쏘아붙이듯 말을 던졌다.

"야, 너 진짜 나를 쫄쫄 굶겨 죽일 생각이야? 그런 뒤에 이 집
을 차지하려고?"

"에휴, 예에. 갑니다, 가요."

"김치부터 넣고."

"예에에."

별은 입을 삐죽이며 씻어 놓은 통이 있는 싱크대 쪽으로 향했
다. 모처럼 화분 구경 좀 하면서 눈 호강을 하려고 했더니…….
치사하다, 흥! 별이 싱크대 쪽으로 터벅터벅 걸음을 옮기는데,
교원이 다시 그녀의 어깨를 붙잡아 세웠다.

"깜짝이야! 왜요?"

"고무장갑이나 끼고 기다려. 통은 내가 가지고 올 테니까."

"예?"

"혼자 하는 것보다는 둘이 하는 게 빠르잖아. 그래야 밥도 빨리 먹을 테고."

무뚝뚝한 말을 남긴 채 교원이 성큼성큼 주방으로 들어갔다. 별은 교원을 물끄러미 보다가 콧등을 찡그렸다. 한쪽 팔은 깁스한 채 다른 팔로 김치가 들어갈 통을 한꺼번에 들고 돌아선 남자의 모습이 우스꽝스러웠다. 하지만 별은 웃을 수 없었다.

'왜 이러지?'

그녀는 순간적으로 가슴이 먹먹해져서 심호흡을 했다. 별것도 아닌 일인데 괜히 뭉클해진 탓이었다. 하지만 별에게는 그런 별것도 아닌 일이 특별하게 느껴졌다. 누군가의 배려를 받아 본 기억은 거의 없었다. 아무런 대가도 없이 누군가의 호의를 받은 적도 극히 드물었다.

사람들은 자신의 울타리 안에 있는 이들에게는 무조건적인 호의를 베풀었으나, 울타리 밖에 있는 이들에게는 냉담하기 일쑤였다. 그리고 별은 그 어느 울타리 속에도 들어갈 수 없었다.

"아직도 고무장갑 안 끼고 뭘 하고 있었어? 정신 어디에 놓고 왔냐? 빈털터리 주제에 이제는 하다하다 정신까지 어디에 넘겼어?"

"잔소리쟁이."

저런 사람을 보고 내가 무슨 감동을 받은 건지. 별은 속으로 구시렁대며 고무장갑을 찾기 위해 주변을 둘러보았다. 그 모습을 본 교원이 혀를 차더니 다시 입을 열었다.

"나이도 어린 게 저거 봐라. 저기에 있잖아. 어디에 빼놓고 왔는지 그새 까먹었냐?"

"아저씨, 솔직히 말해요."

"뭘?"

"저한테 잔소리하고 싶어서 들어와 살게 해 준 거죠?"

"뭐야?"

"저 없었으면 어쩔 뻔했냐고요. 잔소리할 상대가 없어서."

별이 입을 삐죽이며 고무장갑을 낀 뒤에 교원을 향해 혀를 내밀었다. 그리고 뒤이어 교원이 버럭 소리를 지른 것은 어찌 보면 당연한 귀결이었다.

◆

"아저씨, 밥 다 됐⋯⋯!"

"뭐야? 왜 말을 하다 말아?"

"아니⋯⋯. 아니, 왜 옷을 홀라당 벗고 있어요!"

"말은 바로 하자, 응? 내가 지금 옷을 홀라당 벗고 있냐? 네가 시뻘건 양념을 내 셔츠에 묻혀 놓은 바람에 갈아입던 중이잖아. 누가 들으면 내가 노출증 환자라도 되는 줄 알겠다?"

"그, 그래도⋯⋯ 어쨌든 상의를 벗었으니까⋯⋯."

별은 우물쭈물하다가 그대로 말을 흐리고는 문고리를 꽉 잡은 채 눈을 이리저리 굴렸다.

도무지 시선을 둘 곳을 찾기가 어려웠다. 자꾸만 남자의 나신이 눈에 어른거려서 어떻게 해야 할지 알 수가 없었다. 잔뜩 당황해서 어쩔 줄 몰라 하는 별의 모습을 보던 교원의 입꼬리가 짓궂게 올라가는 듯싶더니 그의 입이 다시 열렸다.

"뭘 그렇게 안 보는 척하면서 보려고 해? 그냥 대놓고 봐."

"누, 누가 보려고 한다고요!"

"보기 싫으면 뒤돌아 있으면 되잖아. 그럼 간단한데, 뭘."

"아……. 저도 알고 있었거든요!"

맞다. 그러면 되는 건데. 별은 뒤늦게 교원의 말을 듣고 나서야 입을 벌린 채 고개를 끄덕였다. 하지만 교원에게는 일부러 알고 있었다는 듯 투덜거리며 슬그머니 뒤로 돌아섰다. 교원이 자그마한 별의 뒤통수를 빤히 쳐다보다가 다시 말했다.

"이제 됐어."

"다 입었어요? 그럼 밥……."

교원의 말을 듣자마자 별이 반색하며 다시 그를 돌아보았다. 그러나 그녀는 곧바로 말을 잇지 못하고 붕어처럼 뻐끔거려야 했다. 바로 눈앞에는 훤히 드러난 그의 맨가슴이 있었다. 지금 내 눈에 보이는 이게 뭐냐……. 별은 잠시 눈만 깜빡이다가 뒤로 주춤 물러섰다.

그제야 개구쟁이처럼 웃고 있는 교원의 얼굴이 눈에 들어왔다. 그리고 그가 자신을 놀리려고 일부러 그랬다는 것 역시 깨달을 수 있었다.

"아저씨!"

"너무 유난 떠는 거 아니야? 수영장 같은 곳에 가면 사방에 널린 게……."

"그거랑 이거랑 같아요? 세나가 아저씨랑 저, 딘돌이 시는 공간인데 이러면 안 되죠!"

"네가 뭔데?"

"예?"

"집주인이 세입자 무서워서 자기 마음대로 벗고 돌아다니지도 못해? 그런 계약서라도 썼냐, 우리가?"

"적어도 이건 신사답지 못한 행동이잖아요! 아가씨 앞에서 이러는 건요!"

"아가씨는 무슨……. 백오십도 안 되는 게."

"배, 백오십 얘기는 또 왜 해요!"

별의 얼굴이 빨갛게 달아오른 걸 짓궂게 쳐다보던 교원이 셔츠를 갈아입었다. 한쪽 팔에 깁스를 한 상태인데도 제법 능숙한 움직임이었다. 교원은 자신을 신기하다는 듯 바라보는 별을 향해 다가오더니 그녀의 이마를 손가락으로 가볍게 툭, 때리며 입을 열었다.

"그렇게 억울하면 지금부터라도 열심히 쑥쑥 크든지."

"제가 왜요? 저는 제 키에 아무 불만도 없거든요?"

"누가 뭐래?"

교원이 어깨를 으쓱이더니 오른손을 바지 주머니에 찔러 넣은 채 방 밖으로 먼저 나갔다. 진짜 얄미워……. 확 때려 줬으면 좋겠네. 별은 교원의 뒷모습을 보며 입을 삐죽였다. 그러면서도 그녀는 마치 강아지가 주인을 따라가듯 종종대며 그의 뒤를 따라 계단을 내려갔다.

"아저씨, 잠깐 저랑 얘기 좀 해요."

"무슨 얘기?"

교원이 양치를 한 뒤에 작업실로 올라가려다가 별의 목소리에 걸음을 멈췄다. 그녀가 소파에 앉아서 웅크린 채 뭔가를 작성하다 말고 그를 향해 손짓을 했다. 그는 미간을 찡그리며 투덜댔다.

"내가 너희 집 똥개라도 되냐? 개 부르듯 부르기는."

"하여간 뭐 눈에는 뭐만 보인다고……."

"뭐라고?"

"아니에요."

별이 새침한 얼굴로 대꾸하더니 이내 배시시 웃으며 한창 작성하던 종이를 교원에게 내밀었다. 그는 종이를 받아들 생각 따위는 없다는 듯 힐끔 내려다보더니 다시 별을 향해 물었다.

"이게 뭔데?"

"동거 수칙이요."

"뭐? 뭔 수칙?"

기가 막힌다는 듯 교원이 피식거리고는 별이 내민 종이를 낚아채듯 가져갔다. 그리고 그 종이를 대충 훑어보던 그의 눈썹이 비틀리듯 올라갔다.

"……음란행위 금지? 예를 들면 노출 자제?"

"예."

별은 교원의 말에 어색하게 웃으며 고개를 끄덕였다. 교원이 미간을 찡그린 채 종이에서 시선을 떼어 별에게 고정한 뒤, 이를 갈듯 낮은 목소리로 말을 이었다.

"이걸 지금 나더러 지키라고?"

"예."

"인신공격 금지, 성별 차별 금지, 인격적인 모독 금지……."

별이 적어 내려간 항목들을 하나씩 씹어 뱉듯이 말하던 교원의 얼굴이 험악해졌다. 별은 그런 교원의 표정 변화를 지켜보다가 난감한 얼굴로 눈을 굴렸다. ……조금, 심했나? 그렇게 생각할 무렵, 교원에게서 고성이 터져 나왔다.

"도대체 사람을 어떻게 보고 이런 말 같지도 않은 걸 나한테 내밀어! 내가 변태냐? 어? 내가 미친놈이야? 내가 진상이라도 돼?"

"아저씨, 일단 진정 좀 하시고요."

"지금 내가 진정하게 생겼어? 어?"

교원은 펄펄 뛰다가 갑자기 그대로 제풀에 지친 사람처럼 맞은편 소파에 털썩 주저앉았다. 그리고 손으로 이마를 짚고는 한탄하듯 중얼댔다.

"내가 미쳤다고 저걸 내 집에 들여서……."

얻은 것이라고는 한쪽 팔에 금이 가고, 정신적으로 스트레스를 받고, 변태 내지는 미친놈 혹은 진상으로 취급받은 것이 전부라고 해야 할까. 그는 문득 다 귀찮아져서 다시 들고 있던 종이를 별에게 던지며 입을 열었다.

"네 마음대로 해."

"삐쳤어요?"

"내가 애라도 되는 줄 알아? 그까짓 걸 가지고 삐치게?"

삐친 거 맞네. 으르렁거리듯 목을 울리는 목소리에, 별은 목을 쑥 집어넣으며 속으로 중얼거렸다. 그리고 다시 종이를 들고는

볼펜을 입에 문 채 물끄러미 교원을 쳐다보았다. 하긴 자신이 써
놓은 게 좀 심하기는 했다. 별은 교원을 향해 다시 말했다.

"이아애요."

"뭐?"

"이아아다오요."

"그 볼펜 좀 빼고 말해. 무슨 외계어를 하는 것도 아니고."

"아!"

별은 교원의 말을 듣고 나서야 입에 물고 있던 볼펜을 빼고는
겸연쩍게 웃으며 다시 말했다.

"미안하다고요, 아저씨."

"……병 주고 약 주는 것도 아니고."

투덜대면서도 금세 삐쳤던 게 풀린 듯 교원의 목소리가 차분
하게 가라앉았다. 단순하구나, 이 아저씨. 별은 속으로 키득거리
면서도 겉으로는 아무렇지 않은 듯 말을 이었다.

"그런데요. 우리 진짜 서로 지켜야 할 것들을 정해야 되는 거
아니에요?"

"내가 내 집에서 뭘 지키고 살라는 거야?"

"어쨌든 같이 사는 사람들끼리 지킬 건 지키자, 그거죠. 예?
뭐, 어려운 걸 요구하지는 않을게요. 아저씨도 저한테 바라는 것
들이 있을 거 아니에요? 서로 그런 것을 공평하게 지키자고요."

"이리 줘 봐."

"예?"

"볼펜이랑 종이…… 그 말도 안 되는 것들을 적은 종이 말고,
새 종이로."

교원이 손을 내밀다가 얼굴을 찡그렸다. 별은 자신이 쭉 적어 놓았던 종이를 황급히 구겨서 버리고 새 종이를 한 장 집어서 볼펜과 함께 그에게 건넸다. 무심코 그것을 받아 들던 교원이 미간을 찌푸리더니 투덜거렸다.

"이 볼펜 말고 다른 거 없어?"

"예? 없는데요?"

"……됐다."

별이 조금 전에 입에 물고 있었던 걸 생각하니 어쩐지 찜찜했지만, 교원은 금세 귀찮아져서 더 이상 말하는 걸 포기하고 볼펜을 쥐었다. 그리고 테이블을 가볍게 두드리며 머릿속을 정리했다.

별의 말대로 누군가와 같이 산다는 건 귀찮고 번거로운 일이다. 더구나 지금껏 혼자 내키는 대로 살았던 교원에게는 더욱 그랬다. 그런 것을 모두 감수하고 그녀와 동거하기를 선택하다니. 자신답지 않은 결정이었다.

그는 턱을 쓸면서 힐끗 그녀를 보았다. 동그란 눈에 가득 담긴 호기심이 고스란히 드러났다. 자신이 무슨 규칙을 정할지 꽤 궁금한 듯했다. 그러면서도 자신을 무조건 믿는 것인지 걱정이나 두려움 같은 건 조금도 엿보이지 않았다. 내가 뭘 쓸 줄 알고…….

그렇게 사람을 믿다가 된통 사기를 당했으면서도 저런다. 게다가 이런 건 함부로 작성하는 게 아니란 말이다. 그는 잔소리를 할까 하다가 그냥 피식거리고는 종이에 첫 줄을 썼다. 그러자 냉큼 별의 머리가 종이 위에 그림자를 드리웠다.

"어? 이게 뭐예요?"

"뭐긴 뭐야. 동거 수칙이잖아."

"별똥은 주인님에게 절대 복종한다……? 이게 무슨 수칙이에요!"

교원이 적은 것을 그대로 읽은 별이 발끈하며 입을 삐죽였다. 하지만 그에 아랑곳하지 않고 교원은 두 번째 항목을 적었다. 불만 가득한 얼굴로 별이 다시 그가 적은 것을 보고는 큰 소리로 외쳤다.

"이건 아니죠! 이런 게 어디 있어요!"

"여기 있잖아. 네 눈앞에."

별똥은 주인님에게 5대 영양소가 골고루 갖추어진 식사를 삼시 세끼 최선을 다해 제공한다, 라는 두 번째 항목이 버젓이 그녀의 눈앞에서 좌우로 흔들렸다. 별은 교원이 흔들어 보이는 종이를 빼앗으려고 손을 뻗었다. 하지만 그보다 먼저 교원이 종이를 뒤쪽으로 물리며 소파에 기댔다.

"주세요! 저도 쓸 거예요!"

"싫어."

"아저씨!"

"넌 거기에 네 마음대로 써 놓고, 왜 그래? 그리고 내가 어려운 거, 불가능한 거, 그런 걸 쓴 것도 아니잖아? 네가 내 집에 들어와 살기로 한 조건이라고, 특히 이 두 번째 항목은."

"……그건 그렇지만, 뭔가 어감이 마음에 안 들잖아요. 무슨 노예 계약 같기도 하고."

별은 구시렁대며 어깨를 축 늘어뜨렸다. 교원의 입꼬리가 한

143

쪽으로 비틀리듯 올라갔다. 심술을 부리는 듯 짓궂은 미소가 그의 입가에 슬쩍 스쳤다.

문득 신기한 기분이 들었다. 누군가와 이렇게 장난을 친 적은 없었다. 가장 친한 박건호와도 이렇게 거의 매 순간 짓궂은 장난을 치지는 않았다. 일방적으로 건호가 자신에게 장난을 쳤다면 모를까.

'집늘보'라는 별명이 무색할 정도로, 지금의 교원은 꽤 부지런히 그녀와 놀고 있는 중이었다. 그는 별을 쳐다보다가 입을 열었다.

"세 번째."

"예?"

"남의 벗은 몸을 함부로 보지 않는다."

"아, 아저씨!"

별의 얼굴이 순식간에 잘 익은 토마토처럼 빨갛게 달아올랐다. 교원은 들고 있던 종이를 다시 별에게 건네며 일어섰다.

"이런 거 딱히 없어도 돼. 내가 지금 너랑 소꿉장난할 나이로 보이냐?"

별은 교원이 건넨 종이를 황급히 붙잡아 낚아채고는 의심 가득한 눈으로 그를 올려다보았다. 그는 별을 보다가 어이없다는 듯 피식 웃고는 그녀의 머리에 가볍게 꿀밤을 먹였다.

"아! 아파요!"

"아프기는……. 너 때문에 금 간 내 팔보다 아프겠냐?"

그는 목을 좌우로 움직이며 스트레칭을 하고 힐끔 시계를 보았다. OST 작업이 그를 기다리고 있었다. 교원은 다시 시무룩해진 얼굴로 자신의 깁스한 팔을 보았다. 이 상태로 뭘 어떻게 할 수 있을까. 그는 잠시 고민하다가 불현듯 떠오른 생각에 별을 향해 물었다.

"너, 피아노 칠 줄 알아?"

"먹고살기도 바빴는데 무슨 피아노요."

별이 소파 팔걸이에 몸을 기대며 웅얼거렸다. 그 모습을 내려다보던 교원이 다시 물었다.

"그래도 건반 위치는 알지? 도레미파솔라시도 위치 말이야."

"누구를 바보로 아시나……. 당연히 알죠, 그 정도는!"

별은 교원의 물음에 발끈해서 다시 몸을 일으켰다. 그러자 교원이 일어서라는 듯 턱짓을 하더니 말을 이었다.

"그럼 따라와."

"예?"

교원의 말을 이해하지 못한 별이 고개를 갸웃거리자, 그가 다시 입을 열었다.

"네 번째 항목 추가."

"예에?"

"깁스한 거 풀 때까지는 주인님의 왼손이 된다. 류별똥이 아닌, 류왼손으로. 따라와, 왼손."

"뭐라고요?"

별똥도 기분 나쁜 호칭이었는데, 이제는 뭐……? 왼손? 별은 기가 막혀서 그를 올려다보았다. 그러나 교원은 아랑곳하지 않고 다시 손가락을 까딱이며 말했다.

"일어나라니까, 왼손?"

"……에휴."

뚱한 얼굴로 교원을 올려다보던 별은 한숨을 내쉬며 체념하고는 일어섰다. 어쩔 수 없잖아. 나 때문에 깁스한 거니까. 그녀는 교원을 따라서 계단을 올라가며 물었다.

"그런데 저는 왜 따라가야 하는 건데요?"

"왼손이니까."

"이렇게 큰 왼손도 있어요? 우와, 대단하시네요."

"싱거운 소리하지 마."

"싱거운 소리는 아저씨가 더 잘하면서."

별이 투덜거리는 사이에 2층에 다다랐다. 교원은 작업실 문을 열고 들어갔다. 그리고 그 뒤를 따라서 들어간 별의 눈이 휘둥그레 커졌다.

"우와……. 멋지다. 아저씨랑 되게 안 어울려요."

"뭐?"

"음악 작업한다더니, 그게 거짓말은 아니었구나……."

"내가 너한테 사기라도 쳤을까 봐?"

교원이 피식거리며 컴퓨터 전원을 켜고 의자에 앉았다. 부팅되기를 기다리는 동안, 별은 작업실 안을 두리번거리며 입을 벌렸다. 뭔가 다른 세상에 온 기분이 들었다. 피아노도 그렇고, 컴퓨터와 연결된 마스터 키보드도 그렇고.

그녀는 신기하다는 듯 주위를 두리번거리며 보다가 한쪽에 시선을 고정했다.

"어? 여기에 다락방도 있네요? 아, 맞다! 2층에 있는 방 중에 다락방 있는 방이 있다고 그랬죠. 좋겠다, 아저씨는."

"뭐가?"

교원이 미디 프로그램을 열다가 무뚝뚝한 투로 물었다.

"다락방이요! 뭔가, 막 낭만적이잖아요."

"낭만적이기는."

별의 말을 비웃듯 콧방귀를 뀌며 교원은 헤드폰을 집어 들었다. 그리고 한 손으로 그것을 쓰려고 하자, 별이 쪼르르 다가와 헤드폰을 잡고 말했다.

"제가 씌워 드릴게요. 가만히 머리 대세요."

"야, 됐어. 이리 내놔."

"어허! 제가 해 드린다니까요. 왼손을 이럴 때 사용하셔야죠. 예?"

별이 싱글거리며 교원의 헤드폰을 든 채 어린아이를 야단치듯 목소리를 높였다. 교원은 그런 별을 보며 혀를 차더니 눈을 가늘게 뜨고 입을 열었다.

"너, 은근히 즐긴다?"

"뭐든지 즐기면서 하자, 그런 긍정적인 자세, 좋잖아요."

"네 마음대로 해라. 나도 모르겠다. 전부 귀찮아."

너스레를 떨며 대꾸하는 별을 보다가 교원이 한숨을 내쉬고는 어깨를 축 늘어뜨린 채 중얼거렸다. 그러자 별이 냉큼 교원의 앞에 가까이 서서 그의 머리에 헤드폰을 씌웠다.

"아저씨, 머리가 작네요?"

"너만큼 작을까."

교원이 픽, 웃으며 대꾸하고는 피아노 쪽에 있던 의자를 가리켰다.

"거기 앉아서 내가 누르라는 대로 건반 눌러."

"예?"

"한 번에 알아들어라, 응? 나이도 어린 게 귀가 어두운가."

"아저씨는 좀 상냥하게 말하면 안 돼요? 연세 많다고 그러시
나……."

"첫 번째, 별똥은 주인님에게 절대 복종한다. 그거 벌써 잊었
어?"

"그건 아저씨가 일방적으로 만든 거잖아요! 게다가 소꿉장난
이라면서요!"

"아, 됐고. 빨리 자리에 앉기나 해. 너 때문에 작업이 얼마나
밀린 줄 알아?"

교원이 손을 내저으며 별에게 빨리 앉으라고 거듭 재촉했다.

3. 늘어난 군식구

위이잉, 난데없는 소음에 교원은 계단을 내려가다 말고 얼굴을 찌푸렸다.

"아저씨, 내려오셨어요? 잘됐다! 그렇지 않아도 우유랑 바나나 갈아서 가지고 올라가려던 참인데……. 어? 어디 가세요?"

믹서 소리였나 보구나. 난 또 어디서 공사라도 하나 했네. 교원은 심드렁한 얼굴로 생각하다가 주방에서 고개를 쭉 빼고 말을 거는 별을 향해 어깨를 으쓱이며 대꾸했다.

"서울."

"서울이요? 거긴 왜요?"

"네가 알아서 뭐하게? OST 작업 때문에 약속이 잡혀서."

교원은 투덜거리면서도 별이 묻는 질문에는 꼬박꼬박 대답했다. 하지만 그런 자신의 모습이 이상하다고 생각하지 못하는 듯 그는 아무렇지 않아 보였다. 별 역시 그런 교원에게 익숙해졌는지 그저 자연스럽게 고개를 끄덕일 뿐이었다.

"지금 가시게요? 비빔국수 하려고 했는데!"

"너나 먹어."

교원이 차 키를 든 채 몸을 돌리려다가 다시 미간을 찌푸리며 별을 타박하듯 말을 이었다.

"곧 점심 먹겠다는 애가 무슨 우유에 바나나를 갈아서 먹어? 네가 돼지라도 되냐?"

"아저씨 간식 만들려고 한 건데요?"

"웃기네. 지가 먹고 싶어서 해 놓고."

교원은 콧방귀를 뀌더니 손가락을 까딱였다.

"야, 왼손, 너 이리 와 봐."

"아…… 진짜, 자꾸 사람을 신체 부위 취급할래요? 게다가 왼손이 뭐야, 왼손이……. 조폭의 오른팔, 그런 것도 아니고. 집주인의 왼손이라니."

별이 구시렁거리면서도 냉큼 우유와 바나나 갈아 놓은 걸 컵에 따라서 가지고 나왔다.

"바나나 쉐이크예요. 이거라도 마시고 가요, 아저씨. 점심 먹을 때 다 돼서 배고플 거예요."

"바나나 쉐이크……. 이름 한번 거창하다."

교원은 피식 웃으며 별에게서 컵을 받아 들고는 그대로 쉬지 않고 마셨다. 투덜대면서도 순순히 잘 받아 마시는 모습에, 별은 웃음이 나오려는 걸 간신히 참았다. 지금 웃었다가는 이 까칠한 남자가 삐칠 건 당연했다.

웃지 말자. 웃지 마. 이대로 이 남자가 서울에 가면, 그동안 나는 자유의 몸이 되어…….

"푸훗!"

하지만 별은 결국 웃음을 참지 못했다. 교원의 입 주변에 묻은 우유의 흔적에 웃음이 저절로 터져 나오고 만 것이다. 생긴 건 쌀쌀맞고 냉랭해 보이는 미남이 어린애처럼 우유나 묻히고 있고 말이야. 그런 자신의 모습을 알 리 없는 교원이 미간을 찌푸리며 입을 열었다.

"뭐야? 왜 기분 나쁘게 웃어?"

"하하, 아니요. 여기 우유가 묻어서……."

별은 간신히 웃음을 참으며 무심코 손가락으로 그의 입가에 묻은 우유를 닦았다. 그러다가 그대로 행동을 멈췄다. 교원의 입술 언저리에 닿은 손가락이 어쩐지 민망해졌다. 그런데 이대로 손을 거두면 더 이상할 것 같아서 별은 그저 가만히 있을 수밖에 없었다.

두근두근, 가슴이 뛰었다. 그녀는 시선을 슬그머니 내려 바로 앞을 보았다. 그가 입고 있는 카디건의 단추가 눈에 들어왔다. 별은 그 단추와 싸우기라도 할 것처럼 무작정 단추만 노려보았다.

"뭐야, 왜 닦다가 말아? 닦아 주려면 제대로 닦아 줄 것이지."

"예?"

교원의 투덜대는 목소리에 무심코 다시 시선을 든 별의 눈에 그가 들어왔다. 교원은 별의 손가락을 붙잡아서 그대로 아래로 내리며 그녀를 물끄러미 바라보았다. 키 차이가 많이 나는 탓에 그의 시선은 늘 내려다보는 식이었다. 마치 어린아이를 바라보듯 그렇게 말이다.

그런데 어째서일까. 별은 그의 시선이 조금 다르다고 생각했다. 하지만 뭐가 어떻게 다른 것인지 파악도 하기 전에 교원이 붙잡았던 별의 손가락을 놓아주고는 입을 열었다.

"다녀올게. 함부로 문 열어 주지 말고 있어라. 시골 동네라고 아무나 믿고 문 열어 주지 마."

"누가 바보인 줄 알아요?"

별은 괜히 겸연쩍은 마음을 숨기려고 더욱 퉁명스럽게 대꾸하며 발끝을 바닥에 문질렀다. 그러자 교원이 피식 웃더니 그녀의 머리를 쓱쓱 쓰다듬었다.

"바보 맞잖아, 별똥."

"칫. 아저씨도 운전 잘하고 다녀오세요. 깁스한 채 한 손으로 운전해도 돼요?"

"난 잘하니까 괜찮아."

"아저씨, 밖에 나가서 그러지 말아요."

"뭐?"

"제가 진짜 아저씨 생각해서 하는 충고라고요. 그러니까 새겨들어요."

"……나 참, 누구를 애 취급해?"

교원은 기가 막혀서 별을 위아래로 보다가 픽, 웃었다. 그리고 다시 그녀를 향해 입을 열었다.

"어쨌든 왼손, 나 돌아올 때까지 관리 잘하고 있어."

"예?"

"잠이 오면 아무 곳에나 픽 쓰러져서 자지 말고, 제대로 침대나 소파 위에서 자라고."

"그게 제 마음대로 되는 건 줄 알아요?"

별은 구시렁대면서도 괜히 멋쩍은 마음에 얼굴을 붉히며 고개를 끄덕였다. 누군가가 이렇듯 걱정을 해 주는 일이 생소하고 낯설면서도, 은근히 기분을 들뜨게 했다. 하지만 그런 들뜬 마음을 겉으로 드러내지 못한 채 그녀는 고개를 숙이고는 발끝으로 바닥에 그림을 그리며 말을 이었다.

"진짜 운전 조심해서 하세요. 그리고 서울에 도착하면 전화 주시고요."

"난 네 전화번호 모르는데?"

기껏 망설이다가 꺼낸 말에 교원은 너무 쉽게 대꾸했다. 별은 교원의 말에 어이가 없어서 다시 고개를 들어 그를 보며 항의했다.

"아니, 아저씨는 왜 이렇게 무심해요? 세입자 전화번호 정도는 알아야 기본 아니에요?"

"그러는 넌 내 전화번호 알아?"

"그…… 그거야……."

별은 말을 잇지 못하고 더듬거리다가 난처한 얼굴로 어색하게 웃었다.

"아저씨가 알려 주지 않아서……."

"그러는 넌 나한테 알려 줬나?"

"죄송해요."

"됐어. 말 나온 김에 전화번호나 여기에 찍어 봐."

교원은 자신의 휴대폰을 별에게 건네며 선글라스를 썼다. 별은 교원의 휴대폰을 받아 들어 바쁘게 번호를 입력하더니 다시 그에게 내밀었다.

"여기요. 번호 찍었어요."

교원은 휴대폰을 받아 들고는 잠시 화면에 뜬 번호를 노려보다가 전화를 걸었다. 그러자 주방 쪽에서 휴대폰 벨소리가 들렸다. 그녀는 반사적으로 전화를 받으러 가려다가 이내 멈칫하고는 다시 교원을 보았다. 그는 벨소리를 확인하고 전화를 끊은 뒤, 돌아서려다가 생각났다는 듯 별을 향해 물었다.

"돈도 없는데, 통신요금은 어떻게 해결해?"

"예? 아…… 벌어야죠. 일단 이번 달 요금은 통장에 남은 돈으로 간신히 해결될 것 같기는 하고요. 번역 알바나 뭐, 그런 자리 좀 구해야죠. 집에서 할 수 있는 거."

별이 머뭇거리다가 이내 어쩔 수 없다는 듯 웃으며 대답했다. 교원은 그런 별을 물끄러미 쳐다보았다. 그녀의 눈에 고인 것은 눈물일 터였다. 하지만 그는 애써 보지 못한 척 무심한 투로 입을 열었다.

"이러다가 진짜 늦겠네. 다녀올게. 전화하면 3초 안에 받고."

"3초는 또 뭐래요. 독재자 같아."

별이 교원의 말에 다시 투덜거리며 슬그머니 젖은 눈가를 닦아 냈다. 순간적으로 괜히 눈물이 나왔다. 다행히 그에게는 들키지 않은 것 같지만 말이다. 그녀는 교원의 뒤를 따라 현관까지 나갔다. 교원이 신발을 신다 말고 별을 다시 쳐다보았다.

"왜요?"

"……."

교원은 아무 말도 없이 그저 가만히 별을 쳐다보기만 했다. 쌀쌀맞거나 냉랭한 시선도 아니었고, 짓궂거나 심술 가득한 시선도 아니었다. 그저…… 아주 차갑지도, 아주 뜨겁지도 않은 그런 적당한 온기를 지닌 시선이었다.

별은 눈을 빠르게 깜빡이다가 난감한 마음에 시선을 옆으로 돌렸다.

"집 잘 지켜."

"제가 집 지키는 개도 아닌데."

"하여간 말대답하는 거 봐라, 조그만 게 버릇없이."

교원은 피식 웃고는 별의 이마를 가볍게 손가락으로 퉁, 때리고 돌아섰다. 그리고 손을 내저으며 다시 말했다.

"들어가 봐. 주방 어질러 놓은 거, 제대로 청소하고."

"잘 다녀오세요, 아저씨!"

별은 현관에 서서 교원의 뒤통수에 대고 큰 소리로 인사했다. 교원은 뒤도 돌아보지 않고 정원을 가로질러 성큼성큼 걸어갔다. 그 모습을 물끄러미 바라보던 별의 입가에 미소가 스쳤다.

뭐라고 해야 좋을까.

가족이 생긴 것 같은 기분이 든다고 하면 이상해 보이려나. 별은 혼자 눈만 깜빡이다가 머쓱한 얼굴로 중얼거렸다.

"뭐, 어때. 내 마음대로 혼자 생각하는 건데."

그녀는 대문 밖에서 들린 자동차 소리에 고개를 쭉 뺐다가 다시 집어넣고는 현관 바닥을 내려다보았다. 교원이 편하게 나갈 때 신는 슬리퍼 한 짝이 홀랑 뒤집어서 있는 게 보였다.

"하여간 이 아저씨, 진짜 칠칠치 못하다니까."

별은 쭈그리고 앉아서 혼잣말로 구시렁대며 교원의 슬리퍼를 가지런히 현관 한쪽에 놓았다. 그리고 자신의 운동화를 그 옆에 나란히 놓고는 무릎 사이에 턱을 괸 채 손으로 슬리퍼와 운동화의 길이를 재 보다가 중얼거렸다.

"발 진짜 크다……. 밥 먹고 발만 키웠나."

뭐, 발뿐만 아니라 키도 크기는 하지만. 별은 교원의 슬리퍼 옆에 놓은 자신의 운동화가 마치 꼬마가 신는 신발처럼 느껴져서 쑥스러웠다. 마치 아빠와 딸의 신발이 나란히 놓인 것처럼…….

"어후, 미쳤어."

내가 미쳤지. 별은 부르르 몸을 떨며 고개를 마구 흔든 뒤, 다시 무릎에 힘을 주고 일어섰다.

"그나저나 점심은 뭘 먹지? 그냥 찬밥 대충 물에 말아서 먹을까?"

비빔국수를 하려던 원대한 계획은 이미 접어 둔 상태였다. 혼자 먹으면 무슨 맛이겠어. 별이 잠시 시무룩한 표정을 짓다가 주방으로 터덜터덜 들어갔다.

◆

"형 왔어요? 이사했다면서요? 어디로 이사한 거예요? 집들이는 안 해요?"

녹음실 문을 열고 들어가자마자 기다렸다는 듯 달려 나와서 쉴 새 없이 떠들어 대기 시작한 허도우를 가볍게 무시하며 교원은 안으로 들어섰다. 그제야 도우는 교원의 깁스한 팔을 보고는 눈을 휘둥그레 뜨고 그의 옆을 따라가며 다시 말을 이었다.

"팔은 또 왜 이래요? 누구랑 싸웠어요? 헐, 그럼 그쪽은 최소한 전치 4주는 됐겠네."

"좀 닥쳐라. 어?"

교원은 결국 참지 못하고 짜증을 내며 도우를 노려보았다. 그러자 도우는 입을 다물고는 금세 주눅 든 표정으로 교원의 눈치를 살폈다. 그 모습을 바라보던 공석주가 물고 있던 담배를 비벼 끄고는 킬킬거리며 웃더니 교원을 향해 말을 걸었다.

"예뻐해 주면 어디 덧나나…… 다락 형 온다고 새벽부터 와서 저러고 있던 놈인데, 불쌍하지도 않냐?"

"같은 거 달린 사내새끼가 저러는 게 뭐 좋다고."

"그럼 여자가 그러는 건 좋고? 허이고, 퍽이나 그러겠다. 너 때문에 가슴앓이 했던 애들이 몇 명인 줄 알기나 하고 그런 소리를 해라."

"쓸데없는 잡담하려고 나 불렀어?"

"새끼…… 하여간 쌀쌀맞기는. 네가 무슨 얼음 왕자라도 되냐? 겨울왕국의 숨겨진 왕자냐? 알고 보면 본명이 엘사 아닙니까? 예, 다락 씨? 이 기회에 밝혀 보시죠? 연예부 기자들이 알게 되면 눈에 불을 켜고 미친 듯이 달려들 텐데."

"싱거운 새끼. 야, 내놔."

교원은 피식 웃고는 자리를 잡고 앉으며 석주에게 손을 내밀었다. 굳이 말하지 않아도 그가 뭘 요구하는지 알아차린 석주가 씩 웃더니 담뱃갑에서 담배를 하나 꺼내 교원에게 건넸다. 그러자 도우가 그 옆에 의자를 끌어다 놓고 앉더니 석주를 향해 징징대듯 말했다.

"나도 담배 하나만 줘요, 석주 형."

"넌 없어, 인마."

"왜 사람 차별해요? 다락 형만 주고."

"어쭈? 온리 다락을 부르짖는 네 입에서 나올 말이냐, 그게?"

"그건 그거고……. 다락 형, 그나저나 이사 어디로 했는지 진짜 말 안 해 줄 거예요?"

도우가 시무룩한 표정을 지으며 의자를 빙글빙글 돌리다가 다시 교원을 향해 애절한 얼굴로 물었다. 교원은 그런 도우를 향해 물고 있던 담배를 집어 던지며 퉁명스럽게 대꾸했다.

"내가 너한테 왜 그런 것까지 보고해야 되는데?"

"음…… 우리가 함께한 시간을 생각해서?"

"이 새끼가…….."

도우가 부담스러울 정도로 귀여운 표정과 함께 대답하자 교원의 얼굴이 금세 험악해졌다. 그러자 석주가 다시 배를 잡고 키득거리며 웃었다.

"하하. 내가 진짜 미친다니까. 도우, 이 새끼는 지가 어떻게 생겼는지 그건 생각도 안 하고."

"내가 뭐 어때서요? 이 정도면 준수한 편이지."

도우는 태어날 때부터 삐뚤어져 있었다던 콧등을 만지작거리며 능청스럽게 웃었다. 문제는 그 웃음이 험상궂은 얼굴을 더욱 험상궂게 만든다는 것이었지만.

"잡담은 됐고, 일 얘기나 하자. 저녁때에는 돌아가야 돼."

"왜?"

"내 마음이지."

석주가 녹음 부스 쪽을 멀거니 쳐다보며 하품을 늘어지게 하다가 다시 교원을 쳐다보고는 눈을 가늘게 떴다.

"뭔가 수상하다? 이사를 했다더니, 설마 신혼살림이라도 차린 거야?"

"무슨 헛소리야?"

"그렇잖아. 일 말고는 그 어떤 것에도 관심 없던 다락이 갑자기 집에 들어가 봐야 한다고 벌써부터 서두르는 꼴이 딱 그거 아니냐고. 새 신랑."

"미친놈."

교원이 픽 웃으며 고개를 저었다. 그러자 아리송하다는 듯 고개를 갸웃거리던 석주가 다시 턱짓으로 교원의 팔을 가리키며 물었다.

"팔은 왜 그 꼬라지야?"

"내 팔이지, 네 팔이냐?"

"작업에 지장이라도 줄까 봐 그런다, 왜!"

"걱정 마. 내가 언제 일 제대로 안 하는 거 봤어?"

발끈한 석주의 말에도 불구하고 교원은 태연하게 되물으며 턱을 쓸었다. 문득 혼자 집 지키고 있을 별똥이 생각났다. 비빔국수라……. 그는 갑자기 입안에 침이 고이는 것을 느끼고는 석주를 향해 입을 열었다.

"점심 먹있어?"

"당연하지. 시간이 몇 시인데……. 왜? 넌 점심 안 먹었냐?"

"오는 길에 대충 먹었어."

교원은 간단히 대답하고는 다시 석주를 향해 입을 열었다.

"그래서 뭐가 문제라는 거야? 무슨 얘기를 하려고 사람을 여기까지 불렀는지, 얘기나 해 봐."

"아, 그게 말이야. 제작사 쪽에서……."

'다락'은 자신이 작업한 것을 건드리는 걸 싫어했다. 그것도 아주 불처럼 화를 내며 싫어하는 편이었다.

그런 다락의 성격을 모르는 것도 아니기에, 석주는 지금껏 괜히 이런저런 얘기를 늘어놓으며 원래 하려던 얘기를 최대한 미루고 있었다. 도우 역시 그런 마음에 더욱 수다스럽게 떠들어 댔던 것이리라. 다락이 자신의 개인적인 얘기를 하지 않는다는 걸 알면서도 말이다.

일은 위에 있는 놈들이 저질러 놓고 왜 우리가 이 녀석의 화를 받아 내야 하는 거냐고!

석주는 자신의 앞에 앉아서 가만히 얘기를 듣고 있던 교원의 얼굴이 싸늘하게 식어 가는 것을 보며 속으로 한탄했다.

"야, 야! 다락아!"

"난 조금도 바꿀 마음 없어. 여기서 더 음을 쪼개라고? 차라리 나더러 계약을 파기하라고 해."

교원이 냉랭하게 말하며 밖으로 나가려 했다. 석주와 도우가 그를 만류하려 했지만 그보다 먼저 교원이 그들을 뿌리치고 밖으로 나갔다. 뒤에서 다급히 그를 부르던 석주가 달려와 다시 교원을 붙잡았다.

"야, 인마. 그래도 이렇게 가면 우리는 어쩌라고 그러냐. 어?"

"공석주, 너야말로 나랑 하루 이틀 일했어? 내가 지금 이걸 받아들일 거라고 생각하고 보자고 한 거냐?"

괜히 시간 낭비를 한 셈이었다. 교원은 화가 난 것을 숨기지 않으며 신경질적으로 머리를 쓸어 넘겼다. 석주가 교원의 팔을 붙들고 있다가 어깨를 축 늘어뜨리며 중얼거렸다.

"넌 인마, 그냥 네가 하고 싶은 대로 작업하면 끝나는지 몰라도…… 우리는 아니란 말이야."

"……."

"야, 누구는 이러고 싶어서 이러는 줄 알아? 나도 처음에는 내가 하고 싶은 음악, 그래, 그거 하나 보고 달렸어. 그런데 이젠 그게 안 되는 걸 어쩌냐. 다락이 넌 결혼을 안 했으니 모르겠지만, 꿈보다 가족이 먼저더라. 나 혼자 꾸는 꿈보다 내 마누라랑 내 새끼들이 하고 싶은 거 하게 해 주고 맛있는 거 먹이고, 그러는 게 먼저더라고."

"……."

교원은 아무 대답도 하지 않고 석주가 붙들고 있는 자신의 오른팔을 내려다보았다.

이대로 뿌리치고자 한다면 뿌리칠 수 있다. 그렇게 돌아서면 그만이었다. 석주나 도우는 어차피 자신의 삶 속에서 중요한 이들도 아니었다. 음악 작업은 혼자 하면 되는 일이었다. 딱히 지금 이 계약에 매달릴 이유도 없었다.

하지만……

석주의 손등에 파랗게 돋아난 핏줄을 바라보던 교원의 입에서 한숨이 새어 나왔다. 그리고 석주의 뒤쪽에 있던 도우도 울상을 지으며 조심스럽게 다가왔다.

석주나 도우와 함께 작업한 지 꽤 여러 해가 지났다. 그만큼 일적인 면에 있어서는 서로의 속까지 전부 들여다볼 수 있는 정도였다. 이들의 속도 엉망이었겠지. 교원은 다시 미간을 찌푸린 채 석주의 손을 붙잡아 끌어 내렸다.

"다락아, 인마."

"다시 작업해서 샘플 보낼게. 그런데 내 마음에 영 아니다 싶으면, 그땐 진짜 때려치울 거야. 너무 기대하지는 마."

"정말? 야, 고맙다!"

"그리고 이런 얘기는, ⋯⋯목 잘 씻어 놓고 기다렸다가 해라. 어?"

"뭐?"

"그래야 목을 자르든 말든 할 거 아니야."

교원은 살벌한 말을 아무렇지 않게 석주에게 내뱉고는 도우를 향해 고개를 까딱였다.

"석주 데리고 들어가."

"형은요?"

"얘기 끝났잖아. 집에 가야지."

"집에 꿀단지 있어요? 되게 낯설어요, 형 지금 모습."

"뭐?"

교원이 말도 안 된다는 듯 눈을 치켜떴다. 그러자 석주가 도우의 말에 동의한다는 듯 고개를 끄덕이며 교원을 향해 말했다.

"내가 하고 싶은 말이 그거였어. 야, 너 진짜 집에 꿀단지 숨겨 놓은 거냐? 그거 숨기려고 이사 간 곳도 안 알려 줘?"

"언제는 내 집이 어디인지 알았던 것처럼 말하네? 그리고 꿀단지는 무슨, 차라리 애물단지라면 모를까."

교원은 픽 웃고는 턱을 쓸며 중얼거리듯 말했다. 그러자 석주의 눈이 빛났다.

"어? 그러니까 어쨌든 꿀단지든 애물단지든 뭔가 있기는 있다는 거네?"

"거기까지만 해라. 이만 간다."

"야! 야, 다락아! 얘기를 조금만 더 해 주고 갈 것이지……."

뒤도 돌아보지 않고 주차장 쪽으로 가는 교원의 뒷모습을 보던 석주가 아쉽다는 듯 입맛을 다시고는 팔짱을 꼈다. 벌써 여러 해를 알았는데도 여전히 곁을 조금도 내 주지 않는 그에게 서운함이 없다면 거짓일 것이다.

그러나 석주는 그런 점에도 불구하고 '다락'이 마음에 들었다. 음악적인 재능은 말할 것도 없고, 그냥 인간 '다락' 자체도 말이다. 까칠하고 까다로운 성격 탓에 '까까다락'이라는 희한한 별명까지 붙은 존재이기는 하지만.

석주가 가까이 다가온 도우의 어깨에 팔을 걸치며 입을 열었다.

"아이스크림 하나만 사라, 도우야."

"아, 왜 돈도 없는 나를 벗겨 먹으려고요!"

돈 많은 다락 형한테는 사 달라고도 안 하고. 도우는 투덜대면서도 냉큼 석주와 함께 근처의 슈퍼마켓 쪽으로 몸을 돌렸다.

― 지금 아직 홍대 근처야?

"응. 이제 슬슬 가 봐야지."

교원은 차 안에 들어가 앉으며 휴대폰을 고쳐 잡았다. 생각보다 빨리 끝났으니 저녁 전에 돌아갈 수 있을 것도 같다.

그는 그제야 별에게 전화를 하지 않았음을 깨닫고 혀를 찼다. 서울에 도착하면 전화하라던 말을 무시한 건 아니었는데…….
전화하면 3초 안에 받으라던 자신의 말이 오히려 민망할 지경이었다.

교원은 건호와의 통화를 끝내기 위해 입을 열려 했다. 하지만 건호의 말이 먼저 이어졌다.

― 가긴 어딜 가, 인마. 이 형님네 치과로 당장 튀어 와라.

"귀찮아, 너무 멀어."

― 멀기는. 네 차로 30분이면 오잖아!

"싫어, 피곤해."

― 벌써 기력이 쇠하십니까요, 어르신?

"그래. 서른 넘으니까 하루가 다르게 체력이 떨어진다. 됐냐? 전화 이만 끊자."

교원이 조급한 마음에 서둘러 전화를 끊으려고 하자 다급한 건호의 목소리가 다시 들렸다.

― 야, 야! 뭘 이렇게 급하게 끊으려고 해? 어디, 누구한테 전화 올 거라도 있냐?

"……"

교원은 건호의 말에 곧바로 아니라고 대답하지 못한 채 멈칫했다. 정확히 말하자면 전화가 올 게 있는 게 아니라, 자신이 전화를 걸어야 하는 상황이었다. 그런데 그 말이 쉽게 나오지 않았다. 건호가 교원의 침묵을 알아차렸는지 묘한 목소리로 다시 물었다.

— 진짜야? 우와, 천하의 민교원이 전화 올 거 있다고 이렇게 서두르는 거야?

"아니야, 그런 거."

— 아니기는. 야, 뭔데? 아니, 누군데?

"그런 거 아니라니까. 별똥한테 전화하기로 했는데 깜빡 잊고 있었던 것뿐이야."

— 별똥? 아, 별이? 야, 그 예쁜 어린애한테 별똥이 뭐냐, 별똥이?

건호가 타박하듯 말하다가 곧바로 으하하, 하고 웃음을 터뜨렸다.

— 그런데 진짜 교원이 너, 은근히 걔한테 신경 많이 쓴다?

"헛소리하려고 전화 끊지 말라고 했냐? 진짜 끊는……."

— 알았어, 끊을게! 그런데 너, 진짜 얼굴 좀 보자. 어? 오늘 대표 원장도 없어서 진료 일찍 끝날 거란 말이야. 오래 안 붙잡을게. 응?

"알았어. 지금 그쪽으로 갈게."

— 오, 그래! 대충 우리 진료 끝나는 거랑 시간 맞겠다. 잘 와라! 별이한테도 바로 전화하고.

건호가 키득거리며 웃더니 전화를 끊었다. 교원은 휴대폰을 잠시 쳐다보다가 고개를 저으며 중얼거렸다.

"내가 대표 원장이면 이 잉여 자식부터 잘라 버렸을 거야."

그리고 그는 다시 휴대폰의 최근 기록에서 별의 전화번호를 찾았다. 저장해 놓지 않은 탓에 이름도 떠 있지 않았지만, 번호가 눈에 금세 익은 것인지 외울 수도 있을 것 같았다. 신호음이 몇 번 가다가 상대 쪽에서 전화를 받았다.

— 헥헥, 여보세요!

"······뭐야, 그 기분 나쁜 숨소리는?"

교원은 휴대폰을 귀에서 멀리 떨어뜨렸다가 다시 대고는 퉁명스럽게 받아쳤다. 그러자 발끈한 별의 목소리가 들렸다.

— 3초 안에 받으라고 해서 뛰어왔더니, 왜 또 구박이에요?

"뭘 하고 있었는데 뛰어와?"

— 2층 올라가는 계단 청소요.

"계단?"

— 예. 좀 문질렀더니 광이 나더라고요. 그래서 작정하고 닦는 중이에요.

뭔가 뿌듯한 어조로 자랑하듯 말하는 별의 목소리를 듣고 있으려니 괜히 웃음이 나왔다. 교원은 피식 웃으며 등받이에 편하게 기댄 채 다시 말을 이었다.

"좀 늦을지도 몰라."

— 그렇겠죠. 지금 도착하셨으니······. 고속도로가 많이 막혔어요? 아까 기다리다가 걱정되기는 했는데, 운전 중에 방해될까 봐 전화는 안 했어요.

교원은 예상치 못한 별의 말에 대구하지 못하고 잠시 멈칫거렸다. 기다렸다는 말, 걱정했다는 말, 그런 말들이 어쩐지 생경

하면서도 달콤하게 들렸다.

그는 집에서 나오기 전의 일을 떠올렸다. 자신을 위해서 갈아 주었던 바나나 쉐이크의 달콤한 맛, 그리고 입가에 닿았던 손가락의 부드럽던 감촉, 몇 번이나 운전 조심히 하라며 당부하던 목소리의 온기까지.

교원은 시선을 내려 깁스한 팔을 보았다. 아마 내일이나 모레쯤 깁스를 풀게 될 것이다. 자신의 왼손 노릇을 하라고 억지를 부렸는데도 그녀는 제법 성실하게 자신의 작업실에서 지루함을 이겨 내며 OST 작업을 도와주었다.

한 손으로 하는 작업은 더디게 진행되었지만, 그래도 별이 자신의 왼손 노릇을 해 준답시고 옆에서 도왔던 터라 그리 나쁘지는 않았다. 자신이 작업을 할 때 누군가가 근처에 있는 것 자체를 싫어한다는 걸 알고 있는 석주나 도우가 보았더라면 경악했을지도 모르겠다. 교원의 입꼬리가 올라갔다.

— 어쨌든 이따가 오실 때도 운전 조심하시고요. 어두우니까 더 천천히 오세요. 급하게 운전하지 마시고요.

"……그래."

교원은 뭔가 말을 하고 싶었다. 하지만 스스로 무슨 말을 하고 싶은 것인지 알 수 없었다. 그는 어색한 마음에 다시 퉁명스럽게 말을 이었다.

"너야말로 어두운데 괜히 밖에 돌아다니지 말고 집이나 지키고 있어."

— 예, 예에. 집 잘 지키고 있을게요, 멍멍.

별이 불만 가득한 목소리로 퉁하게 대꾸했다. 집 지키라는 말에 자존심이라도 상한 듯했다. 그는 피식 웃으며 전화를 끊었다. 그리고 내비게이션에 건호가 근무하는 치과를 입력했다. 건호의 말대로 홍대에서 충무로까지는 30분 정도밖에 걸리지 않을 터였다.

◆

― 진짜 미안하다, 교원아. 내가 이따가 저녁밥 쏠게. 환자가 늦게 와서…….

"알았으니까 끝나면 전화해."

교원은 짜증을 감추지 않고 건호에게 퉁명스럽게 대꾸하고는 전화를 끊었다. 차를 주차해 놓고 나왔지만 막상 혼자 어디에서 뭘 하며 시간을 보내야 할지 막막했다. 그렇다고 어두컴컴한 주차장 안에서 답답하게 있고 싶지는 않고…….

"그냥 좀 걸을까?"

교원은 선글라스를 쓰고 어깨를 으쓱였다. 집 놔두고 이게 무슨 청승인지 모르겠다. 그는 건호에게 한바탕 속으로 욕을 퍼부으며 발길이 닿는 대로 걸음을 옮기기 시작했다. 그러다가 교원은 걸음을 멈췄다.

"뭐야, 여기는?"

애견샵이 즐비하게 늘어서 있는 길 한가운데에 선 교원의 얼굴이 불쾌한 듯 일그러졌다. 하지만 큼직한 선글라스에 가려진 탓에 그가 불쾌한 기색을 내비치는지 알 수 있는 사람은 없었다. 오히려 흔히 볼 수 없는 외모 때문인지 지나가는 사람들마다 그를 힐끔거리기 일쑤였다.

"……아, 충무로였지."

언젠가 들은 적이 있는 것도 같다. 충무로에 있다는 애견 거리 말이다. 바로 여기가 그곳인가 보다. 교원은 시선을 돌리기도 싫다는 듯 다시 정면만을 보며 걸음을 옮겼다.

유리 너머에 작은 칸마다 들어가 있는 강아지들이 눈에 들어왔다. 수시로 지나가는 자동차의 소음과 사람들로 인해 어린 녀석들이 스트레스를 받는 것은 당연한 일이다. 그래서일까. 작은 몸뚱이들이 저마다 등을 돌린 채 엎드려 축 처져 있었다.

교원은 아무리 앞만 보려고 해도 자꾸만 시야 안에 들어오는 강아지들을 보다가 어금니를 악물었다. 제 신세가 딱 저랬을지도 모른다. 다락방, 그 비좁은 공간에 갇혀 있던 자신의 신세가 딱 이 거리에 있는 강아지들과 다를 바 없었다.

그 순간, 작은 강아지 한 마리가 유난히 교원의 눈에 들어왔다.

그는 멈춰 서서 유리창 안쪽을 보았다. 눈을 중심으로 까만 얼룩무늬가 있는 작은 강아지 한 마리가 교원을 빤히 쳐다보고 있었다. 힘이 없는지 웅크린 채 고개만 들고는 그저 물끄러미 교원을 바라보기만 하던 강아지의 눈에 눈물이 고인 것도 같았다.

……별이 생각났다.

'예? 아…… 벌어야죠. 일단 이번 달 요금은 통장에 남은 돈으로 간신히 메꿀될 것 같기는 하고요. 번역 알바나 뭐, 그런 자리 좀 구해야죠. 집에서 할 수 있는 거.'

무심코 통신요금을 어떻게 내는지 물었다. 별다른 뜻은 없었다. 딱히 궁금한 것도 아니었다.

그러나 교원은 자신의 질문을 받고 대답하는 별을 보며 자신이 실수를 했음을 깨달았다. 그녀의 상처를 건드렸다는 것을 알아차리고 말았다.

하지만 이미 밖으로 나온 말을 없던 것으로 주워 삼킬 수는 없었다. 그래서 그는 별의 눈물을 보지 못한 척 행동하는 것 외에는 아무것도 할 수 없었다.

고된 삶이었을 것이다. 어린 여자애가 홀로 감당하기에는 버거웠을 것이다. 부모 없이 살아가는 것만으로도 어깨 위에 무거운 짐을 지고 사는 것이었을 텐데, 기면증이라는 병까지 생겨서 제대로 된 생활조차 꿈꿀 수 없게 되었으니 더욱 그랬을 것이다. 게다가 사기까지 당해서 그나마 가지고 있던 것을 전부 잃은 상황이니 무서웠겠지.

'……어쩌면 나보다 강한 녀석인지도 모르겠군.'

교원은 피식 웃으며 다시 유리 너머의 강아지를 쳐다보았다. 그리고 충동적으로 몸을 움직여 가게 안으로 들어갔다.

"이게 뭐냐?"

건호가 자리를 잡고 앉으려다 말고 케이지 안에 들어 있는 강아지를 보고는 황당한 표정을 지었다. 교원은 홍합탕을 떠먹다 말고 건호를 향해 심드렁한 투로 대꾸했다.

"보면 몰라? 개잖아."

"개라니…… 하여간 말하는 것 봐라. 이게 어디를 봐서 그냥 개냐? 강아지구만! 그것도 아주 귀여운 강아지!"

허허, 하고 웃으며 건호가 자리를 잡고 앉았다. 교원이 빈 술잔을 건호 쪽으로 밀며 술병을 건넸다. 그러자 건호가 술병을 받아 들며 말을 다시 이었다.

"네가 어쩐 일로 이런 가게에 와 있나 했다."

"내가 뭘?"

"너 원래 이런 곳 싫어하잖아. 사람이 많거나 공간이 비좁거나 한 곳 말이야. 흐흐, 강아지 때문이구나?"

실내에는 강아지를 데리고 들어갈 수 없을 테니 별 수 없이 노점을 찾은 것이겠지. 하여간 이 자식은 쌀쌀맞은 척하면서도 신경 쓸 건 다 쓴다니까. 건호가 술잔을 기울이며 눈을 둥글게 휘었다.

"귀여운 놈."

"미쳤나?"

교원이 못 들을 말을 들었다는 듯 목소리를 낮추며 짜증을 부렸다. 그러거나 말거나 건호는 콧노래를 흥얼거리며 접시에 있던 꼬치 하나를 집어 들고는 다시 케이지 안을 들여다보았다.

"장모치와와네?"

"그렇다더라."

"그런데 웬 강아지야? 설마 네가 샀어? 너 같은 놈이? 야, 너는 누구 인생, 아니다…… 누구 견생을 말아먹으려고. 이 어린 게 무슨 죄가 있어서 너한테 팔려 왔단 말이냐."

어헝, 하며 과장되게 우는 시늉을 하는 건호를 쳐다보던 교원의 눈이 슬슬 가늘어졌다. 헛. 그만 놀려야지. 건호는 냉큼 표정을 고치고는 다시 꼬치를 한 입 먹었다. 그러자 교원이 딱히 뭐라고 받아칠 생각은 없는지 평온한 얼굴로 입을 열었다.

"집에 데려다 놓으려고."

"집에?"

"집 지킬 놈 하나는 있어야지."

"얘더러 집 지키라고?"

건호가 황당하다는 얼굴로 케이지 안에 있는 강아지를 가리켰다. 그러자 교원이 어깨를 으쓱이며 고개를 끄덕였다.

"자기 밥값은 해야지."

"이런 미친놈. 너, 이거 아동 노동착취야. 알아?"

"밥 주고 재워 주겠다는데 착취는 무슨……."

교원은 피식거리며 건호의 말을 무시하고는 음료수병을 들었다. 건호가 그 모습을 보더니 얼굴을 찡그렸다.

"뭐야, 술을 혼자 무슨 맛으로 마시라고."

"혼자 소주 두세 병은 가볍게 마시는 놈이 할 소리냐?"

"차라리 내 오피스텔 가서 자고 가지 않을래? 이왕 본 김에 한잔 하고."

"됐어. 집에 어린애 하나 놔두고 왔으니 가 봐야지."

"뭐? 뭐라…… 콜록."

"야, 넌 뚫려 있는 목구멍도 제대로 못 열어 놓냐? 왜 마시던 걸 나한테 뱉어 내?"

건호가 술을 마시다 말고 콜록거리며 기침을 하자 교원이 짜증을 내면서 옷을 털었다. 하지만 건호는 그에 아랑곳하지 않고 손을 뻗어 교원의 이마를 짚었다.

"아, 뭐하는 거야?"

"열은 없는데……."

"야!"

건호가 열을 재는 시늉을 한 것으로도 모자라 그의 눈을 들여다보려고 하자 교원이 버럭 소리를 질렀다. 그러자 건호의 입이 실룩인다 싶더니 이내 웃음이 터져 나왔다.

"하하! 내가 진짜 이런 날을 맞이하게 될 줄이야……. 야, 교원아. 대체 뭐냐?"

"뭐가?"

"나는 네가 독거노인으로 늙어 갈 줄 알았거든? 그런데 이제 보니 그렇게 되지는 않을 것 같다, 이거지."

"뭐?"

기가 막힌다는 듯 교원이 눈을 치켜뜨고 건호를 노려보았다. 건호는 교원을 바라보며 실실 웃더니 말을 이었다.

"별이도 그렇고, 이 강아지도 그렇고. 네가 원래 이런 놈이 아니었잖아. 대체 무슨 심경의 변화가 있었던 거야? 응? 설마 어디 아프기라도 한 거냐? 뭐야, 병원에서 몇 개월밖에 못 산다고 했어? 그래서 네가 안 하던 짓을……."

"아예 저주를 하지 그러냐?"

과장된 몸짓까지 동원하며 말하던 건호를 향해 교원이 얼굴을 찡그리며 쏘아붙였다. 그리고 뭔가를 생각하는 듯 잠시 입을 다문 채 케이지 안에 들어 있는 강아지를 보았다. 새까만 눈이 교원을 가만히 보고 있었다.

애교가 많은 종이라더니 딱히 그런 것 같지도 않은데…….

"배고파?"

교원은 불쑥 강아지에게 말을 걸었다. 그러나 강아지는 대답도 하지 않고—대답할 리가 없지만— 물끄러미 교원을 쳐다보다가 앞발 사이에 머리를 묻었다. 그는 다시 건호를 돌아보고는 몸을 일으켰다.

"넌 더 마시다 가든지 해라. 난 이만 간다."

"야, 교원아! 벌써 간다고?"

건호가 술을 홀짝이다가 눈을 휘둥그레 뜨고 교원을 보았다. 교원은 테이블 위에 놓아두었던 케이지를 향해 손을 뻗다가 고개를 끄덕였다. 아쉬운 표정을 짓던 건호가 납득한다는 듯 고개를 끄덕이며 중얼거렸다.

"하긴…… 너도 이제 홀몸이 아니니까."

"내가 임신했냐?"

교원은 건호의 말에 으르렁대듯 대꾸했다. 그러자 건호가 씩 웃더니 케이지를 가리키며 말을 이었다.

"뭐, 비슷하기는 하잖아. 게다가 집에서는 여우 같은…… 아니지, 토끼 같은 마누라……도 아니고. 하여간 토끼 비슷한 세입자가 기다리고 있으니 말이야."

킬킬대며 웃는 건호의 얼굴에는 장난기가 가득했다. 작정하고 놀리겠다는 듯한 태도였다. 교원은 고개를 설레설레 젓고는 케이지를 들려던 손으로 건호의 머리통을 가볍게 후려쳤다.

"야, 인마!"

"적당히 해라. 어?"

교원이 케이지를 들며 으름장을 놓듯 말했다. 그러자 건호가 발끈하려다가 이내 혼잣말로 뭐라고 투덜대고는 다시 턱짓을 하며 물었다.

"깁스는 언제 풀어? 운전하고 올라오기 괜찮았냐?"

"내일이나 모레쯤. 그냥 내일 가 봐야지. 그리고 운전이야 뭐, 천천히 했거든."

교원은 깁스한 팔을 움직여 보이면서 대꾸했다. 그 모습을 보던 건호가 손을 내젓더니 숟가락을 다시 들었다.

"오냐, 그럼 운전 조심히 해서 잘 내려가라. 이 형님이 배웅은 못 한다."

"그래. 잔반 처리 잘해라."

"야!"

교원이 장난처럼 입꼬리를 올리며 말하자마자 건호가 소리를 질렀다. 그러나 교원은 아무렇지 않게 슬쩍 미소를 짓고는 돌아섰다. 계산을 하려는 듯이 주인에게 다가가는 교원을 바라보던 건호가 구시렁거리다가 다시 목청 좋게 말했다.

"야, 나 우동 하나만 더 먹는다?"

"알았어."

교원이 추가로 건호의 우동 값까지 지불하며 대꾸했다. 케이지 속에서 강아지가 빨리 가자는 듯 안쪽을 긁는 소리가 들렸다.

◆

'동글마을'이라 적혀 있는 동글동글한 바위가 진초등 불빛을 받아 어둠 속에서 환하게 모습을 드러냈다. 교원은 조수석에 놓은 케이지를 힐끔 보며 그제야 숨을 내쉬었다.

그렇지 않아도 깁스한 팔 때문에 운전을 편하게 하지 못했는데, 거기에 강아지 한 마리까지 더해지니 운전하고 오는 내내 신경을 바짝 곤두세울 수밖에 없었다.

그래도 이제 거의 다 도착했다는 생각이 들어서일까. 교원은 한결 가벼워진 마음으로 집 쪽을 향해 핸들을 돌렸다.

멀리서 불빛이 다가왔다. 아니, 자신의 차가 불빛을 향해 가고 있다고 하는 편이 정확했다. 집의 곳곳에 켜져 있는 불빛을 보던 교원의 입가에 느슨한 미소가 번지기 시작했다.

뭔가 기분이 이상하면서도 나쁘지는 않았다.

집에 들어갈 때마다 그를 늘 먼저 맞이하던 것은 어둠뿐이었다. 아니면 자동으로 켜지는 센서등의 불빛이거나. 그것에 딱히 불만을 갖고 있었던 것은 아닌데, 지금 이렇게 집의 곳곳을 밝히고 있는 불빛을 보고 있으려니 이것도 꽤 괜찮다는 생각이 들었다.

"자기 돈 아니라고 낭비하나……."

하지만 교원의 입술 사이로 나온 말은 올라간 입꼬리와는 달리 퉁명스럽기 그지없었다.

그는 집 앞에 차를 주차하고는 시동을 끈 뒤에 키를 챙겨서 차 밖으로 나왔다. 그리고 곧바로 조수석 쪽으로 돌아가서 문을 열고 케이지를 꺼내 들었다.

케이지 안에서 강아지가 경계라도 하는 것인지 작게 으르렁거리는 소리가 들렸다. 조그만 게 으르렁거리기는. 교원은 픽 웃으며 몸으로 조수석 문을 밀어 닫았다. 깁스를 한 상태라 이래저래 불편한 점이 많다.

그래도 뭐, 내일쯤이면 깁스를 풀 수 있을 테니······. 교원은 이런저런 생각을 하며 초인종을 눌렀다.

"아저씨, 오셨어요?"

정원에 나와 있었던 것인지 인터폰을 통한 목소리가 아니라, 대문 너머에서 생생한 별의 목소리가 들렸다. 그리고 교원이 대답도 하기 전에 냉큼 문을 여는 소리가 이어졌다.

"그래도 빨리 오셨네요!"

동그란 눈에 반가움이 묻어났다. 교원은 순간적으로 머쓱해져서 미간을 찡그렸다.

"여자애가 겁도 없이 누군지 확인도 안 하고 문부터 여냐? 내가 아니면 어쩌려고?"

"대문 너머까지 뚫어 보는 투시력 덕분에······."

"지금 나랑 장난하자는 거야?"

교원이 인상을 쓰며 들고 있던 케이지를 내밀었다. 그러자 별이 얼떨결에 케이지를 받아 들고는 다시 그를 바라보며 물었다.

"응? 이게 뭐예요? 서울 가서 뭘 사 오신 거예요? 이게 뭐지······. 우와!"

별은 그 자리에 쭈그리고 앉더니 냉큼 케이지를 열었다. 기다렸다는 듯 강아지가 꼬물거리며 케이지 바깥으로 아장아장 걸어 나왔다. 별의 눈이 휘둥그레 커져서 그대로 교원을 올려다보았다. 그는 별의 시선에 겸연쩍어서 퉁명스럽게 입을 열었다.

"네가 해야 할 일 중에 추가된 거야. 네가 알아서 먹이고 씻기고 잘 키워 봐. 집 지킬 수 있게 훈련도 시키고."

"우리가 키우는 거예요? 진짜로요?"

"그럼 가짜로 키우냐?"

교원이 툴툴대며 대꾸하고는 차 키를 던졌다. 별은 냉큼 키를 받아 들고는 고개를 갸웃거렸다.

"차 트렁크에 사료 있으니까 꺼내. 어쨌든 네가 애 밥 담당이니까 알아서 해."

"예! 고맙습니다, 아저씨!"

"네가 왜 고마워?"

교원은 시선을 돌리며 투덜거리다가 슬쩍 그녀를 돌아보았다. 어느새 그녀는 강아지를 품에 안은 채 일어서 있었다. 그런데 뭘 보는 것인지 별이 고개를 숙인 채 강아지의 아랫배 근처를 살피고 있었다.

"뭐 하는 거야?"

"수컷인지 암컷인지 보려고요. 음…… 수컷이네요? 헤헤, 그럼 제가 애 누나인 셈인가 봐요."

배시시 웃으며 대답한 별을 보면서 교원은 잠시 말을 잇지 못했다. 뭘 확인하고 수컷이라고 하는 건지 구태여 묻고 싶지도 않았다.

"……넌 지금 네 앞에 있는 내가 남자란 건 머릿속에 아예 들어 있지도 않냐? 민망하지도 않아?"

"예?"

"됐어. 다 귀찮아."

교원은 고개를 마구 흔들고는 안으로 들어가기 위해 걸음을 옮겼다. 그리고 현관에 들어서기 직전, 다시 뒤를 돌아보았다. 별이 신나서 총총거리며 대문 밖으로 뛰어가는 것이 보였다. 그 모습을 보던 교원의 입꼬리가 슬그머니 위로 올라갔다.

"그런데요, 아저씨."

교원은 소파에 앉아 뒤로 고개를 젖힌 채 눈을 감고 있다가 별의 목소리에 고개만 모로 돌렸다. 강아지와 함께 놀던 별이 눈을 깜빡이며 그를 쳐다보고 있었다. 자그마한 녀석 둘이 노는 걸 보고 있으려니 우스웠다. 하지만 교원은 무심한 표정으로 입을 열었다.

"왜?"

"얘는 이름이 뭐예요?"

"이름?"

별의 질문을 미처 생각하지 못한 탓에 교원은 바로 대답하지 못했다. 그러자 별이 고개를 갸웃거리더니 설마, 하는 표정으로 말을 이었다.

"설마 이름 없어요? 지어 주지 않았어요?"

"내가 작명가도 아닌데, 이름을 왜 지어?"

"작명가만 이름 지으란 법 있나요!"

"응, 있어."

"말도 안 돼! 그런 게 어디 있어요!"

"법 어딘가에 있을 거야. 궁금하면 국가법령정보센터에 들어가 보든지."

"……사기꾼."

별은 황당하다는 얼굴로 교원을 보다가 그 말만 내뱉고는 입을 다물었다. 그러다가 다시 눈을 반짝이며 강아지를 품에 안은 채 교원에게 무릎걸음으로 다가갔다. 그리고 무릎을 꿇은 자세로 공손히 강아지를 들어서 교원에게 내밀며 입을 열었다.

"이름 지어 주세요."

"싫어."

"그래도요."

"귀찮아."

"아저씨가 데리고 왔잖아요. 그런데 이름도 없이 크는 건 너무 불쌍하다고요."

"지키미."

"예?"

"얼룩이."

"……예에?"

별은 교원의 이어진 대답에 잠시 멍한 얼굴을 하고 있다가 자신도 모르게 인상을 쓰고 말았다. 그러니까 '지키미'라는 건 말 그대로 집 지키라는 뜻에서 나온 것 같고, '얼룩이'라는 건 생김새 그대로 까만 무늬가 있어서 그런 것 같은데…….

"너무 성의 없는 거 아니에요? 아무리 얘가 말을 못 해도 그렇죠. 다 느끼고 있을 텐데 얼마나 서럽겠어요. 평생 아저씨 원망할 거라고요."

"개는 밥만 잘 주면 충성하기 마련이야."

"아니거든요!"

"아, 그럼 네가 지어 주든지."

교원은 별과 더 이상 말씨름을 하고 싶지 않아서 투덜대듯 말을 던졌다. 그러자 별이 강아지를 들고 더욱 가까이 다가와 물었다.

"진짜 그래도 돼요? 제가 얘 이름 지어도 되는 거예요?"

"그래."

교원은 고개를 끄덕이며 대꾸했다. 솔직히 이름 따위 누가 지으면 어떤가 싶었다. 하지만 시큰둥한 교원과는 달리 별은 교원을 향해 들어 보이고 있던 강아지를 품에 다시 꼭 끌어안은 채 환호했다.

"신난다! 뭐라고 지어 줄까? 응? 어떤 이름이 좋겠어?"

"……바보냐?"

개가 네 말을 알아듣고 대답할 것 같아? 교원은 어이없다는 표정을 숨기지 않고 별을 쳐다보다가 혀를 찼다. 그러다가 몸을 앞으로 숙이고 그녀를 가만히 보았다. 어린아이처럼 순수하게 기뻐하는 모습이 신기했다.

그의 시선을 느낀 탓일까. 한껏 들떠 있던 별이 멈칫하며 교원과 시선을 마주했다.

그리고 두 사람 모두 한동안 아무 말도 하지 않았다. 교원은 그저 물끄러미 별의 얼굴을 꼼꼼하게 훑듯이 보았다. 그 시선에 별은 조금도 움직일 수 없었다. 아니, 시선조차 돌릴 수 없었다. 강아지를 안고 있던 팔에 무심코 힘이 들어가는 줄도 모르고.

끼잉.

팔에 힘이 과하게 들어간 탓일까. 강아지가 낑낑대기 시작했다. 그와 동시에 별과 교원은 마치 속박에서 풀려난 사람처럼 긱자 몸을 움직이며 시선을 돌렸다.

'……다행이야.'

별은 속으로 그렇게 생각하며 강아지의 보드라운 털을 만졌다. 왜 그런지 그의 시선을 받고 있는 내내 온몸이 긴장되어서 숨조차 쉴 수 없었다. 그러니 그 상황에서 벗어나 다행이라 할 수 있었다.

그런데 어째서일까. 별은 괜히 아쉬운 마음이 들어서 슬쩍 교원을 훔쳐보았다. 그는 언제 그랬던가 싶게 소파에 기댄 채 눈을 감고 있었다.

"……."

별은 가만히 입을 다문 채 교원의 얼굴을 바라보았다.

조금 전 그가 그랬던 것처럼, 꼼꼼하게 얼굴의 구석구석까지 전부 보았다. 눈을 감고 있어서 그런지 날카로운 인상이 다소 누그러져 있었다. 하여간 잘생기긴 잘생겼는데 말이야. 별은 구시렁대며 그를 계속 관찰하듯 보았다.

알 수 없는 남자였다. 성격도 고약하고 툭하면 짜증이나 내고…… 그러면서도 자신의 집에 공짜로—물론 몸으로 갚으라는(!) 조건을 붙이기는 했지만— 낯선 사람을 살게 해 줄 정도로 호구 짓을 아무렇지 않게 하기도 하고.

천재와 바보는 종이 한 장 차이라고 하지만, 고약한 사람과 호구도 종이 한 장 차이인가 보다. 그렇게 이런저런 생각을 하며 교원의 얼굴을 바라보고 있는데 그의 목소리가 들렸다.

"그렇게 쳐다봐서 내 얼굴 뚫어 죽일 셈이야? 새로 나온 살인 수법인가. 그거 참 신기하네."

"뭐, 뭐라고요?"

눈도 뜨지 않은 채 말하던 교원의 입꼬리가 호를 그리며 올라갔다. 별은 당황한 나머지 말을 더듬었다. 교원은 천천히 눈꺼풀을 들어 올리고는 별을 쳐다보았다. 동그란 눈이 당황함을 지우지 못하고 자신을 바라보는 것에 왜 그런지 가슴이 뛰었다.

하지만 그는 내색하지 않은 채 말을 이었다.

"출출하지 않냐? 라면 먹을래?"

"예에?"

교원은 별의 대답을 기다리지 않고 몸을 일으켰다. 그리고 주방 쪽으로 걸음을 옮겼다. 며칠 전에 읍내에 가서 사 왔던 라면을 어디에 두었더라…….

"야, 별똥! 라면 어디에 숨겼어?"

"숨기긴 누가 숨겼다고 그래요!"

이 아저씨가 사람 잡네. 별이 투덜대며 일부러 쿵쿵거리고 주방으로 들어왔다. 교원은 싱크대 문을 전부 열어 보다가 그녀를 돌아보았다. 그리고 미간을 찌푸리며 언성을 높였다.

"개까지 데리고 들어오면 어떡해! 당장 내보내!"

"헙, 죄송해요……."

미안해. 이따가 같이 놀아 줄게. 저기 가 있어. 별은 강아지에게 속삭이듯 작게 말하고는 조심스럽게 바닥에 내려놓았다. 그러자 강아지가 뿔뿔거리며 교원을 향해 달려갔다.

"야! 야, 너 인마, 저리 안 가!"

교원이 깁스한 팔까지 휘저으며 목소리를 높였다. 하지만 눈치 없는 강아지는 교원을 마음에 들어 한 셈인지 뒷발로 서서 앞발을 그의 다리에 대고는 꼬리를 흔들기 시작했다. 통통하고 짧은 꼬리가 미친 듯이 움직이는 것을 본 별에게서 웃음이 터져 나왔다.

"웃지 마! 뭐가 웃기다고 웃어! 야, 빨리 이 개 좀 데리고 가!"

"하하, 강아지가 아저씨 좋아하나 봐요. 아, 부럽다⋯⋯."

별은 까르르 웃다가 일부러 보란 듯이 시무룩한 표정을 지었다. 그러자 교원이 얼굴을 찡그리며 입을 열었다.

"너 지금 일부러 나 놀리려고 그러는 거지?"

"어? 어떻게 알았어요?"

"야!"

교원의 목소리가 더욱 커졌다. 그와 동시에 교원의 다리에 매달려 있던 강아지가 나름대로 열심히 짖어 댔다. 같이 노는 줄 아는 건지 신나게 꼬리를 흔들면서.

"안 돼! 넌 아가라서 라면 먹으면 안 된단 말이야."

별은 강아지를 품에 안은 채 어린아이에게 하듯 달래는 어조로 말을 이었다. 교원은 라면을 먹다가 기가 막혀서 그녀를 쳐다보고는 입을 열었다.

"다 큰 성견이라도 마찬가지야. 지가 뭐라고 감히 사람 먹는 걸 먹으려고 해? 그리고 뭐 먹을 때만큼은 그 개 좀 치워. 그러다 그 녀석 버릇 나빠져서 사람 머리 꼭대기 위에 올라가려고 하면 네가 책임질 거야?"

"어휴, 아저씨! 애가 다 듣는데 꼭 그렇게 말씀하셔야 돼요? 서운해하면 어쩌려고요."

별이 강아지의 양쪽 귀를 막는 시늉을 하며 엄살을 부렸다. 아주 골고루 한다, 골고루 해. 교원은 면발을 입에 넣다 말고 미간을 찌푸린 채 눈을 치켜뜨고는 별을 향해 입을 열었다.

"내가 몇 번째 말하지만, 그 녀석은 그냥 개야. 개라고. 알아들어?"

"개라고 하기보다는 강아지라고 하는 편이……."

"개나 강아지나 그게 그거지!"

"그건 아니죠, 아저씨. 부르는 말에 따라서 느낌이 다르잖아요."

"뭐?"

별은 냄비 뚜껑에 라면을 건지다 말고 교원을 쳐다보고는 한숨을 푹 내쉬며 말을 이었다.

"예를 들어서 제가 아저씨를 '아저씨'라고 부를 때와 '오빠'라고 부를 때, 느낌이 다를 거 아니에요?"

"……뭐?"

"아잉, 오빠."

"뭐야, 먹을 것 앞에 놓고 그 행동은? 나더러 라면도 먹지 말라는 거야?"

차마 봐서는 안 될 것을 보았다는 듯이 교원의 얼굴이 험악해졌다. 그러면서도 내심 당황한 것인지 그의 얼굴뿐만 아니라 목덜미까지 순식간에 붉어졌다.

별이 그런 교원의 변화에 까르르 웃고는 '사랑의 총알'을 발사하듯이 그를 향해 손을 권총 모양으로 만들어 겨누며 눈을 찡긋거렸다.

"교원 오빠앙."

"지금 확인 사살 하냐?"

한 번만 더 했다가는 가만히 놔두지 않겠다는 듯한 교원의 목소리에 별은 다시 시무룩하게 어깨를 늘어뜨리며 투덜댔다.

"아저씨는 너무 재미가 없어요."

"너 재미있으라고 내가 사는 줄 알아?"

"어쨌든요⋯⋯. 어때요? 그래도 아저씨라고 부를 때와는 느낌이 확 다르죠?"

"그래. 아주 때려 주고 싶을 정도로 다르더라. 그래서 하고 싶은 말이 뭔데?"

솔직히 말하자면 교원은 꽤 당황한 상태였다. 겉으로는 아무렇지 않게 평소처럼 퉁명스럽게 말을 하고 있지만, 그의 가슴은 심하게 쿵쾅대며 뛰고 있었다.

미쳤구나.

교원은 자기 자신에게 한탄하듯 속으로 중얼거렸다. 오빠라는 호칭에 가슴이 뛰다니. 어느 촌스러운 사내놈들이 여자들의 '오빠' 소리에 넋이 나가서 뭐든지 다 내주고 산다던 말이 문득 그의 머릿속에 떠올랐다. 물론 자신이야 그런 미친 짓은 하지 않겠지만⋯⋯.

'오빠'라니. 그는 고개를 흔들었다. 그 순간 별의 목소리가 다시 들렸다.

"바로 그런 거라는 거죠. 애한테 '개'라고 부르는 것과 '강아지'라고 부르는 건요. 아저씨를 '아저씨'라고 부르는 것과 '오빠'라고 부르는 것의 차이와 같다는 말이에요."

"지금 나를 개랑 비교했어?"

"왜요, 얘가 어때서요. 아저씨랑 똑같이 닮았는데."

"뭐? 그 개가 왜 나랑 닮아?"

너랑 닮았지. 교원은 뒷말이 나오려는 것을 황급히 삼켰다. 말하려다 보니 뭔가 이상하게 들릴 것 같아서였다. 너랑 닮아서 사왔다거나 하는 식으로 말이다. 물론 개를 본 순간, 그녀와 닮았단 생각을 하기는 했지만…….

"얘 말이에요. 눈 주변에 얼룩무늬요."

"그게 뭐가 어때서?"

"아저씨가 선글라스 썼을 때 모습 같아요."

"뭐?"

"보세요, 똑같죠?"

어디를 봐서 똑같다는 거야? 교원은 황당한 얼굴로 별을 쳐다보았다. 그러나 별은 웃으면서 강아지를 교원에게 들어 보일 뿐이었다. 그는 별을 쳐다보던 시선을 내려 강아지를 보았다.

……기분 탓일까.

까만 얼룩을 양쪽 눈에 달고 있는 강아지 역시 황당하다는 눈으로 교원을 보고 있는 것만 같았다.

"네가 왜 황당해하는 거야?"

"예?"

"아니, 너 말고……."

교원은 강아지에게 한 말이라고 하려다가 입을 그냥 다물었다. 스스로 생각하기에도 어이가 없었다. 강아지와 대화를 하려 하다니. 미쳤지……. 영문을 알 리 없는 별이 고개를 갸웃거렸다.

이 모든 미친 짓의 원흉이라 할 수 있는 별을 쳐다보던 교원이 한숨을 내쉬며 다시 라면을 먹기 위해 젓가락을 들고 냄비를 보았다. 그리고 곧바로 굳은 얼굴로 젓가락을 내려놓았다. 별이 교원의 행동에 눈을 깜빡이며 물었다.

"어? 남기시려고요?"

"너 같으면 이걸 먹고 싶겠냐?"

교원은 퉁퉁 불어 터진 면발이 든 냄비를 별에게 보여 주며 타박하듯 말했다. 그러자 별이 어깨를 으쓱이고는 가볍게 대꾸했다.

"못 먹을 것도 없죠."

"뭐?"

"예전에 알바하면서 이것보다 더 불어 터진 것도 많이 먹었는데요, 뭐. 일하다 보면 밥 먹는 시간을 놓쳐서요. 어쩔 수 없이 퉁퉁 불어 터진 걸 먹어야 할 때가 종종 있었거든요. 그나마 먹을 수 있으면 다행이었죠. 어떨 때는 아예 먹지도 못하고 버려야 했으니까. 그럴 때 얼마나 서러웠는지 몰라요."

"……."

교원은 가만히 입을 다문 채 별의 얘기를 들었다. 분명 내용은 우울하기 짝이 없는데, 그녀의 목소리는 재잘거리듯 신나게 떠들어 대고 있었다. 마치 아무렇지 않았다는 듯. 거짓 감정으로 진짜 감정을 묻어 버리려고.

"막 그런 생각을 할 때도 있었어요. 내가 먹으려고 돈 버는 건데, 지금 이건 뭐지? 내가 왜 이러고 있지? 그러면서 스스로 노동의 정체성에 대해서 고민도 해 보고……."

"됐어. 먹으면 되잖아."

교원이 별의 얘기를 끊고는 다시 젓가락을 들더니 불어 터진 면발을 억지로 목구멍 안으로 밀어 넣었다. 그러나 그녀의 말은 옳았다. 못 먹을 건 없었다.

묵묵히 라면을 먹고 있는 교원을 물끄러미 바라보던 별의 입가에 미소가 번졌다. 별은 강아지를 바닥에 내려놓은 뒤, 턱을 괴고 앞으로 몸을 기울인 채 말을 이었다.

"아저씨는 성격이 진짜 나쁜 거 같은데요."

"왜 또 시비야?"

교원은 불어 터진 라면이 목구멍으로 넘어가지 않아서 물을 마시다 말고 별의 말에 눈을 치켜떴다. 별이 교원과 눈이 마주치자 배시시 웃으며 다시 말을 꺼냈다.

"그런데 가끔, 되게 착해 보일 때가 있어요. 진짜 걱정될 정도로 바보 같기도 하고."

"나랑 싸우고 싶냐?"

교원의 말에 별이 눈을 크게 뜨고 웃더니 주먹을 꼭 쥐고 당차게 말했다.

"덤벼 보세요, 아저씨!"

"……됐다. 내가 너랑 지금 뭘 하는 거냐."

교원은 고개를 절레절레 젓다가 지금 자신의 모습을 다시 떠올려 보고는 피식 웃었다. '집늘보'라는 별명이 무색할 정도가 아닌가 싶다. 건호가 보았더라면 놀랐을지도 모르겠단 생각이 들었다.

뭐든지 귀찮아하는 자신이 유독 이 조그민 여지 앞에서는 귀찮은 것조차 잊고 이렇듯 유치한 말씨름을 하지를 않나…….

"으악! 뭐야? 넌 또 왜 남의 발을 핥아!"

갑자기 발가락에 닿은 축축한 느낌에 무심코 바닥을 내려다본 교원은 기겁하고 말았다. 아장아장 다가온 강아지가 분홍색 혀를 내밀어 교원의 발가락을 핥다가 꼬리를 마구 흔들어 댔다.

"하하! 진짜 강아지가 아저씨만 좋아한다니까요!"

별이 무슨 상황인지 파악하고는 재미있다며 박수를 치고 깔깔거렸다. 교원은 머리를 헝클어뜨리며 인상을 쓰다가 어쩔 수 없다는 듯 같이 웃고 말았다.

지금껏 살면서 처음으로 자신의 집에 들여놓은 이 두 생명체가 하는 짓에 휘둘리는 자신이 우스꽝스러웠다. 그런데 더 우스운 건, 그런 제 자신을 보는 기분이 나쁘지 않다는 점이었다.

'군식구일 뿐인데…….'

교원은 자신의 발을 계속 핥으며 꼬리를 흔드는 강아지와 까르르 웃어 대는 별을 번갈아 보다가 픽, 웃을 수밖에 없었다.

4. 다락의 다락

조용한 오전이었다. 아침밥을 먹은 뒤, 테라스에 나와서 신문을 뒤적이며 커피를 한 잔 마시던 중의 일이었다.

어제는 읍내 의원에 가서 깁스를 풀었고, 석주와 얘기한 대로 OST 작업을 다시 해서 새벽녘에 음원 샘플을 보낸 뒤였다. 그래서일까. 모처럼 한적하고 여유로운 아침이었다.

……지금 막 들려온 소음만 아니었더라면 말이다.

교원이 뒤적이던 신문을 구기는 것과 동시에 우당탕 계단을 뛰어내려오는 소리가 들리더니 테라스 문을 열고 별이 큰 소리로 외쳤다.

"아저씨, 강아지가 없어졌어요!"

벌써 이 집에 들여놓은 지 이틀이 지났지만 강아지는 여전히 이름을 갖지 못한 상태였다.

191

물론 이름으로 거론된 후보는 많았다. 교원이 말했던 '지키미'나 '얼룩이' 외에도 별이 지은 것들이 수십 개는 넘고도 남았다. 하지만 어느 것 하나도 마음에 쏙 드는 게 없어서 강아지는 여전히 '강아지'일 뿐이었다.

"어디에서 놀고 있겠지. 개가 어딜 가겠냐?"

그리고 교원에게는 여전히 '개'일 뿐이었고.

"아니에요! 분명히 2층에 있었단 말이에요. 작업실 청소할 때까지만 해도 같이 있었는데……."

"거기에 그 녀석을 왜 데리고 들어가! 청소한답시고 내 작업실에 개털 뽑아 놓고 나올 작정이었어?"

"아, 제가 데리고 들어간 게 아니라 강아지가 졸졸 따라 들어왔다고요! 그리고 털을 뽑기는 뭘 뽑아요! 털 한 올도 작업실에 안 남았거든요?"

별이 눈을 동그랗게 뜨고 항의하듯 옆구리에 손을 얹으며 입을 삐죽였다. 교원이 다리를 꼬고 앉은 채 못마땅한 얼굴로 그녀를 쳐다보다가 티 테이블 위에 커피 잔을 내려놓고 일어섰다.

"털 남아 있기만 해 봐."

"진짜 털 찾으러 가요? 아, 지금 그게 중요한 게 아니라 강아지가 없어졌다니까요!"

교원이 일어서서 바지 주머니에 양손을 찔러 넣은 채 어슬렁거리며 거실을 지나 계단으로 향하자 별이 졸졸 따라오며 답답하다는 듯 말을 걸었다. 그는 힐끔 그녀를 돌아보고는 다시 계단을 올라가며 대꾸했다.

"그래. 2층에 있었다면서."

"그렇다니까요!"

"그럼 2층에 있겠지. 다리도 짧은 게 멀리 도망갔겠어?"

솔직히 강아지가 졸졸 따라 들어왔다는 별의 말은 거짓일 게 분명했다. 분명히 품에 안은 채 2층까지 데리고 올라갔겠지. 짧은 다리로 계단을 올라가는 것은 불가능에 가까운 일일 테니까.

교원이 의심 가득한 눈으로 쳐다보자 별은 슬그머니 눈을 돌려 그의 시선을 피했다.

"작업실에 가 보자. 거기에 있겠지."

"제가 다 찾아봤는데 없었어요!"

"내기할래?"

"예? 내기요?"

갑자기 이게 무슨 뜬금없는 소리인가 싶어 별이 눈을 깜빡거리며 교원을 보았다. 그러자 교원이 별을 돌아보고 어깨를 으쓱이더니 다시 계단을 올라갔다. 별이 그 뒤를 따라 올라가며 신난다는 듯 외쳤다.

"해요, 아저씨! 내기해요!"

"시간 지났어."

"그런 게 어디 있어요!"

"여기."

"아, 진짜!"

별이 일부러 쿵쿵 발을 구르며 불만을 표시해 봤지만 교원은 들은 척도 하지 않고 작업실 쪽으로 몸을 돌렸다. 그리고 주저 없이 작업실 문을 열었다.

"흠……."

교원은 작업실 안을 가만히 둘러보며 턱을 쓸었다. 근거가 있는 건 아니지만, 어쩐지 지금 이 안에 있을 것 같다는 예감이 들었다. 딱히 이유를 대라고 하면 뭐라고 설명할 수 없지만 말이다.

그는 눈을 가늘게 뜬 채 작업실 곳곳을 세심하게 살피기 시작했다. 이런저런 장비가 있는 탓에 구석진 자리가 제법 많았다. 혹시 그런 비좁은 공간에 들어가 있는 건 아닌가 싶어서 교원이 무릎을 꿇고 바닥에 모로 엎드렸다.

"강아지 보여요?"

"놀랐잖아!"

느닷없이 들린 목소리에 교원이 움찔거리고는 고개를 살짝 들었다. 별이 비슷한 자세로 엎드리고 있다가 멋쩍은 웃음을 흘렸다.

그런 별을 보던 교원이 혀를 차고는 다시 바닥에 뺨을 대고 여기저기 살피기 시작했다. 별 역시 교원을 따라서 강아지를 찾기 위해 이리저리 눈을 굴렸다.

"……안 보이네."

"그거 봐요. 칫, 내기할 걸 그랬다."

아쉬움이 잔뜩 묻어나는 목소리에 교원이 피식거리며 그대로 천장을 향해 드러누웠다. 아무래도 작업실에는 없는 듯했다. 별 역시 교원을 따라서 드러눕는 것인지 꼬물거리는 기척이 느껴졌다. 교원이 힐끔 눈을 돌려 별을 향해 물었다.

"내기했으면, 뭐? 무슨 내기를 하고 싶었는데?"

"음……. 글쎄요. 그건 생각을 안 해 봐서 모르겠네요. 뭘 걸고 내기했을까요?"

"그걸 내가 어떻게 알아?"

교원이 천장을 바라보며 퉁명스럽게 말했다. 별은 다시 엎드
리고는 팔 사이에 턱을 괸 채 교원을 물끄러미 보았다. 그러다가
충동적으로 그에게 물었다.

"그럼 아저씨는 무슨 내기를 하려고 했어요?"

"뭐?"

"내기요. 아저씨가 먼저 꺼냈던 거니까, 생각을 한 게 있었을
거잖아요. 뭐예요? 뭘 걸고 내기를 하려고 했는데요?"

정말 궁금하다는 듯 별의 눈이 호기심 많은 아이의 것처럼 반
짝거렸다. 교원은 누운 채 별을 빤히 쳐다보다가 피식 웃으며 입
을 열었다.

"비밀이야."

"뭐예요, 그게……."

김샜다는 듯이 입을 삐죽이는 별을 보며 교원은 그냥 입꼬리
를 올렸다. 그러게, 그게 뭘까. 교원은 별의 질문에 대답하지 못
하고 비밀이라고 얼버무린 자신의 모습이 민망해서 더 이상 아
무 말도 할 수 없었다.

비밀은 무슨 비밀이라고. 그는 혀를 찼다. 딱히 뭔가를 생각해
서 내기를 하자고 했던 건 아니었다. 그냥 싱거운 소리였다.

미쳤지, 내가……. 교원의 미간이 찌푸려졌다. 별과 함께 살면
서 점점 안 하던 행동들을 하고 있다. 이런 게 동거의 부작용인
가. 이래서 다른 사람과 같이 살면 안 되는 건데…….

그 순간 어디선가 낑낑대는 소리가 작게 들렸다.

"어?"

"아저씨도 들었죠?"

교원과 별이 동시에 벌떡 일어나 앉은 채 서로를 보았다. 혼자 들은 거라면 환청을 들었다고 생각할 수도 있을 만큼 작은 소리였다. 하지만 두 사람이 들었으니 결코 환청은 아니었다. 그리고 그것을 증명하려는 듯 다시 낑낑거리는 소리가 이어졌다.

먼저 움직인 사람은 교원이었다. 그는 급히 일어나 방금 소리가 난 쪽으로 몸을 틀었다. 그러나 교원은 더 이상 움직이지 못했다.

"이쪽에서 소리 난 거 맞죠, 아저씨?"

별이 뒤따라 일어나 교원의 옆에 다가오며 물었다. 그렇지만 그녀는 교원에게서 아무 대답도 들을 수 없었다. 그의 얼굴은 굳어 있었다. 낯빛 역시 뭔가 봐서는 안 될 것을 본 사람처럼 새파랗게 질린 상태였다.

"……아저씨?"

별은 교원의 그런 모습에 당혹스러워하며 한 걸음 가까이 다가갔다. 그리고 조심스럽게 손을 뻗었다. 하지만 그의 팔에 닿으려던 손가락이 그대로 오므라들었다. 교원의 팔이 부들부들 떨리고 있는 것을 본 탓이었다.

'어째서?'

별의 눈이 흔들렸다. 그가 대체 무엇 때문에 이런 반응을 보이는 것인지, 별은 알 수 없었다. 다만 확실한 건 교원이 지독한 공포를 느끼고 있다는 사실이었다.

별은 교원이 응시하고 있는 곳을 보았다. 다락문이 보였다. 언젠가 그에게 다락방이 있어서 좋겠단 말을 한 기억이 났다. 낭만적이란 자신의 말을 비웃듯 흘려버리던 그의 얼굴도 희미하게 떠올랐다.

다락방에 대해 뭔가 좋지 않은 기억이라도 가지고 있는 걸까. 그녀의 얼굴이 흐려졌다. 괴팍하고 심술 가득한 말만 툴툴대며 뱉어 내는 남자였다. 그렇지만 생전 처음 본 자신을 외면하지 못하고 받아 주었던, 그런 바보 같은 남자이기도 했다.

양면적인 면을 가지고 있는 남자였다. 그렇다면…… 가시를 잔뜩 세우고 있는 겉모습과는 달리 속은 상처가 많고 여린 사람일 수도 있다. 거기에 생각이 닿자 별은 가슴속 깊숙한 곳 어딘가를 얻어맞은 것처럼 얼얼한 통증을 느꼈다.

자신도 모르게 어느새 이 남자에게 정을 많이 준 듯했다. 이 남자의 아픔이 마치 자신의 것이라도 되는 듯 이렇게 아프니 말이다. 별은 입술을 짓씹으며 다시 용기를 내서 교원의 팔을 붙잡았다. 별의 가느다란 손가락이 핏줄이 돋아난 남자의 팔뚝을 간절히 움켜쥐었다.

"아저씨."

"……아, 아아……. 왜 그래?"

교원이 정신을 차리려는 듯 고개를 흔들더니 별을 쳐다보았다. 잡고 있는 그의 팔이 식은땀으로 축축했다. 하지만 별은 아무 말도 하지 않은 채 고개를 저었다. 그리고 곧바로 배시시 웃으며 아무렇지 않게 다락을 손가락으로 가리키고는 입을 열었다.

"저기, 저 안에 강아지가 들어갔나 봐요. 그렇죠?"

별의 말이 끝나기가 무섭게 교원이 대답할 기회조차 주지 않고 다락 안쪽에서 강아지가 작게 짖는 소리가 났다. 교원은 얼떨결에 다시 다락 쪽을 보고는 어금니를 악물었다.

이런 식으로 다락방의 문을 열게 되리라고는 상상도 하지 못했다. 아니, 어차피 언젠가는 열어야 할 문이었다.

따지고 보면 정말 별것도 아닌 일이었다. 다락방에 무슨 괴물이 있는 것도 아니고…… 그런 걸 믿을 나이도 아니었다. 그런데도 자꾸만 몸이 움직이려 하지 않는다. 겁에 질린 아이처럼, 가슴만 심하게 뛸 뿐이었다.

"아저씨만 괜찮으시면 제가 열어도 돼요?"

"뭐?"

그때, 옆에서 별의 목소리가 들렸다. 그녀의 목소리가 마치 속박을 깨는 주문이라도 되는 듯 온몸의 긴장이 한꺼번에 풀렸다. 교원은 자신도 모르게 휘청거렸다. 그러나 곧바로 별이 그를 붙잡아서 앞으로 고꾸라지는 일은 면할 수 있었다.

"혹시 빈혈 있어요?"

"뭐?"

"어지러워서 지금 비틀거린 거 아니에요? 그럼 빈혈이네. 강아지 찾으면 읍내 나가서 정육점 가요!"

"이 기회에 고기 좀 드셔 보시겠다?"

별의 말을 듣던 교원이 다시 본래대로 퉁한 표정을 지으며 그녀의 말을 퉁명스럽게 받아쳤다. 그리고 한결 가벼워진 눈으로 다락방의 문을 쳐다보다가 슬쩍 입꼬리를 비틀어 올렸다.

"됐어."

"예? 뭐가 됐다는 거예요? 설마 정육점……."

"네가 열 필요 없다고. 이 문 말이야."

교원은 턱짓으로 다락방 문을 가리키며 대꾸했다. 그러자 별은 말을 잇다 말고 가만히 입을 다문 채 그를 빤히 보았다. 교원은 슬쩍 그녀를 돌아보고는 짓궂은 얼굴로 말을 이었다.

"백오십도 안 되는 별똥 앞에서 문도 못 열고 벌벌 떠는 꼴을 보일 수는 없지."

"아, 왜 여기서 또 백오십 얘기가 나와요! 지겹지도 않아요?"

이러다가 진짜 죽을 때 되면 백오십, 하고 외치다가 죽겠네. 별이 투덜거리며 입을 삐죽이다가 슬그머니 교원을 쳐다보았다. 그리고 조심스럽게 그를 향해 물었다.

"……괜찮아요, 아저씨?"

"덕분에."

"예?"

"네 헛소리 덕분에 기가 막혀서. 뭐, 이런 다락방 정도는 사소하게 느껴졌어. 내가 네 헛소리도 듣고 있는데 겨우 이런 걸 열지도 못할까 봐?"

"뭔가 제가 아저씨의 은인이니까 뿌듯해야 하는데, 왜 그런지 기분이 나빠지네요."

별이 구시렁대는 소리를 듣던 교원은 피식 웃고는 그녀의 머리를 헝클어뜨린 뒤, 다락방의 문손잡이를 잡으며 말했다.

"개 찾고 나면 외출할 준비나 해."

"어? 외출이요?"

"정육점 가자면서?"

그새 까먹었냐? 쪼그만 게 벌써 치매라도 왔어? 툭하면 지가 말해 놓고 지가 까먹어. 교원이 혀를 차며 고개를 젓고는 잡고 있던 손잡이를 힘주어 돌렸다.

어릴 적 다락방의 문을 열 때마다 얼마나 숨이 막혔는지 모른다. 그 어둡고 비좁은 공간 안으로 들어설 때마다 느껴야 했던 두려움은 또 얼마나 끔찍했는지 모른다. 다락방 너머에서 들리는 숙부와 숙모, 사촌들의 웃음소리가 일부러 안 들리는 척 숙제를 한답시고 노트를 펼쳐 놓고 그것에 몰두하는 행세를 하기도 했었다.

그러나 그렇게 아무리 거짓으로 행세를 한다고 해도 가슴속은 매번 무너지는 듯했다. 무서웠고, 그보다 더 외로웠다.

다락방에서 벗어나는 꿈을 매일 밤마다 꾸고는 했다. 다락방 바깥의 세상에서 마음껏 자유롭게 사는 상상을 해 보기도 했다. 하지만 상상은 늘 가난했고, 현실은 언제나 앞에 놓여 있었다.

……그러나 이제는 바뀌었다.

자신이 있는 집은 더 이상 다락방, 그 비좁은 어둠 속이 아니다. 이 다락방은 그저 자신의 집에 딸려 있는 공간에 지나지 않는다. 더는 두려워할 것도, 무서워할 것도 없다. 그러니 이제는…….

교원은 문을 힘껏 잡아당겼다. 아니, 잡아당기려 했다.

"하, 하하……."

문손잡이를 잡아 돌리는 것까지는 용기를 낼 수 있었다. 그러나 그 이상은 불가능한 일이었나 보다. 교원은 경련을 일으키듯 덜덜 떠는 팔을 내버려 둔 채 고개를 숙이고 허탈하게 웃었다. 차라리 울음을 닮았다고 해도 좋을 것 같은 웃음이었다.

벗어나지 못했다.

여전히 자신은 과거의 다락방으로부터 완전히 벗어나지 못했다.

그 점을 새삼 깨닫게 되었다. 그와 동시에 자신에 대한 환멸이 밀려들었다. 교원의 얼굴이 참담하게 일그러지는데, 문득 그의 손등 위로 온기가 덮였다. 별의 손이었다.

"같이 열면 돼요, 아저씨."

"……."

"같이 열어요, 아저씨. 예?"

별의 새까만 눈이 젖어 있었다. 두 눈 가득 고인 눈물이 금방이라도 툭, 하고 떨어질 것처럼 아슬아슬하게 매달려 있는 게 교원의 눈에 들어왔다.

'설마 나를 위해 눈물을 흘리는 거야? ……왜?'

교원의 눈이 혼란을 담은 채 흔들렸다. 그리고 별이 교원의 손 위에 자신의 손을 겹친 채 힘을 주었다. 교원은 그녀가 하고자 하는 대로 내버려 뒀다. 그러자 서서히 다락방의 문이 열렸다. 그는 눈을 질끈 감았다. 잊고 있던 어둠이 그대로 그의 머리 위에 쏟아질 것만 같았다.

"다락아! 대체 여기는 어떻게 들어간 거야?"

앙앙, 강아지가 짖는 소리가 별의 타박하는 목소리와 함께 섞여 들렸다. 그리고 아무 일도 일어나지 않았다.

교원은 천천히 눈을 떴다.

다락방의 먼지란 먼지는 혼자 다 짊어지고 나왔다는 듯이 먼지투성이가 된 강아지가 별의 품에 안겨 교원을 향해 혀를 내민 채 헥헥거리고 있었다. 반갑다는 듯 눈을 빛내는 강아지에게서는 그 어떤 두려움도 느껴지지 않았다. 태어난 지 얼마 되지도 않은 작은 녀석인데도 불구하고 말이다.

"다락아, 또 그럴 거야? 응? 대답해 봐. 아저씨만 쳐다보고 있지 말고. 넌 수컷이면서 왜 아저씨만 좋아하니? 응? 그럼 안 돼, 다락아. 그건 종의 문제에다가 성별의 문제까지 뒤얽혀서 정말 이루어질 수 없는 사랑……."

"또 무슨 헛소리를 하려는 거야?"

교원이 잠시 멍하니 있다가 미간을 찌푸리며 별의 말을 끊었다. 그리고 곧바로 궁금하다는 듯이 물었다.

"게다가 방금 뭐라고 한 거야?"

"예? 뭐가요?"

"그 개한테 뭐라고 불렀잖아."

설마…… 내가 잘못 들었겠지. 교원은 그렇게 생각하며 별의 대답을 기다렸다. 하지만 별은 교원의 기대를 무너뜨리는 말을 천연덕스럽게 하면서 싱글싱글 웃었다.

"'다락'이라고 불렀어요. 어때요? 다락, 이 이름 딱 좋지 않아요?"

"……뭐? 다락?"

"예. 앞으로 얘 이름은 다락이에요. 다락아, 인사하자."

안녕하세요, 다락이에요. 별은 강아지를 품에 안은 채 공손히 교원에게 인사하는 시늉을 했다. 그 모습을 보던 교원에게서 웃음이 터져 나오고 말았다.

"아저씨?"

"하하, 내가 진짜 너 때문에……."

교원은 말을 다 잇지도 못하고 계속 웃다가 고개를 푹 숙였다. 별이 놀란 마음에 다가가려 했지만 그보다 먼저 교원이 다시 고개를 들었다. 한결 부드러워진 그의 시선에 별은 자신도 모르게 눈을 깜빡이며 침을 삼켰다.

"나가자."

"예?"

"정육점 가서 고기 사 와야지."

"진짜요? 진짜 우리 고기 먹어요?"

"왜? 싫어? 싫으면 말고."

"아니요! 누가 싫다고 했나요? 금방 준비할게요, 아저씨! 다락이 좀 데리고 있으세요!"

"야! 왜 얘를 나한테……."

별이 떠안기듯 강아지를—이제는 다락이라고 불러야겠지만—교원의 품에 안겨 주고는 후다닥 작업실 밖으로 달려 나갔다. 그리고 교원은 얼떨결에 다락이를 받아 든 채 황당한 얼굴로 문 쪽을 쳐다보다가 한숨을 내쉬었다.

"……네 이름이 다락이란다. 마음에 드냐?"

교원은 자신의 품에 안겨서 꼬리를 마구 흔들어 대는 다락이에게 말을 걸었다가 흠칫 놀라 주위를 두리번거렸다. 별이 다락이와 대화하는 걸 타박했던 전적이 있으니 당연했다. 그는 다시 한숨을 내쉬고는 혼잣말을 중얼거렸다.

"대체 내가 왜 이러고 있는 건지 모르겠다……."

말은 그렇게 하면서도 그의 입가에는 희미하게 미소가 번지고 있었다.

◆

별은 정육점에서 나오자마자 교원에게 애원하듯이 말했다.

"다락이 간식도 사 가지고 가요, 아저씨!"

"아주 물 쓰듯이 써라, 응? 남의 돈이라고 그렇게 막 쓰지?"

교원은 주차해 놓은 공터로 발길을 돌리려다가 별의 말을 듣고 얼굴을 찡그렸다. 그러자 별이 눈을 동그랗게 뜨고는 교원을 향해 대꾸했다.

"남의 돈이라니요. 섭섭하게……. 우리가 왜 남이에요?"

"그럼 우리가 남이 아니면? 뭐, 가족이냐? 아니면 친구야? 그것도 아니면 애인 사이라도 되는 줄 알아?"

"에이, 애인은 좀 아니네요. 아저씨랑 저랑 나이 차이가 얼마나 나는데요."

별이 교원의 말에 까르르 웃더니 손을 내저었다. 그런 별을 보던 교원이 코웃음을 치며 팔짱을 끼고는 입을 열었다.

"웃기네. 너 말이야, 별똥. 너 혹시 바보 아니야?"

"뭐라고요? 제가 왜 바보예요?"

"남녀 사이에 나이 차이가 무슨 상관이야. 열 살, 아니, 스무 살 넘게 차이가 나도 사귀고 결혼하고 그러는 사람들 본 적 없어? 거기에 비하면 너랑 난 고작 일곱 살 차이라고. 알아?"

"지금 저한테 관심 있다고 돌려서 말씀하시는 거예요? ……헐. 설마 그래서 저를 받아 주신 거예요? 흑심 품고……."

"야! 누가 누구한테 흑심을 품어! 나도 보는 눈 있거든?"

"그러니까요! 보는 눈이 있으니까 저한테 작업을……."

"내쫓아 줄까? 응? 말만 해. 바로 내쫓아 줄 테니까."

교원이 으름장을 놓으며 눈을 부릅떴다. 그러자 별은 말을 하다가 그대로 흘려버리고는 하하, 하고 어색하게 웃으며 다시 말을 돌렸다.

"남입니다, 예, 남이죠. 아저씨랑 제가 알고 보면 이복남매, 라는 말도 안 되는 출생의 비밀을 가지고 있기를 한가요. 그것도 아니면 처음 본 순간 너한테 반했어, 라면서 불꽃 튀는 사랑을 시작하기를 했나요. 하하……. 예에, 남입니다. 남이에요."

"그래. 알고 있으니 다행이다."

"그래도 다른 남들보다는 조금, 아주 쪼오끔 가까운 남이에요."

저한테는요. 아저씨한테는 제가 어떤지 몰라도요. 별이 생글거리며 덧붙여 한 말에 교원은 대꾸하지 못했다. 뭔가 가슴속이 간지러운 것도 같았다.

하지만 그는 그 느낌이 무엇인지 알 수 없었다. 처음 느낀 감정은 교원에게 알 수 없는 부분이나 마찬가지였다. 그렇지만 확실한 건 나쁜 느낌은 아니라는 것이었다.

"아부하지 마."

"아부 아닌데요? 제가 아저씨한테 뭘 더 받아먹겠다고 아부를 떨겠어요. 저는 지금 이 상태로도 충분히 만족해요."

별이 배시시 웃으며 교원의 옆에서 걸었다. 교원은 자신도 모르게 별의 걸음에 보조를 맞추어 조금 걸음을 늦췄다. 별은 가만히 앞을 보는 척하면서 힐끗 그를 보았다. 그리고 작게 웃었다.

알고 보면 은근히 마음 여린 아저씨라니까.

교원이 들었더라면 펄쩍 뛰며 버럭 소리를 질렀을 법한 생각을 하면서 별은 짐짓 유쾌한 기분이 들어 하늘을 올려다보았다. 어느새 하늘의 서편이 붉게 물들어 가고 있었다. 구름은 보라색, 하늘은 불그스름한 색, 별이 가만히 하늘을 보다가 충동적으로 입을 열었다.

"저는요. 어린이날이 세상에서 제일 싫었어요. 그리고 강아지 인형도 정말 싫었고요."

교원이 말없이 별을 돌아보았다. 별은 교원을 쳐다보고는 배시시 웃더니 다시 붉게 노을이 진 하늘을 보다가 말을 이었다.

"엄마, 아빠를 잃어버린 날의 기억을 자꾸 떠올리게 만들어서요. 그래서 싫어했어요."

"⋯⋯."

교원은 무슨 말을 딱히 해야 한다고 생각하지 않았다. 지금 그녀는 위로를 받겠다고 말을 꺼낸 게 아니라는 생각이 들었다. 그래서 그는 묵묵히 별의 얘기를 듣기만 했다.

부모를 잃어버렸던 어린 날의 기억. 다섯 살의 악몽. 그 뒤로 줄곧 자랐던 보육원에서의 생활. 그리고 성년이 되면서 보육원을 나와 독립했던 날의 희망과 꿈까지⋯⋯.

별은 아무렇지 않은 얼굴로 평온하게 전부 털어놓았다. 오히려 듣는 입장에서 당혹스러울 정도로.

"이래 봬도 진짜 잘할 자신이 있었거든요. 그만큼 열심히 살았고요. 알바하면서 공부도 열심히 했고⋯⋯. 그런데요."

별은 걸음을 멈추고 하늘을 보던 고개를 아래로 떨어뜨렸다. 땅바닥을 하염없이 내려다보고 있던 별의 눈에서 눈물이 툭, 떨어졌다. 그 모습을 본 교원은 주머니에 있던 손수건을 꽉 움켜쥐었다. 하지만 쉽게 손수건을 건넬 수가 없었다. 그렇게 교원이 주저하는 사이에 별이 다시 고개를 들고는 젖은 눈을 휘며 웃었다.

"기면증이라고 하더라고요."

"……."

"진단받고 병원에서 나와서 계속 울었어요. 사람들이 막 쳐다보고 그러는데 창피한 줄도 모르고, 콧물이고 눈물이고 막 쏟으면서."

별은 다시 한 걸음, 발을 옮겼다. 교원 역시 별에게 보조를 맞추며 다시 걸음을 옮겼다.

"이제 내 인생은 끝났구나. 이럴 줄 알았으면 열심히 살지 말걸 그랬다. 왜 나만 이렇게 살아야 하는 걸까."

별의 목소리가 점점 더 작아졌다. 그러다가 별이 다시 씩 웃더니 교원을 돌아보고 입을 열었다.

"그래도 다행이란 생각을 했어요."

"왜?"

"부모님이…… 이런 제 사정을 몰라서요."

별의 입가에 쓸쓸한 미소가 번졌다. 쾌활하고 발랄하던 모습은 어디로 간 건가 싶을 정도로 그녀는 쓸쓸해 보였다.

"길을 잃지 않았더라면, 그래서 남들처럼 평범하게 부모님 밑에서 자랐더라면, 그분들에게 짐이 되었을 테니까요."

"아픈 자식을 짐이라고 여길 부모가 있을까?"

교원은 쓸쓸해 보이는 별의 모습을 보고 싶지 않았다. 그래서 못마땅한 얼굴로 그녀의 말에 동의할 수 없다는 듯 입을 열었다. 하지만 별은 어깨를 으쓱이고는 대꾸했다.

"모르죠. 세상에는 다양한 부모가 있으니까."

"너답지 않게 굉장히 부정적이다?"

교원이 퉁명스럽게 지적하듯이 말을 꺼내자 별은 잠시 입을 다물고 있다가 다시 어색하게 미소를 지으며 말을 이었다.

"사실, 부모님은 저를 찾기 싫었던 것 같거든요."

"무슨 근거로 그런 말을 해? 네 부모님이 들으면 섭섭해하시 겠다."

"근거 있어요."

"근거, 뭐?"

"……유전자 등록도 안 되어 있었다고요."

별의 표정이 시무룩해졌다. 그 바람에 교원 역시 침묵할 수밖에 없었다. 유전자 등록이라면…….

"경찰서에 하는 거 말하는 거야? 잃어버린 가족 찾는 데에 이용하는 거?"

"예."

"……."

더는 할 말이 없어져서 교원은 난감한 표정으로 혀를 찼다. 그런 교원을 보던 별이 시무룩하게 말을 이었다.

"유전자 등록한 뒤에 얼마나 혼자 기다렸는지 몰라요. 분명히 부모님도 등록해 놓았을 테니까 일치 여부만 확인하면 곧 만나게 될 거라고……. 혼자 들떠서 며칠 동안 잠도 설치고 그랬는데."

일치하는 유전자가 없다고 하더라고요. 뭐, 그게 그거죠. 부모님은 저를 찾을 마음이 없어서 애당초 그런 걸 등록해 놓지도 않았던 거란 뜻.

별이 남 얘기하듯 가볍게 털어 내며 얘기를 끝냈다. 교원은 잠시 입을 다문 채 걸음만 옮기다가 멈춰 섰다. 어느새 슈퍼 앞에 도착해 있었다.

"들어가서 개 간식 사 가지고 나와. 돈은 여기, 지갑에 있고."

"같이 안 들어가요?"

"귀찮아."

교원은 얼굴을 찡그리며 슈퍼 바깥의 울타리를 가리키고는 말을 이었다.

"저기서 기다릴게."

"알았어요. 금방 사 가지고 올게요."

별이 교원에게서 지갑을 받아 들고 슈퍼 안으로 들어가려는 순간, 교원은 다시 별을 불러 세웠다.

"잠깐만."

"예?"

눈을 동그랗게 뜬 채 쳐다보는 별에게서는 아무런 흔적도 보이지 않았다. 하지만 교원은 별의 눈 속에서 눈물 자국을 본 것 같다고 생각했다. 그는 괜히 머쓱한 기분이 들어서 시선을 돌리며 시큰둥한 어조로 말했다.

"아이스크림두 사 가지고 오든지."

"어? 설마…… 아저씨 드실 것만 사 오라는 건 아니죠?"

"내가 그렇게 인정머리 없어 보이냐?"

"아니요! 절대 안 그래요!"

금방 사 올게요! 별이 신나서 종종거리며 슈퍼로 뛰어 들어가는 뒷모습을 바라보던 교원의 표정이 점점 가라앉았다. 어차피 자신과 상관도 없는 타인의 이야기일 뿐이었다. 그런데 왜 자신의 감정이 이토록 가라앉는 것인지 모르겠다.

"동정인가?"

교원은 혼자 중얼거리다가 어깨를 으쓱였다. 동정이든, 다른 무엇이든, 자신이 알 바는 아니었다. 그렇게 생각한 뒤에 교원은 무심한 표정으로 다시 슈퍼를 향해 시선을 던졌다.

조금 기다리고 있으려니 별의 모습이 보였다. 별은 한 손에는 비닐봉지를 들고 다른 손에는 아이스크림콘 두 개를 든 채, 슈퍼에서 나오자마자 환하게 웃으며 교원을 향해 달려왔다.

그 모습을 보던 교원이 자신도 모르게 손으로 가슴을 눌렀다.

쿵쿵쿵쿵쿵.

가슴이 미친 듯이 뛰기 시작했다. 왜 이렇게 갑자기 가슴이 뛰는지 이유조차 알 수 없으니 황당하기만 했다. 교원은 미친 듯이 뛰는 가슴을 진정시키기 위해 애써 심호흡을 했다.

"짜잔! 이건 아저씨 거! 그리고 이건 제 거예요! ……아저씨? 왜 그래요? 어디 아파요?"

"……아니야, 아무것도. 개 간식도 산 거야?"

"예, 여기요. 시골이라서 없을 줄 알았더니 있을 건 다 있더라고요."

"시골이라고 무시하냐? 여기가 무슨 오지도 아닌데, 없을 건 또 뭐야?"

"그러게요. 그렇게 생각한 제 자신이 오히려 부끄럽더라고요."

아, 이런 편견은 버려야지. 중얼대며 아이스크림콘을 한입 베어 문 별의 입 주변에 하얀 아이스크림이 묻었다. 교원은 별의 입 주변에서 시선을 떼지 못한 채 계속 바라보았다. 그러자 교원의 시선을 느낀 별이 돌아보더니 고개를 갸웃거렸다.

"왜요? 뭘 보시는…… 아, 이걸 더 좋아하세요? 그럼 바꿔 먹을까요?"

제 건 이미 먹기는 했지만요. 장난꾸러기처럼 배시시 웃으며 말하는 별을 향해 교원은 고개를 젓고는 손가락으로 그녀의 입 근처를 가리켰다.

"아니. 여기, 아이스크림 묻어서."

"에이, 먹을 땐 다 묻기도 하고 그러는 거죠. 아저씨는 너무 깔끔쟁이야."

별이 입을 삐죽이다가 교원을 향해 손을 뻗더니 그가 들고 있던 아이스크림콘을 다시 가져갔다. 교원이 얼떨결에 아이스크림콘을 빼앗기고는 황당한 얼굴로 물었다.

"뭐야? 네 것도 있으면서 왜 남의 걸 탐내?"

"잠깐만 이것 좀 들고 있어 봐요, 아저씨."

"뭐?"

교원이 묻거나 말거나 별은 자신이 먹던 아이스크림콘을 그에게 건넸다. 그리고 능숙하게 아이스크림콘의 포장을 먹기 좋게 적당히 벗긴 뒤에 다시 교원에게 내밀었다.

"자, 여기요. 아저씨야말로 제 걸 탐내지 마시고 아저씨 거나 드시죠? 그게 제 것보다 더 비싼 거라고요."

"생색내기는. 네 돈으로 샀냐? 내 돈으로 샀지."

"저도 공짜로 얹혀사는 거 아니거든요? 밥하고 빨래하고 청소하고, 이건 정당한 노동의 대가라고요."

별이 교원의 말을 받아치고는 그에게서 다시 아이스크림콘을 받아 들었다. 교원은 별을 쳐다보다가 픽 웃고는 자신의 손에 들려 있는 것을 보았다.

어린애도 아닌데……

그는 멋쩍은 기분이 들어서 어색하게 아이스크림을 한입 먹었다. 달콤하면서도 시원한 감각이 혀끝에서부터 온몸으로 전해졌다. 그 느낌이 꽤 마음에 들었다.

"다락아, 누나가 간식 가지고 왔어! 우리 다락이, 깜깜할 텐데 혼자 무서웠겠다아아……"

집 앞에 차를 주차시키자마자 조수석에 앉아 있던 별이 들뜬 목소리로 외치며 차에서 내리기 위해 몸을 틀었다. 그 모습을 힐끔 쳐다본 교원이 다시 정면을 응시하며 입을 열었다.

"아까 내 모습, 웃겼지?"

"예?"

별은 내리려다 말고 교원의 목소리에 다시 그를 돌아보았다. 교원이 앞만 바라보며 계속 말을 이었다.

"다락방 문조차 제대로 열 줄 모르는 병신이구나, 뭐…… 그런 생각 안 들었냐?"

"⋯⋯."

별의 얼굴이 진지해졌다. 그리고 그녀는 다시 원래대로 자세를 하고는 그를 쳐다보았다. 교원이 다시 힐끔 그녀를 쳐다보더니 곧바로 시선을 돌리고는 어색한 표정으로 입을 열었다.

"어릴 때, 숙부의 집에서 자랐어."

"⋯⋯예?"

"너처럼 나도 부모님이 없었거든. 내가 어릴 적에 일찍 돌아가셔서."

교원의 말을 듣던 별의 눈이 휘둥그레 커졌다. 그가 본인의 이야기를 꺼낼 거라고는 상상도 하지 못했다. 그런데 아무런 예고도 없이 갑자기 이야기를 꺼내니 그녀로서는 당황하지 않을 수 없었다.

"뭘 놀라고 그래? 너도 아까 얘기했잖아."

"뭐, 과거 얘기 털어놓는 것도 기브 앤 테이크예요? 하여간 계산도 깔끔하시다니까요."

별이 어색하게 웃으며 대꾸했다. 그 모습을 보던 교원이 피식 웃더니 다시 말을 이었다.

"숙부의 집에서, 내게 허락된 공간은 다락방뿐이었어."

"⋯⋯."

"학교에서 돌아오면 무조건 다락방으로 들어가야 했어. 숙부와 숙모는 내가 자신들과 함께 있는 걸 끔찍할 정도로 싫어했거든. 창문조차 없는 다락방이 내게 허락된 공간이었고, 동시에 나를 가두는 감옥과도 같았어. ⋯⋯지금은 그 다락방에서 벗어난 지 십오 년이 다 되어 가는데, 그런데도 나는 다락방만 보면 여

전히 그때의 기억에서 벗어나지를 못하고 있어. 한심하지만 말이
야."

"……한심하지 않아요."

별이 교원의 손을 꽉 붙잡으며 잠긴 목소리로 어렵게 말을 꺼
냈다. 가슴이 먹먹해져서 말조차 제대로 나오려 하지 않았다. 그
저 얘기를 들은 것뿐인데도 왜 이렇게 가슴이 아픈 건지 알 수가
없었다. 별은 교원의 손을 붙잡은 채 고개를 절레절레 저었다.

"아저씨는 한심하지 않아요. 성격은 좀 못된 부분이 있지
만……."

"야, 별똥."

"그래도 못된 척하는 것이지, 진짜 못된 것도 아니고요. 알고
보면 호구 짓도 잘하고 처음 본 사람한테 방도 내주고……."

"……."

"사기당한 걸 알았을 때요. 그때 저는 진짜 모든 게 끝난 줄
알았어요. 그나마 갖고 있던 것까지 다 잃었으니까요. 그런데 아
저씨 덕분에 저는 돈 말고 다른 걸 얻었어요."

"뭐? 몸 뉘일 수 있는 방? 참 큰 것도 얻었다."

교원이 머쓱한 마음에 오히려 툴툴거리며 대꾸하자 별은 입술
을 삐죽이더니 말을 이었다.

"그러게요. 큰 걸 얻었죠. 민교원이라는 서른하나 먹은 심술쟁
이 노총각을 얻었으니까요."

"뭐라고?"

"그런데 그게 시간이 지날수록 좋더라고요, 아저씨."

별의 눈이 둥글게 휘어졌다. 교원은 따져 물으려다가 말문이

막혀서 그녀를 바라볼 수밖에 없었다.

"항상 혼자였는데…… 같이 사는 사람이 있으니까 그것보다 좋은 게 없더라고요."

"……."

"아저씨는 저를 남이라고 하셨지만, 솔직히 저는 아저씨가 가끔은 가족 같기도 하고 그래요."

"가족은 무슨……."

"뭐, 제가 가족과 함께 살았던 게 벌써 이십 년 전의 일이니 과장해서 느끼는 걸지도 모르지만요. 그래도 뭐 어때요? 제가 그렇게 느끼면 느끼는 대로 사는 거죠. 안 그래요?"

"……."

교원은 대답하지 않았다. 가족, 그 단어를 입안에서 소리 내지 않고 굴려 볼 뿐이었다. 흔하기 짝이 없는 단어일 테지만 자신과는 거리가 먼 것에 불과했다. 지금껏 그렇게 살아왔다.

가족 같다는 건 어떤 느낌일까. 교원은 어릴 적의 기억을 더듬어 보려 했다. 하지만 너무 어릴 적에 잃은 부모는 기억조차 나지 않았다.

"좋겠네."

"예?"

"아무것도 아니야. 그만 내리자. 내가 너한테 무슨 얘기를 떠들어 댄 건지 모르겠다. 이게 다 너 때문이잖아. 네가 아까 그런 얘기를 하는 바람에……."

"누가 아저씨더러 아저씨 과거 얘기해 달라고 그랬나요? 괜히 죄 없는 사람 잡으시네."

별은 교원의 타박 같은 말에 구시렁대며 차 문을 열고 내렸다. 그녀가 들고 있는 봉지에는 다락이에게 줄 간식이 들어 있었다.

교원은 뒷좌석에 놔두었던 비닐봉지를 꺼내고 문을 닫았다. 묵직한 무게가 손에 느껴졌다. 둘이 먹으면서 뭘 이렇게 많이 샀나, 문득 후회가 되었다.

'두 근이요, 두 근!'

정육점에서 삼겹살 한 근만 사려던 교원의 말은 옆에서 다급히 외쳐 댄 별의 목소리에 묻혀 버렸었다.

저 자그마한 몸집에 고기가 어디로 다 들어갈 건지…….

교원은 별을 위아래로 훑듯이 보았다. 그 시선을 느낀 별이 눈을 가늘게 뜨고 물었다.

"뭘 봐요, 아저씨?"

"너, 살 좀 빼야겠다 싶어서."

"뭐라고요?"

제가 뭐가 어때서요! 아니, 저한테 뺄 살이 어디에 있다고요! 별이 파르르 떨더니 교원의 옆으로 종종대며 다가와 마구 따져 물었다. 그러나 교원은 짓궂은 표정으로 입꼬리만 슬쩍 올린 채 대문으로 향했다.

◆

새가 지저귀는 소리가 들렸다. 한 마리가 지저귀면 듣기 좋은 음악일 텐데, 여러 마리가 동시에 확성기에 대고 떠들어대듯 지저귀니 소음처럼 느껴졌다.

교원은 미간을 찌푸리며 몇 번 뒤척이다가 벌떡 일어나 앉았다. 작업실 바닥에 그냥 누워서 잔 탓에 밤새 냉기에 노출되어서 그런지 온몸이 나른했다.

"……속도 더부룩하고."

어제 고기를 너무 많이 먹었나. 한 근만 사자고 했더니 굳이 두 근을 사 가지고! 교원은 짜증스러운 얼굴로 중얼거리다가 머리를 마구 헝클어뜨린 뒤에 일어섰다.

그는 그대로 컴퓨터 앞의 의자로 터덜터덜 걸어가 쓰러지듯 다시 앉았다. 세수도 하고 그래야 하는데, 움직이기가 귀찮았다. 세입자 덕분에 꽤 부지런한 삶을 살았던 '집늘보'의 본색이 슬금슬금 드러나려는 중이다.

"아저씨, 일어나셨어요?"

그러나 그것만큼은 무슨 일이 있어도 막겠다는 듯 문을 두드리는 소리와 함께 별의 목소리가 이어졌다. 교원이 축 늘어진 채로 머리를 긁으며 문 너머의 별을 향해 입을 열었다.

"일어났어. 나갈 테니……."

"일어나셨어요? 그럼 아침밥…… 우와앗! 왜, 왜 자꾸 옷을 벗고 있어요! 노출증이라도 있는 거예요?"

교원의 말이 끝나기도 전에 문이 열리더니 별이 고개를 쑥 내밀었다가 곧바로 눈을 동그랗게 뜨고 목소리를 높였다. 졸지에 노출증 환자 취급을 받은 교원은 억울한 얼굴로 버럭 소리를 질렀다.

"너야말로 왜 자꾸 남의 알몸을 보는 거야? 관음증이냐?"

"누구를 변태 취급해요!"

"그럼 너는 왜 나를 변태로 몰고 가는데? 내가 내 집에서, 내 마음대로 있지도 못해?"

"노출 자제! 저번에 썼던 동거 수칙은 기억도 안 나요?"

"그러는 넌 '남의 벗은 몸을 함부로 보지 않는다.' 라는 항목은 아예 기억도 안 나지? 응?"

교원이 비꼬듯 말하다가 이내 짓궂게 씩 웃더니 일어서서 별에게 성큼성큼 다가갔다.

"뭐, 뭐예요? 왜 다가와요!"

저리 가요, 저리 가! 별은 당황해서 뒷걸음질을 쳤다. 하지만 교원은 그만둘 생각이 없는 듯 계속 다가왔고, 별은 어느새 벽까지 밀려가고 말았다.

벽에 등이 닿는 느낌에, 별은 더 이상 물러서지도 못한 채 눈을 굴렸다. 눈앞에 남자의 벗은 상체가 보였다. 별은 교원의 맨 가슴을 차마 더 이상 볼 수가 없어서 눈을 질끈 감아 버렸다.

그 바람에 정작 더욱 당황한 사람은 교원이었다. 처음에는 그냥 짓궂은 마음에 심술을 부리고 싶어서 한 행동이었는데, 별이 이렇듯 반응을 보이니 교원으로서는 당황스럽기도 하고 지금 이 상황이 괜히 어색하기도 했다.

그는 당황한 얼굴로 자신의 앞에 서 있는 자그마한 여자를 내려다보았다. 다른 때는 말대답도 꼬박꼬박 잘하고 당차게 행동하던 여자가 귀까지 빨갛게 물들인 채 눈을 꽉 감고 있는 모습이 그의 눈에 들어왔다.

그 순간, 교원은 몸속 어딘가에서 뜨겁게 열이 오르는 기분이 들었다.

'미쳤어!'

교원은 스스로 기가 막혀서 속으로 외쳤다. 이 쪼그만 녀석의 어디가 여자로 보여서? 그는 한숨을 내쉬며 한 손으로 이마를 짚었다. 그리고 어딘지 기운이 빠진 목소리로 말을 걸었다.

"아침 메뉴는 뭐야……."

"예에?"

"아침 메뉴가 뭐냐고. 밥 먹으라며?"

교원의 퉁명스러운 목소리에 별은 그제야 조심스럽게 눈을 떴다. 어느새 교원이 멀찌감치 떨어져서 의자에 걸쳐져 있던 티셔츠를 집어 들어 갈아입고 있었다.

별은 안도의 숨을 내쉬며 머리를 긁적였다. 분명 안도하는 마음이 들기는 하는데…… 어쩐지 조금 아쉽단 생각이 들었다.

'아쉽다니! 뭐가 아쉬워?'

미쳤어, 미쳤어! 별은 고개를 마구 흔들고는 다시 교원을 향해 입을 열었다.

"토스트요. 냉장고에 있던 식빵, 전부 토스트로 만들었어요. 잘했죠?"

"……고기 먹고 난 다음날, 토스트라고?"

"왜요? 뭐, 문제 있어요?"

교원은 티셔츠를 입고는 손가락으로 대충 머리를 빗다가 멈칫하며 물었다. 하지만 별은 교원의 질문을 이해하지 못한 듯 고개를 갸웃거렸다. 그는 한숨을 내쉬며 손을 내저었다.

"됐어. 어차피 아침이니까 대충 먹지, 뭐."

"대충 아니거든요? 제가 얼마나 정성스럽게 만들었다고요! 버터 바르고, 베이컨이랑 계란프라이도 토스트 사이에 넣고……."

"말하지 마. 차라리 아무 설명도 안 듣고 먹는 편이 낫겠어."

교원은 상상만으로도 니글거리는 속을 애써 달래며 그녀의 말을 끊었다. 그러자 별은 입을 삐죽이며 투덜거렸다.

"하여간 아저씨는 성격만큼이나 입맛도 고약해요."

"그래, 알면 신경 좀 써라. 응?"

이건 무슨 밥 테러도 아니고……. 교원은 목덜미를 긁다가 기지개를 켰다.

'딱 동네 백수네. 얼굴만 잘생기면 뭐하냐고, 저렇게 세상만사가 귀찮다는 표정인데.'

교원을 쳐다보던 별이 괜히 속으로 구시렁대다가 콧등을 찡그리고는 다시 입을 열었다.

"어쨌든 빨리 세수하고 아침 드시러 오세요. 저는 먼저 내려가 있을게요."

"알았어. 참, 개, 아니…… 다락이 밥은?"

교원이 대답하다가 문득 다락이가 생각나서 물었다. '다락'이란 가명을 사용하고 있는 교원으로서는 개를 부를 때마다 다락이라고 불러야 하는 게 괜히 겸연쩍었다. 하지만 개, 라고 말을 꺼내자마자 눈을 부릅뜬 별 때문에 어쩔 수 없이 호칭을 정정해야 했다. 별은 교원의 질문에 다시 표정을 풀고는 배시시 웃으며 대답했다.

"다락이는 벌써 아침밥 먹고 정원에서 놀아요. 우리 다락이가 아저씨처럼 게으름뱅이인 줄 아세요?"

"언제부터 '우리' 다락이가 됐냐?"

"태초부터?"

"뭐?"

교원이 별의 말에 황당한 표정을 짓다가 그대로 피식 웃고 말았다. 이제는 별의 싱거운 소리도 계속 듣다 보니 익숙해질 것도 같았다. 그는 별의 머리를 마구 헝클어뜨리며 걸음을 옮겼다.

"가자."

"아우, 제 머리는 왜 헝클어뜨려요! 아저씨 머리 까치집 지었다고 제 머리까지 그렇게 만들 생각이에요? 기껏 빗었더니…….
그나저나 세수도 안 하고 아침 드시려고요?"

"어."

"여자 앞에서 이렇게 이미지 관리를 안 하다니. 아저씨가 노총각인 이유가 있었어요."

"……네가 무슨 여자라고."

교원은 껄끄러운 말을 뱉듯이 대꾸하며 곧바로 시선을 피했다. 그렇게 말하면서도 뭔가 거짓말을 하는 것 같아서 마음이 편하지 않았다. 여자로 보고 있다고? 내가? 이 조그만 녀석을?

"여자 맞거든요."

뭔가 자존심이 상한 얼굴로 별이 인상을 쓰더니 쿵쾅거리며 방 밖으로 나갔다. 교원은 다시 그녀가 나간 문 쪽을 쳐다보다가 혼란스러운 표정으로 한숨을 내쉬며 중얼거렸다.

"내가 진짜 제정신이 아닌가 보다. 갑자기 왜 이래……. 쟤가 왜 여자로 보이는 거냐고."

"하여간 못됐다니까, 저 아저씨는. 대체 내가 어디를 봐서 남자처럼 보인다는 거야?"

별은 투덜거리며 계단을 내려왔다. 사실 따지고 보면 특별한 의미도 없는 말이었다. 게다가 교원이 지금껏 별을 대했던 태도를 봐도 그의 말에는 설득력이 있었다. 적어도 교원에게 자신이 여자가 아니었던 건 분명했다.

보통 남자들은 아무리 못생긴 여자라고 해도 여자라는 이유로 친절을 베푼다거나……. 별은 지금껏 교원에게 받았던 구박을 떠올리다가 잔뜩 부어터진 얼굴로 투덜댔다.

"……앞으로는 아저씨 대신 아줌마라고 부를까 보다."

눈에는 눈, 이에는 이. 별이 심통이 잔뜩 난 얼굴로 주방을 향해 걸음을 옮겼다. 그리고 토스트를 식탁에 놓던 별의 얼굴이 금세 빨갛게 달아올랐다. 갑자기 조금 전의 일이 다시 떠오른 탓이다.

스물넷이나 먹었지만 별은 지금껏 단 한 번도 남자와 이렇게 가까이 마주하고 있었던 적이 없었다. 흔히 모태솔로라 부르는 표본을 대 보라고 한다면 그녀를 추천해도 손색이 없을 정도였다. 그런 그녀가 교원의 벌거벗은 상체를 보고도 아무렇지 않다면 거짓말일 터였다.

별은 쿵쾅거리며 뛰는 가슴을 진정시키려고 숨을 몰아쉬었다.

"저 아저씨는 왜 자꾸 옷을 안 입는 거야. 사람 민망하게……."

물론 종종 노크를 하지 않고 들어가는 자신의 잘못도 아주 조금 있기는 하지만 말이다. 별은 빨갛게 된 얼굴에 대고 손으로 부채질을 하며 다시 숨을 내쉬었다.

"더워? 에어컨 켜지 그러냐?"

"앗! 깜짝이야! 좀 인기척이라도 내고 다녀요!"

"내가 내 집에서 무슨 인기척을 내고 다녀?"

교원이 툴툴거리며 어슬렁어슬렁 다가와 식탁 의자를 빼고 앉았다. 그 모습을 뾰로통한 눈으로 보던 별이 입을 삐죽였다.

"아저씨, 진짜 이럴 때 치사한 거 알죠?"

"내가 뭘?"

"'내가 내 집에서…….' 어쩌고 하는 말이요. 툭하면 하더라. 그거, 듣는 세입자 입장에서는 진짜 치사하거든요?"

"치사하면 너도 빨리 돈 벌어서 집 사라."

"안 그래도 알바 알아보고 있어요."

"그래, 잘 생각했어. 월세 안 받을 때 부지런히 벌어서 저축해야지."

교원은 짓궂게 웃으며 토스트를 하나 집어서 한입 베어 물더니 다시 생각났다는 듯 물었다.

"집에서 하는 알바, 어떤 걸 하려는 건데? 그때 들은 기억으로는…… 번역 알바? 그런 것도 하는 거야? 영어?"

"영어랑 일본어요."

"자리 구하는 게 쉽지는 않을 텐데. 그쪽 공급이 많지 않나? 요즘 웬만하면 영어랑 일본어 정도는 그럭저럭 하는 사람들이 많으니까."

"예, 안 그래도 자리 구하기가 어려워요. 그래서 업체 쪽에 잘 보여야 돼요. 일도 깔끔하게 해 줘야 나음 일도 빋을 수 있고요."

"뭐, 다른 거 할 줄 아는 건 없고?"

"예?"

"홈페이지 만드는 거나 뭐…… 그 비슷한 일들 말이야. 그런 쪽도 괜찮지 않아?"

"아…… 제가 그쪽으로는 아예 할 줄 아는 게 없어서요."

"진작 배울 것이지."

"그러게요."

하하, 하고 머쓱하게 웃는 별을 쳐다보던 교원이 다시 토스트를 우물거리며 먹다가 흘려버리듯 무심한 어조로 물었다.

"글 같은 건 잘 쓰냐?"

"예?"

"학교 다닐 때 독후감 같은 거 써서 상 받은 적 있어?"

"예, 물론이죠. 초등학교 때……."

"그럼 작사 한번 해 볼래?"

"예에?"

별은 생각도 못한 말을 듣고 눈을 크게 떴다. 동그랗게 뜬 눈을 보던 교원이 픽 웃고는 손가락을 까딱였다.

"이리 와서 앉아 봐."

"예에……."

별은 주춤거리며 식탁으로 다가와 맞은편 의자에 앉았다. 그러자 교원이 별을 가만히 보다가 입을 열었다.

"난 내 곡에 남이 멋대로 가사 붙이는 걸 싫어해. 그래서 지금껏 내가 작곡한 곡들 중에 가사가 달려 있는 건 몇 곡 없어."

"역시 성격이……."

"뭐?"

"아니요. 아무것도 아니에요."

별은 혼자 중얼거리다가 교원이 눈을 치켜뜨자 서둘러 웃으며 고개를 흔들었다. 그리고 다시 그를 향해 고개를 갸웃거리며 물었다.

"그런데 그 얘기를 왜 저한테 하세요?"

"그새 까먹었냐? 작사 한번 해 보겠냐고 물었잖아. 내가 그거 말한 지 5분도 안 지났거든? 야, 별똥. 너 고개 옆으로 좀 돌려 봐."

"예? 왜요?"

별은 교원에게 물으면서도 순순히 고개를 옆으로 돌렸다. 그러자 교원이 별을 쳐다보다가 심드렁한 표정으로 대꾸했다.

"아가미가 달렸나 했더니 없네. 그런데 왜 이렇게 머리가 나빠?"

"뭐, 뭐라고요?"

지금 나를 붕어 취급한 거야? 별이 기가 막힌 표정으로 입만 뻐끔거리다가 발끈해서 콧바람을 푹 내뿜으며 그를 노려보았다. 교원은 별을 보고 피식 웃더니 다시 언제 그랬나 싶게 진지한 얼굴로 말을 이었다.

"지금 당장 내 곡에 꽂을 생각 없어. 물론 앞으로도 꽂아 준다는 보장도 없고. 네가 어떻게 하느냐에 딸린 거니까."

"……대체 무슨 말씀을 하시는 건지."

"재택 알바, 그거 언제까지 할 수 있다고 생각해? 미래가 있기는 한 거냐? 물론 진지하게 네가 번역가로서 입지를 다지고 그쪽으로 나간다면야 상관없겠지만……. 보아하니 특별히 그쪽으로 갈 마음도 없는 것 같고, 실력도 그 정도는 아닌 듯하고."

"제 실력을 보셨어요? 왜 함부로 말씀하세요?"

"그래, 그 실력 말이야. 너한테 번역 일 맡긴 쪽에서 실력을 인정했다면, 네가 말한 것처럼 그렇게 자리 못 구해서 안달하지는 않을 거 아니야?"

"……."

"냉정하게 들릴 거라는 거 알아. 그래도 똑똑히 새겨들어. 실력 없으면 어떤 분야에서든지 밥 굶어. 그게 현실이야. 넌 지금 번역 쪽에서 네 실력을 증명하지 못한 거고."

교원이 차갑게 대꾸했다. 별의 얼굴이 시무룩하게 변하는 것을 보면서도 그는 망설이지 않았다. 자신 또한 그런 과정을 겪어 봤기에 할 수 있는 말이었다.

처음부터 쉬운 일이란 없었다. 음악이 좋았고 작곡이 좋았다고 하지만, 단순히 좋아한다는 감정만으로 될 일은 아니었다. 몇 번이나 실패했고, 숱하게 거절을 당했다. 그것이 현실이었다.

그러나 교원은 포기하지 않았다. 아무리 냉혹하고 차가운 현실이라 하더라도 다락방 안에서의 삶보다는 나았다.

그래서 그는 끈기 있게 매 순간 곡을 썼다. 월 단위도 주 단위도 아닌, 하루 단위로 목표를 세우고 채워 갔다. 그러다가 매 시간 목표를 세웠다. 휴식 시간 따위는 그에게 존재하지 않았다.

어떻게든 버티고 버티며 곡을 써야 했다. 하고 싶은 마음이 들때를 기다린다거나 영감이 찾아오기를 기다린다는 식의 말은 교원에게 꿈조차 꿀 수 없는 사치였다. 그렇게 계속 한 곡씩 쌓아 갔다. 어설펐던 곡들이 쌓이면서 조금 더 나아진 모습을 갖췄고, 그러다 보니 주위의 호평을 받게 되었다.

그리고 지금은 '다락'이란 이름으로 세상 사람들에게 알려진 작곡가가 되었고…….

"당장 하고 싶은 게 없다면 작사를 배워 봐. 어차피 집에서 뭔가 일을 해야 한다면 작사도 나쁘지는 않을 거야. 네가 인정받고 성공하기만 한다면."

"……."

별은 곰곰이 생각하는 듯 눈조차 깜빡이지 않고 식탁 어딘가를 응시했다. 교원은 마음껏 고민하라고 그녀를 내버려 둔 채 다시 토스트를 먹었다. 이미 식어 버린 토스트는 맛이 별로 없었다. 그러나 썩 나쁘지도 않았다.

◆

"갑자기 작사를 배워 보라니……."

별은 정원에 나와서 다락이와 놀다가 쭈그리고 앉은 채 멍하니 앞을 보며 중얼거렸다. 전혀 상상도 해 보지 못했던 제안을 받은 탓에 그녀는 조금 얼떨떨한 상태였다. 그것을 다락이도 알아차렸는지 낑낑대며 별의 슬리퍼를 입으로 물어 당겼다.

"어, 다락아."

그제야 별은 다시 정신을 차리고 다락이의 지그마한 머리를 쓰다듬었다. 그러면서도 머릿속은 여전히 복잡하기만 했다. 작사라고? 작사를 해 보라고? 나더러?

"음악과는 담 쌓고 살았던 사람한테 작사를 해 보라고 하다니, 아저씨도 참 대책 없다……."

별은 혼잣말처럼 중얼거리다가 콧등을 찡그렸다. 사는 게 바빠서 음악 같은 건 들을 시간도 없었다. 요즘 나오는 가수들의 이름 같은 건 거의 알지도 못하는 게 그녀의 현실이기도 했다. 그런데 그런 별에게 교원이 작사를 해 보라고 권유를 했으니, 그녀로서는 당혹스러울 수밖에 없었다.

하지만 그럼에도 불구하고 그의 제안에 솔깃해져서 이렇게 고민하고 있는 것도 사실이었다.

"다락아, 아저씨가 왜 나한테 그런 제안을 했을까? 응?"

별은 다락이의 촉촉한 콧등을 손가락으로 건드리며 말을 걸었다. 그런 별의 행동을 같이 노는 것으로 이해한 듯 다락이가 혀를 내밀며 꼬리를 열심히 흔들었다.

"네가 볼 때 누나가 작사를 배워 봐도 괜찮을 것 같아? 응? 말해 봐, 누나가 해도 좋을까?"

"나 참……. 개한테 네 미래를 맡길 셈이야?"

"으앗! 놀랐잖아요! 왜 자꾸 기척도 없이…… 어? 뭐하세요?"

"테라스에 있던 화분들, 볕 좀 쬐라고. 모처럼 날씨가 좋아서."

교원이 들고 있던 화분을 내려놓고는 대꾸했다. 별은 가만히 교원을 올려다보았다. 땀이 난 것인지 손으로 이마를 대충 닦는 모습이 눈에 들어왔다.

"아저씨."

"왜?"

"재능도 없으면서 뭔가를 시작해도 되는 걸까요? 그건 그냥
시간 낭비 아니에요? 차라리 그럴 시간에 원래 하던 거나 하
면……."

"그 말, 좀 이상하지 않아?"

"뭐가요?"

교원은 별의 질문을 받고 그녀를 내려다보았다. 자그마한 여
자가 쭈그리고 앉아 있으니 더욱 작아 보인다. 혼자 하루에 한
끼 먹고 자랐나……. 아니면 보육원에서 컸다더니 눈칫밥을 먹
어서 그런가. 그는 괜히 속이 쓰린 것을 애써 무시하며 다시 대
꾸했다.

"시작도 해 보기 전에 재능이 없는지 어떻게 알아? 일단 시작
해 봐야 재능이 있는지 없는지 알지."

"……그, 그렇지만."

별은 교원의 말에 대답할 말을 찾지 못하고 말을 더듬었다. 따
지고 보면 교원의 말에 반박할 수 없는 게 사실이었다. 뭔가를
시작해 보기 전에는 그 어떤 것도 알지 못한다. 알기 위해서는
일단 해 보는 수밖에 없다. 별은 잠시 망설이다가 다시 그를 올
려다보며 물었다.

"아저씨가 보시기에 저는 어때 보여요? 재능이 있을 것 같아
요?"

"진짜 너 말이야. 목 위에 달고 있는 거 돌이냐?"

"예?"

"너한테 재능이 있는지 없는지, 그걸 왜 나한테 물어? 내가 무슨 점쟁이라도 되는 줄 알아?"

"하지만 아저씨는 전문가잖아요. 작곡가 입장이니까 뭔가 느낌이라도 와서 그런 제안을 하신 건지⋯⋯."

"전문가는 무슨⋯⋯. 야, 전문가랍시고 행세하는 놈들 말 따랐다가 전 재산 날려 먹는 사람들이 한둘인 줄 알아? 어느 분야든지 전문가라는 작자들 믿을 거 없어."

"그럼 누구를 믿어요?"

"너 자신."

"⋯⋯."

"애가 아직도 세상 무서운 줄 모르네. 사기까지 당해서 다 날리고도 정신 못 차렸지?"

"아니, 그게 아니라⋯⋯."

별은 억울한 표정을 지으며 웅얼거렸다. 그 모습을 보던 교원이 픽 웃고는 별의 옆에 털썩 주저앉았다. 그러자 별이 호들갑스럽게 교원을 향해 야단을 쳤다.

"어휴, 아저씨! 그렇게 앉으면 옷에 풀물 들잖아요! 뭐라도 깔고 앉으시지."

"됐어. 풀물 좀 들면 어때? 유난 떨기는⋯⋯."

"유난 떤다고요? 그럼 나중에 그 옷 엉덩이에 녹색 얼룩 남아 있어도 제 탓하지 마세요. 아셨죠?"

"알았어."

교원이 퉁명스럽게 대꾸하며 눈을 감았다. 시원한 바람이 머릿속에 든 잡념까지 전부 쓸어 가는 듯했다. 그는 저절로 입꼬리가 올라가는 것을 느꼈다.

자신이 원했던 삶이 바로 이런 모습이었다. 언제나 꿈꿔 왔던 집에서 여유롭게 이렇듯 시간을 보내는 것. 딱히 그것 외에는 바란 것도 없었다. 그러니 지금의 자신은 원했던 삶을 다 얻은 것이나 다름없었다.

……옆의 두 생명체만 제외하면.

"야, 남의 손을 왜 빨아 대? 내가 네 먹이로 보이냐? 어?"

바닥을 짚고 있던 손에 축축한 느낌이 들어서 눈을 뜨자마자 교원은 기겁하며 손을 휘저었다. 그러자 개껌이라도 빼앗긴 것처럼 시무룩해진 다락이가 교원을 멀뚱히 쳐다보았다. 그와 동시에 별이 깔깔대며 웃었다.

"다락이는 아저씨가 진짜 좋은가 봐요."

"안 좋아해도 된다고 전해."

"직접 말하세요."

"알아들어야 말을 할 거 아니야!"

야, 저리 가. 아, 저리 가라고! 교원이 짜증을 부리며 다락이에게 소리를 질렀다. 그러나 용감한 장모치와와는 교원의 성격을 이미 파악한 듯 태연하게 그의 바지 끝을 물고 잡아당겼다. 소리를 지르고 야단을 쳐도 실제로 자기를 미워하는 건 아니라는 걸, 다락이는 본능적으로 알아차린 것 같았다.

별은 다락이와 교원을 번갈아 보다가 가만히 웃었다. 알고 보면 마음이 참 따뜻한 사람이다. 툴툴대면서도 정 많고……. 그리고 까다롭고 신경질적이면서도 반대로 털털하고 게으르기도 하고, 귀찮다고 하면서도 해야 할 일은 세내로 해내는 깃 같기도 하고.

또…… 잘생겼고, 몸도 좋…….

"우와앗!"

"뭐야, 왜 그래?"

별이 스스로 한 생각에 놀라서 소리를 지르며 벌떡 일어나자 교원이 그녀를 바라보며 뚱한 얼굴로 물었다. 미쳤구나. 갑자기 여기서 그런 생각이 왜 튀어나오는 거야?

"이게 다 아저씨 때문이잖아요!"

별은 억울한 마음에 교원을 향해 외쳤다. 자꾸 훌렁훌렁 옷을 벗고 있으니까, 그러니까 이런 말도 안 되는 생각이……. 그녀는 다시 떠오르는 그의 나신을 머릿속에서 털어 내려는 듯 고개를 마구 저었다. 그리고 교원은 황당하다는 얼굴로 별을 보다가 입을 열었다.

"야, 뭐가 나 때문이야? 다짜고짜 뭔지도 모르는 누명을 나한테 덮어씌우려는 거냐?"

"몰라요! 다 아저씨 때문이라고요!"

별은 빨갛게 물든 뺨을 감추지도 못한 채 서둘러 몸을 돌렸다. 그리고 뒤에 남은 교원은 어이없다는 표정을 지으며 별의 뒷모습을 보다가 허, 하고 짧은 소리를 뱉었다. 그 옆에서 눈치 없는 다락이가 혀를 내민 채 교원에게 놀아 달라고 매달리고 있었다.

5. 마음이 내 것이 아닌 듯

교원이 정성스럽게 잎을 닦는 일에 몰두하던 중이었다. 뒤쪽에서 다락이가 낑낑대는 소리가 들려 뒤를 돌아보았다. 거실 바닥에 한쪽 뺨을 대고 엎드려 있는 별의 모습이 보였다. 그의 미간이 찌푸려졌다.

"저러다 얼굴 돌아가면 어쩌려고……. 야, 별똥! 일어나!"

하지만 교원의 말을 듣지 못한 듯 별은 미동도 하지 않았다. 다락이 옆에서 별의 머리카락을 질겅질겅 물고 장난을 치는데도 움직이지 않는 걸 보니 아무래도 잠든 것 같았다.

교원은 화분 앞에 쭈그리고 앉아 있다가 무릎을 펴고 일어섰다. 햇빛이 눈부셨다. 그는 테라스로 가득 쏟아져 들어오는 햇살을 보다가 슬쩍 별을 돌아보았다. 그리고 거실 베란다 쪽의 커튼을 슬쩍 쳤다. 별의 얼굴에 그늘이 드리워져 햇빛을 막을 수 있을 정도로만.

"……자냐?"

교원은 어슬렁거리며 별에게 다가가 다시 그녀의 앞에 주저앉았다. 그렇지만 깊이 잠든 것인지 별에게서는 아무런 대꾸도 나오지 않았다. 교원은 턱을 만지며 별을 내려다보았다.

색이 엷은 머리카락이 바닥에 흩어져 있었다. 그리고 이마 위에도 흐트러진 머리카락 몇 올이 붙어 있는 게 보였다. 그는 가만히 그녀를 내려다보다가 조심스럽게 손을 뻗었다. 하지만 교원의 손은 별의 이마 위에서 맴돌기만 하다가 그대로 아무것도 하지 못한 채 아래로 내려갔다.

"내가 지금 무슨 짓이야……."

충동적인 행동이었다. 교원은 아래로 내렸던 손으로 자신의 이마를 짚으며 중얼거렸다. 이마 위에 붙어 있는 머리카락을 떼어 주려고 했다. 잠이 깨지 않게 조심하면서 말이다.

별의 이마에 머리카락이 붙어 있든 말든 무슨 상관이라고. 교원은 한숨을 내쉬고 다시 고개를 움직였다. 다락이 앞발을 모으고 앉은 채 유심히 그를 관찰하듯 바라보고 있었다.

"뭘 봐?"

교원이 뚱한 표정을 지으며 묻자 다락이는 마치 그의 질문을 알아듣고 일부러 무시하는 듯이 뒷발로 귓등을 긁어 대기 시작했다. 교원은 그런 다락이의 행동에 기가 막혀서 잠시 입을 달싹이다가 으름장을 놓았다.

"야, 지금 네 사료를 대는 사람이 누군지나 알고 이러는 거냐? 내 앞에 엎드려 꼬리를 살랑거려도 부족할 판에…… 아, 왜

234

남의 손가락을 물어!"

어린 녀석이 문 것이라 손가락에 피 한 방울 나지 않았지만, 교원은 마치 맹수에게 물리기라도 한 듯 펄펄 뛰며 난리를 쳤다. 그 바람에 곤히 잠들었던 별이 눈을 비비며 깼다.

"아저씨…… 다락이랑 싸워요?"

"내가 미쳤냐? 개랑 싸우는 사람 봤어?"

"예. 바로 지금, 제 눈앞에서요."

별은 여전히 잠기운이 남았는지 몽롱한 시선으로 그를 보며 웅얼댔다. 그리고 다락이에게 이리 오라는 듯 손을 내밀었다. 그러자 다락이가 짧은 꼬리를 마구 흔들며 냉큼 별에게 달려갔다.

"아주 엉덩이가 푹 퍼졌구만. 어?"

"예?"

별이 다락이에게 손을 내준 채 잠기운을 몰아내려고 하품을 하다 말고 교원이 중얼거린 말에 화들짝 놀라 몸을 반쯤 일으켰다. 바, 방금 뭐라고 했지? 뭐? 어…… 엉덩이? 별의 눈이 휘둥 그레 커지는 듯싶더니 그녀의 목소리가 쩌렁쩌렁 거실을 울렸다.

"아저씨, 방금 한 말 성희롱이에요!"

"뭐? 뭐가 어쩌고 어째?"

"성희롱이라고요! 어떻게 그런 말을 하실 수 있어요!"

"그런 말?"

"어, 엉덩이가 퍼졌다고……."

별은 얼굴이 빨개진 채 대답하다가 스스로 민망해져서 말끝을 흐렸다. 그와 동시에 교원의 얼굴은 물론 귀까지 빨갛게 달아올랐다. 그는 잠시 말을 잇지 못하다가 버럭 소리를 질렀다.

"다락이 말이야! 다락이! 다락이 엉덩이 좀 보라고! 저게 태어난 지 얼마 안 된 강아지의 엉덩이로 보이냐? 응? 너 대체 쟤 사료를 얼마나 주고 있는 거야?"

"……예? 다락이요?"

별은 뒤늦게 교원의 말에 눈을 끔뻑이며 그를 보았다. 그리고 자신이 한 실수를 깨닫고는 더욱 빨갛게 변한 얼굴을 두 손으로 가리며 원망하듯 외쳤다.

"그럼, 다락이 엉덩이라고 말했어야죠! 왜 그걸 빼먹고 얘기하냐고요!"

"그걸 네 엉덩이라고 받아들인 게 이상한 거 아니야? 솔직히 네 엉덩이는 뭐…… 그다지 풍만해 보이지도 않고."

교원은 붉어진 얼굴로 슬쩍 별을 쳐다보고는 혼잣말처럼 중얼거렸다. 그 중얼거림을 예리하게 알아들은 별이 다시 두 뺨을 손바닥으로 가린 채 소리를 질렀다.

"아악! 아저씨! 이번에는 진짜 성희롱이에요!"

"뭐야? 야, 너 자꾸 사람 이상하게 몰아갈래?"

"제가 뭐, 없는 말 했어요? 그리고, 제가…… 제가 어디가 어때서요? 이만하면 나름대로 S라인이거든요?"

"S라인 좋아하네. 야, 이 말을 추가해야지."

"무슨 말이요?"

"위와 아래에서 각각 쭉 잡아당긴 S라고."

거의 I가 되려나? 교원의 심술궂은 말을 이해한 별이 뾰로통한 얼굴로 항의했다.

"아저씨가 몰라서 그러시나 본데요. 저 진짜 몸매 좋거든요?"

"웃기네. 백오십도 안 되는 게."

"백오십이랑 몸매랑 무슨 상관인데요!"

"그래, 그건 상관없다 치고. 야, 딱 보면 견적 나와."

"뭐라고요?"

"네 사이즈 말이야. 딱 보면 나온다고. 어디…… 내가 맞춰
봐? 그러니까 가슴둘레가……."

교원은 짓궂은 표정으로 눈을 게슴츠레 뜨고는 별을 훑듯이
보며 입을 열었다. 그리고 별은 잠시 멍한 얼굴로 교원을 쳐다보
다가 이내 경악해서 그를 향해 달려들었다.

"말하지 마요! 말하지 마!"

……어? 어라? 이게 어떻게 된 거지?

별은 다급한 마음에 무작정 교원에게 달려들어 손바닥으로 그
의 입을 막았다. 그리고 그의 입을 막았다는 안도감에 다시 정신
을 차리자마자 그녀는 난감한 상황에 처했음을 깨닫고 말았다.

왜 내가 이 아저씨한테 안겨 있는 것 같은 자세를 하고 있는
거냐고!

별은 파들파들 떨리는 입을 억지로 벌려 웃는 시늉을 하면서
교원을 쳐다보았다. 별의 손바닥에 입이 막혀 버린 교원이 험악
한 얼굴로 그녀를 노려보고 있었다.

"하하……. 아, 그러니까 이건 말이죠, 아저씨. 절대 고의가
아니라……."

"오이가아이연?"

"아, 왜 남의 손바닥에 입술을 대고 말을 해요!"

별은 손바닥에서 움직이는 입술의 삼촉에 몸을 부르르 떨었

237

다. 그러자 교원이 별의 손바닥을 밀어낸 뒤 다시 물었다.

"고의가 아니면 뭐냐고? 너, 나한테 관심 있냐?"

"예에?"

그게 무슨 망언이십니까! 별은 그 말이 튀어나오려는 것을 꿀꺽 삼켜 버렸다. 어쩐지 그 말을 하고 싶지 않았다. 아니, 더 정확히 말하자면 그렇게 말하는 것이 불편하게 여겨졌다. 마치 자신이 거짓을 말하기라도 하는 것처럼…….

……뭐? 거짓말?

별의 새까만 눈이 혼란스럽게 흔들렸다. 스스로 자각하지 못했던 생각이 툭 튀어나온 바람에 그녀는 어쩔 줄 몰라 했다. 하지만 그런 별의 심리를 알지 못하는 교원은 그녀의 이마를 가볍게 손가락으로 건드리며 짓궂게 거듭 물었다.

"야, 뭐야. 왜 말을 안 해? 진짜 나한테 관심 있는 거야?"

"누가…… 누가 관심이 있다고 그래요! 세입자 부려 먹는 악독 집주인이 뭐가 좋다고!"

교원의 짓궂은 행동에 괜히 울컥한 별이 목소리를 높이고는 그대로 일어났다. 그리고 교원이 다시 말을 걸기도 전에 다락이를 안고 현관 쪽으로 향했다.

"야! 별똥, 어디 가?"

"산책하러 나가는 것까지 보고하고 나가야 돼요?"

별은 서운한 얼굴을 감추며 그대로 슬리퍼를 신고 밖으로 나갔다. 교원은 홀로 거실에 남겨진 채 어리둥절한 얼굴을 했다.

"뭐야, 왜 저래?"

그는 투덜대듯 중얼거리다가 한숨을 내쉬었다. 별에게 내색하지 않으려고 괜히 짓궂게 굴었지만, 그의 가슴은 미친 듯이 뛰고 있는 중이었다.

"미치겠네……."

교원은 머리를 마구 헝클어뜨리며 달아오른 열기를 식히기 위해 계속 숨을 내뱉었다. 예상치 못한 별의 행동에 당황한 것은 그녀뿐만이 아니었다. 오히려 교원이 더 당황했다고도 할 수 있었다.

교원은 가만히 손을 내려다보았다. 느닷없이 달려든 별을 반사적으로 붙들었던 손에서 지금까지도 열이 나는 것만 같았다. 며칠 전에 네가 무슨 여자냐고, 자신이 그렇게 뱉었던 말이 무색할 지경이었다. 보드랍고 말랑말랑하던 감촉이 손에서 사라지려 하지 않았다. 그다지 살집이 없어 보였는데도 말이다.

"말라서 딱딱할 줄 알았는데……."

확실히 여자는 남자의 몸과는 다른 것일까. 교원은 손을 내려다보다가 천천히 움켜쥐었다. 뭔가 아쉬운 마음이 들었다.

'아쉽다고?'

교원은 스스로 한 생각에 어이가 없어서 허탈하게 웃고 말았다. 그리고 다시 테라스 쪽을 보았다. 여전히 햇살은 뜨겁게 쏟아지고 있었다.

"어디에서 뭘 하고 돌아다니는 건지……."

그는 다락이를 데리고 산책을 간다며 나가 버린 별을 떠올리며 몸을 일으켰다. 딱히 그녀를 데리러 갈 필요는 없었다. 어차피 환한 대낮이고…….

"나도 뭐, 산책하러 가는 거야."

교원은 괜히 머쓱한 표정으로 누군가에게 변명이라도 하듯 중얼거리고는 현관으로 몸을 돌렸다.

♦

"……어떻게 하지? 응? 다락아, 누나 어떻게 해?"

별은 다락이의 앞발을 잡은 채 대답을 듣고 싶다는 듯 물었다. 하지만 다락이는 그녀와 함께 밖에 나와서 노는 것 자체가 좋은지, 별의 고민과는 상관없이 꼬리를 열심히 흔들며 그녀의 손을 핥았다.

"좋아……하는 걸까?"

별은 쭈그리고 앉은 채 가만히 입을 열었다. 그러나 다락이에게서 대답을 들을 수는 없었다. 애당초 불가능한 일이었다. 별 역시 그런 기대는 한 적 없다는 듯 계속 말을 이었다.

"……첫사랑이면 어떻게 해야 할까?"

별의 눈시울이 뜨거워졌다. 스스로 꺼낸 말이 아프게 그녀의 가슴 깊숙한 곳을 찌른 탓이다.

누군가를 좋아한 적은 지금껏 살면서 단 한 번도 없었다. 스물네 살이나 되었는데 그게 말이 되는 일이냐고 누군가는 믿지 않을지도 모르지만, 실제로 별은 그랬다. 좋아하는 마음조차도 사치였던 삶이 그녀가 짊어지고 가야 하는 것이었다.

먹고살기에 바빠서, 다른 무엇에도 눈을 돌릴 수 없던 처지였다. 그래서 그 흔한 짝사랑조차 한 적이 없었다.

그런데 이렇게 느닷없이, 그 어떤 마음의 준비도 하지 못한 채 맞닥뜨리게 된 감정은 그녀를 당혹스럽게 만들었다.

"지금 이 마음이…… 진짜 좋아하는 걸까? 그럴 리가 없잖아. 아저씨는 성격도 고약하고, 못됐는데. 늘 심술만 부리고 짓궂게 놀리기나 하고."

이런 게 첫사랑이면 너무 웃기잖아. 별은 고개를 저으며 괜히 웃음도 나오지 않는데 입꼬리를 억지로 올렸다. 하지만 곧바로 그녀는 다락이를 품에 꼭 끌어안은 채 고개를 숙이고 말았다. 눈물이 맺혔다가 또르르 굴러 떨어졌다.

어쨌든 누군가를 좋아하게 된 건 정말 좋은 일일 텐데…… 왜 이렇게 가슴이 아픈 건지 모르겠다. 스스로가 더욱 초라하게 느껴져서 속상하기도 하고.

"싫어. 아저씨가 집도 없고 돈도 없고, 자기 집에 얹혀살고 있는 나를 좋아하게 될 가능성도 없잖아. 아니, 오히려 한심하게 보일 거야. 아저씨는 나더러 바보처럼 사기나 당했다고 구박했는데……."

별의 울먹이는 소리가 작게 이어졌다. 처음으로 누군가를 좋아한다고 느꼈지만, 그 감정이 오히려 그녀에게는 너무 무섭고 두려웠다.

교원은 놀란 눈으로 별을 쳐다보았다.

어느 쪽으로 간 것인지 알 수 없어서 마을을 한 바퀴 크게 돌던 중이었다. 산길로 이어지는 한적한 길가에 쭈그리고 앉아 있는 별을 본 것은 조금 전의 일이다. 그러나 교원은 곧바로 그녀에게 알은체를 하지 못했다. 별이 울먹이며 히는 소리를 먼저 들어 버린 탓이었다.

'……좋아한다고? 좋아, 한다고? 나를?'

교원은 고개를 저으며 한 걸음 뒤로 물러섰다. 그럴 리 없다는 생각이 먼저 들었다. 좋아한다니. 지독한 장난이었다. 웃음조차 나오지 않는 농담이었다.

그는 혼란스러운 시선으로 별을 다시 쳐다보았다. 다락이를 품에 안은 채 몸을 웅크리고 있는 자그마한 여자가 눈에 가득 들어왔다.

이런 건 예상도 하지 못했다. 교원은 왜 상황이 갑자기 이렇게 변한 것인지 도무지 이해할 수 없었다. 더구나…… 류별, 저 여자가 자신을 좋아하게 될 거라고는 상상조차 한 적이 없었다.

그는 손으로 가슴 근처를 꾹 눌렀다. 심장이 미친 듯이 뛰다가 그대로 튀어나올 것만 같았다. 머릿속에서도 맥박이 요동치는 듯했다. 귓속이 먹먹해졌다. 고막이 없어서 듣지도 못하던 오른쪽 귀에서 찌릿거리며 쇳소리가 들렸다. 교원은 손바닥으로 귀를 막으며 어금니를 악물었다.

어째서.

그가 가슴속으로 물었다.

어째서 나 같은 병신에게 마음을 준 거야?

교원은 다시 얼굴을 일그러뜨린 채 별을 바라보았다. 도무지 납득이 되지 않았다. 스스로 생각해도 자신은 누군가에게 사랑을 받을 만한 사람이 아닌 탓이었다. 또한 그 누구에게 사랑을 준 적도 없었고, 주는 법도 알지 못하는 사람이 바로 자신이었다. 그는 망연한 얼굴로 그저 별을 바라볼 수밖에 없었다.

그리고 얼마나 시간이 지났을까.

문득 교원은 다시 정신을 차리고 하늘을 보았다. 해가 어느새 약간 기울어진 것 같았다. 대체 몇 시간이나 지나간 거야? 교원이 힘없이 웃고는 신경질적으로 머리를 긁은 뒤, 다시 앞을 보다가 입술을 깨물었다. 저절로 턱에 힘이 들어갔다. 교원은 굳은 얼굴로 망설임을 털어 내고는 별을 향해 걸음을 옮겼다.

어떻게 행동해야 할지 판단이 서지 않았다. 그러나 교원은 별의 앞에 가서 섰다. 별보다 먼저 교원의 존재를 알아차린 건 그녀의 품에 안겨 있던 다락이었다. 다락이 귀를 쫑긋거리며 교원을 보더니 별의 팔에 발을 비볐다.

"어? 왜 그래, 다락아…… 아저씨?"

"잘 하는 짓이다."

"예?"

"네가 오냐오냐 하니까 버릇 나빠지잖아. 그것 봐, 팔뚝에 상처 생긴 거."

"아……. 괜찮아요, 안 아파요."

다락이에게 긁힌 것인지 별의 팔뚝 위로 붉은 생채기가 두 줄 남았다. 별은 민망한 마음에 생채기가 생긴 팔을 다른 손으로 슬그머니 문지르며 입을 삐죽였다.

마음을 깨닫게 되어서일까. 평소와는 다르게 괜히 교원의 얼굴을 보기가 부끄러웠다. 별은 입술을 깨물며 그저 가만히 다락이의 머리를 쓰다듬기만 했다. 교원이 옆에 다가와 앉는 기척이 느껴졌지만 돌아볼 엄두도 내지 못했다.

"이제 다 울었냐?"

"예?"

그 순간 교원의 목소리가 들렸다. 별은 무심코 고개를 들어 교원을 쳐다보았다. 그리고 잠시 눈을 깜빡이며 그가 한 말의 내용을 되새기던 별이 얼굴을 찡그리며 어이없다는 듯 입을 열었다.

"보고 있었어요?"

"응."

"보고 있었다고요?"

"그렇다니까."

"제가 한 말도 다 들었어요?"

"……아마도."

교원은 슬그머니 별의 시선을 피하며 고개를 돌렸다. 별은 기가 막힌 표정으로 입을 달싹이다가 소리를 질렀다.

"아저씨는 어쩜 그렇게 남을 배려할 줄 몰라요?! 봤어도! 들었어도! 그냥 못 본 척, 못 들은 척했어야죠!"

"그게 배려냐? 거짓으로 행세하는 게 무슨 배려야?"

"적어도 지금처럼 이렇게 민망하지는 않을 테니까요!"

별은 눈물이 그렁그렁 고여 있던 걸 손등으로 닦아 내며 다락이를 바닥에 내려놓았다. 다락이가 낑낑대며 별에게 다시 안아 달라고 뒷발로 일어섰다. 그렇지만 별은 다락이를 신경 쓸 여유가 없었다.

어쩌면 이렇게 무심할까. 내가 내 마음을 알아 달라는 것도 아니잖아. 그럼, 그냥 모르는 척 그렇게 넘어가 주면 안 되는 거야? 꼭 이렇게 내 마음을 알아차렸다고 내색을 해야겠어? 남한테 이렇게 무신경한 남자인데 뭐가 좋다고…….

"난 진짜 보는 눈이 바닥에 붙었나 봐……."

별은 억울한 마음에 중얼거리며 입을 삐죽였다. 그리고 다시 고개를 푹 숙이고 있는데 교원의 목소리가 들렸다.

"그러게."

"뭐라고요?"

"네 눈이 바닥에 붙지 않고서야 나 같은 놈을 좋다고 할 리 있겠냐……. 안 그래?"

"아저씨가 뭐, 어디가 어때서요!"

순간적으로 교원의 말에 발끈한 별이 다시 고개를 들고 따졌다. 교원이 스스로 자신을 낮춰 말하는 건 듣고 싶지 않았다. 게다가 객관적으로 보면 교원은 그다지 나쁜 남자가 아니었다.

"얼굴 잘생겼죠!"

"외모 보고 나 좋아하냐?"

"능력도 좋죠!"

"뭘 보고?"

"집도 있고, 직업도 있잖아요! 게다가 음악을 하는 그 풍부한 예술적 감수성까지!"

"예술적 감수성이라니. 내가 아무리 뻔뻔해도 그런 말은 좀……."

교원은 겸연쩍다는 듯 뒷목을 긁으며 대꾸했다. 그 모습에 별 역시 얼굴을 붉히며 고개를 끄덕였다.

"하긴…… 그건 좀 그렇죠?"

"뭐야, 그 납득한다는 표정은? 은근히 기분 나쁘잖아."

교원은 별을 향해 툴툴대며 대꾸하고는 다시 입을 다물었다.

별 역시 입을 꾹 다문 채 정면을 보았다. 그런 별을 힐끔 돌아본 교원이 다시 앞을 응시하며 입을 열었다.

"……어쨌든 고맙다."

"뭐가요?"

"나 좋아해 줘서."

교원은 앞만 바라보며 말하다가 쓴웃음을 지었다. 별은 고개를 돌려 그런 교원을 쳐다보다가 입술을 짓씹었다.

아저씨가 그런 표정을 지으니까 제 마음이 아파요. 아저씨가 차라리 저한테 심술부리고 짓궂게 장난쳤으면 좋겠어요. 별은 하고 싶은 말들을 전부 가슴속에 묻은 채 땅바닥에 검지로 무의미한 낙서를 했다.

"아저씨더러 고마워하라고 좋아하는 거 아닌데요."

"알아."

"제 마음이 제 것이 아닌 느낌이에요. 지금도 솔직히 아저씨를 좋아한다고 느끼는 제가 진짜 어이없고 황당하거든요. 고작 첫사랑이 이런 고약한 노총각 아저씨인가 싶어서 허탈하기도 하고요."

"나도 백오십도 안 되는 꼬맹이가 나 좋다고 할 줄은 상상도 못했다."

"……이런 신장주의자 같으니라고."

별이 교원의 말을 듣다가 눈을 가늘게 뜨더니 중얼거렸다. 교원은 별의 중얼거림을 놓치지 않고 한쪽 눈썹을 올리며 물었다.

"뭐? 그건 무슨 말이야?"

"키 말이에요, 키. 사람 키 가지고 차별이나 하고 말이죠. 그건요, 인종주의자만큼 나쁜 거라고요. 민틀러라고 부를까 보다."

"뭐? 민틀러?"

"예, 민틀러 아저씨. 이 기회에 개명하시죠?"

"넌 좋아한다는 사람을 그런 이름으로 부르고 싶냐? 취향 한번 엽기적이네."

"너무하시는 거 아니에요?"

별은 순간적으로 화가 나서 벌떡 일어났다. 그녀는 눈물이 고이려는 걸 꾹 참고 교원을 향해 말을 이었다.

"제가 아저씨를 좋아한다고 해서, 그 좋아하는 마음을 이렇게 놀림 받을 이유는 없어요. 아저씨가 볼 때 제 마음이 겨우 그것밖에 안 되어 보일지 몰라도 이런 식으로 조롱당할 만한 감정이 아니라고요. 제가 뭘 바라기나 했어요? 제가 아저씨한테 저를 좋아해 달라고 비굴하게 매달리기라도 했어요?"

"야, 별똥……."

교원이 당황해서 별을 향해 팔을 뻗으려 했다. 하지만 그는 쉽게 그녀에게 손을 내밀지 못했다. 그렇게 교원이 주저하는 사이, 별은 시무룩한 얼굴로 다시 무릎을 끌어안은 채 앉았다. 그리고 무릎 사이에 고개를 묻고는 우울한 목소리로 말했다.

"제가 했던 말…… 신경 쓰지 마세요. 아니, 다 잊어 주세요."

"왜?"

"그래야 될 것 같아서요. 안 그러면 저, 불편해서 더 이상 아저씨와 같이 못 살아요. 그런데요, 아저씨. 저는 여기 아니면 이제 갈 곳도 없어요. 아저씨도 알고 계시나시피……."

별은 쓴웃음을 흘리며 바닥을 내려다보았다. 무릎 틈새로 보이는 땅바닥 위로 작은 벌레 한 마리가 기어가고 있는 게 눈에 들어왔다.

저렇듯 벌레 한 마리조차 제 삶을 제대로 영위하고 살아가는데…… 왜 나만큼은 그게 안 될까. 왜 나한테는 허락되지 않는 걸까. 별은 코끝이 찡해지려는 것을 느끼며 말을 이었다.

"좋아하는 마음보다는 일단 살고 봐야 하니까요."

결국 선택의 여지가 없다. 좋아하는 마음으로는 먹고살 수가 없다. 그런 처지인 사람도 있는 법이다. 게다가 지금 이 감정은 어차피 혼자 일방적으로 품은 것에 불과하고.

별은 한숨이 나오려는 걸 억지로 삼키며 다시 고개를 들었다. 교원이 쳐다보는 시선이 느껴졌다. 그러나 별은 애써 그를 보지 않으려고 앞만 바라보며 말을 이었다.

"기면증 때문에 일자리도 못 구하니까요. 그래서 집에서 할 수 있는 알바를 해야 하는데…… 그러려면 아저씨 집에서 꼭 살아야 하고요."

"그래도 요즘엔 갑자기 픽, 하고 넘어가지는 않았잖아?"

"그게 완치되었단 건 아니니까요. 그리고 저, 원래도 그렇게 자주 픽픽거리며 넘어가지는 않았거든요?"

별은 다시 교원을 쳐다보며 입을 삐죽였다. 그 모습을 물끄러미 보던 교원이 불쑥 입을 열었다.

"작사 안 배울 거야?"

"예?"

"웬만하면 배우지? 이래 봬도 나한테 배우면 너도 많이 얻는 게 있을 텐데."

"아저씨는 작곡가라면서요."

"그거나 저거나."

"……아저씨, 돌팔이 같아요."

"뭐야?"

별은 교원이 눈을 치켜뜨자 어깨를 움츠리고는 다시 고민하는 얼굴로 허공을 쳐다보고 있다가 작게 속삭이듯 물었다.

"잘할 수 있을까요?"

"내가 그걸 어떻게 알아?"

"그것도 모르면서 왜 자꾸 남의 인생 진로를 바꾸려고 하는데요?"

"내 마음이지, 뭐. 내가 내 마음대로 하지도 못해?"

"……무책임해."

"반말이냐, 버릇없이?"

"……."

교원의 물음에 별은 새침한 표정을 짓고 다시 곰곰이 생각하다가 무릎에 뺨을 댄 채 그를 올려다보며 물었다.

"제가 아저씨 좋아해도 괜찮아요?"

"……괜찮지 않을 건 뭔데. 어차피 그건 네 감정이고, 내가 이래라저래라 할 부분도 아니잖아."

교원은 잠시 말문이 막힌 사람처럼 입을 열지 못하다가 무뚝뚝한 어조로 대답했다. 그리고 다시 말을 돌리려는 듯 미간을 찌푸린 채 말을 이었다.

"그래서 작사는 배울 거야, 말 거야?"

"배울게요."

"선심 쓰듯이 말한다?"

"배우게 해 주세요."

"그게 가르칠 사람한테 할 자세냐?"

"아저씨도 작사가는 아니면서……."

"까불래?"

교원이 눈을 치켜뜨며 으름장을 놓자마자 별이 냉큼 무릎을 꿇고는 배시시 웃으며 말했다.

"가르침을 주십시오, 스승님."

"오냐."

교원은 피식 웃으며 장난스러운 표정으로 대꾸하고는 다시 앞을 보았다. 바람이 불었다. 그는 잠시 눈을 감고 있다가 다시 떴다. 별이 다락이와 놀고 있는 모습이 제일 먼저 보였다.

……나쁘지 않다는 생각이 들었다.

아마도 그래서일 것이다. 자신이 귀찮음을 무릅쓰고 이렇게까지 그녀를 신경 쓰는 이유는, 말이다. 교원은 그렇게 생각하려 했다.

◆

"……아저씨."

별은 쓰고 있던 헤드폰을 벗어 내려놓은 뒤에 교원을 불렀다. 교원은 컴퓨터 앞에 뻐딱한 자세로 앉은 채 턱을 괴고 있다가 대꾸했다.

"작업 중인 거 안 보이냐? 왜 불러?"

"게임도 작업이에요?"

"……지금 잠깐 한 거야. 계속 작업하다가 머리 좀 식힐 겸."

아무것도 모른다는 듯 던진 별의 질문에 교원은 잠시 말문이 막혀 대답을 하지 못하다가 억지로 입꼬리를 올리며 대꾸했다. 그러자 별이 뚱한 표정을 짓더니 다시 말을 이었다.

"아까부터 게임만 했잖아요. 제가 다 봤거든요?"

"야, 넌 내가 들으라고 한 노래나 들을 것이지 왜 남을 훔쳐 봐? 어?"

교원이 민망한 표정을 서둘러 감추고는 오히려 퉁명스럽게 물었다. 별은 한심하다는 듯 혀를 차며 대답했다.

"알면서 왜 물어봐요?"

"내가 뭘 알아?"

"아저씨를 좋아하니까 쳐다보죠."

"……."

……원래 이런 건가? 교원은 기가 막혀서 말을 잇지 못하고 그저 입만 벌린 채 별을 쳐다보았다. 그러다가 더듬거리며 간신히 입을 열어 물었다.

"너…… 너, 나 좋아하는 거 맞아?"

"저도 사실이 아니었으면 좋겠거든요?"

"거짓말 아니고?"

"그런 미친 거짓말을 제가 왜 하겠어요. 차라리 거짓말이었으면 하고 바라는 사람은 저라고요."

별이 입을 삐죽이며 대꾸했다. 그러자 교원이 얼굴을 찡그리며 다시 물었다.

"원래 좋아하는 쪽이 지는 거라던데…… 너는 왜 나한테 한마디도 지지 않는 거야?"

"좋아한다고 해서 꼭 지라는 법은 없잖아요. 아니지, 혼자 좋아하는 것만으로도 억울한데, 왜 져 주기까지 해야 하는데요? 그건 너무 불공평하잖아요. 안 그래요, 아저씨?"

"억울할 건 또 뭐냐? 내가 좋아해 달라고 한 것도 아닌데 불공평할 건 뭐고……."

"어쨌든 제 입장에서는 그렇다고요."

별은 책상다리를 하고 앉은 채 교원을 물끄러미 올려다보다가 어깨를 으쓱였다.

"그리고 아저씨가 들으라고 한 노래들, 전부 몇 번씩 반복해서 들었다고요. 이러다가 난청 생기면 아저씨가 책임질 거예요?"

"노래만 듣지 말고 가사를 새겨들어, 가사를. 어떤 식으로 곡에 맞춰 가사를 지었는지, 그걸 생각하면서 들으라고."

"누가 모르나요?"

별이 입을 삐죽이며 대꾸하고는 다시 그를 향해 말했다.

"그런데 의외네요."

"뭐가?"

"아저씨가 골라 준 노래들이요. 전부 감성적인 노래들이라 아저씨랑 어울리지 않는 것 같아서요."

"뭐?"

교원이 눈을 치켜뜨며 묻자 별은 배시시 웃으며 고개를 옆으로 기울였다. 쑥스러운 듯 그녀의 볼이 빨갛게 물드는 것을 보던 교원은 고개를 젓고 다시 작업을 하기 위해 의자에 앉은 채 몸을 돌렸다.

그러나 그는 곧바로 작업에 집중할 수 없었다. 등 뒤에서 느껴지는 별의 시선 탓이었다. 뭔가를 애타게 갈망하는 시선은 아니었다. 사람 속을 간지럽게 만드는 시선일 뿐이었다. 바라는 것 하나 없이 그저 순수하게 응시하는 시선을 더 이상 견딜 수 없었다.

교원이 다시 신경질적으로 머리를 긁으며 일어섰다. 그리고 눈을 동그랗게 뜬 별에게 다가가서 그녀의 앞에 한쪽 무릎을 꿇었다. 별은 가까이 다가와 눈높이가 같아진 교원을 보고 놀라서 뒤로 고개를 빼려 했다. 하지만 교원이 먼저 손을 뻗어 그녀의 뒤통수를 감싸듯 손바닥으로 고정한 채 입을 열었다.

"자꾸 까불지, 별똥? 응?"

"제가 뭘요……."

"좋아한다면서 아주 하고 싶었던 말, 있는 대로 다 하고 말이지."

"아, 아파요!"

교원이 다른 손으로 별의 코를 꼬집듯 잡아당기자마자 별에게서 불만스러운 목소리가 터져 나왔다.

"저, 어린애 아니거든요? 왜 자꾸 애 취급하세요!"

"어린애 맞잖아. 아니야? 조그만 게 딱 애구만, 뭘……."

"스물네 살이나 먹었다고요!"

"나이 가지고 행세하려고? 그럼 내가 나이 안 먹고 있을 테니까 너 혼자 열심히 늙어서 오든지."

"그게 말이 돼요?"

"안 되니까 하는 말이잖아. 그러니까 넌 내 앞에서는 어린애일 수밖에 없다고."

별이 뭐라고 대꾸하려다가 입을 다물더니 분한 얼굴로 씩씩대며 교원을 노려보았다.

……내가 너무 심했나?

교원은 살짝 죄책감이 느껴져서 다소 누그러진 어조로 말을 이었다.

"아니면 호칭부터 바꾸든지."

"뭐라고요?"

볼멘소리로 묻는 별의 뾰로통한 얼굴을 보던 교원이 피식 웃으며 조금 더 자세히 설명했다.

"호칭 말이야. 네가 나더러 아저씨, 아저씨, 하고 부르는데 내가 너를 어린애로 안 볼 수가 있겠냐? 어? 스스로 생각 좀 해 봐."

"그럼 뭐라고 불러요? 아저씨한테 아저씨라고 하는 건데."

별이 투덜대며 하는 말을 듣던 교원의 표정이 살짝 일그러졌다. 자꾸 아저씨, 아저씨, 하는 소리가 오늘따라 유난히 거슬린 탓이었다. 왜 그런지 모를 일이다. 지금껏 별이 자신을 부를 때는 항상 아저씨라고 불렀는데 왜 오늘따라 듣기 싫은 건지…….

"남들이 보면 우리가 원조교제 하는 줄 알겠다. 안 그래?"

"예에?"

"아저씨, 아저씨, 하면서 쪽쪽거려 봐. 당연히 남들 눈에는 이상하게 보이지."

"길거리에서 쪽쪽거릴 거예요? 남들 보는 앞에서?"

"애인 사이라면 그럴 수도 있지."

"변태."

"뭐?"

교원은 별의 말에 발끈해서 눈을 치켜뜨려다가 문득 그녀와의 대화에 뭔가 이상한 점이 있다는 걸 깨달았다. 그러니까 이건 마치 진짜 사귀기라도 하는 사이처럼, 그걸 전제로……. 그의 표정이 이상해지는 동시에 별 역시 그 점을 깨달았는지 눈을 빠르게 깜빡이다가 헛기침을 하며 시선을 피했다.

"아저씨가 이상한 소리를 한 거예요. 제가 한 게 아니라."

"너도 했거든?"

"아저씨가 '먼저' 했거든요?"

"증거 있어? 녹음이라도 해 뒀냐?"

"치사해, 진짜."

별은 다시 고개를 돌려 교원을 흘겨보며 중얼거렸다. 그리고 다시 한숨을 내쉬고는 말을 이었다.

"뭔가 이건 아니에요. 제가 꿈꿨던 첫사랑이랑 달라도 너무 다르다고요."

"누가 나를 첫사랑으로 삼으래?"

"아저씨, 제발 입 좀 다물고 계시면 안 돼요? 아저씨가 입을 열 때마다 제 환상이 막 깨진다고요. 연애 한 번 못 해 본 제가 불쌍하지도 않으세요? 예? 성격 고약한 노총각을 상대로 짝사랑하게 된 게 첫사랑이라는데, 그런 제가 안타깝지도 않냐고요."

"너, 내가 성격 좋아서 다행인 줄 알아라. 그리고 자꾸 노총각 운운하는데, 서른한 살은 노총각 축에 끼지도 못하거든?"

"누가 그래요?"

"다들 그런다! 다들! 넌 뉴스도 안 봐? 요즘 결혼 평균 연령이 몇 살인지 알기나 하고 그래? ……뭐 하냐, 너?"

교원이 버럭 소리를 지르다가 별을 보고는 다시 목소리를 가라앉히며 물었다. 그러거나 말거나 별은 휴대폰으로 뭔가를 검색하는지 바쁘게 손을 움직이며 대답했다.

"결혼 평균 연령 검색하는데요?"

그렇다고 그걸 진짜 검색까지 해 보고 싶냐. 터무니없는 별의 검색 열정에 교원은 잠시 할 말을 잃고 멍한 얼굴로 그녀를 보았다. 그사이에 별은 결혼 평균 연령을 찾아냈는지 눈을 반짝이며 입을 열었다.

"여기 있다! 그러니까 남자의 평균 연령이……."

하지만 별의 목소리는 금세 작아져서 거의 들리지 않을 정도가 되었다. 교원은 시큰둥한 자세로 별을 향해 물었다.

"뭐야? 왜 이렇게 작게 중얼거려? 우리가 고래라도 되는 줄 알아? 너, 지금 초음파 발산하는 중이야? 좀 더 크게 말해 봐. 몇 살인데?"

"……서른두 살, 조금 넘네요."

별은 머쓱한 얼굴로 웅얼대며 대답했다. 그 모습을 보던 교원의 입꼬리가 슬그머니 휘어졌다. 의기양양해 보이는 교원의 얼굴을 힐끔 쳐다본 별이 멋쩍은 표정으로 구시렁거렸다.

"좋겠네요, 아저씨는. 노총각 신세 면해서."

"좋을 건 또 뭐야? 원래 노총각 아니었던 걸 네가 노총각이라고 우겼을 뿐이잖아. 그건 그렇고…… 이제 어떻게 할 거야?"

"예? 뭘 어떻게 해요?"

"호칭 말이야. 계속 아저씨라고 부를 거냐고. 어린애 취급 싫다며? 그럼 그것부터 바꿔야지."

"아저씨 말고 뭐라고 부르라고요."

별은 뾰로통한 표정으로 볼을 잔뜩 부풀리며 볼멘소리를 했다. 그러자 교원의 표정이 개구쟁이처럼 변했다.

"왜, 저번에 나한테 오빠라고 부른 적 있잖아. 생각 안 나냐?"

"제가요? 언제……."

별은 고개를 갸웃거리며 눈을 깜빡였다. 그러다가 문득 떠오른 기억에 말끝을 흐리고 말았다.

'예를 들어서 제가 아저씨를 '아저씨'라고 부를 때와 '오빠'라고 부를 때, 느낌이 다를 거 아니에요?'

'……뭐?'

'아잉, 오빠.'

'뭐야, 먹을 것 앞에 놓고 그 행동은? 나더러 라면도 먹지 말라는 거야?'

으아악. 다시 생각하니 민망하다. 아니, 좋아한다는 감정을 깨닫고 나니까 진짜 창피하다.

별은 순식간에 얼굴이 빨갛게 달아올라 손으로 부채질을 했다. 다락이의 호칭을 놓고 대화를 하다가 하필이면 왜 그런 예를 들었던 것인지 뒤늦은 후회가 밀려왔다. 하지만 어떻게 할 수 있을까. 이미 지나간 과거를 되돌릴 수도 없고.

"아저씨, 그때 되게 싫어했잖아요. 오빠 소리 듣고 막 화내려고 하고……."

"그땐 그랬는데 지금은 또 모르지. 한번 해 봐."

"싫은데요."

"왜? 일단 해 보라니까? 그래야 내가 마음이 변했는지 안 변했는지 알 거 아니야."

"오빠는 패스. 다른 호칭을 제안해 보세요."

별은 고개를 절레절레 흔들고는 단호하게 거부했다. 교원의 한쪽 눈썹이 스윽, 올라갔다.

"넌 어떻게 된 애가 날 좋아한다면서 도무지 노력이란 걸 안 하냐? 응?"

"무슨 노력을 해요?"

"유혹까지는 아니더라도 나한테 잘 보이기 위해서 뭔가 노력을 해 봐야 하는 거 아니야? 어? 넌 그런 마음이 전혀 안 들어?"

"제가 그렇게 노력한다고, 아저씨가 제 마음 받아 줄 사람인가요?"

"뭐?"

"제가 볼 때는 아니거든요. 뭐…… 제가 아저씨에 대해서 아는 건 별로 없지만, 그래도 느낌이란 게 있잖아요. 그 느낌으로 볼 때, 아저씨는 아저씨 본인의 마음이 움직여야지, 다른 사람 마음에 덩달아 움직일 타입은 아닌 것 같아서요."

"……"

교원은 별의 말에 아무 대꾸도 하지 않았다. 그런 교원을 가만히 쳐다보던 별이 억지로 웃으며 말을 이었다.

"게다가 같이 살면서 아저씨의 게으름이 전염된 건지 귀찮기도 하고요."

"뭐라고?"

교원의 어이없는 표정에 별이 씩, 웃고는 몸을 일으켰다. 교원이 그녀의 움직임을 따라서 시선을 들고 물었다.

"어디 가?"

"빨래 걷으러 나가요. 소나기가 쏟아질 것 같아서요. 금방 어두워졌잖아요, 창밖이요."

교원은 별이 가리키는 방향으로 고개를 돌렸다. 그녀의 말처럼 창밖이 갑자기 어두컴컴해져 금방이라도 비가 쏟아질 듯했다. 그는 머리를 헝클어뜨린 뒤에 가볍게 몸을 일으켰다.

"가자."

"예? 어디를 가요?"

"빨래 걷으러 간다며. 혼자 하는 것보다 둘이 하는 편이 빠르잖아? 이러다가 비 쏟아지면 어쩌려고 그렇게 멍해 있냐?"

교원은 피식거리며 별의 이마를 살짝 손가락으로 튕기듯 때렸다. 그러자 별이 멍한 얼굴로 교원을 바라보다가 인상을 쓰며 이마를 문질렀다.

"아저씨! 왜 툭하면 남의 이마를 때려요!"

"다른 호칭, 이건 어때?"

교원은 별의 항의에도 아랑곳하지 않고 개구쟁이처럼 웃더니 입을 열었다. 별은 교원의 말에 어리둥절한 목소리로 되물었다.

"예? 뭐가요?"

"호칭 제안해 보라고 했잖아. 그거 말이야."

"뭘 제안하려고 그래요. 사람 불안하게……."

"교원 씨. 그 정도는 불러 줘야 내가 너를 어린애 취급 안 할 것 같은데?"

"……아저씨, 지금 저한테 복수하는 거죠?"

"뭐라고? 복수?"

"그때 제가 아저씨한테 오빠라고 불렀던 거 말이에요. 그거 복수하려고 이러는 거잖아요."

"……."

아니, 딱히 그건 아닌데……. 교원은 입 밖으로 나오려는 말을 꾹 삼킨 채 그저 어깨를 으쓱였다. 뭔가 괜히 쑥스러웠다.

"우아아! 다락아, 그거 이리 줘! 가지고 가면 안 돼!"

"야, 별똥! 다락이 따라가지 말고 빨리 저쪽 빨래나 걷으라니까!"

교원은 티셔츠 한 장을 입에 물고 달아나는 다락이를 뒤쫓아 마당 뒤편으로 향하는 별을 향해 소리를 지르다가 그대로 어깨를 축 늘어뜨리고 말았다.

비는 쏟아지고 있는데 빨래는 걷어야 할 게 아직도 남아 있었다. 그런데 빨래를 걷겠다던 여자는 개를 뒤쫓아 함께 마당에서 뛰어다니고…….

"내가 왜 이러고 있는 거냐."

건호가 보았더라면 호들갑을 떨며 '네가 정녕 내가 알던 민교원이 맞기는 맞는 거냐!' 하며 놀라워했겠지만, 지금 마당에는 비에 젖어 만사가 귀찮아진 집늘보 한 마리뿐이었다.

교원은 터덜터덜 걸음을 옮기며 빨래를 걷었다. 이미 비에 젖은 빨래는 아무래도 다시 세탁기 안으로 들어가야겠지만 말이다.

"아저씨! 다락이가 훔쳐간 티셔츠 다시 찾아왔……."

"그거 하나 되찾겠다고 나머지를 버리고 가냐? 응?"

별이 마당 뒤쪽에서 나오면서 뿌듯한 얼굴로 교원의 티셔츠를 들어 보이다가 입을 다물었다. 교원의 얼굴이 워낙 험악하게 구겨진 탓이었다. 별은 우물쭈물하며 더 이상 교원의 근처로 가까이 다가오려 하지 않고 그 자리에 섰다.

그리고 시무룩해진 다락이 역시 마당 뒤쪽에서 나오다가 별이 멈춰 선 것을 보고는 티셔츠를 되찾고 싶은 것인지 뒷발로 일어서서 끙끙대기 시작했다. 교원이 그런 다락이를 잠시 보다가 한숨을 내쉬고 손짓을 했다.

"다락이 데리고 집에 들어가. 비 많이 오잖아."

"아니에요, 같이 빨래 걷어요."

별이 고개를 저으며 대꾸하고는 다시 걸음을 옮겨 다가왔다. 교원은 비에 젖은 머리카락을 타고 얼굴 위로 빗물이 흘러내리는 것을 손등으로 닦아 내며 무심코 입을 열었다.

"다 걷었……."

교원은 말을 채 잇지 못했다. 처음에는 그녀와 약간 거리가 있는 상태라 몰랐는데 별이 다가오는 바람에 알게 된 것이다.

바로 그녀가 입고 있던 얇은 블라우스가 젖어서 살갖 위에 차

달라붙어 있다는 것을 말이다.

그래서일까. 갑자기 속에서 열이 올랐다. 그는 시선을 돌릴 곳을 찾아서 어색하게 눈을 움직였다. 그러나 별은 눈치 없이 교원에게 더 가까이 다가와 손을 내밀었다.

"주세요, 아저씨. 같이 들고 들어가요."

"그, 그래! 가져라, 다 가져!"

교원은 시선을 허공에 둔 채 무작정 들고 있던 빨래를 전부 별의 품에 떠안겼다.

하지만 당황한 나머지 너무 다급히 떠안긴 탓일까. 얼떨결에 빨래를 받아 든 별이 휘청거렸다. 그리고 그녀가 신고 있던 슬리퍼 바닥에 남아 있던 빗물로 인해 발바닥이 미끄러지고 말았다.

"우앗!"

별은 교원 쪽으로 기울어지는 몸을 다시 세울 틈도 없이 앞으로 넘어갔다. 그와 동시에 그녀가 들고 있던 빨래가 공중으로 날아올랐다. 교원은 본능적으로 별을 향해 팔을 뻗었다. 그리고 교원의 팔이 별을 끌어안는 순간, 두 사람의 몸이 함께 기울어졌다.

"......!"

"......!"

언젠가 교원은 아무 생각 없이 켜 놓은 TV에서 방영하던 드라마를 통해 이런 장면을 본 적이 있었다. 남자와 여자가 얼떨결에 넘어지면서 입을 맞추게 되는 장면.

그 모습을 보며 아마도 꽤 많이 비웃었던 것 같다. 저게 가능하긴 한 일이냐? 명색이 작가라는 사람이 저따위 식상한 장면이나 상상하고 있으니, 하면서 조롱 섞인 말을 한 것도 같다.

그런데 그 식상한 장면을 현실 속에서 구현해 버렸으니…….

교원은 손가락 하나도 움직일 수 없었다. 입술에 맞닿은 다른 입술의 온기와 보드라운 감촉만이 그의 몸에서 유일하게 남은 감각이라는 듯 그 외에는 아무것도 느낄 수가 없었다. 그리고 그건 별 역시 마찬가지였는지 그녀는 교원의 몸 위에 엎드린 채 입술을 맞대고 그저 눈만 깜빡거렸다.

교원은 뒤늦게 별의 머리 위에 덮여 있는 큼직한 셔츠를 보았다. 자신의 것이 분명한 셔츠였다. 그것은 별의 머리를 덮고, 시야를 가렸다. 오로지 교원과 별, 둘만이 존재하는 세상이라도 만들겠다는 듯.

삐이, 삐이익, 어디선가 새 소리가 들렸다. 직박구리의 소리인 듯했다. 종종 정원의 나무에 앉아서 울어 댄 터라 익숙한 소리이기도 했다. 그리고 그 소리가 마치 하나의 신호라도 되는 듯 별의 눈이 풀리기 시작했다.

금방이라도 졸음이 쏟아질 것처럼……. 뭐? 졸음? 교원이 서둘러 별을 깨우기 위해 손을 뻗었다. 그러나 미처 그의 손이 별의 몸에 닿기도 전에 그녀가 풀썩, 교원에게로 고개를 떨궜다.

귓가에 닿은 따뜻한 숨결에 가슴이 미친 듯이 뛰었다. 교원은 뒤늦게 손을 들어 이마를 짚으며 허탈하게 웃었다. 비에 젖었는데도 따끈따끈하게 전해지는 그녀의 체온에 왜 그런지 가슴이 설레었다. 그는 설레는 가슴을 애써 무시하며 별을 안아 든 채 몸을 일으켰다.

그러자 별의 머리를 덮고 있던 셔츠가 땅에 떨어졌다. 쏟아지는 빗속에서 직박구리 한 마리가 삐이익, 하며 몇 번 더 울다가 날아가는 모습이 시야에 들어왔다.

6. 도롱도롱 도롱이

— 호흡도 고르고, 특이 증세가 보이지 않는다면 아마 별다른 이상은 없을 겁니다. 기면증은 수면 기전의 이상 때문에 갑자기 수면 발작 같은 게 오기는 하지만, 다른 신체적인 문제가 있다거나 하는 질환은 아니니까요.

"예."

교원은 휴대폰을 귀에 댄 채 슬쩍 별의 방을 돌아보았다. 휴대폰 너머에서는 의사의 목소리가 계속 이어졌다.

— 다만, 이렇게 갑자기 졸음이 쏟아질 경우에 본인이 몸을 가누지 못하고 쓰러지면서 다칠 수 있으니까 그 점은 환자 본인뿐만 아니라 주변에서도 세심하게 신경 써 주셔야 하고요.

"알겠습니다. 감사합니다, 선생님."

교원은 짧게 인사를 한 뒤에 전화를 끊었다. 그리고 뒤늦게 비에 젖었던 옷이 눅눅하게 피부에 들러붙어 있다는 걸 깨달았다. 워낙 급했던 탓에 미처 옷을 갈아입을 생각도 하지 못했다. 그와 동시에 그는 별 역시 옷을 갈아입지도 못한 채 자고 있다는 걸 깨달았다.

"……아."

교원이 난감한 얼굴로 턱을 쓸며 미간을 찌푸리고는 옆을 돌아보았다. 다락이가 부르르 몸을 털고 있었다. 거실 바닥 여기저기에 다락이가 남겨 놓은 빗물의 흔적을 보다가 그는 한숨을 쉬며 그녀가 자고 있는 방으로 걸음을 옮겼다.

그리고 문고리를 잡은 채 조심스럽게 소리를 내지 않고 문을 열었다. 방문을 열고 들어가자마자 별이 곤히 자는 것인지 숨소리만이 작게 들렸다. 그는 천천히 다가가 별의 옆에 섰다. 모로 누워서 웅크리고 있는 별의 모습이 안쓰러웠다.

교원은 다시 방 내부를 둘러보았다. 차라리 아무것도 없는 방이 지금 이것보다는 나을 것 같다는 생각이 들었다. 아무것도 없는 방이라면 이런 초라함은 느껴지지 않을 테니까.

별의 방은 단출하다는 말로는 표현하기 힘들 정도로 삭막하기 그지없었다. 얇은 이불과 납작한 베개, 벽 쪽에 차곡차곡 개어 놓은 옷가지들, 그리고 90년대의 유물이란 이름으로 소개될 법한 오래된 노트북, 소설책과 시집, 에세이 몇 권이 교원의 눈에 들어왔다. 그리고 그의 시선이 어느 한 지점에 고정되었다.

교원은 천천히 걸어가서 무릎을 꿇고 앉았다. 수십 번은 보았을 법한 영어 문제집과 일본어 교재들이 보였다. 걸레가 되도록 반복해서 보라는 식의 가장 흔히 알려진 공부법을 그대로 따르기라도 한 것인지, 다 떨어지고 낡아서 몇 번이고 테이프로 붙였던 자국이 남아 있는 책들이었다.

'재택 알바, 그거 언제까지 할 수 있다고 생각해? 미래가 있기는 한 거냐? 물론 진지하게 네가 번역가로서 입지를 다지고 그쪽으로 나간다면야 상관없겠지만……. 보아하니 특별히 그쪽으로 갈 마음도 없는 것 같고, 실력도 그 정도는 아닌 듯하고.'

'그래, 그 실력 말이야. 너한테 번역 일 맡긴 쪽에서 실력을 인정했다면, 네가 말한 것처럼 그렇게 자리 못 구해서 안달하지는 않을 거 아니야?'

'냉정하게 들릴 거라는 거 알아. 그래도 똑똑히 새겨들어. 실력 없으면 어떤 분야에서든지 밥 굶어. 그게 현실이야. 넌 지금 번역 쪽에서 네 실력을 증명하지 못한 거고.'

교원은 문득 떠오른 기억에 혀를 찼다. 자신이 했던 말들이 고스란히 기억난 탓이다. 작사를 배워 보라고 말을 꺼내면서 좀 심하다 싶을 만큼 냉정하게 얘기한 적이 있었다.

그는 영어 문제집을 집어 들고는 아무 페이지나 펼쳐 보았다. 몇 번이나 반복해서 풀었던 페이지에는 연필 자국이 가득했다. 지우개로 지우고 다시 풀었던 것인지 인쇄된 문제 자체가 흐릿하게 바래 있는 부분들도 보였다.

"……내가 실수를 했구나."

교원의 입에서 한숨과 함께 중얼거림이 새어 나왔다. 그렇게 쉽게 말해서는 안 되는 일이었다. 이렇게 노력했던 아이에게 그런 식으로 말한 것은 분명히 자신의 실수였다. 그는 입술을 짓씹다가 다시 문제집을 덮고는 조심스럽게 원래 있던 자리에 놓고 일어섰다.

그리고 다시 별의 근처로 다가가 자리를 잡고 앉았다. 쌔쌔, 숨소리를 내며 자고 있는 별을 보고 있던 교원의 입꼬리가 휘어지며 위로 올라갔다. 그는 오른쪽 다리를 세우고 그 위에 팔을 받쳐 턱을 괸 채 중얼거리듯 입을 열었다.

"날 좋아한다면서 이렇게 무방비로 자냐? 어? 잠이 오냐고, 이 잠꾸러기야."

겁도 없이 남자 앞에서 잘도 잔다……. 교원이 말하다 말고 스스로 자신이 한 말에 웃음이 나와서 피식거리며 웃었다. 네가 무슨 여자냐고 그렇게 묻던 자신의 모습이 무색한 소리였다. 교원은 다시 방을 둘러보다가 별을 향해 혼잣말처럼 중얼댔다.

"무슨 여자애가 기본적으로 갖추고 있어야 할 화장품조차 없냐? 너, 그러다가 금방 주름 생기고 폭삭 늙는다. 알아?"

하지만 깊이 잠들어 있는 별이 대답할 리 없었다. 교원은 애당초 별의 대답을 들을 마음이 없었다는 듯 뚱한 표정으로 턱을 괸 채 별을 바라보다가 그녀의 얼굴 위로 흘러내린 머리카락 몇 올로 시선을 옮겼다.

그리고 그의 미간이 살짝 찌푸려졌다. 처음에는 아무 신경도 쓰이지 않았는데 일단 눈에 보이고 나니까 괜히 거슬렸다. 그의 손가락이 주저하며 별의 얼굴 위를 맴돌았다. 몇 번이나 손가락을 오므렸다 펴기를 반복하다가 교원이 결심한 듯 입을 꾹 다문 채 조심스럽게 머리카락을 떼어 냈다.

한 올, 두 올, 그리고 마지막으로 남은 세…….

"간지러워……. 어? 아저씨?"

그 순간 별이 뺨을 손으로 문지르며 칭얼대듯 웅얼거리더니 눈을 떴다. 그리고 교원은 별의 뺨에 붙어 있던 머리카락을 검지와 엄지로 집은 채 그대로 굳은 듯 행동을 멈췄다. 무슨 나쁜 짓을 저지르고 있다가 현장에서 들킨 것도 아닌데, 별과 눈이 마주치자마자 꼼짝도 할 수 없었다.

그건 별 역시 마찬가지였는지 교원을 쳐다보며 눈만 깜빡거렸다. 자다가 일어났는데 바로 눈앞에 좋아하는 남자가 있으니, 어떻게 보면 당연한 반응일 수도 있었다.

"엣취!"

어색한 상황을 끝낸 것은 교원도 별도 아닌, 별의 재채기였다. 교원은 별이 재채기를 하자마자 벌떡 일어나 그녀가 개어 놓은 옷가지 쪽에서 셔츠와 바지를 집어서 별에게 던지며 잔소리를 하기 시작했다.

"젖은 옷 그대로 잠들었으니 그렇잖아! 빨리 갈아입어!"

"뭐가 젖었다고…… 아, 맞다."

별은 반사적으로 교원이 던진 옷을 받아 들고 구시렁거리다가 잠들기 직전의 일을 뒤늦게 기억해 내고는 입을 다물었다. 그리고 슬그머니 고개를 들어 교원을 보고는 얼굴을 찡그리며 말을 이었다.

"우와, 진짜 야박하다. 아무리 우리가 남이라고 해도 그렇죠. 축축하게 젖은 옷 입고 자게 내버려 두고……. 저, 감기 걸리면 다 아저씨 책임이에요."

"야, 나도 못 갈아입었거든? 게다가 내가 네 옷까지 갈아입혀 줘야 하냐? 지금이라도 갈아입혀 줘?"

"꺄악! 미쳤어요? 이거, 지금 성희롱이라고요!"

"별똥, 나 지금 너 건드리지도 않았다? 아니, 애당초 건드릴 생각도 없었거든?"

교원은 별을 내려다보며 황당한 표정을 지었다. 그러자 별이 입을 다물고는 잠시 아무 대꾸도 하지 않았다. 그 모습을 보고 한마디 더 하려던 교원은 별의 귀가 빨갛게 달아오른 것을 보고 그냥 아무 말도 하지 않았다.

그저 한숨을 내쉰 뒤, 방문을 열다가 뒤늦게 짧게 뱉은 말을 제외하고는.

"갈아입고 나와. 저녁 먹어야지. 너, 밥도 안 하고 잔 거 알아?"

"······예에."

별이 어깨를 움츠리며 느릿느릿 대꾸했다. 교원이 방 밖으로 나가려다가 다시 뒤를 돌아보더니 할 말이 생각났는지 성큼성큼 다가와 입을 열었다.

"그나저나 너, 공부 열심히 했더라?"

"예?"

"나중에 국내에 출간 안 된 원서 사서 너한테 주면 번역해 줄 수 있어? 권당 대가는 후하게 쳐 줄게."

"······저, 실력 없는데요."

"상관없잖아? 누구한테 팔 거 아니고 나 혼자 읽을 거니까. 그리고 뭐····· 지금까지 그 알바하면서 먹고산 거 보면 아주 허

접한 건 아닐 테고. 말 돌리지 말고 대답이나 해 봐. 번역해 줄 거야? 말 거야?"

"돈만 제대로 적당히 조정되면……."

별은 괜히 쑥스러운 기분이 들어서 대답하다 말고 말끝을 흐렸다. 뭔가 그에게 인정을 받은 기분이 들었다. 그런 별의 머리에 꿀밤을 먹이며 교원이 타박하듯 말했다.

"조그만 게 하여간 돈만 밝힌다니까. 야, 이럴 땐 공짜로 해 준다고 해야 하는 거 아니야?"

"예? 왜 공짜로 해야 돼요? 제 노력이 얼마나 들어가는데."

"아니, 좋아하는 사람한테 공짜로 해 주고 싶은 마음이 안 드냐? 굳이 좋아하는 사람한테 돈 받고 싶어?"

"공과 사는 구분을 해야……."

별은 교원에게 꿀밤 맞은 머리를 문지르며 배시시 웃었다. 그런 별을 보던 교원이 픽 웃고는 다시 턱짓으로 옷을 가리켰다.

"옷이나 빨리 갈아입고 나와. 읍내 나가서 대충 먹고 들어오자."

"우와! 우리 외식해요?"

별의 얼굴이 금세 환해지는 것을 보며 교원은 픽, 웃고 말았다.

"너 말이야. 아주 드르렁드르렁 코까지 골면서 잘 자더라?"

"제가 무슨 코를 골아요! 그것도 드르렁드르렁이라니요! 모함하지 말아요!"

군만두를 몇 번에 걸쳐서 야금야금 베어 먹던 별이 두덜거렸다. 교원이 짬뽕 면발을 건져 먹으며 어깨를 으쓱이고는 다시 말을 이었다.

"그럼 내가 없는 소리를 지어냈다고? 내가 미쳤다고 쓸데없이 거짓말을 할까. 아, 이럴 줄 알았으면 아까 녹음이라도 해 놓을 걸 그랬네."

"아니라니까요! 저, 코 골고 잔 적 없어요!"

"하여간 우기기는……. 야, 좀 먹음직스럽게 먹어 봐라. 군만두 하나 가지고 몇 번을 나눠 먹는 거야?"

"아, 그거야 각자 먹는 취향이 다르니까 그렇죠. 먹는 걸로 구박할 거예요? 먹을 땐 개도 안 건드린다는데."

"누가 건드렸다고 그러냐? 얘가 생사람 잡네. 야, 탕수육도 먹고 그래라. 넌 어떻게 된 애가 서비스로 나온 군만두만 먹어? 이왕 먹을 거면 주문한 것부터 먹어야지. 안 그래?"

"서비스든 뭐든 먹고 싶은 걸 먹겠다는데 잔소리는……. 아, 그럼 먹여 주시든가요!"

별이 계속 이어진 교원의 잔소리에 얼굴을 찡그리며 구시렁대다가 큰소리를 쳤다. 그러자 교원이 황당한 소리를 들었다는 듯 눈썹을 쓱 올리더니 별을 보았다.

"뭐라고?"

황당해하는 교원의 모습에 어쩐지 흡족해진 별이 개구쟁이처럼 웃었다. 항상 자신에게 짓궂게 장난을 친 남자에게 복수라도 하는 기분이 들었다. 그녀는 씩 웃으며 입을 벌렸다.

"아……."

"허, 지금 나더러 먹여 달라고?"

끄덕끄덕. 교원의 물음에 별이 눈을 휘고 웃으며 고개를 끄덕였다. 교원은 황당한 표정으로 잠시 별을 보다가 주위를 둘러보았다.

읍내의 중국집이라 그런지 저녁 시간인데도 사람은 그다지 많지 않았다. 뒤쪽으로 노부부가 식사를 하는 중이고, 주인은 축구 중계에 정신이 팔려서 아예 등을 돌리고 앉아 TV에 시선을 고정한 상태였다.

그 순간, 교원의 입가에 짓궂은 미소가 스쳤다. 그는 탕수육을 하나 집어 들어 입에 살짝 물고는 몸을 일으켰다. 그리고 맞은편에 앉아 배시시 웃고 있던 별의 뒤통수를 손으로 받쳐 끌어당겼다.

"아저씨, 지금 뭐……!"

교원의 얼굴이 가까이 다가오는 바람에 별이 놀라서 입을 벌렸다. 그리고 언제 그랬나 싶게 그가 멀어졌다. 하지만 별은 너무 놀란 나머지 입을 벌린 채 멍하니 교원을 쳐다보았다. ……지금, 닿은 거지? 닿은 거 맞지? 그러니까 입술이…….

"탕수육 떨어지겠다. 입 다물고 먹어."

"……!"

교원이 다시 자리에 앉더니 손가락으로 별을 가리키며 짓궂게 웃었다.

뒤늦게 별은 정신을 차리고는 자신의 입안에 탕수육 한 점이 들어와 있다는 걸 깨달았다. 그녀는 간신히 그것을 우물거리며 씹어 삼키고는 교원을 노려보다가 조심스럽게 주위를 둘러보았다.

다행히 아무도 그들을 보지는 않은 듯했다. 별은 몸을 앞으로 기울이며 작게 속삭였다.

"아저씨, 변태예요?"

"먹여 달라며."

천연덕스러운 교원의 대답에 별이 울컥한 표정을 짓다가 다시 목소리를 낮추며 말을 이었다.

"누가…… 누가 이렇게 먹여 달라고 했어요?"

"나야 그 방식까지는 모르지. 그냥 먹여 달라고 해서 먹여 준 것뿐인데?"

좋아하는 건 좋아하는 거고……. 저 싱글거리며 대꾸하는 얼굴을 딱 한 대만 때려 주고 싶다, 진짜. 별은 한숨을 내쉬고는 교원을 향해 말했다.

"아저씨, 저랑 일곱 살 차이인 거 아시죠."

"그래."

"그런데…… 지금 저는 저보다 열일곱 살이나 어린 꼬맹이랑 있는 기분이 들어요. 왜 그럴까요, 미운 일곱 살 씨?"

"뭐야?"

"아저씨, 지금 딱 그렇잖아요. 미운 일곱 살. 때려 주고 싶은 미운 일곱 살."

별이 투덜거리다가 다시 픽 웃더니 말을 이었다.

"제 남자 보는 눈이 바닥에 붙은 것 같다고 생각한 건 취소해야겠어요."

"왜? 알고 보니 취향이 미운 일곱 살이었어? 그래서 흡족해? 아주 좋아?"

교원은 젓가락을 내려놓으며 툴툴거렸다. 그러자 별이 고개를 절레절레 흔들고는 눈을 동그랗게 뜬 채 대꾸했다.

"아니요. 바닥이 아니라 지하 100미터는 뚫고 내려가야 할 것 같아서요."

"야!"

교원이 버럭 소리를 질렀다. 그 바람에 노부부와 주인의 시선이 모두 그에게 쏠렸다. 교원은 황급히 입을 다물고는 뭐라고 들리지 않을 정도로 작게 구시렁댔다. 별은 웃음이 나오려는 걸 애써 참으며 다시 입을 열었다.

"아저씨, 빨리 먹고 나가게 얼른 드세요. 이렇게 나눠서 그쪽은 아저씨 몫."

"똑같이 나눈 거야?"

탕수육과 군만두를 재빨리 반으로 나눠 놓은 것을 보며 교원이 물었다.

별은 고개를 끄덕이며 다시 웃었다. 그러자 순순히 젓가락을 든 교원이 슬그머니 탕수육 몇 점을 집어서 별 쪽으로 밀었다. 별은 예상치 못한 교원의 행동에 잠시 입을 달싹이다가 그냥 희미하게 웃고 말았다.

보는 눈이 지하 100미터 밑에 있다는 말은 취소.

별은 냉큼 그가 밀어 준 탕수육을 집어 먹으며 속으로 중얼거렸다.

"야, 별똥. 다 왔……."

교원은 시동을 끄고 옆을 돌아보다가 그내로 입을 디물었다.

고개가 거의 옆으로 기울어진 채 잠들어 있는 별이 보였다. 그는 픽 웃으며 가만히 검지로 별의 옆머리를 밀어 올렸다. 그러자 잠시 뒤척이던 별이 눈을 비비며 깨어났다.

"벌써 도착했어요?"

"아까도 자더니 또 자냐? 그러다가 밤에 혼자 보초 설 생각이야?"

"뭐, 상관없어요. 어차피 밤에 잠을 설칠 때가 많으니까."

별은 교원의 농담 섞인 물음에 가볍게 대꾸하며 고개를 끄덕였다. 그리고 다시 작게 하품을 하다가 교원을 돌아보고는 흠칫 놀라서 입을 열었다.

"깜짝이야. 왜 그렇게 무서운 표정이에요? 가뜩이나 어두워졌는데, 귀신인 줄 알았네."

"밤에 왜 잠을 설쳐? 기면증이라며."

"아……. 아저씨, 진짜 무식하다. 기면증은 무조건 잠이 많은 병이 아니라니까요. 이 얘기 전에도 했던 것 같은데."

별은 투덜대면서 안전벨트를 풀기 위해 몸을 움직였다. 하지만 잠이 덜 깬 탓인지 제대로 안전벨트를 풀지 못하고 버둥거렸다. 교원은 그런 별을 잠시 쳐다보다가 혀를 차며 몸을 그녀 쪽으로 숙였다. 그러자 별이 깜짝 놀라 어깨를 움츠렸다.

가까이 다가온 교원의 옆얼굴을 보는 게 어쩐지 민망했다. 날카로운 콧날과 서늘한 눈매는 무섭다기보다는 가슴을 두근거리게 했다. 또한 그의 단정한 입매가 얼마나 짓궂게 올라가는지 알고 있기에 별은 단지 보는 것만으로도 설레는 마음이 앞섰다.

이 남자가 좋아.

별은 눈물이 나올 것만 같아서 두 눈을 질끈 감았다. 보는 눈이 바닥으로 부족해 지하까지 내려간다 해도 후회는 없을 것 같았다. 냉랭하고 고약한 성격이면서도 한편으로는 따뜻하고 정 많고 짓궂은 이 남자가 정말 좋아서, 그래서······.

"헉, 어떻게 하나?"

"예?"

갑자기 다급한 교원의 목소리가 들려서 별은 슬쩍 눈을 떴다. 교원이 당황한 표정으로 별을 보며 말을 이었다.

"이거, 안전벨트 망가진 것 같은데? 안 풀려."

"뭐라고요! 그럼 어떡해······ 으잉?"

별이 놀라서 몸을 움직인 순간, 이미 풀려 있던 안전벨트가 제자리로 들어가 버렸다. 그리고 남은 것은 짓궂게 웃는 교원과 허탈한 표정의 별뿐이었다.

"하하, 그걸 또 속고 있냐. 어리숙하긴."

"······곧바로 후회하게 만드시네."

"뭐라고?"

"아니에요. 됐어요."

별은 입을 삐죽이며 고개를 젓고는 차 문을 열고 밖으로 나갔다. 그러자 교원 역시 운전석 쪽에서 내렸다.

어느새 어둠이 짙게 깔려 있었다. 별은 가만히 서서 하늘을 물끄러미 올려다보았다.

교원은 별이 있는 쪽으로 걸음을 옮기다가 그 모습을 보고 멈춰 섰다. 대충 묶은 머리가 흘러내려 어깨 아래에 흐트러져 있었다. 하여간 칠칠치 못하긴······. 교원은 속으로 중얼거리며 다시 그녀를 향해 걸음을 옮겼다. 왜 그런지 갈증이 일었다.

'저녁을 너무 짜게 먹었나.'

교원은 그렇게 생각하려 애쓰며 별의 옆에 다가가 툭, 던지듯 말을 꺼냈다.

"도롱아."

"예? 방금 뭐라고 부르신 거예요?"

"도롱아, 라고 불렀는데?"

"그건 또 뭐예요?"

별은 하늘을 보다가 교원을 돌아보고는 한숨을 쉬며 투덜거렸다. 그 모습을 보며 교원이 다시 어깨를 으쓱이고는 대꾸했다.

"드르렁드르렁 코 골았으니까, 도롱이. 드르렁이라고 안 부르는 걸 감사하게 여겨."

"도롱이든 드르렁이든, 둘 다 싫어요!"

"그럼 별똥이라고 불러? 나야 뭐, 그래도 상관없고. 그런데 넌 의외로 똥을 좋아하나 보네? 취향 참 희한하기도 하지."

"아! 제가 왜 제 이름 놔두고 별똥이든 도롱이든, 그런 이상한 별명을 놓고 고민해야 되는 건데요!"

별은 발을 동동 구르며 억울하다는 듯 입을 삐죽였다. 교원은 별을 쳐다보다가 피식 웃더니 재빨리 그녀의 머리 뒤로 손을 뻗었다. 그리고 별의 머리를 묶고 있던 고무줄을 풀어 버렸다. 고무줄이 풀리면서 그녀의 머리카락이 등을 덮으며 흩날렸다.

"이리 주세요! 남의 고무줄은 왜 또 마음대로 푸는 건데요! 아니, 저녁을 잘못 드셨어요? 왜 이상한 짓만 골라서……."

"머리 풀고 있으니까 더 예쁘네."

"……!"

교원이 고무줄을 자신의 손목에 끼우고는 그녀와 눈높이를 맞추려는 듯 무릎을 구부리더니 별과 눈을 마주한 채 웃었다. 별의 눈이 혼란스러운 듯 흔들렸다.

"들어가자. 다락이 혼자 집 지키느라고 심심하겠다."

곧바로 교원은 별의 머리를 마구 헝클어뜨리듯 쓰다듬더니 다시 무릎을 펴고는 돌아섰다. 별은 그의 등을 바라보며 입술을 달싹였다.

아저씨.

아저씨, 혹시…….

혹시 아저씨도 저한테 아주, 그러니까 아주 조금이라도 관심이 있는 거예요?

별의 간절한 물음은 밖으로 나올 수 없었다. 직접 물어보기에는 별은 너무 겁이 많았다. 그녀는 고개를 마구 흔들고 다시 멀어져 가는 교원의 뒤를 따라가며 외쳤다.

"같이 가요, 아저씨!"

"빨리 들어와."

교원이 현관에 서서 뒤를 돌아보며 재촉했다. 비가 그친 뒤의 어두워진 정원에서는 흙냄새와 풀냄새가 진동하고 있었다. 그녀는 그 냄새를 한껏 들이마시며 교원을 향해 급히 뛰어갔다.

◆

"……아직 안 일어났나?"

교원은 별의 방 앞에 서서 문을 두드릴까 하다가 그냥 돌아섰다. 평소 같았더라면 문을 두드리고 소리를 질러서라도 깨웠을 텐데 오늘은 왜 그런지 내키지 않았다. 아마도 어젯밤에 들었던 말 때문인 듯하다.

'뭐, 상관없어요. 어차피 밤에 잠을 설칠 때가 많으니까.'

체념하듯 혹은 당연한 것을 말하듯 그렇게 대답하던 별의 목소리가 귓가에 맴돌았다.

기면증이란 질환에 대해 그다지 관심이 없었기에, 교원은 단순히 아무 때나 잠을 자는 병이라고 생각했다. 전에도 비슷한 질문을 해 놓고 잊은 것은 그의 무심한 성격다운 일이기도 했다. 그런데 어쩐지 그게 조금 미안했다.

"미쳤군. 내가 미안함을 느끼다니."

교원은 피식 웃으며 고개를 흔들고 주방으로 향했다. 별이 일어나지 않았기에 아침밥은 준비되어 있지 않았다. 하아…… 이걸 어떻게 해야 하나. 교원이 잠시 난감한 표정으로 턱 주변을 쓸다가 어깨를 으쓱이며 냉장고 쪽으로 몸을 틀었다.

"언제부터 밥을 얻어먹었다고 난감해하는 거야. 내가 혼자 산 게 몇 년인데……."

물론 혼자 살면서 직접 밥을 해 먹은 적이 거의 없다는 게 문제라면 문제일 수 있지만 말이다.

교원은 애써 그 점은 무시한 채 냉장고 문을 열고 안을 살펴보았다. 깔끔하게 정돈되어 있는 내부는 읍내에 나가서 사다가 채워 넣은 온갖 재료들로 가득했다.

"먹을 게 하나도 없네."

교원은 투덜대며 다시 냉장고 문을 닫았다. 재료는 많지만 곧바로 먹을 수 있는 건 없었다. 그는 한숨을 내쉬며 별의 방 쪽을 힐끔 보았다. 그러던 중에 갑자기 발에 축축한 게 닿는 감촉이 느껴졌다.

"야! 넌 왜 남의 발가락을 툭하면 핥아!"

교원은 자신의 발가락을 핥으며 꼬리를 흔드는 다락이를 향해 짜증을 냈다. 그러거나 말거나 다락이는 교원의 발가락을 핥다 말고 그의 바지를 물더니 잡아당기기 시작했다.

"야, 인마. 너, 안 놓을 거야? 아, 대체 어디로 가는 건데."

교원은 다락이 물고 있는 바지를 놓게 하려고 다리를 몇 번 흔들어 보았다. 하지만 꼼짝도 안 하는 다락이 때문에 금세 귀찮아져서 녀석이 이끄는 대로 걸음을 옮겼다. 그러다가 도착한 곳에서 그는 할 말을 잃었다.

다락이 사료 포대 앞에서 꼬리를 마구 흔들어 대기 시작했다.

"주인은 밥을 굶고 있는데, ……너는 의리도 없이 밥을 먹어야겠다, 그거야?"

"멍!"

다락이 대답하듯 짖더니 교원을 올려다보았다. 그 모습에 허탈해진 교원이 마른세수를 하듯 손바닥으로 얼굴을 두어 번 쓸다가 키득거리며 웃고 말았다.

"아아, 그래. 먹어라, 먹어. 그래도 어디 가서 굶지는 않겠네. 조그민 게 제 밥은 챙긴다, 그기지? 누구보다 낫네."

제 밥그릇조차 챙기지 못하는 도롱이보다는 말이야. 지금도 도롱도롱 잠이나 자고 있고. 교원은 다락이의 밥그릇에 사료를 넉넉하게 챙겨 준 뒤에 다시 허리를 펴고 몸을 일으켰다.

"아무래도 안 되겠어. 깨워야지……."

교원은 배에서 꼬르륵 소리가 들리는 걸 느끼며 서둘러 별의 방이 있는 쪽으로 걸음을 옮기려 했다. 하지만 휴대폰이 울리는 바람에 다시 멈춰 서야 했다. 그는 거실 테이블에 놓아두었던 휴대폰을 집어 들며 소파에 기대어 앉았다.

"배고파 죽겠는데 누가 아침부터 전화질이야? 뭐야, 공석주잖아?"

이른 시간에 전화를 한 걸 보면 아무래도 작업 진행 때문에 연락을 한 모양이다. 교원은 받지 않을 수도 없는 전화에 인상을 찡그리며 어쩔 수 없이 휴대폰을 귀 가까이에 댔다.

"뭐야, 공석주. 넌 잠도 안 자?"

─ 야, 잠은 무슨……. 해가 중천에 떠 있거든?

기가 막히다는 듯 석주가 쩌렁쩌렁 울릴 정도로 버럭 소리를 질렀다. 교원은 휴대폰을 살짝 귀에서 떨어뜨려 놓은 뒤, 거실 유리창을 보았다. 햇살이 거실 바닥까지 가득 들어와 있었다. ……시간이 언제 이렇게 지났냐. 교원은 속으로 중얼거리며 다시 퉁명스럽게 입을 열었다.

"시끄러워. 할 얘기 있으면 그거나 해."

─ 하여간 다락이 너, 진짜 성격 하나는 알아줘야 한다니까. 나 정도나 되니까 너랑 일하는 줄 알고 감사하게 여겨라. 다른 새끼 같았어 봐. 너랑 일 안 한다고 벌써 나가떨어졌을 거야.

"웃기네. 자꾸 쓸데없는 소리나 할 거면 전화 끊는다."

— 야, 끊지 마! 아…… 진짜, 누가 '까까다락' 아니랄까 봐.

"뭐?"

교원의 얼굴이 험악하게 일그러졌다. 그리고 한마디 쏘아붙이려는 순간, 그의 귀에 거슬리는 소리가 들렸다.

……뭐지?

그의 시선이 저절로 별의 방문으로 향했다. 분명히 방에서 들린 소리였다. 울먹이는 듯한……. 그리고 그 생각이 옳다는 듯다시 방 안쪽에서 별이 울먹이는 소리가 이어졌다. 교원은 늘어지듯 소파에 기대어 있던 몸을 벌떡 일으키고는 휴대폰에 대고 바쁘게 말을 뱉었다.

"일단 끊어. 내가 나중에 전화할게."

— 야, 다락아! 야! 끊지 마, 제발!

교원은 석주의 간절한 목소리에도 아랑곳하지 않고 조금의 망설임도 없이 전화를 끊었다. 그리고 성큼성큼 방문 쪽으로 걸음을 옮겼다. 흐느끼는 듯한 소리가 들렸다. 자고 있을 그녀에게서 나올 소리는 아니었다.

교원은 굳은 얼굴로 문고리를 잡았다. 그때 다락이가 교원에게 다가왔다. 사료를 먹다 말고 뭔가를 느꼈는지 꼬리를 바짝 세운 채 아장아장 다가오더니 교원의 바지에 코를 비벼 댔다.

"쉿. 조용히 있어."

교원이 검지를 입에 대고 다락이를 향해 당부했다. 그러자 다락이가 알아듣기라도 한 듯 새까만 눈을 반짝이며 짖는 대신 꼬리를 짧게 흔들었다. 그는 문고리를 조심스럽게 돌렸다. 문이 열리자마자 별이 흐느끼는 소리가 더욱 크게 들렸다.

교원은 안으로 들어가려다가 멈칫했다. 이대로 들어가도 되는 것인지 문득 두려웠다. 타인의 인생에 지나치게 깊이 개입하게 되는 건 아닌지, 그런 생각이 교원의 머릿속을 복잡하게 만들었다.

하지만 별의 해맑은 웃음이 그 모든 것들을 밀어내고 교원의 머릿속을 가득 채웠다. 그는 어금니를 악물고 단호한 표정으로 문을 조금 더 활짝 열면서 발을 들여놓았다.

"엄마…… 아빠아아……."

별이 몸을 잔뜩 웅크린 채 이불을 돌돌 말아 쥐고는 흐느껴 울고 있었다. 혹시 깬 건가 싶어서 조심스럽게 다가가 봤지만, 잠에서 깬 것 같지는 않았다.

교원은 그녀의 옆에 소리 내지 않고 조용히 앉았다. 이렇게 외로워 보이는 모습은 처음이었다. 잔뜩 웅크리고 있는 그녀의 모습은 흡사 겁에 질린 어린아이처럼 보이기도 했다.

'이렇게…… 설마 이렇게 매일 밤마다 울었던 거야?'

그래서 잠조차 편하게 자지 못하고 늘 설쳤던 거야? 교원의 표정이 고통스럽게 일그러졌다. 자신의 일이 아니라고 아무리 되뇌어 봐도 가슴속을 날카로운 칼날로 헤집어 놓기라도 한 것처럼 아릿한 통증이 일었다.

이것이 어떤 감정인지는 모른다.

이 여자를 향한 마음이 어떤 형태인지 알지 못한다.

하지만…… 적어도 이 여자가 이렇듯 홀로 외롭게 부모를 애타게 찾으며 잠조차 편하게 들지 못하는 모습은 보고 싶지 않다.

부모를 잃어버렸다던 그 옛날의 악몽으로부터 벗어나게 해 주고 싶다.

할 수만 있다면.

가능하다면.

교원은 손으로 얼굴을 감싸고 있다가 천천히 손을 내렸다. 별을 바라보는 그의 시선이 애틋했다.

"……찾아 줄까, 도롱아?"

네 부모님, 찾아 줄까? 교원의 나직한 목소리가 방에 울려 퍼졌다. 그는 조심스럽게 별의 어깨 위로 손을 내렸다. 그리고 보통 엄마들이 그러하듯 그녀의 어깨를 토닥이며 다시 말했다.

"내가 찾아 줄게, 네 부모님. 어떻게 해서든…… 내가 찾아 줄게."

마치 그 말을 알아듣기라도 한 듯 별의 흐느끼는 소리가 점차 잦아들기 시작했다. 그리고 별이 다시 편안한 표정으로 잘 때까지 교원은 계속 그녀의 옆에서 어깨를 토닥여 주었다.

"……몇 시지? 되게 많이 잔 것 같은데."

별은 부어서 잘 떠지지도 않는 눈을 억지로 뜨려고 하며 혼잣말을 중얼거렸다. 뭔가 슬프고 괴로운 꿈을 꾼 것 같은데, 막상 잠에서 깨고 보니 상쾌한 기분만이 남아 있었다. 그녀는 이불 속에서 조금 더 뒹굴거리다가 다시 중얼거렸다.

"배도 고프고……. 우왓! 아, 맞다! 아침밥!"

뒤늦게 생각난 아침 식사 준비에 별은 자동적으로 벌떡 일어나 앉았다. 그리고 서둘러 머리를 손가락으로 쓱쓱 빗으며 두덜거리기 시작했다.

"아니, 사람이 늦잠을 잤으면 이럴 땐 자기가 아침밥 정도는 차려서 밥 먹으라고 해 주면 어디 덧나나? 응? 내가 아무리 이 집에 가정부로 들어오기는 했지만, 그래도 인정상 아주 가끔은 센스 있게 먼저 일어난 사람이 밥도 차리고……."

"센스가 없어서 미안하다, 도롱아."

"우왓! 아니, 아니…… 왜 아저씨가 여기에 있어요!"

별은 갑자기 옆에서 들린 남자의 목소리에 화들짝 놀라 고개를 돌렸다. 교원이 뻐딱하게 벽에 기대어 앉은 채 별을 쳐다보다가 눈이 마주치자 입꼬리를 올리며 입을 열었다.

"내가 내 집에서 못 갈 곳이 있냐?"

"그래도요! 여긴 제 방인데!"

"소유자는 나야."

"하지만!"

"배 안 고파? 벌써 열한 시야. 무슨 애가 잠을 이렇게까지 계속 자냐? 도롱이, 네가 무슨 잠자는 숲 속의 공주인 줄 알아?"

"도…… 도롱이가 뭐예요. 왜 남의 이름 놔두고 자꾸 이상한 걸로 불러요?"

"내 마음이지."

"민솔리니."

"언제는 민틀러라더니?"

"제 마음이에요."

별은 입을 뻐죽거리며 토라진 얼굴로 일어서더니 이불을 개기 시작했다. 그 모습을 가만히 쳐다보던 교원이 피식 웃으며 다시 말을 걸었다.

"그런데 지금 그건 무슨 배짱이야?"

"뭐가요."

별이 뚱한 얼굴로 이불을 개서 방 한쪽에 놓은 뒤, 베개를 그 위에 올려놓으며 물었다. 그러자 교원은 별이 하는 행동을 가만히 쳐다보다가 다시 대꾸했다.

"좋아하는 남자 앞에서 눈곱 붙은 민낯을 드러내 놓고 있는 거. 대단한 배짱인데?"

"으악! 난 몰라!"

별은 경악한 얼굴로 눈을 휘둥그레 뜨더니 곧바로 두 손으로 얼굴을 가린 채 방 밖으로 달려 나갔다. 교원은 그런 별의 뒷모습을 쳐다보다가 픽, 웃었다.

"저거, 저거…… 욕실 들어가서 자기 모습 보면 놀라겠네. 어디, 민낯뿐이야? 구멍 뚫린 옷은 또 어떻고."

그의 예상대로 욕실에서 별이 비명을 지르는 소리가 희미하게 들렸다. 교원의 입가에 머물던 미소가 천천히 사라졌다. 별은 다시 편하게 자다가 깨어났는지 몰라도 교원은 아니었다. 자꾸만 별이 울먹이며 제 부모를 찾던 모습이 떠올랐던 탓이다.

"찾아 줘야지. 내 속이 편하려면…… 그것부터 해결해야겠어."

교원은 중얼거리며 몸을 일으키고는 심드렁한 얼굴로 방을 둘러보았다. 아무래도 기본적으로 옷장과 책상, 화장대 정도는 견적을 뽑아 봐야 할 듯싶었다.

"이…… 내 방에 가구 들여놓는 깃도 귀찮아서 안 했었는네,

내가 지금 뭘 하려는 건지 모르겠네."

그렇게 툴툴대며 말을 하면서도 그는 자신이 알고 있는 인테리어 업체 쪽의 전화번호를 떠올리기 위해 기억을 더듬었다.

◆

교원은 웬만하면 스스로 뭔가를 나서서 행동하는 법이 없었다. 그래서 그는 자신의 주변조차 제대로 돌보지 않을 때가 많았다.

그러니 지금 이 상황은 너무나 예외적인 경우였다. 그를 오랫동안 봐 왔던 건호가 알았더라면 기겁하며 도플갱어가 나타났다고 소리쳤을지도 모를 일이다.

"저쪽 방으로 옮겨 주시면 됩니다."

교원이 인부들을 향해 별의 방을 가리키며 설명했다. 처음에 계약을 할 때 정했던 배달 날짜보다 이틀 앞당겨도 되는지 여부를 묻느라고 대리점 측에서 오전에 전화가 왔다. 딱히 날짜를 맞출 것까지는 없었기에 그는 흔쾌히 바로 오라고 허락을 했다.

하지만 워낙 외진 시골 마을이라 바로 오라고 했어도 오후 늦게 도착할 줄 알았다. 그런데 근처 어디에서 전화를 했던 것인지 통화한 뒤에 한 시간이 조금 넘었을 뿐인데 도착한 것이다.

교원과 인부들이 대화를 나누고 있는데 별이 그의 옆에서 기웃거리며 눈치를 살폈다. 그러다가 인부들이 자리를 뜨자마자 그녀는 교원의 옷을 슬그머니 잡아당기며 작은 소리로 물었다.

"아저씨, 지금 이게 뭐예요?"

"뭐긴, 가구 배달 왔잖아."

본인의 입으로 말하면서도 뭔가 쑥스러운 기분이 들어서 교원은 더욱 퉁명스럽게 대꾸했다. 옆에 있는 별이 얼마나 좋아하고 있을지 저절로 상상이 되었다.

늘 성격이 고약하다고 하거나 못됐다고 하던 그 입에서 고맙단 인사가 나올 것을 상상하니 괜히 민망하기도 하고 반대로 뿌듯하기도 했다. 교원은 머리를 긁적이고는 고개를 돌려 별을 향해 입을 열었다.

"민망하면 고맙단 인사까지는 안 해도…… 뭐야? 왜 울어?"

"안 울었거든요?"

"눈물이 가득 고였는데, 뭘. 야, 넘치기 직전이다. 그렇게 감격했냐? 감동받았어?"

교원은 별의 눈에 가득 고여서 떨어지기 직전인 눈물을 가리키며 말했다. 이건 예상보다 더 격한 반응이었다. 하지만 그만큼 좋다는 것이니까 나쁠 건 없었다.

교원은 저절로 입꼬리가 올라가려는 것을 애써 아무렇지 않은 척 끌어내리며 다시 입을 열었다. 아니, 열려고 했다.

"뭐, 별다른 뜻이 있어서 산 건 아니고. 그냥……."

"저한테 먼저 말해 주셨으면 좋잖아요."

"뭐? 아, 가구 산 거? 야, 그런 걸 왜 먼저 너한테 말하냐."

보통 이런 건 서프라이즈로 하잖아. 지금껏 해 본 적은 없어서 잘 모르지만. 교원은 뒷말을 굳이 입 밖으로 내뱉지는 않았다. 서프라이즈라니. 그런 것 자체가 더욱 어색하고 창피했다.

하지만 교원의 말이 끝나기가 무섭게 별이 눈에서 눈물이 마구 떨어졌다. 그야말로 퐁퐁 솟는 샘처럼 말이다. 교원은 당황해서 별을 향해 손을 뻗었다.

"야, 왜 울어? 아무리 좋아도 그렇지……."

"나가라고 먼저 얘기해 주시는 게 그렇게 어려우셨어요? 그래서 가구부터 들여놓고, 저더러 알아서 눈치껏 나가라고 하시는 거예요? 아무리 제가 아저씨 집에서 얹혀사는 주제라고 해도 이렇게 하시는 건……."

"지금 무슨 소리를 하는 거야?"

교원은 황당한 얼굴로 별의 말을 가로막으며 물었다. 그러자 별의 입술이 파르르 떨리는 듯싶더니 다시 열렸다.

"저 나가라고 가구 들여놓으시는 거잖아요. 가구 들여놓으시는 거 자체에 대해서 뭐라고 원망하는 건 아니에요. 저한테 그럴 자격이 있는 것도 아니고요. 솔직히 지금까지 여기서 살게 해 주셨던 것만으로도 감사하죠. 그런데……."

별의 눈에서 또 눈물이 툭, 떨어졌다. 서러운 듯 자꾸 눈물을 닦는 그녀의 얼굴은 어린아이의 것처럼 감정을 솔직히 드러내고 있었다.

"그래도 미리 말씀해 주셨으면요. 그러면 곧바로 짐 싸서 나갔을 거예요. 굳이 이렇게까지 안 하셔도……."

"잠깐만, 그러니까 네 말은 지금 내가 너를 내쫓으려고 이 짓을 하고 있다는 거야? 내가? 귀찮고 번거로운 짓을 일부러? 돈까지 써 가면서?"

교원은 기가 막혀서 잠시 입을 벌린 채 숨을 들이쉬다가 힘을 쭉 뺐다. 갑자기 바보가 된 기분이었다. 혼자 쑥스러워하다가 뿌듯해하기도 하고, 그랬던 게 전부 우스울 지경이었다. 그의 이마에 핏대가 솟았다. 그리고 교원은 한숨을 내쉬고 별의 손목을 덥석 잡아끌었다.

"따라와."

"어? 아저씨!"

별은 교원이 잡아끄는 대로 따라갈 수밖에 없었다. 곧바로 멈춰 선 곳은 그녀의 방 앞이었다. 안쪽에서는 인부들이 한창 가구를 조립해서 배치하는 일에 열중하고 있었다. 그 모습을 멀뚱히 보고 있는데 교원의 목소리가 들렸다.

"어때?"

"예?"

"어떠냐고."

"뭐가요? 이 방이요? 뭐, 예쁘기는 한데…… 누구, 여자분이 이사를 오시나 봐요."

"여자?"

"예. 아니에요? 방 분위기가 그런데."

별은 교원을 돌아보며 물었다. 교원은 눈물 자국이 남은 채 궁금하다는 듯 고개를 갸웃거리는 별을 보다가 슬쩍 시선을 내렸다. 자신의 손에 잡힌 그녀의 손목은 너무 가느다랬다. 스물네 살의 여자가 아닌, 열네 살 여자아이의 것이라고 해도 믿을 수 있을 정도였다.

그는 갑자기 입안이 바싹 말라서 침을 삼켰다. 별의 손목을 쥐고 있는 손바닥이 뜨거웠다. 지금이라도 그녀의 손목을 놓아 버리고 찬물에 손을 담그고 싶었다. 하지만 반대로 이 손목을 결코 놓고 싶지 않았다. 할 수만 있다면 평생…….

'평생은 무슨! 미쳤어?'

교원은 제 스스로 소스라치게 놀라 별의 손목을 놓고 바지에
손을 문질렀다. 그러자 뒤늦게 별이 자신의 손목을 내려다보다가
고개를 숙였다. 교원은 별의 목덜미가 빨갛게 물드는 것을 잠시
멍하니 쳐다보다가 다시 고개를 흔들고는 입을 열었다.

"네 방이잖아."

"……예?"

고개를 숙이고 있던 별이 뭔가 이상한 소리를 들었다는 듯 고
개를 들어 어리둥절한 눈으로 교원을 쳐다보았다. 그 시선을 받
고 보니 다시 쑥스러운 기분이 든 교원이 그녀의 시선을 피해 고
개를 돌린 채 투덜대듯 말을 이었다.

"네 방이라고. 내가 너 말고 또 누구를 집에 들여놓을 거라고
생각했어? 미쳤냐? 너 하나만으로도 이렇게 귀찮은데 내가 뭐하
러……."

"제, 제 방이라고요?"

별은 눈을 동그랗게 뜬 채 교원에게 다시 물었다. 교원은 말을
잇다 말고 별을 쳐다보았다. 기대와 설렘이 일렁이는 그녀의 눈
을 마주하고 있다 보니 괜히 겸연쩍어서 그는 헛기침을 하며 고
개를 끄덕였다.

"당연하지. 그럼 누구 방이겠냐."

"그런데 왜 저런 가구들이……."

"내 집이 초라하고 궁상맞은 건 못 보겠으니까 그렇지. 어떻
게 된 애가 짐이 달랑 옷가지랑 책 몇 권뿐이냐? 처음 내 집에

왔을 때 가방 하나 달랑 가지고 온 건 알았지만……. 진짜 그게 전부일 줄이야. 참, 그리고 저 노트북은 작동이 되기는 되는 거야? 난 무슨 조선시대 유물이라도 발굴해 가지고 온 줄 알았다."

교원이 겸연쩍은 속내를 들키지 않으려고 괜히 아무 말이나 내뱉고 있는데 별이 뚱한 표정으로 중얼거렸다.

"조선시대에는 노트북 없었는데……."

"어쨌든! 그래서 가구를 들여놓은 거니까 알아서 잘 쓰고 열심히 일해서 갚아. 알았어?"

"예. 고맙습니다."

"공짜 아니라니까. 내가 휑한 방이 보기 싫어서……."

"그래도요. 고마운 건 고마운 거니까요. 저는 그런 줄도 모르고요. 아저씨가 미리 얘기도 안 해 주시고 저 내쫓는 건 줄 알고……."

조금 서운했어요, 라며 배시시 웃는 별의 눈가에는 눈물 자국이 남아 있었다. 교원은 자신도 모르게 손을 뻗어 그녀의 눈가를 만졌다. 그리고 곧바로 별의 동그란 눈과 마주했다. 교원은 화들짝 놀라 황급히 손을 거두며 변명처럼 중얼거렸다.

"아니, 여기 뭐가 묻어서."

"어…… 어어, 그래요?"

별 역시 당황한 얼굴로 그의 시선을 피하며 괜히 눈가를 만졌다. 둘이 서로 시선도 마주치지 못한 채 서 있는데 안에서 일하던 인부 하나가 교원을 향해 말을 걸었다.

"책장은 어느 쪽으로 놓는다고 하셨죠?"

"예? 아……. 책장은 저쪽, 예, 햇빛이 직접 들지 않는 자리로요."

교원이 다시 정신을 차리고 인부와 대화를 시작했다. 별은 그런 교원을 물끄러미 보다가 입술을 깨물었다.

아저씨…….

자꾸 이렇게 잘해 주지 말아요.

아저씨가 이렇게 잘해 주면 자꾸 욕심이 생긴다고요.

교원이 자신을 좋아해서 이렇게 베푸는 게 아니란 건 알고 있다. 그러나 이럴 때마다 어쩔 수 없이 가슴이 두근거리고 설레는 것은 스스로 막을 수 없는 일이기도 했다.

처음부터 자신에게 너그러웠던 사람이다. 생전 처음 본 사람에게 방을 내어 줄 정도로 정이 많은 사람이었다. 투덜대면서도 세심하게 챙겨 주고……. 그런 교원을 좋아하게 된 건 어떻게 보면 당연한 일인지도 모른다. 별은 교원을 쳐다보다가 쓴웃음을 흘리고 말았다.

아주 조금만이라도 자신이 덜 초라했더라면…….

그랬더라면 그에게 나를 좋아해 줄 수는 없냐고, 그렇게 욕심을 낼 수 있지 않았을까.

나에게 기회를 줄 수는 없냐고, 그렇게 졸라 볼 수 있지 않았을까.

"야, 도롱아. 이리 와서 네가 직접 보고 판단해 봐. 책장을 이쪽으로 이렇게 놓는 거 어때?"

교원이 별을 향해 손짓하며 말을 걸었다. 별은 눈물이 나오려는 걸 꾹 참으며 괜히 투덜거렸다.

"제가 뭘 볼 줄 안다고 그러세요. 그리고 왜 자꾸 그런 이상한 이름으로 부르는 건데요!"

사실은 아저씨가 도롱이라고 부를 때마다 가슴속이 간지러워요. 마치 그게 애칭처럼 느껴져서 마치 우리가 무슨 사이라도 되는 것만 같아서, 그래서 가슴이 콩닥거리며 뛰어요.

별은 모든 말들을 전부 목구멍 아래로 밀어 넣으며 그를 향해 툴툴거리면서 다가갔다.

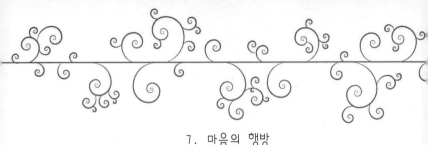

7. 마음의 행방

"……서울?"

교원은 햇살에 눈이 부셔서 눈을 찡그리며 커튼을 치고 돌아섰다. 금세 방이 어두워졌다. 한낮의 햇살이 유난히 뜨거운 날이었다. 다락아! 안 돼, 저리 가! 창밖에서 별의 목소리가 들렸다.

그는 다시 커튼 사이로 손가락을 넣어 틈새를 벌렸다. 정원에서 다락이와 뭔가를 가지고 장난하고 있는 별의 모습이 눈에 들어왔다. 그 모습을 보던 교원의 입꼬리가 슬며시 올라갔다. 그리고 찌푸려져 있던 미간 역시 어느새 풀어진 상태였다.

— 그럼 어떡하겠냐. 네가 직접 와서 보고 들어야 할 것 같은데. 다락아, 딱 며칠만 올라와서 작업하자. 응?

그 순간, 석주의 목소리가 휴대폰을 통해 전해졌다. 그리고 교원은 다시 미간을 찌푸리며 한숨을 내쉬더니 창가에 걸터앉으면서 투덜댔다.

"그쪽엔 사람이 그렇게 없어? 다 돌머리들만 모였대? 거기가 무슨 채석장이냐? 그러면서 매달 월급은 따박따박 무슨 염치로 받아 가는 건데?"

— 그러니까 부탁하잖냐. 야, 다락아. 딱 한 번만 봐주라. 응? 너랑 내가 같이 일한 세월을 생각해서라도…….

"공석주, 고작 세월 핑계로 이게 봐줄 일이야? 대체 일을 어떻게 하길래 이따위로 곡이 나와? 아니, 그보다도 남의 곡에 무슨 권리로 손을 댄 건데? 어? 어떤 새끼야? 어떤 새끼가 내 곡을 쓰레기로 만든 거냐고."

석주와 도우를 봐서 수락했던 수정 작업이었다. 마음에 들지 않지만 어쩔 수 없이 그쪽에서 원하는 대로 해 주었다.

그런데 그것으로도 마음에 차지 않았는지 자기들 멋대로 곡에 손을 댄 것이다. 그렇게 일을 저질러 놓고 이제 와서 다시 수습을 해 달란다. 교원은 짜증스럽게 머리를 헝클어뜨린 뒤, 다시 입을 열었다.

"이틀."

— 어?

"딱 이틀이야. 그 이상은 시간 못 내."

교원은 다시 커튼을 슬쩍 열고 밖을 내다보며 말했다. 엎드려 있는 다락이와 그 옆에 누운 별의 모습이 보였다. 저것들 봐라. 풀밭에 그냥 누워서…….

"지가 개라도 된 줄 아나……."

— 뭐라고?

"아니야, 아무것도. 그럼 그렇게 알고 끊어. 내일 보자."

— 고맙다, 다락아! 정말 고마워!

"너한테 그런 인사 들을 건 없고. 그쪽에 나 대신 말이나 전해. 두 번 다시 그쪽이랑 작업할 일 없다고."

교원은 그 말을 내뱉고는 석주에게 간단한 인사를 건넨 뒤, 곧바로 전화를 끊었다. 그리고 한숨을 내쉬며 머리를 쓸어 넘겼다.

이틀이라…… 이틀.

어떻게 보면 짧은 기간이다. 겨우 하룻밤일 뿐일 수도 있다. 그런데도 마음이 편하지 않았다. 교원은 창밖을 보다가 혀를 차며 중얼거렸다.

"도롱이, 쟤…… 설마 자는 거야?"

그는 뜨거운 햇살을 찡그린 눈으로 슬쩍 보다가 다시 정원을 내려다보았다. 햇빛 아래에 고스란히 노출된 별을 보자 한숨이 저절로 나왔다.

"하여간 저러고도 여자라고 박박 우기지? 남들은 선크림이다, 뭐다, 덕지덕지 허옇게 열심히 바르는데."

교원이 구시렁대며 작업실 의자에 놓여 있던 얇은 담요를 집어 들고 방 밖으로 걸음을 옮겼다.

"……으응?"

아, 나도 모르게 잤나 보다. 별은 눈을 비비며 몸을 일으켰다. 다락이와 놀던 것까지는 기억이 나는데 그 뒤가 기억이 안 난다. 그래도 풀밭에서 뒹굴거리다가 그대로 곯아떨어져서 다행이라면 다행이었다. 뭔가를 하다가 탈력발작 같은 게 오지 않았으니 말이다.

별은 다른 무엇보다도 그게 제일 무서웠다. 자신의 의지와는 상관없이 온몸의 힘이 빠져서 그대로 쓰러져 잠이 드는 것. 마치 줄 끊어진 인형처럼 구겨져 버려지는 기분이라 더욱 그랬다.

별은 일어나 앉은 채 작게 하품을 하며 주위를 둘러보았다. 다락이는 보이지 않았다. 아마 정원 어딘가에서 놀고 있을 터였다.

"어?"

주위를 둘러보다가 고개를 다시 숙이던 별의 눈에 담요가 보였다. 더 정확히 말하자면 자신의 몸을 덮고 있다가 자신이 일어나는 바람에 흘러내린 것으로 보이는 담요였다.

별은 담요를 손에 쥐고 다시 주위를 두리번거렸다. 그러다가 조금 거리가 떨어진 곳에 있는 교원을 발견하고 그녀의 시선이 고정되었다.

별은 담요를 품에 꼭 끌어안은 채 일어섰다. 그리고 교원을 향해 걸음을 옮겼다. 교원은 집 안으로 들어가는 계단 중간쯤에 앉아서 멍하니 앞만 바라보고 있었다. 별이 계단 아래에 서서 교원을 향해 물었다.

"아저씨, 여기서 혼자 폼 잡고 뭐하세요?"

"놀아."

"지금 이게 노는 거라고요?"

"응."

"되게 재미없게 노시네요."

"너도 내 나이 되면 이해할 거야."

"그렇게 말하니까 할아버지 같아요."

별은 얼굴을 찡그리며 말을 잇다가 생각났다는 듯 품에 끌어안고 있던 담요를 내밀며 다시 물었다.

"이거, 아저씨가 덮어 주신 거예요?"

"그럼 내가 아니라 누가 했겠냐?"

"고마워요."

교원은 힐끔 별을 바라보다가 픽 웃었다. 그리고 자신이 앉은 옆을 탁탁 치며 말했다.

"이리 올라와서 앉아 봐."

"왜요."

"할 얘기 있어서 그래."

"무슨 할 얘기가 있다고……."

별은 입을 삐죽이며 괜히 어색해서 투덜거렸다. 그러면서도 순순히 교원의 옆에 앉았다. 그 모습을 본 교원이 얼굴을 찡그리더니 입을 열었다.

"다시 일어나."

"아, 지금 무슨 똥개 훈련시켜요?"

"좋게 말할 때 일어나 봐."

"독재자."

별은 구시렁거리며 다시 일어섰다. 그러자 교원이 별이 들고 있던 담요를 빼앗듯 가져가더니 사각으로 두 번 접어서 자신의 옆에 놓았다.

"이제 앉아도 돼."

"이것 때문에 나더러 일어나라고 한 거예요?"

"여자애가 차가운 바닥에 그렇게 막 앉으면 어떻게 하냐? 하여간 넌 머리를 달고 사는 건지, 돌덩어리를 달고 사는 건지. 아, 내 주변엔 왜 이렇게 돌들이 많은 거야?"

교원은 머쓱한 표정을 손으로 쓸어내리며 감추고는 괜히 퉁명스럽게 대꾸했다. 하지만 별은 곧바로 배시시 웃더니 냉큼 교원이 깔아 놓은 담요 위에 앉으며 말을 이었다.

"폭신폭신하고 좋아요."

"좋다면 다행이고. 너, 이틀 동안 집 잘 지킬 수 있겠어?"

교원은 쑥스러운 감정을 내색하지 않으려고 말을 돌렸다. 어차피 해야 할 말이기도 했다. 담요의 끄트머리를 손으로 만지작거리며 볼을 붉히고 있던 별이 고개를 갸웃거리며 물었다.

"이틀 동안이요? 어디 다녀오세요?"

"응. 일 때문에 서울 좀 다녀와야 해서."

"언제요?"

"내일."

"내일이요? 그렇게 갑자기요?"

별이 놀란 눈으로 교원을 쳐다보았다. 그리고 곧바로 민망해져서 고개를 숙이고 말았다. 겨우 이틀인데 너무 과한 반응을 보인 게 아닌가 싶어서였다.

"그러게 말이야. 이것들이 남의 스케줄은 생각도 안 하고 통보만 하면 다 되는 줄 안다니까. 이번 일만 마무리하고 나면 그쪽과는 아예 상종도 안 할 생각이야."

"그래도 돼요?"

"안 될 건 뭔데?"

"아니…… 그래도 같이 일하는 사람들과는 친하게 지내야 하는 거 아닌가 싶어서요. 괜히 아저씨 소문 나쁘게 났다가 일 끊기면 어떻게 해요."

별이 다시 고개를 들어 교원을 걱정스럽게 쳐다보며 말했다. 교원은 그런 별을 바라보다가 픽 웃고 말았다.

일이 끊긴다고? 내가?

'다락'과 함께 작업하지 못해서 속을 태우는 사람들은 봤어도 '다락'과 작업하지 않겠다고 말하는 사람은 본 적이 없었다. 어느 누가 마다하겠는가. 아무리 성격이 괴팍하고 까다롭다고 소문이 자자해도 내는 곡마다 히트를 치는데 말이다.

하지만 교원은 딱히 그런 말을 별에게 할 마음은 없었다. 그는 그저 피식 웃으며 농담처럼 입을 열었다.

"일 끊기면 네가 벌어서 먹여 살리면 되겠네."

"예?"

"그러니까 열심히 작사 공부나 해. 그래야 먹여 살릴 수 있지."

"누, 누가 평생 같이 사나요? 왜 나한테 아저씨 봉양까지 강요하는 건데요."

그저 빈말이라도 설레었다. 뻔히 그냥 장난으로 하는 말이라는 걸 알면서도 별은 얼굴이 달아오르는 것을 느꼈다. 교원이 별을 쳐다보다가 씩 웃더니 그녀의 머리를 쓱쓱 쓰다듬었다.

"머리 다 헝클어져요, 아저씨!"

"뭐, 어떠냐? 우리 말고 여기에 누가 있다고."

확실히 무심한 남자라고, 별은 생각했다. 자신이 좋아하고 있다는 걸 알면서도 이렇듯 사람 가슴을 들었다 놓았다 하는 말을 아무렇지 않게 하는 것만 봐도 그렇다. 그러니 성격 나쁘단 소리가 저절로 나오지. 별은 고개를 흔들다가 다시 교원을 쳐다보았다.

"아저씨, 그럼 모레 오시는 거예요?"

"그렇겠지."

"저, 보고 싶지 않겠어요?"

별은 괜히 허전한 마음을 달래려고 배시시 웃으며 질문했다. 솔직히 대답 같은 건 기대도 하지 않은 무의미한 질문이었다. 타박하듯 하는 대답이나 돌아오겠지. 그녀가 그렇게 생각하며 웃는데, 예상하지 못한 답이 들렸다.

"아마 보고 싶을 것 같은데."

"예?"

별의 눈이 휘둥그레 커졌다. 못 들을 소리를 들은 사람처럼 경악한 얼굴로 입만 벌리고 있자 교원의 한쪽 눈썹이 비틀려 올라갔다.

"왜 그런 표정이야? 내가 보고 싶을 것 같다고 말한 게 마음에 안 들어?"

"아, 아니…… 그게 아니라요."

별은 다시 눈을 깜빡거리며 고개를 저었다. 그리고 교원을 물끄러미 보다가 가만히 웃고는 말을 이었다.

"아저씨가 그런 말을 할 줄 몰랐으니까 그렇죠."

"왜? 키우던 강아지가 집 나가도 보고 싶다고 하잖아. 그런 거지."

"저는 강아지도 아니고, 집도 안 나갔거든요."

오히려 집은 아저씨가 나갈 예정이지요. 별이 뚱한 표정으로 중얼거렸다. 그러자 교원이 별의 코를 가볍게 잡아 흔들며 말했다.

"이를테면 그렇다는 거야."

"아! 아, 제가 어린애도 아닌데 코는 왜 잡아요!"

"잠이 올 것 같으면 미리 드러누워 있든지 편하게 앉아 있어. 괜히 서 있다가 넘어가지 말고. 넘어져서 어디 한 군데 부러져도 다락이가 119에 전화할 수도 없잖아. 내가 돌아올 때까지 그러고 있기 싫으면 알아서 주의해."

"그게 제 마음대로 되나요."

"말대꾸하지? 응?"

"아, 알았어요."

별이 대꾸하는 동시에 교원이 그녀의 코를 잡고 있던 손을 풀었다. 별은 코를 문지르며 교원을 향해 다시 물었다.

"제 걱정, 많이 되는 거예요?"

"누가? 내가?"

교원은 어깨를 으쓱이며 콧방귀를 뀌었다. 하지만 별은 교원의 마음을 알았다는 듯 웃더니 작게 속삭였다.

"걱정하지 마세요, 아저씨. 아저씨 말대로 할 테니까."

"……괜히 서 있다가 넘어가서 어디 부딪쳐 멍이나 들었단 봐라."

"알았어요."

별은 고개를 끄덕이며 대답하고는 앞을 바라보았다. 교원 역시 별이 보는 방향을 그저 멍하니 바라보기만 했다. 나란히 앉은 두 사람 사이로 바람이 살랑살랑 불었다.

◆

"으랏차차차…… 아이고야, 아주 죽겠다. 죽겠어."

석주가 기지개를 켜며 희한한 소리를 내뱉더니 그대로 몸을 숙였다. 도우 역시 초점이 풀린 눈으로 석주를 보다가 고개를 끄덕이더니 좀비처럼 일어서서 뒤쪽에 있던 낡은 소파에 몸을 던졌다.

24시간을 넘어서 거의 36시간째 잠도 안 자고 작업에 매달렸던 탓에 공석주와 허도우, 두 사람 모두 폐인의 몰골이 되어 있었다. 물론 그중에도 예외는 있었으니…….

"다락이 저놈은 인간도 아니야. 아니, 왜 혼자 멀쩡한 건데!"

"멀쩡해도 불만이냐?"

교원이 의자를 뱅그르르 돌리며 헤드폰을 벗고는 신경질적으로 석주의 말에 대꾸했다. 그러자 소파에 엎드린 채 앓는 소리를 내고 있던 도우가 고개를 들어 눈을 끔뻑이며 교원을 보더니 히죽 웃으면서 말을 꺼냈다.

"다락 형이 그렇긴 하죠. 수염은 하룻밤 사이에 조금 자라기는 했는데, 그게 더 거칠어 보이고 멋있어요."

"야, 인마. 나 방금 닭살 돋았어. 이거 어떻게 할 거야!"

석주가 도우를 타박하며 버럭 소리를 질렀다. 교원은 두 사람을 가만히 쳐다보다가 피식 웃고는 휴대폰을 켜서 시간을 확인했다. 오후 두 시가 막 넘어가고 있었다.

……점심은 먹었겠구나.

그는 휴대폰을 만지작거리다가 연락처를 확인했다. 별똥이라고 저장해 두었다가 어제 아침에 도롱이라고 바꿔 저장한 번호 위에서 교원의 손가락이 멈췄다.

집에서 나오기 전에 이름을 변경하는데 별이 뭘 하는 건가, 하고 호기심 어린 눈으로 고개를 쭉 빼고 휴대폰 화면을 훔쳐봤다. 그리고 붉게 변한 얼굴로 난리를 친 것은 당연한 일이었다.

'그게 뭐예요! 당장 바꿔요!'

'내 마음이야.'

'류별! 류별! 멀쩡한 내 이름으로 저장해 달라고요!'

등 뒤에서 난리를 치던 별의 목소리가 다시 생생하게 떠올랐다. 교원은 자신도 모르게 피식 웃었다. 그 모습을 우연히 본 석주와 도우가 경악한 눈으로 서로를 쳐다보며 중얼거렸다.

"지금, 다락이 저놈이 휴대폰 보다가 웃은 거 맞지?"

"예, 석주 형."

"뭐지? 대체 뭘 보고 웃은 거야? 뭐, 이번에 우리 엿 먹인 애들, 뭐라도 터진 건가?"

"그 정도 일로 다락 형이 저렇게 웃을 것 같지는 않은데요."

"그럼 뭐지?"

석주가 궁금한 것을 못 참겠다는 듯 슬금슬금 교원의 근처로 다가갔다. 그리고 그의 휴대폰을 함께 들여다보려는 순간, 교원이 석주의 머리를 후려쳤다.

"뭘 훔쳐보려고?"

"으앗! 야! 아무리 그래도 그렇지, 남의 머리를 스파이크 때리듯 때리냐? 내가 배구공이야? 어?"

"배구공은 경기에 쓸모라도 있지. 네 머리는 무슨 쓸모가 있다고."

교원이 미간을 찌푸리며 손을 내저었다. 그러자 울컥한 표정으로 석주가 잠시 몸을 부르르 떨다가 이내 궁금증을 참지 못하고 다시 교원에게 매달렸다.

"그래. 난 배구공만도 못한 놈이야. 그건 그렇고 뭘 보고 웃은 거야? 응? 다락아, 같이 좀 웃자. 나도 웃고 싶어. 잠도 못 자고 작업했더니 머릿속이 썩을 것 같아. 그러니 내게도 웃음을 다오. 응?"

"아, 좀 비켜! 사내자식이 왜 이렇게 엉겨 붙는 거야? 네 마누라한테나 가서 엉겨 붙을 것이지."

교원이 질색하는 표정으로 석주를 밀어냈다. 그 틈에 소파 위에 엎어져 있던 도우가 냉큼 일어나서 교원에게 달려들었다. 그리고 교원의 휴대폰을 낚아채고는 뿌듯한 표정으로 석주를 향해 벙긋 웃었다.

"좋았어, 허도우! 나이스 캐치!"

"야! 이리 안 내놔!"

석주가 신이 나서 외치는 동시에 교원이 살벌한 표정으로 도우를 향해 으름장을 놓았다. 도우는 슬금슬금 뒤로 물러서면서 어색하게 웃더니 입을 열었다.

"죄송해요, 다락 형. 제가 형을 정말 좋아하지만…… 궁금한 건 도저히 참지 못하는 성격이라 말이죠."

"야! 허도우!"

교원의 험악한 목소리에도 굴하지 않고 도우는 교원의 휴대폰 화면을 슬쩍 보았다. 그리고 곧바로 도우의 목소리가 이어졌다.

"엥? 도……롱이?"

"그게 무슨 소리야? 도, 뭐라고?"

석주가 교원에게 얻어맞았던 머리를 뒤늦게 문지르며 도우에게 다가갔다. 교원은 십여 년은 폭삭 늙은 표정으로 석주와 도우가 머리를 맞대고 자신의 휴대폰을 들여다보는 꼴을 바라보다가 고개를 흔들었다.

아, 다 귀찮아.

일단 귀찮다 생각하면 금방 무기력해져 포기도 체념도 빠른 사람이 교원이었다. 그런 교원의 귓가에 석주의 경악한 목소리가 쩌렁쩌렁 파고들었다.

"도롱이가 대체 누구냐! 뭐야, 너! 다락아, 설마 네 웃음의 이유가 바로 이 도롱이라는 존재야?"

"……"

교원은 대답하지 않고 고개를 뒤로 젖힌 채 눈을 감았다. 그러자 석주와 도우가 다시 호들갑을 떨기 시작했다.

"도롱이, 이름만으로도 손발이 오그라들게 만드는 이 별명! 확실히 평범한 인물은 아닐 것 같은데?"

"그렇죠, 석주 형? 더구나 다락 형이 직접 휴대폰에 도롱이라고 저장해 둘 정도면……. 그나저나 도롱이란 뜻이 대체 뭘

까요?"

"그, 글쎄다. 뭘까? 도롱뇽에서 뇽 자만 빼고 지은 별명인가? 헉. 설마 도롱뇽을 닮은 얼굴이라든가……."

어딜 봐서 걔가 도롱뇽을 닮아? 교원은 눈을 감은 채 미간을 찌푸렸다. 나 참……. 어이가 없었다. 도롱이란 이름에서 도롱뇽을 연상하는 두 머저리들을 보고 있으려니 없던 두통까지 생길 판이었다. 교원은 다시 짜증스러운 얼굴로 눈을 뜨고 손을 내밀었다.

"내놔, 좋게 말할 때."

"넵, 다락 님아."

석주가 하하, 하고 웃으며 두 손으로 휴대폰을 받쳐 든 채 공손히 교원에게 내밀었다. 궁금했던 것도 조금은 해결되었으니 이제는 넙죽 엎드려 그를 달랠 차례가 된 것이다.

아무래도 지금 교원은 거의 '깡패다락'의 수준에 근접해 있다고 봐도 과언이 아니었다. '까까다락'이 평소의 교원이라면 '깡패다락'은 1년에 한두 번 볼까 말까 한 모습이었다.

그리고 만약 '깡패다락'의 발동이 제대로 걸린다면 지금 이 녹음실에 있는 것들 중에서 남아나는 건 거의 없으리란 것이 그를 몇 년째 봐 왔던 석주의 판단이었다.

"휴우……."

교원이 지쳤다는 듯 한숨을 내쉬더니 다시 받아 든 휴대폰 화면을 켜고 바쁘게 손을 움직이기 시작했다. 아무래도 누군가에게 메시지를 보내는 듯했다. 그리고 그 누군가는 '도롱이'라는 존재일 게 거의 확실했다.

대체 도롱이가 누구야? 누군데 저 성격 파탄자가 실실거리고 웃으면서 메시지를 보내고 있는 거냐고?

제가 그걸 어떻게 알겠어요?

석주와 도우는 서로 눈빛만으로 대화를 주고받았다.

◆

"어?"

별은 2층 침실 청소를 하다 말고 메시지 알람 소리에 휴대폰을 꺼내 들었다. 그리고 곧바로 그녀의 얼굴이 환하게 변했다.

"아저씨가 보냈네?"

별은 청소기 옆에 주저앉은 채 교원이 보낸 메시지를 확인했다.

[밥은.]

별의 표정이 금세 이상해졌다. 그녀는 휴대폰 메시지를 다시 확인해 보았다. 하지만 이게 전부였다. 밥은.

"······지금, 서울 가서도 나한테 시비 거는 거야?"

별의 얼굴에는 실망감이 역력했다. 어제 아침 일찍 나간 뒤로 연락 한 번 없다가 기껏 문자 메시지 하나 보낸 게 이거라니······. 허탈하고 어이없어서 말도 안 나올 지경이었다.

"밥은, 그리고 그 뒤에 무슨 말을 하고 싶었던 거래? 밥은 했냐. 밥은 해 놨냐. 밥은 남겼냐. 밥은······."

어휴, 이러다가 꿈에서까지 나올 것 같아. 별은 중얼거리다가 고개를 마구 흔들었다. 그리고 다시 휴대폰을 두 손으로 든 채 한참 쳐다보았다.

답장을 보낼까?

뭐라고 보내지?

밥은, 이라고 보낸 메시지에는 뭐라고 답장을 해야 하는 거야?

"……어렵다."

별이 시무룩한 얼굴로 휴대폰을 집어넣으려는 순간 다시 새로운 메시지가 도착했음을 알리는 소리가 들렸다. 별은 환한 얼굴로 다시 휴대폰을 보았다.

[급전필요하신분 묻지도따지지도않고 바로나갑니다. 상담실장 홍금고.]

"홍금보 동생분이신가. 아니, 언제 한국에 오셨대……."

별은 실망한 얼굴로 괜히 쓸데없는 소리를 중얼거리고는 메시지를 지웠다. 하기야 밥은, 달랑 그거 하나 보낸 남자가 곧바로 뭘 또 보냈을 리가 없지. 별이 그렇게 생각하며 다시 청소를 마저 하기 위해서 일어서려는 순간 또 알람 소리가 들렸다.

"아휴, 홍금고 씨가 또 보냈…… 어?"

이번에는 교원이 보낸 메시지였다.

[집은 잘 지키고 있지? 점심은 먹었냐? 집 잘 지키고 있어

라. 저녁도 잊지 말고 먹고.]

집, 밥, 집, 밥으로 이어진 내용이었다. 딱히 재미있는 내용이
들어간 메시지도 아니었다. 하지만 별은 저절로 올라가는 입꼬리
를 막지 못하고 실실 웃었다. 무심한 척하면서 이렇게 신경 써
주는 이 남자가 정말 사랑스러웠다.

혼자 좋아하면 어때. 이런 남자인데. 별은 고개를 끄덕이며 재
빨리 답장을 보냈다.

[집 잘 지키고 있고 점심 먹었어요. 집 잘 지킬 예정이고 저
녁도 잘 먹을게요. 아저씨도 열심히 일하시고 밥 제때 챙겨 드
세요.]

전송 버튼을 누른 별의 손가락이 휴대폰 위에서 떠나려 하지
않았다. 별은 잠시 주저하다가 이내 용기를 낸 듯 입을 앙다문
채 다시 메시지를 보냈다.

[아저씨가 좋아요.]

좋아한다는 감정이 이런 것일 거라고는 생각하지 못했다. 가
슴속에 풍선을 가득 채우고 붕붕 날아오를 것만 같았다. 사소한
것일지라도 그것이 세상에서 가장 귀한 것인 듯 심장이 마구 뛰
었다.

"······좋아해요."

별은 이미 교원에게 전해졌을 메시지를 보며 작게 중얼거렸다.

♦

[아저씨가 좋아요.]

"푸읍!"

교원은 음료수를 마시다 말고 그대로 내뿜었다. 그러자 마찬가지로 음료수와 과자를 먹으며 잠시 시시덕거리고 있던 석주와 도우의 관심이 전부 교원에게 쏠렸다. 그리고 서로 짜기라도 했다는 듯 동시에 벌떡 일어나더니 교원에게 달려들었다.

"헉!"

"으어억!"

석주와 도우에게서 괴상한 소리가 새어 나왔다. 석주가 고개를 휙 돌려 교원을 보더니 입을 열었다.

"너, 원조교제 하고 있었냐? 이런 망종 같은 새끼!"

"뭐?"

"도롱이가 너랑 원조……."

"그 입 다물어라, 공석주."

교원이 어이없다는 표정을 짓다가 이내 불쾌한 얼굴로 목소리를 낮추며 위협하듯 말했다.

으잉? 아니야? 석주는 교원의 반응에 황당해져서 다시 도우를 슬그머니 돌아보았다. 도우 역시 험상궂은 표정으로 물음표 하나를 머리 위에 달아 놓고 석주를 보더니 고개를 흔들었다. 석주는 다시 조심스럽게 교원을 향해 입을 열었다.

"설마…… 애인이야?"

"뭐? 애인?"

교원은 황당한 말을 들었다는 듯 눈을 치켜뜨며 헛웃음을 지었다. 하지만 석주는 진지한 얼굴로 다시 말을 이었다.

"딱 그렇잖아. 도롱이라는 그 별명부터가 뭔가 달콤하면서 상큼한 게……."

"도롱뇽에서 나온 별명이라고 물을 땐 언제고."

교원이 퉁명스럽게 대꾸하다가 이왕 말 나온 김에 정정할 건 정정해야겠단 생각에 말했다.

"도롱뇽에서 나온 별명 아니야. 그리고 걔 얼굴도 도롱뇽 닮지 않았고."

"그럼 뭐 닮았는데?"

"닮긴 뭘 닮아? 도롱이가 도롱이지……. 아, 내가 왜 너한테 이런 얘기를 하고 있어야 돼?"

교원은 무심코 대꾸하다가 히죽 웃는 석주를 보고는 짜증스러운 손길로 머리를 헝클어뜨렸다. 그러나 그런 교원에게 익숙하다는 듯 석주가 다시 히죽거리며 물었다.

"예쁘냐?"

애인 내지는 여자 친구가 생겼다는 말을 들으면 보통의 남자들이 가장 먼저 묻는 것. 예쁘냐. 공석주 역시 예외는 아니었다. 물론 교원이 생각할 때 별은 자신에게 애인이나 여자 친구는 아니지만, 말이다. 교원은 석주의 질문에 미간을 찌푸리며 잠시 고민했다. 예쁘냐고? ……예쁜가?

"예뻐."

고민이 채 끝나지도 않았는데 먼저 입이 열렸다. 교원은 대답하고 나자마자 혀를 차며 얼굴을 찡그렸다. 그러나 석주는 그럴 줄 알았다는 듯 고개를 끄덕이더니 다시 말을 꺼냈다.

"몸매도 죽여?"

"죽……."

교원은 자동적으로 대답하려다가 말문이 막혀서 그냥 입을 다물었다. 거짓말을 할 수는 없었다. 그는 비쩍 마르고 어린애처럼 자그마한 별을 떠올리다가 얼굴을 구겼다. 지금 자신이 뭘 하고 있는 건지 생각해 보니 한심했다.

이건 뭐, 어린애를 두고 변태 같은 대화나 주고받고 있으니…….

'아저씨가 좋아요.'

교원은 별이 보낸 메시지를 다시 떠올렸다. 간단한 메시지였다. 고작 한 문장이라고 할 수도 없을 만큼 짧은 내용에 지나지 않았다. 그런데 그 짧은 메시지에 숨이 막혔다. 왜, 어째서 이러는 것인지 이해할 수 없었다. 교원은 숨을 깊이 들이쉬었다가 내쉰 뒤, 일어섰다.

"간다."

"뭐? 벌써 간다고? 야, 저녁 때 같이 술이나 한잔 하자."

"그래요, 다락 형. 모처럼 얼굴 본 건데."

석주와 도우가 교원을 붙잡았다. 그러나 교원은 아랑곳하지 않고 문 쪽으로 몸을 돌리며 입을 열었다.

"가 봐야 돼. 집에 혼자 놔두고 와서."

"뭐? 뭘 혼자 놔둬? 너, 개라도 키우냐?"

의외네? 다락이 개를 키우다니…… 석주의 중얼거림에 교원이 슬쩍 턱을 쓸며 고개를 끄덕였다. 스스로 생각해도 의외였다. 개 같은 건 키울 생각도 없었는데 말이다. 개뿐만 아니라 사람까지 키우게 된 상황이니.

그러고 보면 그 모든 변화가 한 사람으로부터 비롯된 것인지도 모르겠다.

바로 류별, 그 자그마한 여자. 집에 혼자 놔두고 온, 그 대상. 석주는 그 대상을 개로 착각하고 있기는 하지만, 교원은 굳이 그 점을 정정하고 싶지는 않았다. 어차피 개를 키우는 건 사실이고…… 게다가 정정하려다 보면 쓸데없이 얘기만 길어질 테니까.

"술 먹는다, 어쩌고 하지 말고 집에나 들어가. 도우, 너도 그렇고."

교원이 석주와 도우에게 말을 건넨 뒤, 그대로 문을 열고 나가 버렸다. 석주와 도우는 교원을 잡지 못한 채 잠시 얼떨떨한 표정을 짓고 있다가 서로를 마주 보았다.

"……아주 푹 빠졌나 본데? 너도 봤지, 도우야?"

"예에. 우리가 알던 다락 형이 아닌 것 같아요. 아, 닭살 돋았어."

도우가 어울리지 않게 몸을 부르르 떨더니 양쪽 팔을 문질렀다.

교원이 차에 타자마자 시동을 걸고 주차장을 빠져 나오려던 참이었다. 갑자기 휴대폰 벨이 울렸다. 교원은 힐끔 휴대폰을 확인한 뒤에 얼굴을 구겼다. 박건호였다. 자신이 서울에 있는 건 알지도 못할 녀석이 갑자기 전화는 왜 한 것인지 모를 일이다.

종종 건호는 이렇듯 감이 좋을 때가 있었다. 작업을 마치고 드디어 집에 가서 쉬려고 할 때나 지방에 갔다가 서울에 막 올라왔을 때, 그럴 때마다 기똥차게 알아차리고는 전화해서 술을 먹자고 졸라 대고는 했으니 말이다.

아무래도 지금 이 전화 역시 그런 부류일 것 같은데……. 교원은 잠시 망설이다가 한숨을 내쉬었다. 그래도 외면할 수 없는 건, 건호가 교원에게는 유일한 친구이기 때문일 것이다.

"왜."

— 이 자식. 왜는 무슨 왜냐. 어디야?

"……집."

유일한 친구고 뭐고, 지금은 그냥 건호 따위는 내팽개치고 집으로 가고 싶은 마음이다. 교원은 주저하던 마음을 가볍게 접고 천연덕스럽게 대꾸했다.

— 집이라고?

"응."

조금 전에 보였던 망설임 따위는 교원에게서 이미 찾을 수조차 없었다. 일단 한번 시작한 거짓말은 술술 풀리기 마련인 법이다.

— 진짜 집이야?

"그렇다니까. 아니면 내가 지금 어디에 있겠냐?"

교원이 피식거리며 주차장 출구 쪽을 힐끔 보았다. 슬슬 전화를 끊고 밖으로 나가야겠다는 생각을 할 무렵, 음산하게 가라앉은 목소리가 휴대폰을 통해 들리는 동시에 창문을 두드리는 소리가 났다.

— 지금 내 눈앞에 있구나, 친구야. 여기가 네 집이니?

몰랐네. 이 주차장이 네 집인 줄은. 건호가 음산한 목소리로 중얼거리고는 전화를 끊었다. 그리고 다시 창문을 두드렸다. 내려. 벙긋거리는 그의 입이 그렇게 말하고 있었다.

'귀찮게 됐네.'

교원은 인상을 쓰며 혀를 차고는 다시 시동을 껐다. 지금 시간이라면 병원에서 환자를 보고 있어야 할 녀석이 왜 이 건물의 주차장에 있는 것인지 알 수가 없었다.

"네가 왜 여기에 있어? 병원이 망하기라도 했냐?"

교원은 차에서 내리자마자 건호를 향해 삐딱하게 서서 입을 열었다. 그러자 건호가 발끈해서 외쳤다.

"아예 악담을 해라, 이 자식아! 그게 지금 친구를 보자마자 할 소리냐?"

"그럼 왜 네가 여기에 있는 건데?"

"대표 원장 여동생이 건물 2층에 샤브샤브 가게를 개업했다, 왜!"

건호는 억울한 듯 주먹을 불끈 쥐고 외쳤다. 그렇지 않아도 잔뜩 짜증이 난 상태였다.

대표 원장의 여동생이 개업을 하든 말든, 왜 자신이 굳이 꽃다

발까지 사 들고 이곳에 와야 하는 건지 기가 막혔다. 아무리 페이 닥터, 월급쟁이 신세라고 하지만 굳이 일주일에 딱 하루, 오프인 날까지 이렇게 부려 먹을 수 있는 건가 싶었다.

'박 선생, 내일 오프 맞지?'

'예, 그런데요?'

'아, 별건 아니고…… 내 동생이 이번에 가게를 하나 오픈했는데 말이야. 알지? 지난번에 충치 치료하느라고 왔던 내 여동생. 수지 닮았는데, 기억나지?'

'수지……요?'

'응. 하긴 내 동생이 수지보다 더 예쁘긴 하지. 하하하.'

대표 원장은 딸바보도, 아내바보도 아니었다. 다만 동생바보일 뿐이었다. 그리고 그 결과가 바로 이것이다. 자신의 여동생이 개업했으니 꼭! 꽃다발을 가지고! 찾아가 보라는 것.

……어쩌겠는가. 기라면 기는 수밖에.

자신의 기름진 뱃살이 전부 대표 원장의 통장에서 나오는 것임을 모르지 않으니.

"어후, 생각하지 말자! 잊자!"

건호는 조금 전까지 자신의 곁에서 호호호호호, 웃어 대던 자칭 수지를 닮았다는 여인을 무심코 떠올렸다가 소스라치게 놀라 고개를 마구 흔들었다. 그러다가 다시 정신을 차리고 보니 자신을 한심하다는 듯 바라보고 있는 교원이 보였다.

아차, 내가 지금 이러고 있을 때가 아니라…….

건호가 다시 불의를 용서할 수 없다는 듯 교원을 향해 삿대질을 하며 외쳤다.

"서울에 와 있으면서 나한테 전화 한 통을 안 했냐? 이 배신자! 그러면서, 뭐? 집이라고? 그런 거짓말이 잘도 나온다? 어?"

"응. 잘 나오더라."

"야!"

"시끄러워. 그래서 뭐, 그거 따지려고?"

교원이 귀찮다는 얼굴로 건호에게 물었다. 하나뿐인 친구에게 거짓말을 한 것을 현장에서 바로 들키고도 전혀 양심의 가책을 느끼지 못하는 듯 뻔뻔한 얼굴이었다. 건호는 뒷목을 잡으며 잠시 호흡을 고른 뒤, 다시 입을 열었다.

"이왕 만났으니 술 먹자."

"싫어."

"이렇게 우연히 만난 것도 인연인데……."

"인연은 무슨…… 미쳤냐? 지금 나한테 작업 걸어?"

교원이 못 볼 꼴을 봤다는 듯 목소리를 낮추며 위협적으로 물었다. 그러자 건호가 냉큼 어깨를 움츠리더니 다시 교원을 붙들고 징징대며 매달렸다.

"같이 술 먹자, 친구야! 어? 내가 지금 술이 너무 고픈데 같이 마셔 줄 사람이 없어! 내가 오늘 얼마나 월급쟁이로서의 비애를 느꼈는지 알아? 그걸 알면 네가 나한테 이렇게 냉정하게 굴 수는 없을……."

"귀찮아."

"이런 냉정한 새끼."

교원이 건호가 잡고 있던 팔을 흔들어 그의 손을 내치자 건호가 눈을 게슴츠레 뜬 채 중얼거렸다.

그러거나 말거나 교원은 오로지 집에 갈 생각뿐이었다. 확고한 그의 의지를 알아차렸는지 건호가 금세 시무룩해져서 어깨를 축 늘어뜨리고 있다가 다시 생각난 듯 교원의 주위를 둘러보았다.

"그러고 보니 별이는? 같이 안 온 거야?"

"일 때문에 온 거야. 이제 돌아갈 거고."

너 때문에 늦어지고 있지만. 교원은 뒤끝이 있다는 것을 자랑하듯 덧붙여 말했다. 건호는 아쉽다는 듯 입맛을 다시다가 다시 빙글빙글 웃더니 물었다.

"그런데 계속 같이 사네?"

"누구, 도롱이 걔?"

교원은 무심코 별에게 부르듯 도롱이란 이름을 입에 담은 채 건호에게 되물었다. 그러자 건호의 눈이 더 이상 커질 수 없을 정도로 휘둥그레 커졌다.

"너 지금 뭐라고 했냐? 뭐? 도, 도롱, 뭐?"

교원은 순간적으로 머쓱한 기분이 들어 대답 대신 시선을 피했다. 그 모습에 더욱 경악한 건호가 입을 벌린 채 잠시 멍하니 있다가 박장대소했다.

"설마 너, 별이 걔한테 애칭도 지은 거냐? 도롱이라고? 우와, 나 미치겠네……. 너네 연애하냐?"

"연애라니, 무슨 헛소리야?"

"야, 인마. 애칭까지 만들어 부르는 마당에 뭘 또 빼고 그러냐. 이 형님한테 속 시원하게 털어놔 봐. 안 그래도 조금 수상하다 했어. 내가 그때 네 집에 갔을 때 느낌이 왔다, 이거야. 야, 이 도둑놈아. 아무리 그래도 그렇지, 그 어린애를 홀랑 잡아먹고 싶냐."

"아니라니까."

"아니긴 뭐가 아니야. 그날 봤을 때부터 알아봤다니까 그러네. 너, 걔 많이 좋아하지?"

"뭐?"

"세상 모든 게 다 귀찮다는 네가 그 애를 집에 들인 것부터가 이상하다 싶었어. 그뿐인 줄 아냐? 투덜거리고 타박하면서도 은근히 걔한테 시선 주고 신경 쓰는 것도 그렇고."

"내가 무슨 신경을 썼다고 그래? 게다가 만약 내가 신경을 썼으면 그건 도롱…… 걔가 자꾸 내 신경을 거스르는 행동을 하니까 그런 거지."

"네가 거슬린다고 굳이 구박하고 그러는 놈이냐? 학교 다닐 때에도 너한테 시비 거는 놈들 상대도 안 하던 게, 새삼 무슨……."

건호는 혀를 차며 말도 안 되는 소리를 한다는 식으로 대꾸했다. 교원은 할 말을 찾지 못해 잠시 입을 다물었다. 가슴이 쿵쿵거리며 뛰었다. 그러나 그는 애써 자신의 감정을 부정하려는 듯 고개를 저으며 입을 열었다.

"그 애가 나를 좋아하는 거야. 좋아한다는 말까지 직접 들었다고."

"뭐? 뭐가 어쩌고 어째? 별이가 너더러 좋아한대? 널 좋아한다고 그랬다고?"

건호는 그야말로 턱이 빠질 듯 입을 벌리고 있다가 황급히 다 물고는 한탄했다.

"저런 게을러터진 집늘보도 연애하는데, 나는 이게 뭐야. 자칭 수지 닮았다는 대표 원장 판박이 여동생네 샤브샤브 가게 오픈 했다고 거기나 가고 있고……. 이 좋은 날! 샤브샤브 몇 점 먹 고, 친구놈 연애 얘기나 듣고 있고."

내 팔자야……. 중얼거리던 건호가 음울한 얼굴로 손을 내저 었다.

"가 버려라, 이 재수 없는 놈."

"뭐라고?"

"안 되겠어. 소개팅이라도 주선해 달라고 아무한테나 붙잡고 매달려야지."

건호는 중얼거리며 다시 돌아섰다. 교원은 기가 막혀서 건호 의 뒷모습을 쳐다보기만 했다. 그러던 중에 건호가 다시 뒤를 돌 아보더니 픽 웃으며 말을 이었다.

"그리고 그런 얘기는 네 입꼬리나 끌어내리고 얘기해라, 새끼 야. 아주 입꼬리가 올라가다가 귀까지 올라가겠어."

"내가 뭘 어쨌다고."

"지금껏 너 좋아한다던 여자애들이 한둘이었냐? 그런데 너 그 런 표정 짓는 건 처음 본다고, 인마. 아주 좋아 죽네. 어? 좋아 죽어. 그렇게 좋냐? 별이 너 좋다고 한 게 그렇게 좋아?"

교원은 건호의 말에 자신도 모르게 손으로 입가를 문질렀다. 그 모습에 건호가 킬킬거리고 웃더니 다시 손을 내지었다.

"술은 됐고, 어서 가 봐라. 도롱이 기다리잖아."

"……야, 박건호."

교원은 건호를 부르다가 입을 다물었다. 건호가 자신의 차가 주차되어 있는 쪽으로 걸어가는 모습을 잠시 보다가 교원은 다시 숨을 내쉬었다.

방금 건호가 한 말들이 머릿속을 어지럽게 빙글빙글 돌아다녀서 정신이 없었다. 아니라고, 그렇게 간단히 정리하면 될 일인데도 왜 그런지 그게 생각처럼 되지 않았다.

"내가…… 좋아한다고? 그 조그만 애를?"

교원은 혼란스러운 듯 두 손으로 마른세수를 하고 고개를 흔들었다.

◆

"벌써 사료가 떨어졌다고? 내가 돼지를 분양 받았나……."

— 어휴, 아저씨! 다락이가 들으면 서운할 텐데.

"서운하라고 해. 서운해서 덜 먹으면 이득이지, 뭐."

교원은 개 사료가 진열되어 있는 선반을 살피며 입꼬리를 올린 채 대꾸했다.

고속도로 톨게이트를 빠져 나올 무렵, 별에게서 전화를 받았다. 다락이의 사료가 거의 다 떨어졌다며 오는 길에 사다 달라는 부탁 전화였다. 그리고 구시렁대면서도 교원은 그 부탁을 충실히 이행하는 중이었다.

"그리고 또 필요한 건 없어?"

교원이 사료를 선반에서 꺼내 어깨에 걸친 뒤, 입을 열었다. 묵직한 무게가 어깨에 내려앉았다. 조그만 게 이걸 언제 다 먹었대. 교원은 지난번에 사 갔던 사료를 금세 다 먹어 치운 다락이의 왕성한 식욕에 새삼 감탄을 하며 투덜거렸다.

— 필요한 거 없는데요? 아! 맞다! 그……. 아니에요, 아무것도.

"뭐야? 왜 말을 하다가 마는 건데? 지금 무슨 말을 하려던 거야? 뭐 필요한 거 있어?"

— 그런 거 없어요. 아니, 없다기보다는…… 제가 나중에 별도로 살게요.

"뭘 별도로 사냐? 귀찮게. 그리고 어차피 내 돈으로 사는 건 마찬가지인데 살 거면 지금 말해. 내가 사 가지고 갈 테니까. 뭔데?"

교원이 계산대 쪽으로 가려다가 걸음을 멈추고는 사료 포대를 다시 바닥에 내려놓았다. 15kg이나 되는 포대를 짊어지고 있었더니 어깨가 뻐근했다. 그가 어깨를 돌리며 스트레칭을 하고 있는데 휴대폰 너머에서 주저하는 기척이 느껴졌다.

— 아니요. 저기…… 그게 아저씨한테 말씀 드리기는 좀…….

"아, 뭔데 그래? 빨리 얘기 안 할래? 나 여기에 잡아 둘 셈이야?"

교원의 미간이 찌푸려지려는 순간, 별의 목소리가 작게 들렸다.

— 그…… 여자들 쓰는 거요.

"뭐? 여자들 쓰는 거? 뭘 말하는 거야. 무슨 물건도 남자, 여자 가려가면서 파냐?"

— 아니…… 그, 그게 아니라…….

"답답하네, 진짜. 빨리 대답이나 하라니까!"

별의 목소리를 듣고 있는데 갑자기 가슴속 어딘가가 간지러웠다. 마치 수줍어하듯 주저하며 작게 웅얼대는 목소리에 왜 그런지 열이 오르는 것도 같았다. 그래서 교원은 어색함을 지우려고 얼굴을 찡그리며 괜히 목소리를 높였다.

그러자 별이 발끈했는지 목소리를 높이며 맞받아쳐 대꾸했다.

— 생리대요! 생리대…… 헉!

"……!"

별이 발끈해서 말을 내뱉었다가 그대로 놀랐는지 입을 다물었다. 그와 동시에 교원 역시 예상하지 못했던 대답을 듣고는 입만 달싹일 뿐 아무 말도 잇지 못했다.

교원의 얼굴뿐만 아니라 귀와 목덜미까지 빨갛게 달아올랐다. 교원은 후우, 하고 숨을 내쉬고는 간신히 입을 열었다.

"……어떤 걸로 사는데?"

— 아, 아니에요. 제가 나중에 살게요. 제가 생각 없이 말을 하는 바람에……. 죄송해요, 아저씨. 다락이 사료만 사 가지고 오시면 돼요.

"급하게 필요한 건…… 아니야?

— 예에……. 아직은요.

별의 목소리는 거의 들리지 않을 정도로 작았다. 교원은 겸연쩍은 마음에 헛기침을 하며 목덜미를 손바닥으로 쓸었다. 그리고 머쓱한 마음을 지우려고 말을 돌렸다.

"그나저나 지금 뭐하냐?"

— 예? 아아…… 지금 계단 닦고 있던 중이에요.

"계단? 지금 이 시간에 거기는 왜 닦아?"

교원은 어둑해진 바깥을 힐끔 쳐다보고는 물었다. 그러자 별이 작게 웃더니 비밀 얘기를 하듯이 속삭였다.

— 다락이가 오줌 싸서요.

"뭐? 그 녀석, 대소변도 못 가려? 잘 가리는 줄 알았더니……."

교원이 다시 사료 포대를 짊어지며 계산대 쪽으로 걸음을 옮기면서 얼굴을 구겼다. 휴대폰으로 별의 웃음소리가 들리더니 그녀의 목소리가 이어졌다.

— 아직 어린 아가잖아요. 그리고 매번 못 가리는 건 아니고요. 가끔 그래요.

"네가 따라다니면서 치우는 바람에 내가 몰랐구나? 어? 잘하는 짓이다. 그런 건 따끔하게 야단을 쳐서 고치게 해야지."

— 천천히 가르치면 돼요. 그래도 우리 다락이가 얼마나 똑똑한데요. 그렇지, 다락……. 으악! 다락아, 거기에 똥 싸면 안 돼!

별이 웃으며 말하다 말고 소리를 질렀다. 없던 두통이 생길 것 같았다. 교원은 한숨을 내쉬며 이마를 짚었다. 그리고 다시 계산대 위에 사료 포대를 내려놓은 뒤, 입을 열었다.

"계산해야 되니까 전화 끊어. 더 필요한 건 없다고 했고, 그…… 너한테 필요한 건 지금 안 사도 된다고 했으니까 사료만 사 가지고 갈게."

— 예? 예에, 그러세요. 참! 어두운데 운전 조심히시고요.

"조심할 게 뭐 있냐? 어차피 차도 별로 안 다니는 시골 길인데."

걱정하는 별의 마음이 묻어나는 당부에 교원은 괜히 기분이 좋아져서 입꼬리가 올라가려는 것을 느끼면서도 투덜대는 목소리로 말했다. 그러자 별이 답답하다는 듯 목소리를 높였다.

— 그래도요! 항상 운전은 조심해서 하셔야…… 어, 어어…….

"왜 그래? 무슨 일 있어?"

별이 말을 하다 말고 당황해하자 교원이 미간을 찌푸리며 다급히 물었다.

— 아니요. 저기, 잠깐 어지러워서요.

"잠 오려는 거 아니야?"

— 예에……. 그런 거 같은데…… 아, 아저씨 오시면 문 열어드려야 하는데요. 혹시 제가 잠들면 어쩌죠?

별의 목소리가 점점 느려졌다. 아무래도 졸음이 쏟아지는 모양이었다. 교원은 조급해지는 마음에 더욱 쌀쌀맞게 쏘아붙였다.

"그런 거 걱정하지 말고, 빨리 침대나 소파로 가. 괜히 서 있다가 넘어지지 말고."

— 걱정 마세요. 제가…….

쿠당탕. 별의 말이 채 끝나기도 전에 뭔가가 심하게 부딪치는 소리가 들렸다. 교원은 계산을 하려고 지갑을 꺼내기 위해 휴대폰을 어깨와 볼 사이에 끼우고 있다가 다시 다급히 휴대폰을 잡고 별을 불렀다.

"야, 도롱아! 무슨 일이야? 도롱아! 야, 류별!"

하지만 교원의 애타는 부름에도 불구하고 휴대폰 너머에서는 아무런 대답도 들리지 않았다. 그는 다급히 휴대폰 화면을 확인했다. 전화는 이미 끊긴 상태였다. 교원은 다시 별에게 전화를 걸었다. 하지만 별은 전화를 받지 않았다.

"안 사실 거예요?"

주인 여자가 인상을 쓰며 교원을 향해 재촉했다. 교원은 잠시만 기다리라는 듯이 주인 여자를 향해 손을 내젓고는 다시 119로 전화를 걸었다.

"집에 기면증 환자가 있는데 아무래도 갑자기 수면 발작이 온 것 같습니다. 아니요, 지금 집에 환자 혼자 있습니다. 통화하다가 전화가 끊겼는데……."

교원은 간단히 상황을 설명한 뒤에 자신의 집 주소를 말해 주었다. 전화를 끊고 휴대폰을 집어넣으려는 그의 손이 경련을 일으키는 듯이 덜덜 떨렸다. 그는 숨을 내쉬며 거칠게 자신의 얼굴을 쓸어내린 뒤, 주인 여자를 향해 입을 열었다.

"죄송합니다. 지금 급한 일이 생겨서 나중에 다시 와서 사겠습니다."

"그렇게 해요. 집에 아픈 사람이 있나 본데."

주인 여자는 언제 짜증을 냈나 싶게 걱정스러운 어조로 교원을 향해 대답했다. 그는 고개를 숙여 짧은 인사를 건넨 뒤, 급한 걸음으로 돌아서서 슈퍼를 나왔다. 그리고 곧바로 슈퍼 뒤쪽의 공터에 주차해 두었던 차로 향했다.

제발…….

교원은 자신도 모르게 입술을 짓씹었다.

어떻게 집까지 운전을 하고 온 것인지 기억조차 나지 않았다.

교원은 급하게 차를 집 앞에 주차시켰다. 황급히 차에서 내려 대문 안으로 뛰어 들어가려는데 안쪽에서 사람들이 나오는 기척이 느껴졌다. 119 구급대원들이었다. 그리고 들것에 실려 나오는 별의 모습이 눈에 들어왔다.

"도롱아! 별아!"

교원이 별을 보자마자 달려들었다. 그러자 구급대원들 중 어려 보이는 대원 하나가 그를 막아 세우며 입을 열었다.

"가족분이십니까."

"예? 아…… 예. 맞습니다, 가족."

교원은 가족, 이라는 말을 스스로 꺼내면서 가슴속이 울렁거리는 것을 느꼈다. 가족이란 단어는 그에게 존재하지 않는 것이나 다름없었다.

기억조차 나지 않는 부모는 그에게 그저 막연히 그리웠던 대상이었다. 다락방에 홀로 갇힌 채 어둠 속에서 몇 번이나 그리워했던 이들이었다. 다락 바깥에서 들려오는 웃음소리를 들을 때면 더욱 그리움은 깊어졌다. 숙부의 가족을 보면서 자신의 부모가 살아 있었더라면, 하는 생각을 해 본 적도 있었다.

그러나 이미 죽은 부모가 되살아날 리 없었다. 또한 되새길 만한 추억조차 없었다. 교원에게 가족이란 그런 존재일 뿐이었다.

그런데…….

"일단 병원으로 옮겨야겠습니다. 다리에 골절이 있고, 타박상이 여기저기에 있는 걸 제외하면 외상은 없어 보이는데, 의식을 찾지 못하는 것을 보니 혹시 머리에 이상이 있는 것은 아닌가 싶어서요."

"머리를 다친 겁니까?"

교원은 구급대원의 말에 다시 다급히 물었다. 그러자 구급대
원이 진정하라는 듯 손짓을 하고는 구급차를 가리키며 말을 이
었다.

"정밀 검사는 병원에 가서 해야겠습니다. 시내에 있는 대형
병원으로 나가야 하는데, 함께 가실 거죠?"

"예! 예, 물론입니다."

교원은 황급히 고개를 끄덕인 뒤, 구급차 쪽으로 몸을 돌렸다.

◆

'아니긴 뭐가 아니야. 그날 봤을 때부터 알아봤다니까 그러네.
너, 걔 많이 좋아하지?'

건호의 말은 옳았다. 어쩌면 처음부터 그랬던 건지도 모른다.
이사를 왔던 첫날, 미처 집에 들어가기도 전에 맞닥뜨렸던 자그
마한 여자아이.

커다란 가방 하나를 들고 당차게 자신을 사기꾼이라 말하던
류별, 그 반짝이던 여자가 그 순간 자신의 가슴속에 작은 틈새조
차 남기지 않고 전부 차지해 자리를 잡은 것인지도 모르겠다. 그
렇지 않고서야 어떻게 이렇듯 이 여자만이 전부인 것처럼 다른
무엇도 떠오르지 않을 수 있을까.

'다행히 머리에 이상은 없습니다. 출혈이 있었던 흔적도 없고요. 다만 수면 발작이 오면서 잠이 들었던 것 같습니다. 가족분께서 조금 더 신경을 써 주셔야겠습니다. 기면증이 있으니 혼자 두는 일은 가급적 없도록 주의해 주시고요.'

교원은 의사가 했던 말을 되새기며 가만히 팔을 뻗어 별의 손을 잡았다. 가느다란 손목은 그가 한 손으로 쥐고도 공간이 남을 정도였다. 그는 쌕쌕거리며 자고 있는 별을 보다가 다시 시선을 움직여 그녀의 깁스한 다리를 보았다.

오른쪽 허벅지까지 깁스를 한 다리를 보자마자 괜히 자신의 다리가 아픈 것처럼 통증이 느껴졌다. 물론 이것이 실제로 존재할 리 없는 통증이란 것은 알고 있다. 하지만 그는 차라리 자신이 느끼는 통증으로 그녀의 통증을 대신할 수 있다면 좋겠다고 생각했다.

"야……. 도롱아. 별똥."

교원이 나직한 목소리로 그녀를 불러 보았다. 그러나 아직 깊은 잠을 자고 있는 것인지 별은 아무런 반응도 보이지 않았다. 그는 다시 잡고 있던 별의 손을 만지작거렸다.

우습게도 일단 감정을 깨닫고 나니 손가락 하나, 아니, 손톱 하나조차도 너무나 예뻐 보였다. 세상에 둘도 없는 보석이라도 보듯 그가 별의 손가락 끝마디마다 전부 조심스럽게 문지르다가 다시 별의 얼굴을 보며 말을 이었다.

"나 좋아한다며. 지금 네가 들으면 깜짝 놀랄 말을 하고 싶은데, 안 일어날 거냐?"

좋아한다는 감정을 들킨 이후에도 그녀는 자신에게 말대답도 잘 하고 당찬 모습을 보이고는 했다. 그런 그녀가 때로는 어이없기도 하고 기가 막히기도 했지만, 마음에 든 것도 사실이었다.

그러니 언제나 모든 게 귀찮다던 교원이 별과 함께할 때만큼은 버럭 화도 잘 내고 잔소리도 수시로 퍼붓고 유치하다 싶을 정도로 말씨름을 하고 장난을 치기도 했던 것이다. 그 모든 게 좋아하는 마음이 전제되어 있다는 것만 모른 채.

……별과 같은 마음이라는 것만 모른 채.

"별아."

교원은 그녀의 이름을 나직하게 불러 보았다. 그리고 더욱 작은 소리로 중얼거렸다.

"……내 하나뿐인 가족."

그의 턱이 경련하듯 움찔거렸다. 순간적으로 격해진 감정이 울컥거리며 나오려는 것을 참기 위해서 교원은 눈을 감았다.

상상이나 할 수 있었을까.

처음에 이 여자를 집에 들여놓겠다고 결정했을 때, 지금과 같은 상황을 상상이나 할 수 있었을까.

그저 월세 한 푼 내놓지 못하는 세입자라 여겼던 여자가 자신의 유일한 가족이 될 것이라고는 상상도 하지 못했다. 별똥이라 부르며 가볍게 놀려 댔던 자그마한 여자가 난생처음으로 자신의 감정을 깨닫게 만든 존재가 될 것이라고는 꿈도 꾸지 못했다.

"별아."

교원은 별의 손을 잡은 채 다른 손으로 그녀의 이마 위에 흐트러진 머리카락을 쓸어 넘겼다. 외롭고 고된 삶이었을 텐데도 밝고 당찬 모습이 보기 좋았다. 과거의 상처로부터 온전히 벗어나지 못한 자신과는 다른 모습을 보면서 어쩌면 대리 만족 같은 걸 느꼈던 것인지도 모른다.

그냥 그런 감정이라고만 여겼다. 감정이란 녀석은 그 자리에 머무는 게 아니라 어디론가 흘러가고 모습을 바꾼다는 걸 까맣게 잊은 채.

"도롱아."

교원이 다시 그녀를 불렀다. 도롱도롱 자고 있는 내 도롱이. 그는 별의 코끝을 살짝 건드리며 중얼거렸다.

"이 녀석을 어떻게 해야 하냐……. 시도 때도 없이 잠을 자니."

아무래도 집 내부 공사를 해야 할 듯싶다. 갑자기 잠이 들어 쓰러진다고 하더라도 최소한 다치는 일은 없도록 말이다. 그는 잠시 고민하다가 휴대폰을 들었다. 그리고 익숙한 번호로 전화를 걸었다.

— 오, 한창 연애 중이라 바쁘신 분께서 왜 전화를 하셨나? 아까는 그렇게 매몰차게 집에 가야 된다고 하더니.

"실력 좋은 인테리어 업자 좀 나한테 소개시켜 봐. 내가 알던 업체도 있기는 한데, 네가 더 많이 알 거 같아서 그래."

살짝 술에 취한 듯 발음이 둔해진 건호의 말을 가볍게 흘려들은 뒤, 교원은 자신의 용건을 말했다. 그러자 건호가 기분이 상했는지 버럭 소리를 질렀다.

— 소개시켜 봐아아? 소개시켜 주세요도 아니고, 지금 나한테 명령하냐? 어? 그래, 넌 연애한다, 그거지? 치사한 놈……. 나도

연애할 거야! 연애할 수 있어! 마음만 먹으면 지금이라도 수지 닮은 여자랑…… 우웨엑.

살짝 취한 게 아니었나 보다. 교원은 건호가 속을 전부 게워 낼 때까지 잠시 휴대폰을 멀찌감치 떨어뜨리고 있다가 다시 가까이 대고 물었다.

"다 토했냐?"

— 어, 죽겠네. 이제는 나이를 먹었는지 겨우 소주 다섯 병 먹고 이런다. 그나저나 인테리어 업자는 왜 찾아?

"그것까지는 네가 알 거 없고. 괜찮은 업자 좀 소개시켜 보라니까. 아니, 괜찮은 정도로는 부족하고 업계 최고로 소개해."

— 설마 너…… 그건 아니지?

교원의 말을 듣고 있던 건호가 술기운이 전부 사라진 듯 또렷한 목소리로 물었다. 교원이 별의 손을 만지작거리며 시큰둥한 목소리로 건호에게 되물었다.

"뭐가 아닌데?"

— 신혼집 인테리어 하려는 거 아니야? 별이랑 너, 둘만의 신혼…….

"신혼이라니, 그게 무슨……."

교원이 피식거리며 대꾸하다가 자신도 모르게 벌겋게 변한 목덜미를 긁으며 입을 다물었다. 신혼, 이라는 말이 주는 달콤한 느낌에 말문이 막혀 버린 탓이다. 자신과는 평생 관련도 없을 법했던 말이 친구의 입에서 나왔다. 그리고 그 말에 가슴이 뛴 것은 바로 자신이었다.

— 뭐야? 왜 말을 하다가 말아? 야, 내 말 틀리나? 쳇, 시골이

라 전화 상태가 안 좋은가…….

건호는 그 뒤에도 혼자 구시렁대다가 그대로 전화를 끊어 버렸다. 그리고 그에게서 곧바로 문자 메시지가 도착했다.

[내가 알아보고 연락할게. 그런데 진짜 신혼집 인테리어 하려는 건 아니지? 야, 나 좀 무섭다. 변해도 적당히 변해, 인마.]

"……변하긴 누가 변했다고."

교원은 스스로도 납득되지 않는 말을 괜히 중얼거리다가 문득 별의 손가락이 움직이는 것을 깨닫고 다급히 몸을 반쯤 일으켰다. 감겨 있던 별의 눈꺼풀이 파르르 떨렸다. 그리고 작은 소리를 내며 그녀가 천천히 눈을 떴다.

새까만 눈동자가 마치 밤하늘 같았다. 이런 말을 하는 것 자체가 민망하고 창피하지만 말이다. 새까만 눈동자에 빛이 스며들듯 반짝이는 것이 마치 별처럼 여겨지기도 했다. 류별이라는 이름이 딱 어울리는 여자였다.

"정신이 들어? 어디 아프지는 않아? 머리는 안 아파?"

"……꿈인가."

왜 성격 더러운 아저씨가 이렇게 설탕물 뚝뚝 떨어질 것 같은 표정으로 내 앞에 있지? 그럴 리가 없는데. 별이 중얼거리는 말에 교원의 표정이 그대로 굳어 버렸다. 요것 봐라? 교원은 다시 심술궂은 표정으로 한쪽 눈썹을 쓰윽 올린 채 입을 열었다.

"의사가 돌팔이였나 보구나."

"예?"

"분명히 머리에는 이상이 없다고 했는데, 꿈 어쩌고 하면서 헛소리를 하는 걸 보니 말이야."

"꿈이 아닌 건 확실하네요. 그런데 여기 병원이에요? 어? 읍 내과가 아닌 것 같은……. 아오, 아파……."

별은 고약한 표정을 짓는 교원을 향해 대꾸하며 몸을 일으키다가 앓는 소리를 냈다. 그러다가 자신의 다리를 보고는 눈을 휘둥그레 떴다. 발끝부터 시작해서 허벅지 중간까지 깁스가 되어 있는 다리가 눈에 들어왔다.

"어, 어어? 제 다리가 왜 이래요?"

"기억 안 나냐? 너, 나랑 통화하다가 잠들었잖아. 구급대원의 말을 들으니까 계단 아래쪽에 쓰러져 있었다던데."

"아……."

별은 뒤늦게 기억을 떠올리고는 민망한 얼굴로 콧등을 찡그렸다.

처음에 기면증 진단을 받았을 때는 이런 실수를 종종 저지르기는 했지만, 이제는 실수를 저지르는 건 극히 드문 일이었다. 졸음이 쏟아지기 전에 미리 다치지 않을 위치로 자리를 옮긴다거나 하는 식으로 대처를 했기 때문이다.

그런데 이렇게 실수를 하다니. 그녀는 난감한 얼굴로 눈을 굴리다가 교원을 쳐다보고는 어깨를 움츠렸다.

"……그게, 살짝 구른 것뿐인데 말이죠."

"다리가 톡 부러졌던데? 그게 살짝이야?"

"하하, 이왕 부러질 거 상큼하게 톡 부러진 게 차라리…… 죄송합니다."

별은 교원의 말에 어색하게 웃으며 대꾸하다가 그의 얼굴이 험악하게 구겨지는 걸 보고 황급히 말을 바꿨다. 뭔가 어색한 기분이 들었다. 딱 꼬집어서 뭐라고 말할 수는 없지만, 서울로 떠나기 전의 교원과는 어딘가가 달라진 것 같았다.

'시선이 좀…… 무섭게 변한 것 같기도 하고.'

병원비 때문에 화난 건가? 열심히 집안일 해서 갚는다고 해야 하나? 별이 시무룩한 표정으로 입만 달싹거렸다. 잘 보여도 부족할 판에 왜 자꾸 이렇게 한심한 모습만 보이는 걸까. 적어도 한심하게는 보이고 싶지 않은데……. 별은 계속 입만 달싹이다가 간신히 주먹을 꼭 쥔 채 입을 열었다.

"죄송해요, 아저씨. 병원비는……."

"나는 감정에 서툴러."

별의 말을 가로막으며 교원이 입을 열었다. 별은 고개를 숙이고 있다가 다시 들고는 교원을 쳐다보았다. 교원이 침대를 한 손으로 짚은 채 허리를 약간 구부린 자세로 그녀를 쳐다보고 있다.

교원과 시선이 마주친 별의 눈이 흔들렸다. 자신을 바라보고 있는 교원의 시선이 깊이 가라앉아 있었다. 별은 당황한 나머지 아무 말도 할 수 없었다. 그런 별을 쳐다보던 교원의 입이 다시 열렸다.

"나는 사람 사이의 관계에 대해서도 아는 게 별로 없어. 그래서 친구도 그때 봤던 건호, 그 녀석 하나뿐이고. 그 외에는 같이 작업하는 동료들 몇 명 정도가 내 인간관계의 전부라고 해야 할까."

별은 교원이 갑자기 꺼낸 이야기에 그저 입을 다물고 그를 쳐

다보았다. 왜 교원이 자신에게 이런 이야기를 하는 것인지 이해
할 수 없었다.

그러나 그녀는 아무 말도 하지 못하고 그저 그를 바라볼 수밖
에 없었다. 마치 밧줄로 꽁꽁 묶이기라도 한 듯 교원의 시선에
붙잡힌 기분이 들었다.

"단 한순간도 내가 가정을 꾸리고 가족을 만들 거라고는 상상
해 본 적 없었어. 가족이란 건 나와는 아무런 상관도 없는 것이
었으니까. 마치 스크린에 투영된 영상을 보는 것 같았거든. 아무
도 영화나 드라마 속의 모습들을 자신의 현실로 비추어 보지는
않듯이. 그래도 상관없었어. 애당초 내 것이 아니었던 걸 굳이
바라고 꿈꾸고 상상할 필요는 없었고. 나는 그저 딱 한 가지만
바라며 살았어."

"……."

"작은 정원이 있고 꽃나무가 심어져 있는 집. 작은 테이블을
놓고 혼자 차를 마시면 딱 좋을 정도의 테라스가 있는 집. 그리
고 무엇보다도……."

교원은 말을 잇다가 잠시 입을 다물었다. 자신의 상처를 고스
란히 드러내는 일은 쉽지 않았다. 그는 별을 가만히 바라보았다.
별의 새까만 눈동자가 교원을 오롯이 담고 있었다.

그 어떤 것에도 시선을 주지 않고 온전히 자신만을 바라보며
기다리고 있었다. 자신이 하고자 하는 이야기를, 자신의 과거를,
자신의 상처를.

교원은 다시 숨을 내쉰 뒤, 입을 열었다.

"무엇보다도…… 디락방이 있는 집."

"……아저씨."

"우습게도 나는 이미 다락방, 그 어둠 속에서 벗어난 지 십수 년이 지났는데도 여전히 그곳에 갇혀 있었어. 너도 봤잖아. 내가 얼마나 겁쟁이인지, 내가 얼마나 한심한지, 내가 얼마나……."

"아저씨, 그러지 말아요. 왜 그런 얘기를……."

눈물로 흐려진 시야에 교원의 모습이 흐릿하게 들어왔다. 별은 황급히 그의 손을 붙잡으며 고개를 마구 흔들었다.

교원의 과거에 대해 알지 못한다. 단지 이야기를 듣는 것만으로는 알 수 없다. 당시에 어린 교원이 느꼈을 외로움과 아픔은 타인인 자신에게는 남의 일에 불과하다. 아무리 알고자 해도 알수 없다. 본인이 아닌 이상 타인이기에 이해할 수 없는 것이다.

그런데 왜, 왜 이렇게 가슴이 찢어지듯 아픈 건지 모르겠다. 별은 교원의 손을 잡은 손에 힘을 주며 고개를 계속 흔들었다. 눈물이 함께 흔들리다가 툭툭 떨어져 침대 시트에 얼룩을 남겼다.

"도롱아."

"아저씨, 하지 말아요. 안 들을래. 이런 얘기는…… 저, 안 듣고 싶어요. 듣고 싶지 않……."

"좋아해."

느닷없는 교원의 고백에 별은 눈물을 쏟다가 그대로 고개를 들어 그를 쳐다보았다.

방금 내가 무슨 소리를 들은 거지? 별은 커다랗게 뜬 눈을 깜빡거렸다. 그 바람에 가득 고였던 눈물이 툭 떨어졌다. 교원이 손을 뻗어 별의 뺨을 감싸고는 눈물로 얼룩진 얼굴을 엄지로 조심스럽게 쓸었다.

"이런 식으로 고백하려던 건 아닌데…… 뭐, 어쩌겠냐. 이왕 이렇게 나온 거. 좋아한다, 별아."

"아, 아저씨."

"조금 전에 말했지. 내가 감정에 서투르다고."

교원을 쳐다보는 별의 눈에 다양한 감정들이 뒤섞였다. 당혹, 혼란, 놀람, 기대, 설렘, 희망, 기쁨……. 교원이 입꼬리를 슬쩍 올리고는 침대를 짚고 있던 다른 손으로 그녀의 반대쪽 뺨까지 감싼 채 허리를 더욱 숙였다.

"……!"

부드럽게 닿은 입술이 놀란 듯 파르르 떨렸다. 교원은 괜찮다고 다독이듯 조심스럽게 별의 입술 위로 자신의 입술을 내렸다. 그러자 별의 새까만 눈이 더욱 커다랗게 뜨였다가 그대로 천천히 감겼다. 그와 동시에 교원 역시 눈을 휘며 웃고는 느릿느릿 눈을 감았다.

아무 소리도 들리지 않았다.

아무 생각도 나지 않았다.

그저 자신의 입술과 맞닿아 있는 입술의 온기와 감촉만이 세상에 존재하는 감각의 전부라는 듯, 교원은 별의 뺨을 감싸고 있던 손에 더욱 힘을 주었다.

이렇게 누군가를 간절히 원한 적이 있었던가.

지금껏 살아오면서 이렇게 누군가를 애타게 바란 적이 있었던가.

교원은 가슴속에서 치밀어 올라오는 격한 욕심을 억지로 내리누르며 천천히 그녀에게서 입술을 뗐다. 갑작스러운 자신의 변회에 놀랐을 것이다. 천천히, 그렇게 다가가야 한다. 교원은 그렇게 자신에게 다짐하듯 속으로 중얼거리며 눈을 떴다.

별 역시 눈을 꼭 감고 있다가 천천히 눈을 뜨는 것이 보였다. 새까만 눈동자가 눈꺼풀 사이로 드러났다. 놀란 시선 속에 수줍은 마음이 묻어났다. 교원은 그런 별을 바라보다가 다시 입을 열었다.

"작은 정원에서 네가 다락이와 뛰어 놀고, 꽃나무 아래에서 나는 네 다리를 베고 누워서 낮잠을 청해. 너와 함께 테라스에 놓인 작은 테이블을 마주하고 앉아서 달콤한 케이크와 커피를 마시며 대화를 나누다 보면 몇 시간이 훌쩍 지나도 모를 거야. 그리고……."

"……."

별의 눈이 글썽였다. 교원은 다시 별의 머리를 쓰다듬다가 자신의 이마를 그녀의 이마에 맞댄 채 속삭이듯 말을 이었다.

"작은 다락방, 그 안에서 우리는 너무 좁아서 서로 떨어질 수조차 없어 꼭 끌어안은 채 사랑할 거야."

"아저씨."

"그게 내가 바라는 딱 한 가지야."

교원은 말을 끝낸 뒤, 숨을 깊이 들이쉬었다. 별에게서는 아무런 말도 들리지 않았다. 그저 맞닿아 있는 이마에서 열이 올랐을 뿐. 누가 열이 오른 것인지 구분조차 되지 않았다. 어쩌면 두 사람 모두에게서 오른 열인지도 몰랐다.

그리고 잠시 후 별이 슬쩍 몸을 뒤로 물렸다. 닿아 있던 이마가 떨어졌다. 별은 교원을 쳐다보다가 풋, 하고 웃음을 터뜨렸다. 교원은 별의 반응에 미간을 찡그렸다.

"왜 웃어? 이럴 땐 감동받아야 하는 거 아니야? 기껏 폼 잡으면서 고백했더니."

"아니……. 감동한 건 맞는데요."

별은 다시 교원을 보다가 까르르 웃으며 그의 이마를 가리켰다.

"아저씨 이마에 빨갛게 자국이 있어서요. 하하, 되게 웃겨요."

"뭐?"

교원은 뜻밖의 말에 인상을 쓰며 더듬더듬 손으로 이마를 만졌다. 어차피 손으로 만져 봤자 알 수 없지만 말이다. 그는 이마를 만지다가 무심코 별의 이마를 쳐다보았다. 자신의 이마와 맞닿아 있던 자리에 동그랗게 붉은 자국이 남아 있는 게 보였다.

"푸훗."

"어? 왜 웃어요?"

"너도 마찬가지잖아. 같이 이마 맞대고 있었으니 자국도 똑같이 남았지. 그걸 몰랐어?"

교원은 웃음을 터뜨리며 짓궂은 표정으로 별을 향해 말했다. 마치 자신은 이미 알고 있었다는 듯 우쭐대면서. 그런 교원을 잠시 멀뚱히 보던 별이 창피했는지 두 손으로 이마를 가리며 고개를 숙였다. 그녀의 하얀 목덜미가 빨갛게 달아오른 것이 교원의 눈에 들어왔다.

정말, 사랑스러웠다.

"왜 그렇게 쳐다봐?"

교원은 땅콩버터를 바른 식빵을 별에게 건네다가 의아한 얼굴로 물었다. 별은 교원에게서 빵을 받아 들어 한입 베어 물고는 우물거리다가 입을 열었다.

"아니……. 저기, 궁금한 거 있는데 물어 봐도 돼요?"

"뭔데? 우유 먹고 말해. 목 메이겠다."

교원이 우유를 한 컵 가득 따르더니 그것 역시 별에게 건넸다. 별은 들고 있던 빵을 마저 입에 넣은 뒤, 두 손으로 유리컵을 받아들고 열심히 씹어 삼키기 위해 우물거렸다. 양쪽 볼이 빵빵하게 부풀어 있는 게 귀여워서 교원은 나직하게 웃으며 다시 식빵한 쪽을 집었다.

이번에는 사과 잼을 발라 봐야지…….

"혹시 이중인격이셨어요?"

"뭐?"

예상하지 못했던 질문의 내용에 황당한 얼굴로 교원이 별을 쳐다보았다. 별은 교원과 눈이 마주치자마자 손가락으로 TV를 가리켰다. 교원은 그녀가 가리키는 방향으로 고개를 돌렸다.

일곱 개의 인격을 가졌다는 남자 주인공이 나오는 드라마가 한창 진행되는 중이었다. 이미 종영된 드라마인데 뒤늦게 푹 빠져서 그녀가 벌써 몇 번째 다시보기로 반복해 보고 있는 드라마이기도 했다.

뭐라더라. 드라마 속의 남자 주인공이 나를 닮았다고 했던가……. 교원은 새침한 표정을 지으며 새빨간 입술로 뭐라고 얘기하고 있는 남자 주인공을 잠시 멍하니 쳐다보고 있다가 고개를 돌려 별을 향해 물었다.

"너, 저번에 나를 저 주인공이랑 닮았다고 했던 거야?"

"예."

별은 당연한 걸 묻는다는 듯 고개를 끄덕였다. 교원은 믿을 수 없다는 얼굴로 다시 TV 화면 속의 남자 주인공을 가리키며 거듭 물었다.

"저 핑크색 여자 교복을 입은 미친놈이 나랑 닮았다고?"

"아니, 그게…… 지금 저 모습이 아니라, 원래 모습이요! 원래 잘생긴 모습이랑 닮았다고요."

"게다가 나더러 이중인격이냐고 물었지? 저놈은 칠중인격이고?"

교원은 으르렁거리듯 별을 향해 눈을 부릅뜬 채 물었다. 별이 슬그머니 교원의 시선을 피하며 어색하게 웃었다.

"도대체 너는 네 앞에 있는 나를 어떻게 보고 있기에 저런 미친놈이랑 나를 닮았다고 하는 거야!"

"아후, 아저씨! 자꾸 미친놈, 미친놈, 하지 말아요. 얼마나 잘나가는 배우인데. 잘생겼죠, 연기도 끝내주죠, 게다가……."

"게다가, 뭐?"

"부인한테도 얼마나 다정한데요."

별이 수줍게 웃으며 얼굴을 붉혔다. 교원은 그런 별의 모습에 더욱 기가 막혀서 입을 벌리고 있다가 다시 얼굴을 찡그리며 입을 열었다.

"그런데 왜 네가 얼굴을 붉혀?"

"예?"

"자기 부인한테 다정하다며. 네가 저놈 부인이라도 되냐고. 뭐가 좋아서 실실거리며 얼굴을 붉혀? 네 애인은 지금 네 앞에 있는 나라는 걸 잊었냐? 어? 머리 대신 돌 달고 있다고 지금 증명이라도 하겠다는 거야?"

"너무하시는 거 아니에요? 좋아한다면서 어떻게 그런 말을 막할 수 있어요!"

"그러는 너야말로 좋아한다면서 다른 놈, 그것도 유부남을 칭찬하고 얼굴까지 붉히냐!"

"……이중인격 아닌 건 확실하네요."

별이 뚱한 얼굴로 잠시 교원을 쳐다보다가 입을 열었다. 교원은 황당한 표정으로 별에게 물었다.

"갑자기 이중인격이라니, 그건 대체 무슨 소리였던 거야? 내가 왜 이중인격이야?"

"아니, 뭐…… 아저씨가 요 며칠 구박도 안 하고, 이렇게 간식도 막 먹여 주기도 하고……. 그래서 혹시 숨겨져 있던 이중인격이라도 나왔나 했죠."

"구박해 주랴? 그게 그렇게 그리웠을 줄은 몰랐네."

교원은 기가 막히다는 듯 혀를 차다가 입을 열었다. 그러자 별이 배시시 웃더니 두 손에 쥐고 있던 컵을 들고는 우유를 마신 뒤, 대꾸했다.

"아니요. 누가 그게 그리웠다고 했나요. 그냥 지금 이렇게 대하는 게 조금 어색해서……."

"어색할 것도 많다."

"아! 아, 왜 때려요!"

교원이 별의 이마를 가볍게 톡, 때리자 별이 입을 삐죽대며 항의했다. 그러자 교원이 피식 웃더니 짓궂게 웃었다.

"때리긴 누가 때렸다고 그래?"

"방금 때렸잖아요!"

"언제?"

"방금!"

"난 모르는 일인데?"

"아저씨!"

"어, 그런데 여기에 뭐가 붙었나……."

교원은 별의 이마 위로 흘러내린 머리카락을 위로 쓸어 넘기고는 호, 하고 바람을 불었다. 그러자 별이 고개를 갸웃거리며 손으로 이마를 더듬었다.

"예? 뭐가 붙었어요?"

"응. 그런데 안 떨어지네."

"뭔데요? 뭔데 안 떨어지지?"

별은 이마를 문지르며 얼굴을 찡그렸다. 그러자 교원이 싱긋 웃더니 별의 이마 위에 쪽, 하고 입술을 댔다가 떼고는 대답했다.

"이제 떨어졌네. 내 입술."

"헉."

별은 경악한 표정으로 교원을 쳐다보다가 다시 중얼거렸다.

"이건 이중인격 정도가 아닌데요."

"또 뭐라는 거야?"

"제가 공포영화의 주인공이 된 기분이에요."

별이 두 손으로 얼굴을 감싸더니 고개를 절레절레 저었다. 교원은 이해하지 못할 소리를 중얼대는 별을 보다가 어깨를 으쓱이고는 다시 생각났다는 듯 물었다.

"너, 내가 냈던 숙제는 다 하고 드라마 보는 거냐?"

"……대충?"

"대충?"

"완벽하게?"

"불안하게 좌우로 흔들리는 그 눈동자나 고정해 보시지?"

교원이 놀리듯 던진 말에 별이 뚱한 표정을 짓고 있다가 다시 궁금하다는 얼굴로 입을 열었다.

"그런데 그 숙제가 진짜 작사 공부에 도움이 되기는 하는 거예요?"

"당연하지."

"아저씨한테 러브레터 쓰는 게 진짜 도움이 된다고요?"

별은 도저히 못 믿겠다는 듯 눈을 가늘게 뜨고 추궁하듯이 물었다. 하지만 교원은 천연덕스럽게 고개를 끄덕이며 대답했다.

"그렇다니까."

"대체 어디에 도움이 되는데요?"

"사랑 노래잖아. 요즘 노래들 거의 다."

"그런데요?"

"그러니까 네가 나한테 사랑을 담아서 편지를 쓰는 것 자체가 그 감성을 더욱 높일 수 있다는 거지. 어쨌든 쓴 거 내놔 봐."

교원은 별에게 손을 내밀었다가 고개를 젓더니 말을 이었다.

"아니다. 어차피 넌 움직이기 힘드니까 내가 찾을게. 어디에 뒀어? 숙제한 거."

"강압적으로 러브레터 쓰라는 애인은 아저씨밖에 없을 거예요. 그것도 사기까지 쳐 가면서 말이에요. 러브레터가 작사하는 데에 무슨 도움이 된다고. 하여간 여기 테이블 아래에 놔뒀어요. 어? 어디 갔…… 우앗! 다락아!"

별이 구시렁대며 불만스러운 표정을 지으면서도 순순히 대답하다가 갑자기 소리를 질렀다. 교원은 황급히 별이 쳐다보는 쪽으로 고개를 돌렸다. 그리고 곧바로 얼굴을 일그러뜨리며 벌떡 일어서서 호통을 쳤다.

"다락이, 너 이리 안 가지고 와! 왜 남의 편지를 네가 다 뜯어 먹어!"

다락이는 한바탕 편지를 가시고 놀있는지 혀를 빼고 헥헥대다가 교원의 호통 소리에 눈치 없이 신난다는 듯 꼬리를 흔들었다. 그리고 그 주변에는 이미 갈기갈기 찢겨 작은 퍼즐 조각처럼 변해 버린 편지의 잔해가 잔뜩 깔려 있었다.

"뭘 잘했다고 이 녀석한테 밥까지 챙겨 주라는 거야?"

교원은 투덜거리면서도 순순히 사료를 퍼서 다락이의 밥그릇에 담았다. 다락이가 꼬리를 맹렬히 흔들며 달려들어 그릇 안에 머리를 집어넣더니 급하게 사료를 먹기 시작했다. 그 모습을 보던 별이 배시시 웃었다.

"강압적으로 쓴 편지를 남김없이 뜯어 먹었으니 참 잘했죠."

"그게 그렇게 불만이었냐? 나한테 러브레터 좀 쓴 게 그렇게 억울했어?"

"'좀' 쓴 게 아니잖아요. 러브레터 100장 쓰라는 게, 솔직히 사람한테 시킬 짓이에요?"

"……."

교원은 잠시 침묵했다.

사실 자신이 좀 과한 요구를 했다는 건 부정할 수 없었다. 하지만 갖고 싶었다. 어릴 때 같은 학교 여자애들에게 숱하게 받았던 게 바로 그런 편지였는데, 그땐 읽지도 않고 버렸던 것을 이제는 별에게서 받아 보고 싶어서 억지를 부리기까지 했으니…… 쑥스럽기도 했다.

그는 잠시 주저하다가 괜히 다락이의 밥그릇을 발끝으로 살짝 밀었다.

이 못된 놈 같으니라고. 남의 편지를 다 뜯어 먹고도 밥 생각이 나냐? 교원이 심술궂은 표정으로 다락이의 밥그릇을 이리저리 밀어 대자 다락이가 으르렁거리며 교원을 향해 날카롭게 짖었다.

어쭈, 요것 봐라?

"아저씨, 진짜 유치하다. 와아……."

"뭐?"

"어떻게 다락이랑 싸워요? 얌전히 밥 먹는 애 건드리지 말고 이리 와요."

별이 소파에 앉은 채 옆자리를 손바닥으로 쳤다. 다리에 깁스를 한 탓에 별은 거의 거실에서 생활했다. 그리고 자동적으로 교원 역시 거의 하루 종일 거실에서 지내고 있는 중이었다. 그는 불만 가득한 표정으로 별에게 다가가 그녀의 옆에 앉았다. 별은 그런 교원을 힐끔 쳐다보고는 씩, 웃으며 소파 쿠션 아래에서 뭔가를 꺼내 그에게 내밀었다.

"뭐야?"

"뭐긴 뭐예요. 아저씨가 받고 싶어 했던 러브레터잖아요."

"뭐?"

"이건 숙제 아니에요."

별이 내민 것은 곱게 접은 종이 두 장이었다. 아무런 색깔도 무늬도 없는 그냥 프린터 용지. 하지만 교원은 시선을 뗄 수 없었다. 별은 손을 뻗어 받지도 못하고 그저 놀란 눈으로 편지를 보고만 있는 교원을 보다가 씩, 웃으며 그의 손을 끌어당겼다.

"숙제가 아니라, 그냥 제가 아저씨한테 주고 싶어서 쓴 거예요."

"……."

"그렇지만 나중에 읽어요. 저 없을 때! 알았죠?"

별이 민망한지 얼굴을 붉히더니 교원의 손에 편지를 쥐어 주고 장난스럽게 웃었다.

교원은 자신의 손을 내려다보았다. 정성스럽게 몇 번을 접은 편지가 손에 잡혔다. 그는 그것을 꽉 움켜쥔 채 다시 별을 쳐다보았다. 부끄럽다는 듯 머리를 긁적이는 별의 입가에 매달린 수줍은 미소를 본 순간, 그는 곧바로 그녀를 끌어안았다.

"……도롱아."

"예."

"나랑 가족 하자."

"……!"

별은 교원의 품에서 눈을 동그랗게 떴다. 방금 자신이 무슨 말을 들은 건지 믿기지 않았다. 교원이 별을 끌어안은 채 다시 말했다.

"내 하나뿐인 가족 하자. 응?"

"……아저씨."

별에게서 울먹이는 소리가 새어 나왔다. 그리고 별은 더욱 교원의 품에 얼굴을 비비며 두 손으로 꽉 그의 허리를 끌어안았다. 교원은 셔츠가 축축해지는 것을 느끼며 다시 확답을 구하듯 부탁했다.

"평생 네 가족이고 싶어. 그래도 돼?"

"……예에."

별이 교원에게 안긴 채 고개를 끄덕이며 코를 훌쩍였다.

가족이라는 말이 낯설었다. 아주 오래전의 기억 속에 남아 있는 부모를 제외하고는, 그녀에게 가족은 낯선 것이었다. 그런데 그런 가족이란 말이 이렇듯 가슴을 두근거리게 만들 거라고는 상상도 하지 못했다.

별은 교원의 허리를 끌어안은 채 고개를 들어 그를 올려다보았다. 아래쪽에서 보니 그의 턱이 먼저 눈에 들어왔다. 특유의 날카로운 턱 선이 유난히 도드라져 보였다. 하지만 그녀는 그 날카로운 턱 선을 지닌 남자가 얼마나 다정하고 때로는 짓궂은지 잘 알고 있었다.

별은 다시 키득거리며 작게 웃는 교원의 가슴팍에 대고 얼굴을 비볐다.

"네가 다락이냐? 왜 이렇게 비벼 대?"

"아저씨가 좋으니까."

"좋아서 이렇게 비벼 댄다고? 하여간 겁도 없지……. 응?"

"제가 왜 겁이 없어요?"

별은 다시 얼굴을 비비다 말고 고개를 들었다. 교원이 별의 머리를 헝클어뜨리듯 쓰다듬다가 그녀의 양팔을 붙잡았다. 교원의 눈빛이 깊이 가라앉은 채 별을 담고 있었다. 별은 어쩐지 어색한 기분이 들어 눈을 굴리며 그의 시선을 피했다.

"도롱아. 날 봐야지."

"누, 누가 안 봤나요."

별은 교원의 말에 대꾸하며 다시 그를 쳐다보았다. 왜 그런지 가슴이 콩닥거려서 견딜 수가 없었다.

뭐지? 진짜 이중인격 아니야? 똑같이 쳐나보는 건네 왜 이렇게 어색하고 이상한 거야? 별이 당황해서 입술을 깨물려는 순간, 교원이 엄지로 그녀의 입술을 살짝 눌러 깨물지 못하게 한 뒤에 말을 이었다.

"널 좋아해."

"저도 아저씨 좋아해요."

입술에 닿은 교원의 손가락이 주는 감촉이 이상해서 별은 자신도 모르게 손을 오므렸다가 폈다. 그런 별의 행동을 힐끔 내려다본 교원이 피식 웃더니 다시 그녀의 눈을 똑바로 응시하며 계속 말했다.

"내가 너를 좋아한다는 의미가 아무래도 네가 나를 좋아한다는 것과는 좀 다른 것 같아."

"……예?"

"난 너랑 소꿉장난만 할 생각은 없어."

"……."

별의 눈이 일렁였다. 그러나 자신의 말을 무조건적으로 따르겠다는 듯 별에게서는 다른 반응이 전혀 보이지 않았다. 교원은 그런 별의 뺨을 손으로 어루만지다가 부드럽게 미소를 짓고는 말을 이었다.

"그러니까 빨리 크라고, 요 꼬맹아."

"아얏! 아저씨!"

별의 뺨을 어루만지던 교원의 손은 금세 장난스럽게 그녀의 뺨을 잡아당겼다. 별은 얼얼한 뺨을 문지르며 입을 삐죽였다. 이제는 사귀는 사이가 되었는데도 여전히 어린애 취급이라니.

나도 소꿉장난만 할 생각은 없다, 뭐! 스물네 살이나 됐는데!

나도 알 거 다 안단 말이야! 별이 충동적으로 그를 잡아당겨 입을 맞췄다. 그리고 다시 입술을 뗀 뒤에 결심한 듯 단호한 표정으로 그를 불렀다.

"교원 씨."

"뭐? 너, 지금 뭐라고……."

"교원 씨, 나도 교원 씨랑 소꿉장난만 할 생각 없어요. 혼자 짝사랑할 땐 몰라도, 이렇게 교원 씨의 마음도 나한테 와 있다는 걸 알았는데, 내가 겨우 소꿉장난으로 만족할 줄 알아요?"

"야, 도롱이 너……."

너야말로 무슨 이중인격이었던 거냐. 교원은 별의 변화에 말을 채 잇지 못하고 뒷말을 삼켰다. 그러자 별이 다시 겸연쩍은 표정을 짓더니 고개를 절레절레 흔들었다.

"어휴, 더 이상은 못하겠어요. 그냥 다시 아저씨로 부를래요."

"뭐?"

"그렇지만 제가 한 말은 진심이에요. 아저씨랑 소꿉장난만 할 생각 없다고요. 저는 아저씨랑 진짜 연애도 하고, 진짜 사랑도 하고, 그 외에도 많은 것들을 하고 싶어요."

"……별아."

"아저씨랑 모든 걸 함께하고 싶어요. 아저씨는 저한테 첫사랑이고, 또…… 이제는 가족이기도 하니까."

별은 멋쩍다는 듯 웃으며 말했다. 교원은 별의 말을 듣고도 아무 대꾸를 할 수 없었다. 가슴이 벅차다는 것이 바로 이런 것이로구나, 하는 생각만이 들 뿐이었다.

◆

……가슴이 벅찬 건 벅찬 거고 야단칠 건 쳐야겠지. 교원은 눈을 치켜뜬 채 손으로 책상을 두드리며 버럭 소리를 질렀다.

"너 제대로 안 하지? 어? 이걸 지금 가사라고 쓴 거야?"

"쓴 건데……."

"네 입으로 직접 소리 내서 불러 봐."

별은 목을 쑥 집어넣은 거북이가 되어 엉금엉금 뒤로 도망가고 싶은 심정이었다. 그러나 바로 앞에 냉랭하기 짝이 없는 스승님이 계시니 그럴 수도 없는 노릇. 그녀는 다시 변명하듯 입을 열었다.

"그래도 처음인데 잘 쓰지 않았어요? 나름대로 예쁘게 쓴다고 썼는데요."

"무조건 예쁘게 쓰기만 하면 그게 잘 쓴 가사인 줄 알아?"

"그럼요?"

별은 시무룩한 얼굴로 물었다. 그래도 처음으로 마음먹고 쓴 가사인데 조금이라도 칭찬해 주면 어디 덧나나, 싶은 마음에 서운함이 먼저 앞선 건 사실이었다. 하지만 그만큼 그에게 제대로 배워 정말 멋진 가사를 쓰고 싶은 마음이 드는 것 역시 사실이었다.

처음에는 그의 제안을 받고 얼떨결에 작사를 배우기 시작한 것이지만, 이제는 작사 자체에 대해서도 꽤 흥미를 갖게 된 상태였다.

3분 정도밖에 안 되는 짧은 시간에 하고 싶은 이야기를 노래에 담아서 풀어낼 수 있다는 건 정말 매혹적인 일이었다. 단순히 남의 책을 번역한다거나 하면서는 결코 느낄 수 없는 그런 일이었다. 뭐, 그렇다고 해서 번역 일이 나쁘다는 건 아니지만.

시무룩해져 입을 삐죽이는 별을 쳐다보던 교원이 여전히 냉랭한 어조로 말을 이었다. 다른 건 몰라도 일에 관해서는 조금도 봐주는 법이 없는 '까까라락' 다웠다.

"작사는 혼자 하는 작업이 아니야. 곡을 만든 작곡가와 그 곡을 통해서 네 가사를 부르게 될 가수, 그들과 함께하는 작업이라고."

"알아요."

"아는데 이렇게 썼다고?"

교원은 서늘한 눈으로 별을 보다가 그녀가 쓴 가사가 적힌 종이를 다시 건네고 일어섰다. 별은 당황한 눈으로 교원을 올려다보았다.

"네가 작곡가가 되었다고 생각하고 다시 불러 봐. 그리고 네가 이 노래를 부를 가수가 되었다고 생각하고 다시 불러 봐."

"……아저씨."

"그러고도 깨닫지 못할 정도로 멍청하지는 않을 거라고 믿는다."

교원은 그대로 별을 두고 작업실에서 나가 버렸다. 별은 잠시 아무것도 하지 못한 채 교원이 나가 버린 문 쪽을 쳐다보다가 서운한 마음에 입을 삐죽였다. 이중인격 맞잖아. 아니, 삼중인격 정도는 되겠다. 심술궂은 민교원, 다정한 민교원, 그리고…… 엄한 민 선생님.

"에휴…… 다시 불러 봐야지, 뭐."

별은 가사를 적어 놓은 종이를 들었다. 교원은 애인이 된 뒤에도 작사를 가르칠 때만큼은 냉정했다. 때로는 눈물을 쏙 뺄 정도로 엄하고 무서웠다. 그래서 종종 서운하기는 했지만, 진심으로 원망한다거나 하지는 않았다.

자신을 위해서 그런다는 걸 아니까. 그리고…… 그만큼 자신의 일에 있어서는 완벽을 추구하는 모습이 멋지기도 하고.

"아저씨가 멋지다니. 내가 진짜 콩깍지가 아주 눌러 붙었나 봐."

별은 괜히 멋쩍은 마음에 눈꺼풀을 손가락으로 잡아당겼다가 놓고는 뺨을 손바닥으로 문질렀다.

교원은 간식을 챙겨 든 채 계단을 올라갔다. 자신이 지나치게 매몰찼다는 건 인정해야 했다. 내색하지 않으려고 하면서도 서운한 기색을 감추지 못하던 별의 얼굴이 교원의 눈앞에 아른거렸다.

자신이라고 해서 그렇게 야단치고 나무라는 게 좋은 건 결코 아니었다. 하지만 별이 제대로 작사가로서 성장하도록 돕기 위해서는 어쩔 수 없이 악역을 맡아야 했다.

교원은 문 앞에 도착해 문고리를 잡았다. 그리고 문을 열고 들어가려는 순간, 안쪽에서 흥얼거리며 노래를 부르는 별의 목소리가 들렸다.

"……그래도 열심히 하네."

교원이 낮은 목소리로 중얼거리며 슬며시 미소를 지었다. 야단을 맞고 시무룩해 있을지도 모른다고 생각했는데, 확실히 강한 여자인 건 분명했다. 서운함 따위는 지워 버리고 저렇듯 자신이 시킨 대로 노래를 부르며 문제점을 파악하고 있으니 말이다.

그는 입꼬리를 올리고는 문을 열었다.

"어? 아저씨?"

"간식 먹고 해. 배 안 고파?"

"그러고 보니 배고파요. 우와, 뭐예요? 찐빵이네요?"

"그래. 네가 그저께 인터넷으로 주문했던 거, 조금 전에 도착했어."

교원이 쟁반을 내려놓으며 별의 옆에 앉았다. 별이 환하게 웃으며 냉큼 찐빵을 집어 들려다가 화들짝 놀라 다시 내려놓았다.

"앗, 뜨거워!"

"조심 좀 해라! 뜨거운 걸 그렇게 덥석 잡으면 어떡해?"

교원은 다급히 별의 손을 쥐며 버럭 화를 냈다. 그리고 혹시 덴 곳은 없는지 꼼꼼하게 손가락 끝부분까지 전부 살폈다. 별은 그런 교원을 물끄러미 보다가 배시시 웃었다. 교원은 힐끔 별을 보더니 혀를 차며 투덜거렸다.

"뭐가 좋다고 실실 웃어? 그럼 누가 예쁘다고 할까 봐?"

"아저씨가 걱정해 주니까 좋아서요."

"네가 아직 정신을 못 차렸지, 응?"

교원은 별의 코를 잡아 가볍게 흔들며 타박하듯 말했다. 그러면서도 그의 입꼬리 역시 슬그머니 올라가 있었다. 교원은 별의 코를 잡아 흔들던 손을 풀고는 찐빵을 하나 집어서 그녀에게 건넸다.

"먹어. 이제 조금 식었다."

"고맙습니다아아…… 그런데 이거, 아저씨가 직접 찐 거예요?"

"내가 이걸 어떻게 쪄? 찐빵이 들어 있던 박스 겉면에 보니까 전자레인지에 돌려서 먹어도 된다고 하길래 그 설명대로 했지."

교원은 별것 아니라는 식으로 말했다. 하지만 그를 아는 사람들이 본다면 기함할 노릇이었다. 귀찮아서 제 밥조차 챙겨 먹는 일이 드물던 '집늘보'가 다른 사람의 간식을 챙겨 주려고 직접 전자레인지까지 작동시켰다고? 물론 그저 버튼 몇 번 누르면 되는 간단한 일이지만 말이다.

적어도 만사가 귀찮다는 민교원에게는 그 버튼 몇 번 누르는 일이 기적과도 같은 일인 건 분명했다. 그러나 그런 걸 알 리 없는 별은 그저 고개를 끄덕이며 찐빵을 한입 먹고는 다른 손으로 찐빵을 하나 집어서 교원에게 내밀었다.

"아저씨도 드세요. 맛있어요."

"먹여 줘."

"예?"

"먹여 달라고."

……이 아저씨가 지금 무슨 망언을 하고 있는 거야.

별은 눈을 깜빡이며 교원을 쳐다보다가 믿기지 않는다는 투로 물었다.

"진심이세요?"

"그럼 내가 실없이 헛소리나 할 것 같아? 야, 빨리 먹여 달라니까. 너만 먹냐? 너만 입 있고, 나는 주둥이가 달려 있는 줄 알아?"

교원이 퉁명스럽게 대꾸하더니 냉큼 입을 벌리고는 눈짓으로 재촉했다. 별은 그런 교원을 딱하다는 듯 쳐다보다가 고개를 절레절레 흔들고는 그의 입에 찐빵을 넣어 주었다.

"가족 어쩌고 하시더니…… 그게 제 아들이 되시겠다는 말씀인 줄은 몰랐네요."

"뭐라고?"

"아들아, 많이 먹어? 응?"

별이 장난스럽게 교원의 등을 두드리며 어린아이를 어르듯 말을 이었다. 교원은 간신히 먹고 있던 찐빵을 모두 목구멍 아래로 밀어 넣은 뒤, 버럭 소리를 질렀다.

"야! 별똥, 너!"

"언제는 도롱이랬다가 언제는 별똥이랬다가…… 변덕스러운 건 안 좋은 거야, 아들. 알았어?"

"너 정말 자꾸 이럴래!"

교원은 얼굴을 시뻘겋게 물들인 채 소리를 지르다가 이내 다시 심호흡을 하더니 짓궂은 미소를 지으며 별을 향해 입을 열었다.

"그렇게 엄마가 되고 싶으면 나한테 직접 말할 것이지, 뭘 그렇게 돌려서 말해?"

"예?"

별은 혼자 키득대며 웃다가 교원의 말에 어리둥절한 표정을 지으며 고개를 갸웃거렸다. 그러자 교원이 별의 귀를 살짝 잡아당기더니 입을 가까이 내고 속삭이듯 작게 말했다.

"아들이 좋은 거야? 딸은 싫어? 너 닮은 딸도 예쁠 텐데…….
뭐, 아들이든 딸이든 무조건 낳아 보면 되겠지? 안 그래?"

"……예에?"

아니, 그게 무슨 말씀이십니까! 별은 황당한 얼굴로 입만 뻐끔
거리다가 교원의 등을 찰싹 때리고 말았다.

"야! 아프잖아!"

"아프라고 때렸어요! 진짜 저질이야!"

별은 교원의 등을 한 번 더 찰싹 때린 뒤에도 씩씩대며 토라
진 표정으로 고개를 돌리고 있었다. 그 모습을 보던 교원이 턱을
긁적이며 슬쩍 입을 열었다.

"화났냐?"

"대답 안 할 거예요."

"그럼 지금 그건 뭔데?"

"대답이 아니라 그냥……."

웅? 뭔가 지금 이 말 자체가 교원의 질문에 대답을 한 것 같
기도 하다. 별은 깊이 고민하려다가 머리가 아파서 얼굴을 찡그
리고는 다시 교원을 쳐다보며 입을 삐죽였다.

"어쨌든 너무했다고요."

"내가 뭘 어쨌다고?"

"됐어요, 말 안 할래."

별은 자신의 잘못도 모르는 교원이 야속해서 핑, 토라져 고개
를 돌렸다. 그러자 교원이 미간을 찌푸리며 다시 별의 팔을 잡고
물었다.

"말을 해야 알지, 나더러 무작정 너무했다고 해 놓고 말을 안

362

하면 어떻게 하냐? 어? 뭔데? 뭔데 그래?"

"싫어요!"

별이 목소리를 높이더니 그대로 입을 꾹 다물었다. 난감해진 교원이 콧등을 긁다가 다시 별을 쳐다보았다. 그러자 별이 볼을 잔뜩 부풀린 채 교원을 노려보고는 양손으로 그의 볼을 쭉 잡아 당겼다.

"야, 야!"

"진짜 얄미운데 그래도 좋으니 이걸 어떻게 하냐고요."

별은 교원의 볼을 양쪽으로 잡아당기며 투덜대다가 잠시 입을 다물고 그를 보았다. 양쪽 볼이 좌우로 늘어난 교원의 얼굴은 우스꽝스러웠다. 그러면서도 그녀가 하는 대로 내버려 두고 있는 걸 보니 괜히 가슴속이 간지러웠다.

알고 있다. 버럭 소리를 지르고 화를 내도, 사실은 그런 게 진심은 아니라는 걸. 지금도 이렇게 우스꽝스러운 얼굴이 되어서도 볼을 잡아당기고 있는 자신의 손을 쳐 내지 않고 있는 것만 봐도 그렇고.

"그런 건 다 아는데…… 그래도 너무했다고요."

별이 시무룩한 얼굴로 교원의 볼을 잡은 채 다시 중얼거렸다.

아들, 딸, 그런 얘기를 하기에 앞서서 청혼…… 뭐, 그런 걸 먼저 말해야 되는 거 아닌가. 하지만 별은 그 말을 입 밖으로 꺼내지 않았다.

교원이 꺼내지 않은 청혼이란 단어를 자신이 먼저 말하고 싶지 않았다. 그런 걸 말했다가 너무 앞서 나간다고 혹시 비웃기라도 할까 봐 무섭기도 하고…….

물론 서로에게 서로의 가족이 되기로 했으니까 이런 말을 꺼
낸다고 해도 비웃지는 않을 거라는 생각이 들기도 하지만, 그래
도 직접 결혼하자는 말을 한 건 아니니까……. 그 순간 별의 이
마에 콩, 하고 교원이 자신의 이마를 부딪쳤다.

　"아야!"

　"나는 정말 인체의 신비로움에 대해 새삼 생각하게 돼."

　"뭐라고요?"

　별이 이마를 문지르며 교원을 쳐다보았다. 그러자 교원이 별
의 이마를 자신의 손으로 슬슬 문지르며 짓궂게 웃더니 말을 이
었다.

　"대체 이 조그만 머리통으로 뭘 그렇게 고민하기에 얼굴이 빨
개졌다가 파래졌다가 다시 빨개지는 건지 말이야. 여기에 들어갈
고민이 있기는 한 거야? 이렇게 조그만 머리통에?"

　"들어갈 건 다 들어가거든요!"

　별은 얄밉게 웃는 교원을 밀어내며 씩씩거렸다. 그러다가 울
컥, 하는 마음에 충동적으로 속에 담아 두고 있던 마음을 털어놓
았다.

　"아저씨가 청혼도 안 하고, 아들이니 딸이니 하는 얘기를 하
니까 그러는 거잖아요!"

　"……뭐?"

　교원이 갑자기 바보 같은 표정을 지으며 어리둥절한 눈으로
별을 보았다.

　별은 억울하다는 듯 입을 삐죽이다가 두 팔을 뻗어 그를 끌어
당겼다. 그리고 교원이 얼떨결에 그녀에게 끌려가듯 몸을 기울이

자마자 별의 입술이 그의 입술 위로 맞닿았다.

어린아이가 하듯 입술을 비비더니 별은 비장한 표정으로 입을 열었다.

"저랑 결혼해요, 아저씨. 진짜 치사해서, 그냥 먼저 청혼하고 말……."

하지만 별은 말을 다 끝내지 못했다. 교원의 숨결이 고스란히 별에게 쏟아졌다. 맞닿은 입술 사이로 스며드는 열기에 별은 자신도 모르게 교원의 팔을 붙들었다.

탄탄한 팔은 무슨 일이 있어도 자신을 지켜 줄 수 있을 것만 같았다. 그녀의 입이 벌어지며 작게 앓는 듯한 소리가 들렸다. 그리고 교원은 더욱 강하게 별을 끌어안고 그녀의 뒤통수를 꽉 붙잡아 고정시킨 뒤에 허겁지겁 그녀의 숨을 모조리 삼켜 버리겠다는 듯 별을 탐했다.

별은 그저 교원을 꽉 붙잡고 간신히 매달리는 것 외에는 아무것도 할 수 없었다. 잠시 후, 교원이 거친 숨을 내뱉으며 별을 놓아주고는 입을 열었다.

"……솔직히 말해 봐."

"뭘, 뭘 솔직히 말해요?"

교원을 향해 묻는 별의 입술이 파르르 떨리며 벌어졌다. 교원은 가쁜 숨을 몰아쉬는 별을 삼킬 듯이 바라보다가 다시 말을 이었다.

"너 일부러 이런 거지?"

"뭘 말이에요?"

"결혼하자고 한 말. 니, 돌이 비리게 하려는 기, 맞지? 그렇지?"

"뭐라고요?"

별은 기가 막혀서 그를 잠시 쳐다보다가 뾰로통한 얼굴로 입을 열었다.

"아니, 지금 누구한테 무슨 누명을 덮어씌우는……."

"지금도 네가 돌아 버리게 좋은데, 나더러 이보다 더 어떻게 돌아 버리라는 거냐고."

별은 말을 다 마치지도 못하고 다시 교원의 품에 안겼다. 교원이 별을 꽉 끌어안은 채 낮게 웃었다. 마치 배부른 고양이가 그릉그릉거리며 만족해하는 소리 같기도 했다.

하긴 고양이 같기도 하다. 까칠하고 까다로운 성격도 그렇고, 도도하고 차가워 보이는 인상도 그렇고…… 생긴 것과 다르게 실제로는 게으른 고양이라고 해야겠지만.

"아저씨."

별은 교원에게 안긴 채 그의 어깨에 턱을 괴고 입을 열었다. 교원이 살짝 고개를 돌려 별의 뺨에 입술을 가져다 대며 대꾸했다.

"왜."

"저랑 결혼할 거예요?"

"그럼 넌 나랑 결혼할 생각 없어?"

"아니……. 그런 얘기는 좀 이른 거 아닌가 해서요. 솔직히 그런 생각 자체도 못했고요. 하는 게 이상한 거 아니에요? 우리가 지금 애인 사이가 된 지 얼마나 됐다고. 한 달도 안 됐는데……."

"그러면서 조금 전에 청혼은 느닷없이 아주 잘 하더라? 여자들은 보통 청혼에 대해 환상이나 기대 같은 걸 잔뜩 갖는다던데, 너는 네 스스로 아예 그런 걸 다 깨부수고 말이지.”

교원이 못마땅한 듯 투덜대다가 그녀의 뺨에 대고 있던 입술을 슬쩍 옮겨 별의 귓불을 살짝 깨물었다. 그러자 별이 파닥파닥 날갯짓이라도 하려는 새끼 새처럼 부산스럽게 움직이며 교원의 품에서 벗어나려고 했다. 교원의 입술 사이로 짓궂은 웃음이 새어 나왔다.

“겨우 이런 걸로도 난리를 치면서 결혼하자는 말이 나왔냐?”

“누, 누가 난리를 쳤다고요!”

“지금 난리치고 있잖아.”

“아니거든요!”

별은 눈을 동그랗게 뜨고 다부진 표정을 지어 보였다. 하지만 교원의 눈에는 별이 허세를 부리는 것으로밖에 보이지 않아서 피식 웃었다. 그리고 다시 찐빵을 하나 더 집으려다가 혀를 찼다.

“다 식어서 뻣뻣해졌네.”

“괜찮아요. 식은 것도 맛있어요.”

별은 냉큼 대꾸하더니 교원의 팔을 붙잡아 흔들었다. 그 모습에 교원이 고개를 갸웃거리며 물었다.

“왜?”

“그거 먹여 주세요. 얼른요.”

아, 하고 입을 벌리며 별이 눈을 둥글게 휘었다. 교원은 피식 웃으며 찐빵을 반으로 잘라 그녀의 입에 넣어 주다가 참, 하며 말을 이었다.

"당분간 서울에 가 있을 거야."

"또요? 얼마나 가 계시는데요?"

별이 자신도 모르게 시무룩한 얼굴로 묻자 교원이 픽 웃으며 고개를 젓고는 다시 말했다.

"너도 같이 갈 거야."

"예? 진짜요?"

"응. 인테리어 공사 때문에 집을 비워야 되거든."

"예에?"

별은 교원의 말에 눈만 끔뻑이며 황당한 표정을 지었다. 그러다가 인상을 쓰더니 교원에게 잔소리를 하기 시작했다.

"아니, 이사 들어온 지 얼마나 됐다고 벌써 인테리어를 다시 한다고 그래요? 이 아저씨, 이제 보니까 낭비하고 그러나 보네."

"낭비 아니거든?"

"낭비 맞거든요? 지나가는 사람 붙잡고 물어 보세요. 다들 낭비라고 그러지. 십 년 넘게 산 집도 아니고 이사를 온 지 얼마 지나지도 않았는데 인테리어 새로 한다고 하면 다들 욕한다고요."

"그게 아니라……."

교원은 답답하다는 듯 한숨을 내쉬며 머리를 북북 긁었다. 비밀로 했다가 보여 주고 싶었는데 아무래도 생각대로 될 것 같지 않다. 그는 체념하듯 한숨을 다시 내쉰 뒤, 감추고 싶었던 비밀을 털어놓았다.

"여기저기 안전시설 좀 해 놓으려고 그래."

"예?"

"너 말이야. 갑자기 잠이 오면 그대로 쓰러질 수 있잖아. 지난 번처럼 계단에서 구를 수도 있고."

교원이 말을 하며 별의 깁스한 다리를 쳐다보았다. 별은 반바지 아래의 깁스한 다리가 새삼 민망해서 뺨을 쓸며 눈만 깜빡였다. 그러다가 교원의 말뜻을 뒤늦게 이해하고는 고개를 돌려 그를 쳐다보았다.

"그러니까 저 때문에 인테리어 공사를 하신다고요?"

"당연하지."

"……."

별은 말문이 막힌 사람처럼 잠시 아무 말도 하지 못했다. 그런 별을 보며 겸연쩍은 미소를 짓던 교원이 남아 있던 찐빵을 입에 넣고 우물거렸다. 그리고 잠시, 두 사람 모두 아무 말도 하지 않았다.

그러던 중 갑자기 교원이 몸을 숙이더니 기침을 하기 시작했다. 말없이 꾸역꾸역 찐빵을 먹기만 하더니 목에 걸린 모양이었다.

"……콜록, 콜록!"

"어휴, 물도 안 마시고 찐빵만 먹으니까 그렇잖아요! 물은 안 가지고 온 거예요?"

교원이 빨갛게 달아오른 얼굴로 간신히 고개를 끄덕였다. 별은 그런 교원을 한심하다는 듯 쳐다보다가 에휴, 하고 한숨을 내쉰 뒤 그의 등을 두드려 주었다.

'빨리 깁스를 풀어야지, 내가 진짜…….'

별은 고개를 절레절레 흔들며 자신보다 일곱 살이나 많지만 은근히 허술한 남자의 등을 계속 두드렸다. 그러면서도 그녀의 입가에는 감출 수 없는 미소가 번져 가고 있었다.

9. 집으로 돌아가다

"매미의 심정이 이해될 것 같아."

"무슨 말이에요, 형?"

도우가 들고 있던 음료수를 석주에게 건네며 물었다. 석주가 담배를 하나 꺼내 입에 물다가 도우가 건넨 음료수를 받아 들고는 다시 담뱃갑에 집어넣으며 대꾸했다.

"땅 속에서 애벌레로 있다가 처음 땅 위로 나왔을 때 얼마나 감격스럽겠어. 오, 이 햇빛. 오, 이 맑은 공기."

"지랄한다. 피부 깊숙한 곳까지 침투하는 자외선과 도심의 매연이겠지."

"다락이 저건 하여간 감성이 메말랐다니까."

교원이 끼어들어 빈정거리자 석주가 흥이 깨졌다는 듯 그를 흘겨보더니 투덜댔다. 그러다가 문득 생각났다는 듯 도우와 눈질을 주고받더니 교원을 향해 물었다.

"그나저나 요새 이 근처에서 보인다던데?"

"뭐가?"

"너 말이야. 근처 편의점이고 마트고 난리 났더라. 잘생긴 총각 하나가 어디선가 뾰앙, 하고 나타나서 매번 장을 보러 다닌다고. 너, 그런 놈이었냐? 장도 보고……. 응?"

"먹고는 살아야 할 거 아니야."

"웃기네. 밥 해 먹는 건 고사하고 나가서 사 먹는 것도 귀찮다고 녹음실에서 그냥 생라면 뜯어서 통째로 먹던 놈이 할 소리냐?"

석주나 도우 모두 '다락'에 대해서 다른 건 몰라도 성격 더러운 것과 게으른 것 하나는 확실히 알고 있었다. 교원은 그런 석주의 반응에 혀를 차더니 어깨를 으쓱였다.

"다른 인격인가 보지, 뭐."

"뭐라고?"

"나더러 이중인격이라던데?"

"누가? 너, 지금 이 인격 말고도 다른 인격이 또 있다는 거야? 헐. 그건 또 얼마나 개 같은 성격이려……."

석주는 무심코 주절대며 말을 하려다가 교원의 얼굴이 험악해지는 것을 보고 황급히 입을 다물었다. 그리고 들고 있던 음료수를 내려놓고 일어섰다. 도우가 콜라를 홀짝이며 마시다가 석주를 향해 물었다.

"어디 가요, 형?"

"물 빼러 간다, 인마. 매운 전골을 먹었더니 방광이 자극 받았나 봐. 자꾸 화장실만 가고 싶어지네."

남자치고는 곱상한 외모인 석주는 종종 외모와 어울리지 않는 말을 하고는 했다. 바로 이렇게 말이다. 도우가 순간 우웨엑, 하며 항의를 했다.

"아우, 형! 더러운 얘기는 좀!"

"더럽기는 뭐가 더럽냐? 넌 오줌도 안 싸냐?"

석주가 별말을 다 듣겠다는 듯 피식거리더니 화장실 쪽으로 걸음을 옮겼다. 교원은 그런 석주를 쳐다보다가 픽 웃고는 휴대폰을 꺼냈다. 도우가 커다란 덩치를 교원 쪽으로 기울이더니 물었다.

"도롱님한테 문자 보내시는 거예요?"

"도롱님?"

교원은 도우의 말에 피식거렸다. 별이 이 얘기를 들었더라면 민망해서 얼굴을 붉히고 난리를 쳤겠단 생각이 먼저 들었다. 그녀는 자신이 밖에서 도롱이라 부를 때마다 부르지 말라며 창피해하니 말이다.

[뭐하고 있냐?]

할 말은 많은데 늘 보내는 메시지는 간단하다. 뭔가 많은 말을 하고 싶은데 그게 어렵다. 조금 더 부드럽고 다정한 말을 전하고 싶은데 마음처럼 되지 않는다. 아무래도 성격을 고치는 게 불가능한 탓일까.

메시지를 보내 놓은 뒤, 휴대폰을 쥐고 있는데 진동음이 울렸다. 교원은 녹음실에서 작업을 하며 휴대폰을 진동 상태로 돌려놓았던 것을 뒤늦게 깨달았다.

[공원에 놀러 나왔어요^^]

교원의 이마에 순간 핏대가 솟았다. 도우는 슬며시 교원에게서 멀찌감치 떨어졌다. 아무래도 다락 형이 뭔가 마음에 안 드는 메시지라도 받았나 보다. 이럴 땐 모르는 척 멀리 떨어져 있는 게……. 도우가 조심스럽게 몸을 일으키려는데 교원의 목소리가 들렸다.

"어디야."

"예? 어디긴요, 형 옆인데……."

아이쿠, 깜짝이야! 도우는 교원의 냉랭한 목소리에 화들짝 놀라 황급히 대꾸하며 그를 돌아보았다. 그러나 교원은 도우에게 시선조차 주지 않은 채 휴대폰을 귀에 대고 있었다. 아, 나한테 한 말이 아니었구나. 도우는 안심하며 다시 슬그머니 자리에 앉았다.

아무래도 그 '도롱이'라는 이와 통화를 하는 것 같아서 말이다. 살면서 그 어디에도 도움이 되지 않을 호기심이 주체할 수 없이 일었다. 도우는 아무렇지 않게 앞을 보면서 귀만 쫑긋거리며 교원의 통화 내용에 집중했다.

— 공원이라니까요.

"근처에 공원이 어디 있다고."

— 예? 공원 맞는데……. 저기, 잠깐만요.

여기 공원 아니에요? 별이 누군가에게 묻는 소리가 휴대폰을 통해 작게 들려왔다. 그리고 뒤이어 '예? 여긴 공원이라기보다는 놀이터인데요?' 하며 대꾸하는 누군가의 목소리도 들렸다.

어딘가 익숙한 목소리였으나 교원은 별 외에는 그다지 신경 쓰고 싶지 않아서 다시 미간을 찌푸리며 물었다.

"너 어디야."

— 놀이터래요. 그러고 보니까 놀이터 같기는 하네요. 미끄럼틀도 저기 보이고…….

별의 말을 듣던 교원이 벌떡 일어났다. 도우 역시 벤치에 앉아 있다가 덩달아 일어섰다. 그러나 교원은 도우를 돌아보지 않고 어딘가로 성큼성큼 걸어가기 시작했다.

"어, 형! 다락 형, 같이 가요!"

화장실에 간 석주는 눈곱만큼도 생각하지 않고 도우는 교원의 뒤를 급하게 따라갔다.

"응? 여보세요? 아저씨?"

전화가 끊겼나 보네. 별은 휴대폰을 귀에 댔다가 다시 들여다보고는 중얼거렸다. 다락이가 별의 품에 안겨 있다가 버둥거렸다. 그러다가 순간적으로 다락이를 놓친 순간, 기다렸다는 듯 다락이가 아래로 내려가더니 그대로 어디론가 뛰어가기 시작했다.

"어? 다락아! 이리 와!"

"켁, 켁켁."

별의 옆에 있던 남자가 갑사기 기침을 했다. 조금 진 그녀에게 공원이 아니라 놀이터라고 알려 준 행인이었다. 그녀가 반사적으로 남자를 돌아보았다가 다시 다락이를 잡으려고 벤치에서 일어서려는 순간, 그녀의 앞을 가로막으며 남자가 말을 걸었다.

"다리도 불편하신 것 같은데, 제가 데리고 올게요. 저기, 저 강아지 맞죠?"

"예? 어……."

별이 미처 대답하기도 전에 남자가 맞은편 나무 아래로 뛰어가더니 냉큼 나무 밑을 파고 있던 다락이를 안고 돌아왔다. 하얀 얼굴에 새침해 보이는 인상과는 다르게 상냥한 남자인 듯했다.

별이 벤치에 앉은 채 멀뚱히 다가오는 남자를 보다가 황급히 일어서려 했다. 그러나 남자가 먼저 다가오더니 다락이를 건네며 입을 열었다.

"그냥 앉아 계세요. 여기요, 강아지."

"어…… 정말 고맙습니다."

별은 꾸벅 인사를 하며 다락이를 받아 품에 안았다. 다락이는 한창 신나게 놀다가 방해를 받았다는 듯 낑낑대며 몸부림을 쳤다. 그 바람에 다락이의 발에 묻었던 흙이 전부 옷에 묻어서 엉망이 되고 말았다.

"다락아, 왜 이렇게 말을 안 들어!"

다락이의 토실토실한 엉덩이를 아프지 않게 때리는 시늉을 하며 별이 목소리를 높였다. 그러자 그녀의 앞쪽에서 웃음소리가 터져 나왔다.

……응? 별이 고개를 들자 웃고 있던 남자가 두 손을 내저으

며 사과했다. 물론 여전히 웃음을 참지 못해 꺽꺽대며 이상한 소리를 내면서 말이다.

"미안해요. 저기, 내가 아는 녀석이랑 그 강아지 이름이 똑같아서요."

"아…… 예에."

별이 우물거리며 대답하고는 고개를 숙인 채 다락이의 머리를 쓰다듬었다. 그 모습을 보던 남자─조금 전에 화장실에 다녀오겠다던 공석주─는 다시 실실 웃음이 나오려는 걸 꾹 참아야 했다.

다락이라니!

난데없이 다락이란 이름을 여기서 듣게 되다니!

그것도 '개 이름'으로!

하지만 석주는 이를 악물면서까지 웃음을 억지로 참았다. 여기서 또 웃었다가는 미친놈 취급을 받을 것 같단 생각이 들어서였다. 그는 간신히 웃음이 나오려던 걸 진정시킨 뒤, 입을 열었다.

"혹시 작곡가 '다락'의 팬이에요? 그래서 강아지 이름을 다락이라고 지었어요?"

"예? 그게 누군데요?"

별은 석주에게 물었다. 그러자 석주가 한쪽 눈썹을 올리더니 다시 물었다.

"'다락' 몰라요?"

"들어 본 것 같기도 하고, 아닌 것 같기도 하고……."

솔직히 별은 요즘 인기가 많다는 아이돌 그룹의 이름조차도 제대로 알고 있는 게 거의 없었다. 그러니 작곡가의 이름은 모르는 게 당연했다. 하지만 '다락'이란 이름은 뭔가 익숙한 것 같았다. 다락방을 무서워하는 교원 때문일까. 아, 맞다. 아저씨도 작곡가인데⋯⋯.

"혹시 작곡가 '민교원'이라고 아세요?"

"예? 민교원이요?"

"예. 꽤 유명하다고 그러던데요."

별은 석주를 향해 고개를 끄덕이며 대꾸했다. 교원이 별에게 작사 공부를 시키면서 얼마나 자기 자랑을 늘어놓았었는지 모른다.

나한테 배우는 걸 영광으로 알아라. 내가 얼마나 잘나가는 줄 알기나 하냐. 나 모르는 사람 별로 없을 거다. 뭐, 그런 자랑들. 마치 수컷 공작새가 화려한 꽁지 깃털을 자랑하듯이 자기 자랑을 하던 교원을 떠올리고 있는데, 별의 귀에 석주의 목소리가 들렸다.

"민교원? 처음 들어 보는 이름인데⋯⋯. 주로 작업하는 게 어떤 장르인데요?"

"OST 같은 거 주로 하고, 종종 가수들 노래도 한다던데요."

"그럼 같은 계통인데, 그 이름은 처음 들어 보네요."

"⋯⋯."

뭐야, 나한테 지금까지 거짓말을 했던 거야? 별은 기가 막혀서 눈만 깜빡였다. 그리고 화가 치밀었다. 유명하지 않으면 어때서, 잘나가지 않으면 어때서, 왜 그런 거짓말을 한 건지 이해할 수 없었다.

그런 별의 표정을 본 석주가 혀를 쯧, 하고 차며 인상을 썼다.

보나마나 뻔한 상황이었다. 여자 하나 유혹하겠다고 온갖 허세를 부리며 작곡가라는 둥, 음악을 한다는 둥, 하면서 허풍을 떠는 사기꾼을 만난 것이겠지. 그런 부류들은 꽤 많았다. 예술가인 척 폼을 잡으며 하루 종일 이 근처를 돌아다니는 인간들도 종종 있었고.

석주는 다시 눈앞의 여자를 보았다. 제대로 서 있는 건 보지 못해서 잘 모르지만, 확실히 키가 크다거나 하지는 않아 보였다. 오히려 작고 아담한 타입이라면 모를까. 게다가 동그란 눈도 그렇고 동글동글한 얼굴도 그렇고, 전체적으로 앳된 인상의 여자였다.

남들 학교에 가 있을 시간에 이렇듯 놀이터에 개 한 마리 데리고 나와서 시간을 보내고 있는 걸 보면, 분명히 중고등학생은 아니니⋯⋯. 스물? 스물하나?

석주는 자신도 모르게 별의 나이를 가늠해 보려고 턱을 쓸며 그녀를 살펴보았다. 그러다가 별의 새까만 눈과 마주치고 나서야 자신이 처음 본 여자의 앞에서 무례하게 굴었다는 걸 깨달았다.

"아, 미안해요. 혹시 학생인가 해서⋯⋯."

"학생 아니에요. 아니, 배우고 있기는 하니까 학생인가⋯⋯."

"예?"

"저, 작사 배우고 있거든요."

배시시 웃으며 별이 대꾸했다. 그러자 석주가 더욱 눈을 찌푸리더니 조심스럽게 입을 열었다.

"혹시 조금 전에 말한 그 민교원이라는 사람한테 직사 배우고 있는 거예요?"

"예."

별은 순순히 고개를 끄덕이며 대답했다. 석주의 예쁘장한 얼굴이 순식간에 구겨졌다.

이런 망할 새끼를 봤나! 감히 유명 작곡가 운운하며 어린애한테 사기를 쳐? 분명히 유명한 작곡가라며 돈도 많이 뜯어 먹었을 텐데. 대체 어떻게 생긴 놈이야? 석주가 잔뜩 화가 난 채 별을 향해 입을 열었다.

"그 사람, 내가 좀 봤으면 하는데 연락처를 알 수 있을까요?"

"예? 아저씨 연락처는 왜요?"

'그놈이 사기꾼이니까 그렇죠!' 라고 말하고 싶은 마음을 간신히 참고, 석주는 그저 사람 좋은 웃음만 지었다. 딱 봐도 순진하고 여려 보이는 아가씨가 이 사실을 듣고 충격을 받게 할 수는 없는 노릇이 아니겠는가. 음악 하는 입장에서 이런 건 절대 그냥 넘어갈 수 없어!

석주가 괜한 정의감에 눈을 부릅뜬 채 별을 향해 거듭 '민교원'의 연락처를 요구했다. 그러자 별이 난처한 표정으로 거절하기 위해 입을 열려는 순간, 교원의 냉랭한 목소리가 들렸다.

"누가 네 마음대로 이렇게 쏘다니라고 했어? 그리고 넌 뭐야, 공석주? 화장실 간다던 놈이 왜 도롱이랑 같이 있는 거야?"

"아저씨?"

"……으잉?"

이건 또 무슨 상황이야? 석주는 교원을 보다가 다시 앞의 여자를 보았다. 방금 다락이 저 녀석이 '도롱이' 라고 했지? 그렇다면 이 아가씨가 바로 그 도롱뇽……이 아니라 도롱이였구나!

석주의 눈이 휘둥그레 커졌다.

상황을 모르는 도우가 주춤거리며 다가와 석주의 옆구리를 찔러 댔다. 가만히 좀 있어 봐. 뭔가가 잡힐 듯 말 듯한데……. 석주가 도우의 손을 밀어내고 있는 사이에 별의 앞으로 교원이 다가왔다. 교원은 미간을 잔뜩 찌푸린 채 다가오자마자 별을 향해 타박하기 시작했다.

"혼자 이렇게 나오면 어쩌겠다는 거야? 함부로 혼자 밖에 나왔다가 어디서 잠들면 어쩌려고 겁도 없이 나와? 게다가 다리는 그 꼴로 왜 무리를 해서 나오는 건데!"

"그냥 답답해서 산책 나온 거예요. 그리고 잠이 수시로 오는 것도 아니고요. 아저씨랑 알게 되기 전까지는 혼자 알아서 잘 살았거든요……."

"그때는 그랬다고 쳐도 이제는 아니지!"

교원이 버럭 소리를 지르며 화를 냈다. 별은 움츠러든 채 다라이를 꼭 껴안고 교원을 올려다보았다. 교원의 머리가 잔뜩 헝클어진 채 흐트러져 있었다. 그가 다급히 자신을 찾아다닌 흔적이라 해도 좋을 것 같았다.

별은 미안한 마음에 입술을 꼭 깨물었다. 그런 별을 보며 교원이 심호흡을 하고는 머리를 쓸어 넘긴 뒤, 간신히 마음을 진정시키고 입을 열었다.

"너 이제 혼자 아니잖아. 내가 네 옆에 있다고. 네 옆에 있는 사람도 생각해 주면 안 돼? 네가 이렇게 네 마음대로 나가면, 내가 어떨지 상상한 적 있어?"

"⋯⋯죄송해요."

별은 고개를 숙이고 작은 목소리로 사과했다. 인테리어 공사를 하느라고 집을 비운 뒤, 교원을 따라서 서울로 올라온 지 일주일째였다.

처음에는 그의 오피스텔이 신기해서 그 안에서만 지내도 별로 불만이 없었는데, 사흘 전부터 그가 녹음실에 가 있는 바람에 혼자 오피스텔 안에서 지내게 된 게 문제였다. 뭐든지 재미있고 신기했던 건 전적으로 교원이 있어서였다는 걸 깨달은 탓이었다.

혼자 있으니 뭘 해도 재미가 없고 심심했다.

그래서 처음으로 오피스텔 밖에 나온 것이다. 그냥 근처만 잠깐 구경하다가 돌아갈 생각이었다. 자신을 걱정할 교원을 잘 아니까, 그럴 생각이었다.

"죄송해요, 아저씨."

별이 침울한 얼굴로 다시 한 번 사과했다. 교원은 한숨을 내쉬며 마른세수를 하듯 두 손으로 얼굴을 쓸었다. 그리고 그 모습을 지켜보던 석주와 도우가 서로를 보며 눈짓으로 물었다.

'뭐야? 둘이 무슨 사이야?'

'그건 제가 묻고 싶은 말이에요. 그나저나 형은 왜 저 여자분이랑 같이 있었던 거예요?'

석주가 눈짓으로 주고받는 말로는 자신의 궁금증을 해결할 수 없다는 걸 깨닫고 교원을 향해 입을 열었다.

"다락아. 혹시 네가 '민교원'이냐?"

"내 이름을 네가 어떻게 알⋯⋯. 설마 도롱이 너, 내 이름을 여기저기 떠벌리고 다니는 거냐?"

교원이 석주의 말에 대꾸하다 말고 별을 향해 타박하듯 말했다. 그러자 별은 목을 쑥 집어넣고는 우물거리며 대꾸했다.

　"아니…… 뭐, 그런 건 아닌데요. 그나저나 다락이라니요? 다락이는 얘잖아요?"

　별이 생각났다는 듯 석주를 돌아보며 묻다가 다시 교원을 향해 다락이를 들어 보였다. 그러자 다락이가 혀를 빼고 헥헥거리며 흙투성이 앞발로 허공을 찼다. 교원은 난감한 표정으로 얼굴을 찡그리며 입을 다물었다. 그리고 그 모습을 보던 석주가 푸흐흐, 하고 웃음을 터뜨렸다.

　"으하하, 하하! 다락이 너, 개랑 같은 이름 썼던 거냐? 진짜 그랬던 거야? 그래서 네 성격이 그렇게 개 같았던 거구나!"

　"공석주, 입 다물어라."

　"도우야, 인마, 네가 그렇게 좋아하던 다락 형이 여기에 한 분 더 계신다. 으하하하."

　"예? 그게 무슨 말씀이신지……."

　도우는 이해가 안 되는 상황 앞에서 어리둥절한 얼굴로 석주를 보다가 교원을 보고, 다시 별을 보다가 별의 품에 안겨 있는 다락이를 보았다.

　"어쨌든 별이 씨 덕분에 이 녀석 본명을 알게 됐네요."

　석주가 쾌활하게 웃으며 별을 향해 말을 건넸다. 별은 어색하게 웃으며 옆에 앉은 교원의 눈치를 살폈다. 혹시 자신이 본명을 알려서 불쾌하지는 않은지 걱정이 되었다. 일부러 그런 건 아닌데……. 별은 울상을 지었다. 그가 '다락'인시 어떻게 알았겠는

383

가. 그런 줄 알았으면 다락이의 이름도 애당초 다락이라고 짓지 않았을 테고.

"에휴……."

"왜 한숨을 쉬고 그래?"

"예? 아, 아니요. 그냥……."

"고기 타잖아. 빨리 먹어."

교원이 무심한 어조로 말하면서도 젓가락을 바쁘게 움직여 불판 위의 고기를 별의 앞에 놓인 빈 그릇에 쌓기 시작했다. 별은 자신의 앞에 무서운 속도로 올라가는 '고기 탑'을 보며 순간 당황해서 교원의 팔을 붙잡고 입을 열었다.

"저, 배불러요. 이제 그만 주셔도 돼요."

"뼈 하루라도 빨리 붙으려면 많이 먹어."

교원은 퉁명스럽게 말하면서 상추를 하나 집었다. 그리고 고기를 두 점 집어서 상추 위에 놓고, 마늘과 양파를 쌈장과 함께 그 위에 얹더니 쌈을 싸서 별을 향해 내밀었다.

"입 벌려."

"흐억!"

"푸핫!"

석주와 도우가 동시에 괴상한 소리를 내면서 테이블에 엎어졌다. 하지만 교원은 힐끔 그들을 보더니 아무렇지 않게 별을 향해 다시 말했다.

"입 벌리라니까."

"……아휴, 이리 주세요. 제가 먹을게요."

별은 민망한 마음에 얼굴이 빨갛게 달아오른 채 교원을 향해 손을 내밀었다. 그러자 교원이 짓궂게 웃더니 한 손으로 턱을 괸 채 다른 손으로 쌈을 들고 거듭 말했다.

"입 벌려."

"아저씨!"

그제야 별은 교원이 일부러 자신에게 장난을 치는 것이라는 걸 깨닫고 목소리를 높였다. 둘만 있을 때도 아니고 다른 사람들도 있는데! 별은 뚱한 얼굴로 잠시 구시렁대다가 그의 손에 있는 쌈을 빼앗으려고 두 손을 뻗으며 몸을 기울였다.

"으앗!"

그런데 너무 몸을 기울인 탓일까. 별의 몸이 기우뚱하는가 싶더니 그대로 교원의 품으로 쓰러지고 말았다. 곧바로 별을 안은 교원에게서 낮은 웃음소리가 새어 나왔다. 아우, 난 몰라. 맞은편에 앉아 있던 이들이 조용한 것을 보니 아마도 자신을 보고 있는 듯했다.

별은 도저히 고개를 들 엄두가 나지 않아서 교원의 품에 얼굴을 묻은 채 울상을 지었다. 아, 고기고 뭐고 그냥 오피스텔로 돌아갔으면 좋겠는데……

"다 먹었어? 다 먹었으면 일어날까?"

"……예."

별의 마음을 알아차렸는지 교원이 부드럽게 말을 걸었다. 별은 고개도 들지 않고 그에게 안긴 채 고개를 끄덕이며 작게 대꾸했다. 교원은 그런 별을 가만히 내려다보다가 피식 웃었다.

민망한지 고개도 들지 못하고 있는 별의 귓불이 빨갛게 달아올라 있는 게 보였다. 그 위에 입을 맞추고 싶은 충동을 누르며,

교원은 별을 그대로 안아 들고는 맞은편에 있던 석주와 도우에게 말을 건넸다.

"우리 먼저 간다. 계산은 내가 할게."

"뭐? 벌써…… 알았다. 가라, 가."

석주가 아쉽다는 듯 말을 잇다가 그냥 어깨를 으쓱이며 손을 내저었다. 아무래도 저 고약한 놈의 '도롱이' 님께서 수줍어하시는 것 같으니 말이다. 어쩌겠는가. 창피해하는 어린애를 계속 놔두고 괴롭힐 수도 없는 노릇이고.

'흐으, 그래도 오늘 다락이 놈에 대해서 이것저것 많이 알게 됐네.'

석주가 씩, 웃으며 다시 교원을 쳐다보고는 그의 품에 안겨 있는 별을 향해 입을 열었다.

"심심하면 다락이, 아니, 교원이 따라서 녹음실에도 놀러 오고 그래요. 작사 공부한다면서요. 실제로 어떻게 곡 작업이 되는지, 그런 것도 보면 도움이 될 겁니다."

"예……. 고맙습니다."

별이 여전히 교원의 가슴팍에 고개를 묻은 채 작게 대꾸했다. 그 모습을 멍하니 보던 도우가 교원과 별을 향해 인사를 하고는 그들이 계산대 쪽으로 가는 걸 보다가 머리를 쥐어뜯으며 앓는 소리를 했다.

"정말 예쁜데! 다락 형은 복도 많아!"

"설마 너, 반했냐?"

"아니, 어떻게…… 별이 씨는 다락 형처럼 나이도 많은 남자랑 사귀냐고요. 오히려 나랑 딱인데! 스물넷, 스물일곱, 딱 어울

386

리잖아요!"

"진심으로 그렇게 생각하냐?"

석주가 얼굴을 찡그리며 말했다. 그러자 도우가 냉큼 험상궂은 얼굴로 단호하게 고개를 끄덕였다. 석주는 혀를 차며 숟가락을 들어 도우의 머리통을 때리고 말을 이었다.

"이런 미친놈! 나이만 적으면 뭐하냐? 네 얼굴이 플러스 열 살은 가볍게 먹고 들어가는구만. 얼굴로만 보면 다락이가 너보다 더 어려 보여, 인마."

"그래도 다락 형은 성격이 더럽잖아요!"

온리 다락만을 부르짖던 도우가 드디어 정신을 차린 순간이었다.

"뭐가 그렇게 민망해서 고개를 못 들어?"

"아저씨가 제 상황이었어도 그랬을 거예요."

별은 교원이 건넨 아이스크림을 받아 한입 먹으며 투덜거렸다. 그러다가 문득 생각났다는 듯 교원을 보며 물었다.

"다락이 밥은 챙겨 주셨다고 그랬죠?"

"그래. 아주 넉넉히 주고 나왔어."

개를 데리고 식당에 갈 수 없어서 교원은 다락이를 데리고 잠시 오피스텔에 들러야 했다. 그 뒤로 식당에서 한 시간 정도 시간을 보냈으니…… 지금쯤 오피스텔 안을 난장판으로 만들었을 다락이를 잠시 생각하던 교원의 얼굴이 찡그러졌다.

"……죄송해요."

"뭐가."

"다락이 대소변 훈련 안 시켜서요."

다리에 깁스를 하는 바람에 별이 제대로 움직이지 못하게 되어서, 다락이의 대소변은 모두 교원의 몫이 되었다. 별은 미안한 얼굴로 배시시 웃었다. 교원이 눈을 가늘게 뜬 채 별을 보다가 그녀의 머리를 헝클어뜨리며 말했다.

"웃지 마. 예뻐."

"예쁘면 더 웃어야죠."

"길거리에서 누구한테 예뻐 보이려고? 오피스텔 가서 나 보고 웃어."

"……어우, 저 지금 닭살 돋았어요. 알아요, 아저씨?"

별이 몸서리를 치듯 부르르 몸을 떨더니 다시 아이스크림을 먹으며 하늘을 올려다보았다. 어느새 어두워진 밤하늘에는 구름이 잔뜩 끼어 있어서 달조차 보이지 않았다.

"확실히 서울의 밤하늘은 삭막하네요. 달도 안 보이다니."

"달이 안 보이는 거랑 삭막한 거랑 무슨 상관이야?"

"상관있죠. 아저씨는 진짜 그런 메마른 감성으로 어떻게 작곡을 하는 거예요?"

"작곡을 감성만으로 하나?"

"그럼요?"

"무조건 하는 거지."

"무조건이요?"

별은 눈을 깜빡이며 교원을 향해 물었다. 그러자 교원이 고개를 끄덕이며 대답했다.

"그래, 무조건. 아침에 일어나는 순간부터 궁리하고, 고민하고, 그렇게 하는 거야. 감성 같은 거? 그런 느낌이 찾아오기만을 기다렸다가, 일 년에 몇 곡이나 쓸 수 있을 것 같아?"

"……."

별은 교원의 말에 입을 다물었다. 교원은 잠시 가로등 불빛에 시선을 두고 있다가 다시 별을 쳐다보며 말을 이었다.

"너도 마찬가지야. 일단 이쪽 길로 가기로 결심했다면 제대로 프로답게 일해. 영감이 찾아오기를 기다린다거나 하는 식의 헛소리 같은 건 하지도 말고. 아직 데뷔한 게 아니라고 아마추어처럼 굴지도 말고. 어차피 한 끗 차이야, 프로와 아마추어라는 건. 어떤 마음가짐으로 임하느냐에 따라서 결정돼. 아무리 돈을 벌어도 마음가짐이 거지같으면 아마추어일 뿐이야. 반대로 아직 데뷔를 하지 않았어도 마음가짐만 확고하게 잡혀 있고, 제대로 프로답게 굴면 그게 프로인 거고."

"……예."

별의 입꼬리가 부드럽게 올라갔다. 쌀쌀맞고 심술궂은 소리만 하면서도 이럴 때 보면 자상한 남자라는 생각이 저절로 든다. 애인이라는 점을 제외하고 봐도 말이다. 별의 입가가 느슨하게 풀릴 무렵 교원이 다시 타박하듯 그녀를 향해 말했다.

"야, 아이스크림 다 녹잖아!"

"어? 어어!"

별은 들고 있던 아이스크림이 녹아서 흘러내리는 걸 발견하고 황급히 혀를 내밀어 핥았다. 그런 별의 모습을 보던 교원의 표정이 변한 것은 그 직후의 일이었다. 붉은 혀가 날름 나왔다가 들어가는 모습을 보고 있던 교원의 수먹이 싹 쥐어졌다. 그리고 그는 벌떡 일어나 별을 향해 입을 열었다.

"야, 너는 무슨 아이스크림을 그렇게 야하게 먹냐?"

"예?"

별은 녹은 아이스크림을 먹다 말고 황당한 소리를 듣는 바람에 눈만 끔뻑였다. 이게 무슨 소리야? 내가 뭐…… 아이스크림을 야하게 먹는다고? 별이 황당한 눈으로 자신이 들고 있던 아이스크림을 쳐다보았다. 거의 다 먹고 얼마 남지 않은 아이스크림이 보였다.

이게 야하게 먹은 흔적이야? 별의 표정이 어이없다는 듯 변했다. 하지만 교원은 여전히 자신의 말이 옳다는 듯 오히려 별을 원망스러운 눈으로 보고 있을 뿐이었다.

◆

"너, 밥을 너무 야하게 먹는 거 아니냐?"

교원의 말에 별은 밥을 먹다 말고 뺄을 뻣했다. 간신히 가슴을 두드려 밥을 삼킨 뒤, 그녀는 눈물을 닦으며 기가 막힌 표정으로 입을 열었다.

"그저께는 아이스크림 먹을 때 야하게 먹는다고 구박하더니, 이제는 밥도 야하게 먹는다고 구박하는 거예요? 아, 진짜 치사하게……. 아침부터 이런 식으로 구박할 거예요?"

먹는 걸로 구박하는 게 세상에서 제일 치사한 거라고요. 별은 교원을 쳐다보며 입을 삐죽였다. 하지만 교원으로서는 자신의 말을 번복할 생각이 전혀 없었다. 야한 것을 야하다고 말하는 게 잘못된 건 아니니까.

아무리 봐도 야했다. 마주 보고 밥을 먹을 때조차 입술이 오물거리며 움직이는 것도 야해 보이고, 붉은 혀가 날름날름 움직이는 것도 야해 보여서 그로서는 정말이지 죽을 지경이었다.

그런데 그런 자신의 마음을 알아주기는커녕 치사하다고 하니, 교원으로서는 오히려 별에게 서운한 마음이 들 정도였다.

"아니, 게다가…… 아이스크림도 그렇고 밥도 그렇고, 다들 먹는 건데 그게 왜 저만 야하냐고요. 예?"

"네가 야하게 먹는다니까 그러네."

"안 야해요, 안 야해! 야하게 먹은 적 없다고요! 아니, 도대체 야하게 먹는 게 어떻게 먹는 건데요?"

어휴, 속 터져. 별은 불만 가득한 표정으로 자신을 보고 있는 교원을 마주 보다가 한숨을 내쉬었다. 이걸 흔히 말하는 사랑의 콩깍지라고 불러야 하나 싶으면서도 너무 과한 것 같아서 민망했다. 누가 들으면 진짜 비웃을 거야. 별은 고개를 마구 흔들다가 다시 교원을 쳐다보며 입을 열었다.

"아저씨, 제가 야해요?"

"응."

"가슴에 손 얹고 진심으로 대답해 봐요. 진짜 그래요?"

"그렇다니까."

교원이 잔뜩 불만 섞인 표정으로 대꾸했다. 별은 그런 교원을 보다가 혀를 차며 중얼거렸다.

"중증이네요."

"뭐가?"

"아저씨가 저 좋아하는 거요."

별은 말하다 말고 푸훗, 웃고 말았다. 진짜 민망한 상황인데 말하다 보니 저절로 웃음이 나왔다. 별의 웃음을 어떻게 받아들인 건지 교원이 무뚝뚝한 목소리로 입을 열었다.

"웃지 마."

"왜요? 웃는 것도 야해요?"

"……."

"어? 진짜 그래요?"

별은 농담처럼 던진 말에 대꾸하지 않는 교원을 보며 당황해서 눈만 깜빡였다. 그러다가 얼굴이 빨갛게 변한 그녀는 고개를 푹 숙이고 밥만 열심히 먹었다. 교원 역시 더 이상 아무 말도 하지 않고 묵묵히 밥만 먹었다.

"뭐야? 왜 저렇게 짜증을 내고 있어?"

"글쎄요."

석주는 도우와 수군대다가 슬그머니 교원의 옆으로 다가가 앉았다. 그리고 괜히 기타를 잡고 조율을 하는 척 만지다 말고 툭 던지듯 말을 걸었다.

"도롱이랑 무슨 문제 있냐?"

"함부로 도롱이라고 부르지 마. 언제부터 친했다고 불러 대?"

교원이 성난 눈으로 석주를 보며 으름장을 놓듯 낮은 목소리로 말했다. 저절로 몸이 움츠러드는 위압감에 석주가 목을 쑥 집어넣고는 투덜댔다.

"치사해서 안 부른다, 야. 누구는 연애 안 해 본 줄 알아? 야,

이 몸은 연애는 이미 통과하고 결혼까지 한 유부남이라 이거야. 어디서 연애 초짜가 선배님도 몰라보고 말이지."

"……연애 많이 해 봤냐?"

"당연하지. 내가 결혼하기 전에 쌓았던 화려한 연애 이력…… 그것 때문에 마누라한테 잡혀 살잖냐. 아, 갑자기 우울해졌어."

석주가 으스대며 말을 꺼냈다가 곧바로 우울한 표정을 지으며 고개를 푹 숙였다. 교원은 석주의 꽁지머리를 잠시 보다가 입을 열었다.

"그럼 너도 네가 사귀었던 사람이 너무 야해서 고민이었던 적 있냐?"

"뭐? 야해서 고민? 그게 왜 고민이냐? 오히려 축복이지."

석주가 희한한 소리를 한다는 듯 고개를 들더니 피식거리며 웃었다. 그러다가 설마, 하는 표정으로 교원을 쳐다보더니 다시 입을 열었다.

"도롱…… 아니, 네 애인이 야해서 고민이라는 거냐, 지금?"

"응."

"……신비주의 '다락'은 어디로 가 버리고, 팔불출 '민교원'이 여기에 와 있구만."

석주는 기가 막혀서 입을 벌리고 있다가 간신히 말을 꺼냈다. 본인의 사적인 얘기를 하지 않는다고 섭섭해했던 지난 세월이 허탈할 뿐이었다. 이런 바보인 줄 알았으면 굳이 알려고 하지도 않았을 텐데…….

그는 고개를 절레절레 젓고는 교원에게서 시선을 옮겨 도우를 보았다. 도우는 뚱한 표정을 지으며 마치 언석이라도 보듯이 힘악한 얼굴로 교원을 쳐다보고 있었다. 저 미친놈, 언제는 '찬양하라, 다락 형을!' 하는 표정으로 넋 놓고 쳐다보더니 이제는 아주 원수 보듯이 하네.

"주변에 바보가 둘이나 있을 줄이야."

석주는 혼잣말을 중얼거리며 담배를 하나 꺼내 입에 물려다가 다시 히죽 웃고는 교원을 향해 입을 열었다.

"그런데 네 애인이 야해 보여? 진짜?"

"그럼 안 야하냐. 이건 뭐, 밥만 먹고 있어도 야하니…… 집에 가둬 둘 수도 없고."

"이런 미친놈! 너, 그걸 말이라고 하냐!"

석주의 입에 물려 있던 담배가 바닥으로 떨어졌다. 하지만 그는 평소 같았더라면 '내 피 같은 담배!' 하며 난리를 쳤을 상황인데도 너무 놀라서 바닥에 떨어진 담배는 거들떠보지도 않고 교원을 향해 말을 이었다.

"너, 그거 범죄야. 집에 가둔다니. 그게 말이 되냐?"

"그러니까 가둬 둘 수도 없다고 했잖아."

교원이 짜증을 내며 석주의 말을 받아쳤다.

스스로 생각해도 이건 미친 생각이었다. 당연히 말도 안 되는 일이라는 건 머리로 납득하고 있었다. 게다가 별이 밥만 먹고 있어도 야해 보인다는 건 오직 자신에게만 해당되는 일이란 것 역시 이성적으로 생각해 보면 금세 알 수 있는 일이었다. 하지만 머리와 가슴이 따로 움직였다.

"방법은 하나뿐이야."

교원이 어깨를 축 늘어뜨린 채 중얼거렸다. 석주가 목을 긁으며 하품을 하다가 다시 입을 열었다.

"그게 뭔데?"

"빨리 집으로 돌아가는 거."

그 방법밖에 없어. 교원이 고개를 끄덕이며 거듭 중얼거렸다.

◆

교원의 간절한 바람 덕분이었을까.

인테리어 공사가 예상했던 날짜보다 이틀 앞당겨서 끝났다. 그리고 교원은 청소까지 전부 마무리가 되자마자 별과 다락이를 데리고 집으로 내려갔다. 하던 작업마저 내팽개치고 내려가겠다고 하는 바람에 석주에게서 세상 모든 욕은 다 먹은 채 말이다.

그러거나 말거나 교원에게는 일단 별을 집으로 데려가는 게 가장 먼저 해야 할 일이었다.

"우와……."

별은 눈앞의 거실 풍경에 저절로 입을 벌리며 감탄하다가 자신이 여전히 교원의 품에 안겨 있다는 걸 깨닫고 몸을 비틀었다.

"아저씨, 이제 내려 주세요."

"됐어. 다리도 아직 불편하면서."

"괜찮다니까요!"

별의 얼굴이 빨갛게 달아올랐다. 신종 괴롭히기 수법이라도 되는 것인지, 교원은 요 며칠 그녀를 계속 안고 다녔다. 이유는 뭐, 깁스한 다리가 불편해서 안 된다면가…….

그렇지만 조심하면 그럭저럭 걸을 수도 있는데 이러는 건 아무래도 지난번에 공원인지 놀이터인지 하는 곳에 나갔던 것에 대한 복수가 아닐까 싶다. 진짜 뒤끝 있다니까.

별이 입을 삐죽이다가 심통을 부리듯 발을 마구 허공에 대고 흔들었다. 그리고 일부러 몸에 힘도 막 주었다. 무겁지? 무거울 거다. 쳇!

"뭐하냐?"

"예?"

별은 혼자 열심히 복수한답시고 움직이다가 교원의 목소리에 그를 쳐다보았다. 한심한 뭔가를 보듯이 쳐다보고 있는 교원과 눈이 마주쳤다. 그녀는 민망한 마음에 고개를 푹 숙였다. 그러자 교원이 피식 웃더니 별을 거실 바닥에 내려 주었다.

"어쨌든 조심해. 다 붙어 가던 다리, 다시 부러뜨리지 말고."

"치…… 제 다리가 무슨 젓가락이라도 되나요."

별은 투덜대면서도 바닥을 딛고 선 것에 기분이 좋아졌는지 배시시 웃었다. 그런 별을 보던 교원이 픽 웃고는 그녀의 머리를 마구 헝클어뜨렸다.

"어휴, 아저씨!"

"얌전히 있어. 다락이랑 짐 가방 가지고 올 테니까."

교원은 별의 항의에도 불구하고 한 번 더 그녀의 머리를 헝클어뜨린 뒤, 현관 밖으로 나갔다. 별은 입을 삐죽이며 금세 까치집을 지은 머리를 손가락으로 빗었다.

솔직히 싫은 건 아니었다. 오히려 싫다기보다는 좋다고 해야 정확할 것도 같았다. 물론 이렇게 머리가 부스스해지고 헝클어져서 다시 빗어야 하기는 하지만 말이다.

그래도 그의 체온이 닿는 것이 좋았다. 그의 손바닥이 때로는 투박하게 머리를 쓰다듬는 감촉에 안정감을 느끼기도 했다. 교원 역시 그런 별의 마음을 알기 때문에 그녀가 항의를 해도 아랑곳하지 않고 자꾸만 장난을 치는 것이리라.

심술궂고 고약한 성격의 남자라고는 하지만, 그래도 상대방이 정말 싫어하는 짓을 굳이 할 사람은 아니니까. 별은 괜히 겸연쩍은 마음에 흠흠, 하고 헛기침을 하고는 주위를 둘러보았다.

"……이런 건 어린애 있는 집에서 하는 거 아닌가."

그녀는 새삼 민망해져서 작게 중얼거리며 조심스럽게 발을 내디뎠다. 바닥에는 모두 쿠션감이 있는 매트가 깔려 있어서 깁스한 발이 바닥에 닿았는데도 조금의 통증도 느껴지지 않았다. 갑자기 잠드는 바람에 서 있다가 그대로 넘어진다고 해도 거의 다칠 일은 없을 것 같다.

별은 매트 위로 걸음을 옮기다가 2층으로 올라가는 계단 앞에 섰다. 계단 역시 매트가 전부 깔려 있었고, 모서리에도 세심하게 보호대가 설치되어 있었다. 계단 난간 역시 이름을 알 수 없는 재질로 교체되어 차갑고 딱딱한 느낌이 아니라 보드랍고 푹신한 느낌을 주었다.

별은 계단 앞에 서서 난간을 잡고 있다가 슬그머니 발을 들었다. 아니, 들려고 했다.

"얌전히 있으랬지. 하여간 말도 안 듣는다니까."

"얌전히 있었어요!"

갑자기 뒤쪽에서 늘린 교원의 목소리에 별은 죄지은 사람처럼 화들짝 놀라 뒤를 돌아보고는 항의했다. 교원은 그런 별의 반응에 콧방귀를 뀌고는 케이지를 열어 다락이를 거실에 풀어 주고 그녀를 향해 다가왔다.

"얌전히 있는 애가 계단에는 왜 올라가려고 해?"

"누가 올라가려고 했다고 그래요? 공사가 잘 됐나, 그냥 발로 디뎌 본 것뿐이지……."

빤히 보이는 거짓말을 천연덕스럽게 하는 별을 보며 교원이 피식 웃고는 다시 진지한 얼굴로 그녀를 향해 물었다.

"어때? 마음에 들어?"

"……뭐, 예. 그런데 돈 많이 들지 않았어요?"

"별로. 야, 내가 이 정도 능력도 없는 줄 아냐?"

"능력이야 알죠. '다락'이라는 잘나가는 작곡가."

별이 배시시 웃으며 말하는데 뒤에서 다락이가 짖었다. 자신을 부르는 줄 안 모양이었다. 그 사실을 깨달은 별이 웃는 것과 동시에 교원의 얼굴이 구겨졌다.

"그래도 제가 다락이라고 이름 지었을 때 말리지 않았네요? 왜 안 말리셨어요?"

"뭐, 그 이름을 나만 쓰라는 법은 없잖아. 일단 저 녀석 이름으로 된 건데 내가 빼앗는 것도 그렇고……."

교원은 별의 질문에 인상을 쓰면서도 순순히 대꾸했다. 별은 교원을 보다가 푸훗, 웃으며 그의 팔에 매달렸다.

"아저씨는 까칠하고 못됐으면서 은근히 순한 면이 있어요."

"뭐?"

"그게 매력인가……."

툴툴거리고 쌀쌀맞게 굴면서도 결국 모질지는 못한 남자. 별은 가만히 그의 팔을 붙잡은 채 교원의 얼굴을 보다가 생각났다는 듯 입을 열었다.

"저랑 약속 하나만 해요."

"무슨 약속?"

"다른 사람들한테 너무 무르게 굴지 말기."

"뭐?"

교원이 어리둥절한 얼굴로 별을 쳐다보았다. 별은 민망한 마음에 어색하게 웃으며 그의 시선을 피했다. 교원의 그런 성격 덕분에 이 집에 들어와 살게 된 입장에서 이런 말을 하는 게 좀 이기적인 것 같기는 하지만······.

"아저씨가 다른 사람한테 잘 대해 주면 샘도 날 것 같고요. 뭐, 그래서······ 어, 아저씨!"

별은 교원의 시선을 피한 채 중얼거렸다. 그 순간 교원이 별의 손목을 잡더니 그대로 끌어당겼다. 별은 교원의 품에 안긴 채 눈을 깜빡였다. 그의 심장이 미친 듯이 뛰고 있는 것이 교원의 가슴팍에 손을 대고 있던 별에게 고스란히 전해졌다.

"심장이 엄청 빨리 뛰네요."

"너 때문이잖아, 이 맹꽁아."

교원은 자신의 가슴팍에 얼굴을 대고 있던 별의 양쪽 뺨을 감싸 들어 올렸다. 자그마한 얼굴이 자신을 바라보고 있었다.

이 작은 여자가 자신의 삶 속에 끼어들었던 순간, 지금과 같은 이런 순간이 올 거라고는 예상도 하지 못했다.

교원은 가만히 별의 뺨을 쓰다듬었다. 손가락에 닿는 타인의 살갗이 이토록 사랑스러울 것이라고는 기대한 적 없었다. 보드랍고 달콤해서 손이 닿는 순간, 녹아 버리지나 않을까 하는 걱정이 들 정도로.

"내가 너 때문에 진짜 정신이 나갔어."

"예, 예에. 다 저 때문이에요."

별이 투덜대는 것을 잠시 보던 교원이 피식 웃더니 그대로 그녀의 무릎 뒤를 받쳐 안았다.

"아저씨!"

"2층 구경도 하러 가야지?"

"내려 주세요. 제가 직접 올라갈 거예요."

"깁스한 다리로 계단까지 올라가겠다고? 의사가 들으면 퍽이나 좋아하겠네."

교원은 별의 부탁을 콧방귀 한 번으로 무시한 뒤, 그녀를 안아 든 채 성큼성큼 계단을 올라갔다. 교원에게 안겨 있던 별이 작게 중얼거렸다.

"기분이 이상해요."

"왜?"

"모르겠어요. 계속 오르내렸던 계단인데…… 며칠 만에 와서 그런가. 아니면……."

아저씨가 안아 줘서 그런가. 별은 뒷말을 꾹 삼키고 달아오른 뺨을 교원의 가슴팍에 대고 숨을 내쉬었다. 교원이 자신을 안고 올라가면서 아주 살짝 흔들리는 느낌이 좋았다. 그녀는 자신도 모르게 작게 웃었다.

"뭐가 재미있어서 웃어?"

"그냥 전부 다요."

별이 교원을 올려다보며 배시시 웃었다. 그의 턱 선이 눈에 들어왔다. 깔끔하게 면도를 한 남자의 턱에는 수염 자국조차 보이지 않았다.

"그래도 만지면 까슬까슬하겠지?"

"뭐가 만지면 까슬까슬해?"

헙. 별은 무심코 속마음을 중얼거린 것을 깨닫고 입을 다물었다. 그러자 교원이 계단 중간쯤에 멈춰 서서 의아한 눈으로 별을 내려다보았다. 별은 어색하게 웃다가 어쩔 수 없다는 듯 대꾸했다.

"아저씨 턱이요."

"뭐?"

"수염 자국은 안 보여도 만지면 까슬까슬할 거란 생각이 들어서……."

별은 무심결에 말하다가 교원의 황당한 표정을 마주하고는 입을 다물었다. 교원이 다시 피식 웃더니 별을 안은 채 계단을 올라갔다. 별은 잠시 민망해서 왜 그랬을까, 왜 그런 말을 했을까, 하고 혼자 후회하다가 주위를 둘러보고 입을 벌렸다.

"우와. 저기 벽도 뭘 한 거예요?"

"직접 만져 볼래?"

교원은 벽 쪽으로 별을 안은 채 걸음을 옮겼다. 별은 벽 가까이 다가가자마자 손을 뻗었다. 일반 벽지가 아닌 모양이었다. 뭔가 푹신한 느낌이 들었다. 별은 벽을 꾹꾹 눌러 보다가 다시 교원을 올려다보았다.

그냥 간단히 가구나 계단 같은 데에 뭔가를 할 수 있을 거란 생각은 했다. 어린아이가 있는 집에서 하듯 모서리에 라운딩 처리를 한다거나 하는 식으로 말이다.

하지만 그뿐만 아니라 이렇게 바닥과 벽까지 세심하게 신경을 쓴 것을 보니, 별은 기분이 이상했다. 그래서 별이 가만히 입을 다물고 있는 사이에 교원은 그녀를 안은 채 작업실로 향했다.

"혹시 보완했으면 하는 부분이 있으면 말해 봐."

"……아니요."

별은 코끝이 시큰해지는 것을 느끼며 눈을 깜빡였다. 뭔가 실감이 나는 것 같았다. 이 남자와 평생 함께할 수 있겠구나. 이 남자는 나와 평생 함께할 생각인 거구나. 정말…… 가족이 되는 거구나.

"도롱아? 혹시 너 우냐?"

교원이 별을 보다가 굳은 얼굴로 물었다. 하지만 별에게서는 아무 대답도 들리지 않았다. 다만 교원의 옷이 축축하게 젖어들 뿐이었다. 그는 황급히 방바닥에 별을 앉힌 뒤, 그녀의 앞에 쪼그려 앉았다. 별의 눈에서 눈물이 뚝뚝 떨어지는 게 교원의 눈에 들어왔다.

"왜 그래? 뭐가 마음에 안 들어? 대답해 봐. 마음에 안 들면 다시 하면 되니까."

"돈 펑펑 쓰지 말아요."

별이 울먹이며 대꾸했다. 교원은 기가 막히다는 듯 별을 쳐다보다가 다시 입을 열었다.

"지금 이 와중에 그런 말이 나오냐? 난 네가 울어서 속 터져 죽겠는데?"

"열심히 저축해야죠. 그래야 노후에 고생 안 한다고요."

별은 눈물을 닦으면서도 할 말을 야무지게 했다. 하지만 듣는 교원의 입장에서는 답답할 뿐이었다. 왜 우는지 그 이유는 말도 안 하고, 돈 낭비하지 말라는 말에 이어서 노후 걱정까지 하고 있으니 당연한 노릇이었다. 그래서 교원은 비아냥거리듯 다시 말을 이었다.

"그래, 알뜰한 네가 열심히 모아서 내 노후까지 책임져라. 어?"

"당연하죠!"

"……뭐?"

발끈해서 뭐라고 맞받아칠 별을 상상하던 교원은 예상치 못한 별의 대꾸에 멍한 얼굴로 그녀를 보았다. 별은 눈물이 그렁그렁 고인 채 교원을 보다가 다부진 얼굴로 말을 이었다.

"내 남편인데 당연히 내가 책임져야죠. 안 그래요?"

"……남편? '내 남편'이라고?"

교원은 얼떨떨한 얼굴로 별이 한 말을 따라서 중얼거렸다. '내 남편'이란다. 내 남편이라고. 그래서 당연히 자신이 책임진다고…….

"책임지겠다고? 나를 책임진다고?"

교원이 별을 향해 몸을 기울이며 다그치듯 물었다. 별은 뒤로 살짝 몸을 젖힌 채 교원을 마주 보았다. 기대와 설렘으로 가득 찬 교원의 시선에 별은 꼼짝도 할 수 없었다. 잔뜩 들뜬 모습은 마치 풋풋한 소년 같았다.

"별아⋯⋯. 도롱아."

교원의 얼굴이 가까이 다가오는 것을 멍하니 바라보던 별은 눈을 질끈 감았다. 뜨겁게 닿는 입술의 감촉에 방바닥을 짚고 있던 손을 오므렸다.

흡사 어린아이를 달래듯 교원은 천천히, 그러면서도 지치지 않고 계속 그녀를 탐했다. 별의 가슴이 크게 오르내렸다. 숨이 가빠서 더 이상 견딜 수 없을 듯했다. 별이 교원의 팔을 붙들며 더듬더듬 말을 꺼냈다.

"아저씨, 저기 잠깐⋯⋯."

그러나 별의 말은 이어지지 못했다. 조금의 틈도 허락할 수 없다는 듯 교원은 벌어진 별의 입술 사이로 뜨거운 숨결을 토해 내며 다시 그녀를 끌어안았다. 그리고 느릿느릿 탐하던 교원의 움직임이 조금씩 성급해지기 시작했다.

"⋯⋯별아."

어느새 별은 교원에게 밀려서 바닥에 누운 상태였다. 교원은 별의 얼굴 양쪽 옆으로 손을 짚은 채 그녀를 내려다보았다. 땀이 난 것인지 별의 이마에 머리카락 몇 올이 달라붙어 있는 게 보였다.

왜 그런지 교원은 별의 그런 모습에서 시선을 뗄 수 없었다. 갈증이 일었다. 바싹 마른 목구멍은 간절히 뭔가를 원하고 있었다. 아니, 그것은 갈증이 아니라 허기인지도 몰랐다.

그는 아랫배 깊은 곳에서부터 올라오는 허기에 숨을 거칠게 몰아쉬고, 다시 바닥을 짚고 있던 오른손을 들어 별의 머리를 쓸어 넘겼다. 수전증이라도 생긴 것인지 별의 머리를 쓸어 넘기는 내내 손이 덜덜 떨렸다.

"아저씨."

그 순간, 별이 손을 내밀어 교원의 손을 꽉 붙잡았다. 그리고 별은 곧바로 자신의 손을 교원의 손에 깍지를 끼듯 겹쳐 잡고 힘을 주었다. 교원은 시선을 움직여 자신과 별의 손을 보았다. 단단히 서로를 얽어매듯 잡고 있는 손을 보고 있으려니 서서히 진정이 되었다.

그는 손의 경련이 천천히 수그러드는 것을 보다가 다시 별을 보았다.

"언제까지 아저씨라고 부를 거야?"

교원은 짐짓 미소를 지으며 별을 향해 말을 건넸다. 그러자 별이 눈을 동그랗게 뜨더니 작게 웃으며 대꾸했다.

"그러게요. 좀 그렇긴 하네요."

"일어나자."

교원은 별과 잡고 있던 손에 힘을 주면서 다른 손으로 그녀의 등을 끌어안듯 하며 몸을 일으켰다. 그리고 일어나 앉자마자 별을 자신의 허벅지 위에 올린 뒤, 가만히 그녀를 끌어안은 채 입을 열었다.

"말이란 게 참 부족하다는 생각이 들어. 너한테 하고 싶은 말이 많은데 할 수가 없어. 지금 내 감정을 제대로 표현할 수 없을 것 같아서."

별은 교원에게 기댄 채 가만히 그의 목소리에 귀를 기울였다. 굳이 말로 표현하지 않아도 다 안다고 말해 줄까. 별은 속으로 생각하다가 조용히 웃으며 눈을 감았다.

두근, 두근, 그의 심장이 뛰는 소리가 들렸다. 말로 표현하지 않아도 전해지는 것이 있다는 걸 알게 됐다. 그리고 그것은 그 역시 마찬가지일 것이다.

별은 고개를 들어 교원을 보았다. 교원의 눈이 휘어졌다. 별은 교원을 보다가 씩 웃으며 입을 열었다.

"내 남자는 눈웃음도 요염하네요."

"뭐라고?"

"밖에서 눈웃음 치고 다니지 말아요. 그러면 혼내 줄 거야."

별이 으름장을 놓듯 말을 하다가 까르르 웃음을 터뜨렸다. 그리고 다시 교원의 목을 꼭 끌어안고 그의 눈을 똑바로 쳐다보았다.

"이제 기면증 따위는 하나도 안 무서워요."

"그래?"

"응."

별은 다부진 표정을 지으며 고개를 끄덕이고는 다시 교원을 향해 입을 열었다.

"왜냐고 물어보고 싶지 않아요?"

"물어봐?"

"응."

"그나저나 말이 짧아진다, 너."

"애인 사이인데 뭐 어때요. 그건 그렇고 빨리 왜 그러냐고 물어봐요."

"왜 그런데."

교원은 별이 하자는 대로 웃으며 물었다. 그러자 별이 눈을 둥글게 휘며 웃더니 그의 입술에 쪽, 하고 입을 맞추고 대답했다.

"이제는 내가 잠들면 깨워 줄 사람이 있으니까."

"어디에?"

"여기, 내 눈앞에."

별이 웃으며 다시 교원의 입술에 자신의 입술을 댔다. 그리고 입술을 맞댄 채 오물거리며 말을 이었다.

"게다가 근사하잖아요. 잠들었다가 깨면, 사랑하는 사람이 기다리고 있다는 거요."

"그렇구나. 진짜 근사하네?"

교원은 오물거리는 입술이 주는 감촉에 저절로 웃음이 나오려는 걸 삼키며 별이 했듯이 입술을 맞대고 대꾸했다. 그리고 그는 맞은편 벽을, 더 정확히는 맞은편에 있는 다락방의 문을 보았다.

어쩌면…… 저 다락방 역시 근사한 공간이 될지도 모르겠다는 생각이 들었다.

"도롱아."

"응?"

"다음에 우리, 저기서 사랑하자."

"예에?"

"저기, 저 다락방에서."

별은 교원이 가리키는 방향으로 고개를 돌렸다. 그리고 다시 교원을 돌아보았다. 그는 편안한 표정으로 다락방을 보다가 별과 시선이 마주치자 웃었다.

"근사할 거야."

"지금 꼬드기는 거죠?"

"응."

"하여간 뺀질거리게 생겼다, 했다니까요."

"언젠가 들어 봤던 말이다, 그거?"

교원은 별과의 첫 만남을 떠올리며 웃음을 터뜨렸다. 그리고 두 사람 모두 기다렸다는 듯 다시 서로의 입술을 찾았다.

결코 떨어지고 싶지 않다는 듯이.

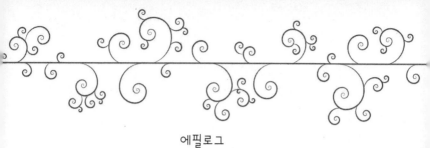

에필로그

아직 온에어(On Air) 전광판에는 불이 들어오지 않은 상태였다. 그러나 사람들은 잔뜩 흥분한 상태로 서너 명씩 모여서 수군거리고 있었다. '다락'이 라디오 생방송에 나온다는 소식은 그만큼 굉장한 사건이었다.

더구나 오늘 최초로 공개한다는 '다락'의 노래 때문에도 사람들은 더욱 흥분을 감출 수 없었다. '다락'이 직접 부른 노래라니. 작곡가로서는 천재적인 재능을 뽐내던 '다락'이지만 과연 직접 부른 노래는 어떨 것인지, 사람들은 기대로 가득 찬 눈으로 그가 나타나기만을 기다리고 있는 중이었다.

또한 소문으로만 듣던 '다락'의 실물이 과연 어떨지도 사람들의 주된 관심사였다. 정말 그렇게 못생겼을까. 얼마나 못생겼기에 지금껏 모습을 감추고 있었던 것일까. 그 바람에 라디오 부스 근처는 생전 보이지 않던 사람들로 북적거렸다.

그때 한 남자가 복도 끝에서 나타났다. 일말의 주저함도 없이 성큼성큼 다가오는 장신의 남자는 순식간에 사람들의 시선을 사로잡았다.

남자는 가벼운 캐주얼 차림을 하고 있었다. 그러나 남자의 분위기는 가볍지도, 평범하지도 않았다. 얼굴의 절반을 가린 선글라스 때문에 그 얼굴조차 제대로 보이지 않았음에도 말이다.

'다락' 만을 기다리고 있던 사람들조차 순간적으로 남자에게 시선을 빼앗길 정도로. 하지만 남자는 사람들의 시선 따위는 아무렇지도 않다는 듯 그들의 옆을 지나서 부스 안으로 들어갔다.

"방금 저 남자 누구야?"

"몰라. 새로 데뷔한 배우인가?"

"모델 아니야? 스타일이 죽이던데."

사람들이 뒤늦게 정신을 차리고 수군댔다. 그러던 중 누군가가 기억났다는 듯 입을 열었다.

"그런데 오늘 생방에 '다락' 말고 다른 게스트도 오기로 했어? 아닌 것 같았는데."

"설마…… 그럼 방금 지나간 그 남자가……."

누군가가 침을 꿀꺽 삼켰다. 그 남자가 '다락' 이라고? 그 말이 쉽게 뱉어지지 않을 정도로 남자가 준 위압감은 굉장했다.

"지금 부스 밖에서 난리가 났어요. '다락' 씨를 직접 본 분들이 떠날 생각을 못하고 계시네요."

디제이 건일이 웃으며 입을 열었다. 그는 바로 옆에 앉은 교원을 향해 계속 말을 이었다.

"오늘 보이는 라디오로 갔어야 하는 건데. 다락 씨도 지금 보이시죠? 피디님이 아쉬워서 몸부림 치고 있는 거요."

"아…… 예."

교원은 턱을 쓸며 무심한 어조로 대답했다. 간단한 대답일 뿐인데도 밖에 있던 작가들까지 호들갑을 떨며 난리를 치는 모습이 유리 너머로 보였다.

어떤 의미에서는 참 대단하다고 해야 할까.

건일은 자신의 옆에 앉아 있는 '다락'을 보며 생각했다. 그는 사람들의 반응에 아예 관심이 없는 듯했다. 아니, 관심은 없다고 하더라도 사람들의 저런 반응을 보면 보통 우쭐해하거나 잘난 척 정도는 하지 않나? 그런데 '다락'은 그저 지겹다는 듯 자리를 지키고 있을 뿐이다.

못생기기는 누가 못생겼다는 거냐.

대체 그 헛소문은 누가 처음에 퍼뜨렸던 것일까. 건일은 기가 막혀서 고개를 저었다. 저런 미남자가 추남이라고 소문이 돌았으니……. 확실히 이쪽에서 도는 소문은 곧이곧대로 믿을 게 아닌가 보다. 건일이 다시 교원을 향해 입을 열었다.

"이번에 발표하실 싱글 앨범에 대해서도 많은 분들의 관심이 모여 있어요. 아시죠, 다락 씨?"

"예, 잘 알고 있습니다."

"작곡뿐만 아니라 이번에는 직접 노래까지 부르셨다고 해서 정말 다들 기대가 큰데, 영광스럽게도 오늘 바로 이 자리에서 처음으로 공개를 하게 되었지요. 아, 저도 예전부터 다락 씨 팬이었거든요. 정말 다시 한 번 말씀드리지만 영광입니다."

"예."

교원은 무뚝뚝하게 고개를 끄덕이며 대꾸했다. 아…… 이럴 때는 '저도 영광입니다.' 라든지 '감사합니다.' 와 같은 인사가 나와야 하는 거 아닌가? 건일은 갑자기 뚝 끊긴 대화에 난감해하다가 황급히 다시 입을 열었다.

"그럼 다락 씨의 신곡, 처음으로 공개합니다. 노래 듣고 다시 올게요."

◆

"다락아, 쉿! 조용히!"

별은 다락이와 놀다가 검지를 입에 대고는 라디오 볼륨을 키웠다. 그러자 다락이가 눈치 빠르게 별의 앞에 가만히 엎드려 앞발을 모은 채 별을 말똥말똥 쳐다보았다. 라디오에서 교원의 목소리가 흘러나오기 시작했다.

……처음으로 별이 작사를 한 노래였다.

서툴고 모자라 몇 번이고 수정하고 또 수정했던 가사가 교원의 목소리로 생생하게 들렸다. 이 곡을 쓰느라고 교원이 여러 날을 밤새워 작업했던 것을 모르지 않기에, 별은 가슴이 먹먹해져서 입을 꾹 다문 채 노래에 귀를 기울였다.

'두 곡을 싱글로 낼 거야. 네 이야기를 담은 곡 하나, 내 이야기를 담은 곡 하나.'

'제가 어떻게 해요. 저는 아직 배우는 입장인데……'

'도와줄게. 같이 내자.'

'아저씨.'

'너도 나도 이제는 털어 내야지. 안 그래? 이왕이면 함께 털어 냈으면 해서 그래. 과거의 상처 따위 같이 털어 내자고. 그래서 네가 네 이야기뿐만 아니라 내 이야기까지 가사로 써 줬으면 좋겠어. 그럼 두 번 다시 과거를 돌아보지 않아도 될 것 같아.'

교원의 목소리가 노래와 함께 생생하게 되살아났다. 별의 눈가가 촉촉하게 젖어 들었다. 그의 말 때문이었을까. 정말 이제는 과거를 털어 낸 것처럼 마음이 가벼웠다. 어린 날의 기억도 이제는 덜 아픈 것도 같았다. 물론 아예 아무렇지 않다고 하면 거짓말이겠지만.

「와아, 정말 멋져요. 진짜 숨도 안 쉬고 들었어요.」

라디오 프로그램의 디제이가 감탄한 듯 몇 번이나 박수를 치며 거듭 말했다. 별은 디제이의 말에 전적으로 동의하며 고개를 끄덕였다. 정말 숨도 안 쉬고 들은 것 같았다. 후아, 그녀는 뒤늦게 숨을 몰아쉬고는 다락이의 앞발을 잡고 입을 열었다.

"다락아. 너도 지금 들었지? 되게 멋지지? 아저씨 노래, 진짜 끝내주지?"

다락이가 뒷발로 귓등을 긁으며 앙, 하고 짧게 짖었다. 별은 배시시 웃으며 일어나 앉았다. 라디오 생방송에 나가게 됐다며 귀찮아하던 교원의 모습이 떠오른 탓이다.

아마 지금도 잔뜩 귀찮다는 얼굴로 앉아 있을 게 분명하다. 뵤이는 라디오가 아닌 게 아쉽다던 디제이의 심정이 이해가 되었다. 뭐, 별의 경우에는 다른 사람들과는 다른 이유라고도 할 수 있겠지만.

"뚱한 얼굴로 있는 거, 보고 싶은데."

별은 아쉬운 얼굴로 중얼거렸다. 그때 다시 디제이의 목소리가 들렸다.

「이번 싱글에 참여하신 작사가분에 대해서도 다들 궁금해하시는 게 많아요. '별' 씨, 맞죠? 다락 씨의 이번 싱글 앨범이 아마 첫 데뷔 작품인 듯한데…… 가사가 굉장히 감성적이고 다정하다고 해야 할까요? 느낌이 참 좋아요. 별 씨는 어떤 분이신가요? 이왕이면 같이 나오시지 그러셨어요.」

어떤 분이시기에 이렇게 예쁘고 사랑스러운 가사를 쓰셨는지 정말 궁금한데요. 디제이의 웃음 섞인 목소리에 별이 민망해져서 볼을 부풀리며 콧등을 찡그렸다.

그러면서도 내심 교원이 어떤 식으로 자신을 소개할지 궁금해져서 별은 라디오 쪽으로 가까이 몸을 숙였다.

「보이기 싫어서요.」

「예?」

「애가 워낙 야해서, 밖에 내돌릴 수가 없거든요.」

"흐억!"

아니, 이 아저씨가! 전국적으로 나를 개망신 주기로 작정한 건가!

별은 기가 막혀서 입만 벙긋거렸다. 그리고 그건 별뿐만이 아니었는지 잠시 라디오에서도 아무 소리가 나오지 않았다. 방송사고 수준이라 할 수도 있었다.

뒤늦게 디제이가 머뭇거리며 들고 있던 종이를 구기는 것인지 소음이 들리더니 아하하, 어색하게 웃으며 말을 잇기 시작했다.

「……여자분이신가 봐요. 혹시 다락 씨와 사귀는 분이신가요? 그럼 이거 정말, 특종 중의 특종인데 말이죠.」

「아내입니다.」

"흐으억!"

이 남자, 사고 쳤다! 별은 그대로 앞으로 엎어졌다. 한동안 침대 위에 엎드린 채 꾸르륵, 꾸르륵, 이상한 소리만 내다가 체념한 얼굴로 다시 몸을 일으켰다. 이럴 거면 생방송에 왜 나간 거야. 라디오 피디는 무슨 죄가 있다고.

별은 두 손으로 머리를 붙잡고 고개를 마구 흔들었다. 그러거나 말거나 생방송은 여전히 진행 중이었다.

「이거, 정말…… 다락 씨에 대해서 많은 걸 알게 되네요. 유부남이셨습니다, 우리 다락 씨는요! 많은 여성분들의 감성에 속삭이고 눈물을 자아내게 만들던 수많은 곡들의 주인공! 다락 씨가 유부남이셨다는 사실에 지금 부스 바깥에서는 더욱 난리가 났어요.」

흥분했는지 디제이의 말이 점점 빨라졌다.

「진짜 지금, 청취자분들이 다락 씨를 직접 못 보시는 게 정말로 아쉬운데요. 정말 유부남이라고는 생각되지 않거든요. 아, 보이는 라디오였어야 했는데! 피디님이 지금 벽에 이마를 찧고 계십니다. 예, 저도 그 마음 절실히 동감해요. 그건 그렇고…… 아내분을 정말 사랑하시나 봐요. 거의 공처가 수준이신데요? 야해서 밖에 내돌릴 수가 없다니. 이거, 남성분들이 꿈꾸는 그런 미인이신가 봐요. 아, 정말 부럽습니다. 아내분…… 그러니까 작사가 별 씨께서 지금 이 라디오를 듣고 계시려나요?」

「아마 잔뜩 부어터져서 듣고 있을 겁니다. 라디오 나가서도 또 이런 소리를 했다고요.」

「'또'라니, 평소에도 이런 말씀을 자주 하시나 봐요?」

「야해서 야하다고 하는데, 본인은 듣기 싫어하더라고요.」

별은 눈을 가늘게 뜬 채 라디오에서 흘러나오는 교원의 목소리를 듣고 있다가 잔뜩 부어터진 표정으로 투덜거렸다.

"내가 이러고 있을 거 뻔히 알면서, 하여간 성격 고약하다니까. 그러면서 목소리는 왜 이렇게 좋은 거야?"

이런 사기 캐릭터 같으니라고. 별은 계속 구시렁대다가 다시 배시시 웃었다. 그래도 목소리를 들으니 좋았다. 바로 옆에 있는 것 같은 기분도 들고……. 라디오에서는 이번 싱글 앨범에 대한 대화가 이어졌다. 그러다가 어느 순간, 별의 눈이 흔들렸다.

「사실은 그 애한테 가족을 찾아 주고 싶어서 나왔습니다. 제 힘으로 어떻게든 찾아 주고 싶었는데 어렵더라고요. 그래서 방송의 힘이라도 빌리면 도움이 되려나 해서요.」

교원은 진지한 목소리로 출연하게 된 계기를 털어놓았다. 지금껏 모습을 드러내지 않았던 '다락'이 스스로 방송에 나오게 된 이유에 대한 답변이었다. 디제이는 잠시 당황한 듯 머뭇거리다가 다시 입을 열었다.

「아…… 그러시군요. 그럼 제대로 방송의 힘을 빌려 보죠. 청취자분들, 자세히 주의 깊게 들어주시고요. 혹시 본인이나 주변에 비슷한 상황을 겪었던 분이 계시다면 꼭 연락 부탁드립니다. 그러니까 그분께서 가족을 잃어버리게 된 때가…….」

별의 입술이 파르르 떨렸다. 생각도 못한 일이었다. 교원이 이런 걸 계획하고 있었을 것이라고는 상상도 하지 못했다. 자기 힘으로 찾아 주고 싶었는데 어려웠다고 했다. ……자신 몰래, 자신의 가족을 찾고 있었던 것이다.

그녀는 언젠가 당시의 상황을 자세히 캐물었던 교원을 떠올렸다. 그때 별은 신경질을 부렸던 것도 같다.

'왜 자꾸 남의 과거를 캐묻는 건데요! 아저씨, 진짜 잔인한 거 알아요? 남의 상처를 들쑤시면, 아저씨는 아무렇지 않을 수 있어도 당사자는 정말 아프다고요. 아파 죽겠다고요!'

단순히 호기심으로 묻는 거라고 오해했었다. 그래서 서운한 마음에 더욱 화를 내기도 했었다. 다른 때는 받아치기도 잘 받아치던 남자가 그때는 묵묵히 자신의 화를 다 받아 주었다. 그게 이상하단 생각은 하지 못했다. 그러기에는 스스로 너무 화가 나서 제정신이 아니었다.

"난 그것도 모르고……."

별이 중얼거리다가 눈물을 뚝 떨어뜨렸다. 가족을 찾을 수 있을 거라는 기대는 하지 않는다. 방송의 힘을 빌린다고 해서 갑자기 지금껏 찾지 못했던 가족이 나타날 리 없다.

하지만 교원의 마음 씀씀이 덕분에 별은 가슴속에 남아 있었을지도 모르는 생채기조차 아무는 듯했다. 자신조차 포기했던 가족을 찾아 주겠다고 몰래 혼자 애태웠을 교원을 생각하니 가슴이 먹먹했다. 지금 눈앞에 그가 있다면 꼭 안아 주고 싶은 마음이었다.

별은 손등으로 눈을 비빈 뒤, 황급히 휴대폰을 들었다. 그러나 막상 휴대폰을 들고 나니 교원에게 뭐라고 메시지를 보내야 할지 알 수가 없었다. 그녀는 잠시 주저하다가 그에게 메시지를 보냈다.

[이따가 올 때 어두우니까 조심해서 와요.]

고작 할 수 있는 말은 그게 전부였다. 하지만 교원이라면 분명 그녀가 느끼고 있는 이 감정을 전부 알아차릴 수 있을 거라 믿었다. 별은 어느새 다시 이번 싱글 앨범의 두 번째 곡이 흘러나오는 것을 들으며 작게 중얼거렸다.

"나한텐 아저씨가 가족이니까…… 괜찮아요."

찾지 못한다고 해도 이젠 괜찮아요. 그녀는 스스로 다짐하듯 중얼거렸다.

◆

별은 정원 한쪽에 놓인 벤치에 앉아서 교원이 빨래를 너는 걸 보고 있었다. 깁스는 이미 풀었는데도 교원은 그녀 대신 종종 이렇게 집안일을 하고 있다. 그러던 중에 교원의 휴대폰이 울린 것이 몇 분 전의 상황이다.

통화를 하던 교원이 전화를 끊더니 별을 향해 입을 열었다. 별은 다리를 앞뒤로 흔들며 있다가 교원의 말에 순간적으로 멍한 표정을 지었다. 방금 그가 무슨 말을 한 것인지 머릿속으로 이해가 되지 않았다. 그냥 웅웅대는 소리를 들은 것 같은데…….

그런 별의 얼굴을 보며 교원이 혀를 차더니 가까이 다가와 살짝 몸을 구부리고는 그녀의 양쪽 뺨을 손으로 감싼 채 다시 말했다.

"할머니를 찾았다고. 유전자 검사까지 마쳤으니 확실해."

"그게, ……그게 무슨 말이에요?"

할머니라니요? 유전자 검사는 또 무슨 말이고요. 교원을 바라보는 별의 시선이 심하게 흔들렸다. 교원은 그녀를 똑바로 쳐다보며 말을 이었다.

"라디오 방송 이후에 꽤 많은 곳에서 연락이 왔었어. 그리고 그중에서 가능성이 있어 보이는 몇 사람들과 네 유전자 검사를 하느라고 몰래 머리카락을 가져다가 검사했어. 미리 말하지 않은 건 미안해. 그런데 괜히 먼저 말했다가 혹시 아니면 실망할 것 같아서 말하지 못했어."

"난 생각도 못했어요. 그냥 방송 나가고 그대로 흐지부지된 줄로만 알았는데……."

할머니라니. 내 할머니를 찾았다는 거잖아. 별의 눈에서 눈물이 왈칵 쏟아졌다. 그녀는 황급히 고개를 숙였다. 그러자 교원이 허리를 숙여 그녀를 꼭 끌어안은 채 입을 열었다.

"할머니께서 몸이 좀 안 좋으신가 봐. 구체적인 건 모르지만, 일단 그분을 찾아뵈면 부모님 소식도 들을 수 있지 않겠어?"

"난…… 나는……."

별이 말을 잇지 못하고 울음을 터뜨렸다. 갑작스러운 소식에 그녀는 머릿속이 하얗게 된 사람처럼 아무 생각도 할 수 없었다. 교원이 부들부들 떠는 별을 달래기 위해 그녀의 등을 토닥였다.

"별아, 진정해. 할머니를 뵙는 것뿐이야. 그냥, 아주 오랜만에 할머니를 뵙기 위해 가는 것뿐이야."

"아저씨. 하지만……."

별은 두려움이 앞서서 말을 잇지 못했다. 막연히 부모나 다른 친척들의 존재에 대해 생각할 때와는 다른 느낌이었다.

직접 만나게 된다는 것만으로도 오히려 겁이 덜컥 났다. 지금껏 찾지 못했던 피붙이였다. 찾고 싶어서 경찰서에 유전자 등록을 해 놓았지만 지금껏 만나지 못했다. 그래서 부모가 자신을 찾고자 하지 않는다고 여겼다. 찾는 것을 포기한 건지도 모른다고 생각했다.

"싫어하면 어떻게 해요?"

"별아."

"보고 싶지 않다고…… 거부하면 어떻게 해요."

차라리 그럴 바에는 처음부터 만나지 않는 게 나을지도 모르는데……. 별은 다시 한 번 눈물을 쏟았다. 교원이 방송을 통해서 찾아낸 사람은 부모가 아니라 할머니였다.

그 사실이 말하는 건 뭘까. 부모님은 나를 만나고 싶지 않은 건지도 몰라. 할머니를 통해서 그걸 직접 듣게 된다면, 나는 어떻게 해야 하지?

그 순간, 교원은 별의 마음을 알아차린 듯 그녀를 끌어안은 채 입을 열었다.

"겁낼 것 없어. 무서워할 것도 없어, 도롱아. 뭐가 그렇게 두려워? 내가 있잖아."

"그렇지만 아저씨……."

"남편이 이렇게 든든하게 버티고 있는데 뭐가 무섭다고 징징대냐? 나, 자존심 상하려고 그런다."

교원이 짐짓 넉살 좋게 농담을 섞어 말을 걸었다. 별은 울먹이다가 교원의 말을 듣고는 픽 웃어 버렸다. 그리고 그의 옷자락을 꽉 움켜쥔 채 호흡을 고른 뒤, 다시 교원을 올려다보며 입을 삐죽였다.

"진짜 자꾸 사기 칠 거예요? 방송으로도 사기를 치더니……."

"내가 무슨 사기를 쳤다고 그래?"

"결혼도 안 했는데 무슨 부부예요, 우리가?"

그러고 보니까 진짜 너무하는 거 아니에요? 제대로 멋지게 청혼도 안 하더니 이제는 아예 결혼까지 대충 넘어가려고요? 별은 투덜거리며 붉어졌던 눈을 비볐다. 울컥거리는 마음을 애써 진정시키려고 일부러 더 과장되게 행동하는 그녀를 보며 교원은 모르는 척 대꾸했다.

"결혼을 꼭 해야 부부냐?"

"그럼 결혼 안 한 부부도 있어요? 그게 말이 돼요?"

"왜 말이 안 돼? 여기, 우리가 바로 그 증거인데."

"우길 걸 우겨요. 내가 성격이 좋으니 그냥 넘어가는 거지, 다른 여자들 같았으면 어림도 없다고요."

별은 입을 삐죽이며 교원의 품에 안긴 채 괜히 아무것도 없는 손가락을 만지작거렸다. 교원은 힐끔 그녀를 내려다보다가 다시 입을 열었다.

"할머니랑 부모님…… 전부 모시고 결혼하자."

"예?"

"물론 너랑 나, 둘이서만 결혼할 수도 있었어. 그런데…… 그러기는 싫더라고."

별은 교원의 말에 아무 대꾸도 하지 못했다. 그저 잡고 있던 그의 옷을 만지작거릴 뿐이었다.

"내 욕심이라는 건 아는데, 그래도 이왕이면 네 가족이 보는 앞에서 결혼식을 올리고 축하받고 싶어서. 너도 알잖냐. 나, 가족 없는 거. 그래서 그런지 네 가족을 찾고 싶더라고. 도롱이, 너희 가족이라면 나를 가족으로 받아 주지 않을까, 뭐, 그런 생각도 들었고."

교원의 웃음 섞인 목소리가 들렸다. 겸연쩍은 듯한 그의 목소리를 듣던 별은 다시 고개를 들어 그를 올려다보았다.

"거짓말쟁이."

"뭐?"

"……아니에요. 됐어요."

별은 다시 고개를 절레절레 흔들었다. 그의 말은 아마 반은 진심이고, 나머지 반은 거짓일 것이다. 자기 욕심이라는 건 거짓말. 그리고…… 나머지는 진심.

나를 위해서 찾아 주고 싶었던 거면서. 괜히 아닌 척 그렇게 말하기는. 별이 교원의 가슴팍에 볼을 대고 있다가 가만히 물었다.

"할머니가…… 많이 아프시대요?"

"얘기만 들어서는 잘 모르겠어. 직접 뵈어야 확실히 알 수 있겠지."

"……아빠랑 엄마 소식은 못 들었어요?"

"응. 일단 할머니랑 네 유전자 검사 결과만 들었을 뿐이야. 자세한 건 나도 몰라."

별은 교원의 말을 듣다가 중얼거렸다.

"기분이 되게 이상해요."

"이상해?"

"예."

고개를 끄덕이며 대답하는 별의 머리를 쓰다듬던 교원이 살짝 그녀의 턱을 감싸 쥐고는 몸을 숙였다. 부드럽게 닿는 입술의 감촉에 별의 눈이 순간적으로 커졌다가 스르르 감겼다. 교원은 별의 입술 위에 쪽, 하고 입을 맞추고는 다시 웃으며 허리를 폈다.

"하여간 우리 도롱이, 뽀뽀만 해도 자려고 한다니까. 누가 도롱이 아니랄까 봐 곧바로 눈 감고 자냐?"

"자, 자기는 누가 잔다고!"

별이 당황한 얼굴로 발끈했다. 그러자 다시 교원이 개구쟁이처럼 씩 웃더니 별의 뺨을 감싸고 얼굴을 가까이 가져갔다. 두 사람의 코끝이 서로 맞닿을 정도로 가까워졌다. 그리고 교원의 숨결이 별의 피부 위에 닿았다가 떨어지기를 반복했다.

별은 바로 눈앞에 다가온 교원의 시선으로부터 눈을 돌리지 못하고 그저 눈만 깜빡였다. 그 모습을 지켜보던 교원의 눈이 휘어지는 듯싶더니 그가 검지로 별의 볼을 꾹 누르며 입을 열었다.

"숨은 쉬어야지, 도롱아. 아무리 내가 좋아도 그렇지, 숨까지 안 쉬고 있냐?"

"후아아……."

그제야 별은 자신이 숨을 쉬지 않고 있었음을 깨닫고 한꺼번에 참았던 숨을 내쉬었다. 그렇게 호흡을 고르고 있는데 키득거리는 소리가 들렸다. 별은 붉어진 뺨을 손으로 두드리며 새침한 얼굴로 그를 노려보았다.

"못됐어."

"늘 듣던 말이야."

"고약해."

"항상 듣던 말이지."

"할머니 만나면 다 고자질할 거야."

"그건 곤란한데."

교원이 짓궂게 웃으며 다시 별의 입술에 스치듯 입술을 댔다가 떼고는 말을 이었다.

"나는 할머니한테 만점 손주 사위가 될 작정이라서."

"꿈도 크시네요."

별은 기가 막히다는 듯 대꾸하다가 문득 자신이 아무렇지 않게 할머니에 대해 이야기하고 있다는 사실을 깨달았다. 이 남자가 일부러 가볍게 장난을 친 거였구나. 자연스럽게 받아들이게 하려고……. 별이 다시 교원을 쳐다보자 그가 어깨를 으쓱이며 웃었다.

◆

형광등 불빛이 금방이라도 나갈 듯 불안하게 깜빡였다. 별은 방 안으로 발을 들이지 못하고 그 앞에 서서 방의 천장에 매달려 있는 형광등을 물끄러미 보았다. 등 뒤에서 온기가 전해지더니 교원이 별을 감싸듯 붙잡으며 귓가에 나직하게 말했다.

"들어가자, 별아. 할머니께 인사 드려야지."

별은 교원의 말을 듣고 나서야 다시 정신을 차리고 방 안으로 시선을 옮겼다. 머리가 하얗게 센 노인이 별과 눈이 마주치자 희미하게 미소를 지었다. 그러더니 한 손으로 벽을 짚으며 별을 향해 다가왔다. 한쪽 다리를 심하게 절어 걸음을 옮길 때마다 몸이 기우뚱거렸다.

노인의 그런 모습에 별이 눈을 크게 뜨고는 당황한 얼굴로 황급히 발을 들여놓았다. 그리고 부축하려고 손을 내민 순간, 노인이 덥석 별의 손을 붙잡았다.

"아가…… 네가 별이 맞니?"

"……하, 할머니."

"맞아? 별이 맞아? 내 손녀, 내 하나뿐인 손녀 별이가 맞는 게야? 응? 대답 좀 해 다오. 할미가 늙어서 정신이 들락날락거려 꿈이라도 꾸고 있는 건가 싶어서 그래. 네 애비랑 애미 얼굴이 고스란히 있는 걸 보면 맞는 것 같기는 한데……."

"마, 맞아요. 별이 맞아요, 할머니."

별은 할머니의 손을 맞잡으며 왈칵 눈물을 쏟고 말았다.

너무 어릴 적에 가족과 헤어진 탓에 할머니에 대한 기억은 남아 있지 않았다. 그런데도 할머니의 손을 맞잡는 순간, 알 수 있었다. 굳이 유전자 검사 결과를 보지 않았더라도 알 수 있었을 것 같단 생각이 들었다. 피붙이구나, 할머니구나, ……내 가족이 구나, 하는 것 말이다.

노인 특유의 살비늘 냄새가 나는 듯도 싶었다. 그 냄새가 역하다기보다는 오히려 정겨웠다. 오랜 세월 잊고 지내야 했던 따뜻한 할머니의 체온을 고스란히 담고 있는 것만 같아서 자꾸만 눈물이 나왔다.

"어디, 우리 손녀 얼굴 좀 보자. 곱구나. 아주 예쁜 아가씨가 다 됐어."

고맙다, 정말 고맙다, 별아. 이렇게 예쁘게 커 줘서 정말 고마워. 할머니의 주름진 얼굴에 눈물이 주르륵 흘러내렸다. 서걱거리는 손바닥이 몇 번이고 별의 뺨을 쓸어내렸다. 별은 눈물로 젖은 뺨을 하염없이 어루만지는 할머니의 손을 두 손으로 잡았다.

"다리는 왜…… 어디가 어떻게 아프신 거예요?"

"늙어서 그렇지, 뭐. 나이 들면 관절이 제일 먼저 알아차리잖니."

할머니가 애써 아무렇지 않은 척하며 별의 얼굴을 보고 또 보았다. 일찍 세상을 뜬 아들과 며느리의 얼굴을 골고루 닮은 손녀가 자신을 바라보며 울고 있었다.

살아 있기를 잘했구나, 노인은 지난 세월 내내 쌓였던 한스러운 감정들을 모조리 털어 내며 별의 손을 꽉 움켜잡았다.

이 어린 것을 잃어버린 뒤, 아들네 부부는 생업조차 포기한 채 별을 찾기 위해 전국을 떠돌아다녔다. 전단지를 돌린 것만 해도 수십 만 장은 충분히 되었을 것이다. 그러나 별의 흔적은 그 어디에서도 찾지 못했다. 그때의 절망은 말로 표현할 수 없는 것이었다.

"애비와 애미가 지금 너를 보면 얼마나 좋아하겠니. 그 불쌍한 것들이 오죽 좋아하겠어."

"……."

별은 눈물을 쏟다 말고 입술을 깨물었다. '불쌍한 것' 이라 지칭한 이들이 바로 자신의 부모임을 알았다. 그리고 그 말 속에 담긴 뜻이 어쩐지 무서웠다. 알고 싶지 않은 사실을 알게 될 것만 같았다.

별이 숨조차 쉬지 못하고 바르르 떨자, 그녀의 뒤에 서 있던 교원이 별의 어깨를 다독였다. 괜찮다는 듯, 용기를 내라는 듯, 별은 그 온기에 기대어 조금 더 용기를 내기로 했다.

"아빠랑 엄마는…… 지금 어디에 계세요?"

어디, 멀리 가 계신 거예요? 제 소식은 아직 듣지 못하셨대요? 별은 뱉지 못한 말들을 숨과 함께 토해 내며 할머니를 바라보았다. 그러자 할머니가 흐려진 표정으로 별을 보다가 얼굴을 일그러뜨렸다.

고통스러운 세월을 홀로 견뎌 낸 노인으로서는 도저히 다시는 꺼내고 싶지 않은 이야기였다. 그러나 이렇듯 어렵게 다시 만난 손녀에게 꼭 전해야 할 이야기이기도 했다.

◆

"괜찮아?"

교원은 차의 시동을 끈 뒤, 조심스럽게 옆을 돌아보고 물었다. 별은 가만히 앞만 바라보고 있다가 고개를 끄덕였다.

"괜찮아요. 아니, 괜찮은 건 아닌 것 같은데……. 그래도 어떻게 생각하면 괜찮아요."

괜찮다고 거듭 말하는 별의 목소리에는 울음이 섞여 새어 나왔다. 그러나 교원은 굳이 그 점을 지적하지 않았다.

"나는요, 원망만 하면서 살았어요. 아빠도 엄마도, 두 분 모두 나를 찾으려고 하지 않는다고…… 그렇게 원망만 품고 살았어요. 왜 몰랐을까요. 그분들이 나를 찾기 위해 그토록 간절히 전국을 돌아다니며 찢긴 가슴을 추스르지도 못한 채 그렇게 헤매야 했던 것을……. 이기적이었어요. 내 상처만 아프다고 여기고, 나를 잃어버린 부모님의 상처가 얼마나 고통스러웠을지에 대해서는 생각하지 못했어요. 아니, 생각조차 하려고 하지도 않았어요."

별의 눈에 눈물이 그렁그렁 고인 것을 보며 교원은 뻗어나가려는 손을 내리눌렀다. 그녀가 하고 싶은 말을 속에 담아 두지 않고 전부 토해 내기를 기다려야 한다고 여겼다. 섣부른 위로는 오히려 하지 않는 게 나을지도 몰랐다.

별은 눈물을 떨어뜨리며 파르르 떨리는 입술을 열어 계속 말을 이었다.

"할머니는 또 얼마나 힘겨웠을지, 나는 상상도 못 했어요. 아들과 며느리를 모두 먼저 떠나보낸 뒤에 홀로 견디셨을 그 외로운 시간들을, 난 생각조차 한 적이 없어요."

"별아."

"그러지 말걸, 원망하지 말걸, 나를 버렸다고 그렇게 오해하지 말걸……."

별은 두 손으로 얼굴을 감싸고 울음을 터뜨렸다. 교원은 더 이상 참지 못하고 별을 향해 팔을 뻗으려다가 이를 악물며 그대로 다시 거두었다.

눈물을 닦아 주려면 얼마든지 닦아 줄 수 있다. 하지만 때로는 눈물을 쏟아 낼 만큼 쏟아 내야 가슴속에 묻어 두었던 아픔을 전부 털어 버릴 수도 있는 법이다. 더구나 지금껏 이십 년 가까이 원망과 그리움을 동시에 느꼈던 부모의 소식을 알게 된 것이니 어설프게 상처를 봉합하려 해서는 안 될 것이었다.

지금 그녀가 느끼고 있을 감정을 어떻게 상상할 수 있을까. 별의 부모가 이미 죽었다는 건 교원으로서도 전혀 예상하지 못한 일이었다. 당연히 어딘가에 살아 있을 거라고 생각했다.

'너를 잃어버리고 한 3년 뒤였던가, 새벽에 전단지를 붙이러 나갔다가 교통사고가 났지.'

'네 애비는 그 자리에서 바로 죽었고, 애미는 일주일을 병원에서 있다가 뒤따라갔어.'

교원은 한숨이 나오려는 것을 삼켰다. 그때 그의 휴대폰이 울렸다. 낯설면서도 조금은 낯익은 번호였다. 교원은 황급히 별을 돌아보고는 전화를 받았다.

"예, 할머님. 교원입니다."

— 미안해요. 내가 별이한테 해 주지 못한 얘기가 있어서 그러는데, 혹시 그 아이가 옆에 있나요? 별이 번호로 전화를 걸었는데 통 받지를 않아서요.

"아…… 진동으로 해 놓았나 보네요. 잠깐만 기다려 주세요, 할머님."

교원은 몸을 돌려 별을 향해 휴대폰을 건넸다. 울음을 쏟아 내던 별은 교원의 '할머님' 소리에 가까스로 마음을 진정시켰는지 붉게 충혈된 눈으로 그를 쳐다보고 있었다. 교원은 고개를 끄덕이며 용기를 북돋아 주듯 말했다.

"받아 봐."

별은 입을 다문 채 고개를 끄덕이고는 교원이 건넨 휴대폰을 귀에 가까이 대고 작게 입을 열었다.

"예, 할머니. 별이에요."

— 내가 아까 너한테 깜빡 잊고 전해 주지 못한 말이 있어서 전화했다, 별아.

"무슨 말씀이신데요?"

— 네 애미가 세상 뜨기 전에 했던 말이 있었어.

"……엄마가요?"

별은 할머니가 전한 말을 묵묵히 들었다. 그리고 전화를 끊은 뒤, 그녀는 조용히 휴대폰을 두 손으로 꼭 쥔 채 고개를 숙였다. 교원은 가만히 그녀를 돌아보았다. 별의 손등 위로 떨어진 눈물을 잠시 보던 교원에게 별의 목소리가 들렸다.

"엄마가…… 그랬대요. 엄마가 죽더라도 봄의 움트는 새싹 속에, 뜨거운 한여름의 햇살 사이에, 시원하게 쏟아지는 장맛비에,

선선해지는 가을 바람결에, 소복소복 쌓이는 함박눈 위에, 그 모든 것들 속에 엄마가 있을 거라고요. 나를 늘 바라보고 지켜줄 거라고요. 아빠랑 같이 그렇게 세상 모든 것들 사이에 있을 거니까……."

별은 말을 잇지 못하고 잠시 입을 다물었다. 꽉 다문 입술 사이로 울음이 터져 나올 것만 같았다. 하지만 울고 싶지 않았다. 그런 건 자신의 부모가 바라는 게 아니란 생각이 들었다.

"외롭지 않을 거라고. 어디에 있든, 내 딸 별이는 슬프지 않을 거라고…… 엄마가 그랬대요."

"……별아, 이리 와."

교원은 몸을 옆으로 틀고는 그녀를 향해 팔을 뻗었다. 그리고 별의 어깨를 꽉 움켜쥔 채 끌어당겼다. 별이 교원의 어깨를 붙잡은 채 끅끅거리며 울음을 참아 냈다.

"난 몰랐어요. 난 그것도 모르고 아빠랑 엄마가 나를 잊었다고, 나를 찾고 싶어 하지 않는다고, 그렇게 원망만 하고."

"괜찮아. 분명 이해하셨을 거야."

"그리고 할머니는 몰랐대요. 경찰서에 유전자 등록 같은 거 할 수 있는 걸 아예 모르셨대요. 그래서 할머니가 막 미안하다고, 할머니가 바보 같아서 지금껏 나를 찾지 못했다고 우시는데……."

별은 가슴이 찢기는 것만 같았다. 할머니의 서러운 울음에 함께 울고 싶었다. 하지만 그만큼 할머니가 느꼈을 죄책감을 덜어 주고 싶었다. 그래서 아무렇지 않은 척 통화를 끝낼 수밖에 없었다.

별의 눈에서 눈물이 끊임없이 흘러나왔다. 교원은 별을 끌어안은 채 등을 토닥이다가 몸을 살짝 떼고는 그녀의 젖은 눈가를 손가락으로 쓸어내리며 입을 열었다.

"너 이렇게 자꾸 울면 다들 속상해하실 거야. 네 부모님도 그렇고 할머님도 그렇고. 어머니께서 그러셨다며? 늘 바라보고 지켜줄 거라고. 그런데 지금 네가 이렇게 마음 아파서 우는 걸 보신다고 생각해 봐. 자꾸 불효할래? 어?"

"……아니요, 불효 안 해요. 안 할 거야."

"그래. 그러니까 울지 마. 더 이상 마음 아파하지도 말고."

교원은 별의 머리를 쓰다듬으며 다시 그녀를 안고 있다가 말을 이었다.

"우리가 할머님 모시고 살자."

"아저씨?"

"그렇게 하자, 별아. 당장 내일이라도 모시고 오자."

"……아저씨."

별은 교원을 쳐다보다가 감격한 얼굴로 다시 그의 목을 꼭 끌어안았다. 교원이 별의 어깨를 끌어안아 다독이며 말을 이었다.

"1층은 할머님께서 쓰시면 되고, 별이 너는 나랑 같이 2층 쓰면 되겠다. 그렇지? 그런데 어쩌나. 작업실 빼면 침실은 하나뿐이라…… 아무래도 같이 써야겠는데?"

"뭐, 뭐라고요?"

별은 교원의 짓궂은 목소리에 다시 그를 쳐다보았다. 그리고 의심 가득한 눈으로 교원을 쳐다보다가 입을 열었다.

"설마…… 이걸 노리고 할머니 모시고 살자고 한 건 아니죠?"

"설마 내가 그런 놈이겠냐."

교원이 싱글싱글 웃으며 대꾸했다.

♦

……그런 놈이었다. 그렇고 그런 놈이었다. 별은 이불을 뒤집어쓴 채 앓는 소리를 내며 침대를 몇 번이나 주먹으로 탕탕 치다가 다시 베개 위에 얼굴을 묻은 채 중얼거렸다.

"서른 넘은 아저씨가 왜 이렇게 체력이 좋은 거야."

"네가 체력이 약한 거지. 정말 놀랍다, 스물넷밖에 안 된 애가 할머님보다도 체력이 떨어지냐?"

어느새 교원이 다시 방에 들어왔는지 별의 옆에 다가와 앉는 기척과 함께 침대가 흔들리더니 혀를 차는 소리가 들렸다. 별은 억울한 마음에 뒤집어쓰고 있던 이불 속에서 고개만 쏙 내밀고 항의했다.

"아니거든요?"

"아니긴요. 맞거든요? 어제도 그저께도 밤마다 제가 확인했습니다만? 아, 오늘 새벽에도 확인했고……."

"능글맞아, 진짜!"

별은 교원의 장난기 어린 농담에 얼굴을 붉히며 베개를 집어던졌다. 그리고 벌떡 일어나 앉으려다가 그대로 앞으로 고꾸라지고 말았다.

"이고고 ……."

433

"괜찮아? 많이 아파?"

교원이 황급히 앞으로 고꾸라진 별을 부축하듯 안고는 고개를 숙여 그녀를 보며 물었다. 별은 민망한 마음에 교원의 시선을 피하며 투덜거렸다.

"몰라요! 아, 진짜 자꾸 이럴 거예요? 할머니도 계신데, 내가 정말 민망해서 못 살겠다고요."

"뭐가 민망해? 우리가 남도 아니고 부부인데 당연한 거 아니야? 오히려 할머님은 금슬 좋다고 흐뭇해하시던데, 넌 괜히 쓸데없이 열 올리더라?"

"그래도 민망한 건 민망한 거라고요."

별은 교원의 말에 대꾸할 말을 찾지 못하다가 그냥 우겼다. 그리고 힐끔 벽에 걸린 결혼사진을 보았다.

할머니를 모시고 단출하게 올린 결혼식이었다.

하객이라고는 할머니와 교원의 친구인 박건호, 동료인 공석주와 허도우가 전부였다. 아, 물론 다락이도 빼놓으면 안 되겠지만. 결혼식 사회는 건호가 맡았고, 주례는 생략, 박수는 공석주와 허도우가 담당, 그리고 결혼사진은 읍내에 있는 민들레 사진관의 주인아저씨가 찍어 줬고…….

"참, 아저씨가 우리 사진을 사진관에 홍보용으로 걸고 싶다고 하셨던 건 어떻게 됐어요?"

"당연히 안 된다고 했지. 미쳤냐? 너, 야한 걸 아예 읍내에 광고하라고?"

"뭐라고요?"

별은 황당한 얼굴로 교원을 쳐다보았다. 그러나 교원은 아무렇지 않게 별을 향해 말을 이었다.

"넌 정말이지, 어떻게 된 애가 웨딩드레스를 입어도 야하냐?"

"이 아저씨가 진짜······. 아저씨 눈에만 야해 보이는 거라고요. 예? 몇 번을 말씀드려야 아시겠어요!"

교원은 별의 발끈한 얼굴에 더 이상 받아치지 않고 그저 뚱한 표정을 지었다. 그러다가 다시 생각났다는 듯 팔짱을 끼더니 그녀를 향해 입을 열었다.

"그건 그렇고 언제까지 아저씨라고 부를 거야? 너 자꾸 그렇게 부르다가 할머님한테 된통 혼난다, 알아?"

"어제도 혼났어요, 뭐······."

별은 금세 풀죽은 모습으로 입을 쑥 내밀었다. 신랑한테 아저씨라고 부른다며 벌써 여러 번 야단을 맞았다. 그런데도 입버릇처럼 남은 탓에 쉽게 호칭이 고쳐지지 않는 게 문제였다. 그러다가 별은 금세 뭔가를 생각해 낸 것인지 눈을 빛내더니 턱을 치켜들며 입을 열었다.

"아저씨도 혼날 거예요."

"뭐?"

"아저씨가 나더러 도롱이라고 부르고, 별똥이라고 부르는 거 일렀거든요."

"뭐라고?"

교원의 이마에 핏대가 솟았다. 별은 그런 교원의 모습에 키득거리며 혀를 내밀더니 다시 베개를 끌어안고 누웠다. 교원은 한숨을 내쉬고는 별의 코를 잡아당기며 타박하듯 말을 걸었다.

"넌 네 남편이 혼나는 게 그렇게 좋나?"

"예. 아주 쌤통입니다, 서방님."

"뭐어어? 서방니이임? 아주 이럴 때만 잘도 부른다, 서방님이라고?"

교원은 어이가 없다는 듯 피식 웃고는 별의 이마에 꿀밤을 놓았다. 그러자 별이 교원의 팔을 잡아 꽉 깨물며 투덜거렸다.

"자꾸 어린애 취급할 거예요? 내가 애도 아닌데 꿀밤이 뭐야, 자존심 상하게."

"그래? 그럼 자존심 상하지 않게 어른 취급하면 되지?"

교원이 씩, 웃더니 별의 무릎 안쪽을 받쳐 안아 들고는 그대로 침대 밑으로 내려섰다. 별은 휘둥그레 눈을 떴다가 곧바로 교원의 팔을 붙잡으며 입을 열었다.

"뭐하는 거예요? 내려 줘요!"

"어른 취급해 주려고."

"아저씨!"

"여기는 할머님이 언제든 들어오실 수 있으니까…… 우리, 다락방으로 갈까?"

교원은 작게 속삭이듯 별의 귓가에 대고 말하고는 살짝 그녀의 귓불을 깨물었다. 그러자 순식간에 별이 고개를 폭 숙이며 교원의 가슴팍에 얼굴을 감췄다.

할머니가 같이 살게 되면서 작업실 안에 있는 다락방은 두 사람만의 비밀 공간이 되었다. 특히 낮에 사랑을 나눌 때는 더욱 그렇고.

"응……."

별이 작은 소리로 대꾸하더니 스스로 민망했는지 교원의 셔츠를 잡아당기며 눈을 꽉 감았다.

"아무리 생각해도 신기해."

"응? 지금 뭐라고 했어요?"

별은 교원의 품에 안긴 채 깜빡 잠들었다가 그의 목소리에 다시 깼다. 교원은 모로 누운 채 별에게 한쪽 팔을 내주고 있다가 그녀의 반응에 낮은 소리로 웃고는 별의 이마에 입을 맞추고 물었다.

"지금 잤지?"

"……깜빡."

"하긴 피곤할 만도 하지. 지난밤부터 시작해서……."

"오케이, 거기까지만 하죠."

별은 손을 뻗어 교원의 입을 막은 뒤, 배시시 웃었다. 그러자 교원은 눈을 휘며 웃더니 자신의 입을 막고 있던 별의 손을 잡아 떼고는 그 손가락 끝부분마다 전부 입을 맞추기 시작했다. 하나, 하나, 전부 소중하다는 듯이 열 손가락에 모두 입을 맞추는 교원을 잠시 바라보던 별이 손을 오므리며 어색하게 웃었다.

"이럴 땐 아저씨, 진짜 이중인격 같아요."

"내 마누라를 내가 예뻐하는 것도 죄냐? 넌 툭하면 이중인격 운운하더라? 설마 지금도 그 칠중인격 미친놈이랑 나랑 닮았다는 헛소리를 하려는 건 아니지?"

"아저씨, 은근히 지성님한테 라이벌 감정 있나 봐."

"지성니이임? 남편이 바로 네 앞에서 눈 부릅뜨고 있는데도 나른 남자 이름을 질도 부르지? 응?"

"아, 또 왜 그래요?"

별은 으르렁거리는 맹수를 달래듯 교원을 향해 꼼지락거리며 다가가 더욱 가까이 몸을 붙였다. 두 사람 모두 아직 옷을 입지 않은 탓에 맨살이 닿는 감촉이 묘한 기분을 자아냈다. 교원은 별의 이마 위로 흘러내린 머리를 쓸어 넘겨주고는 입을 열었다.

"지금 아양 떠는 거야?"

"글쎄요?"

별이 교원의 물음에 싱글싱글 웃었다. 굳이 대답을 듣지 않아도 뻔히 대답을 알 수 있었다.

교원은 피식 웃고는 별의 입술 위에 자신의 입술을 겹쳤다. 그녀의 입술은 어쩌면 자신의 것보다도 더욱 익숙한 것인지도 몰랐다. 지금만 하더라도 벌써 몇 번이나 탐하기도 했고……. 교원이 별의 등을 쓸어내리다가 입을 열었다.

"도롱아."

"왜요?"

"그냥 불러 보고 싶어서."

"그런 걸 두고 싱겁다고 하는 거예요."

별이 픽 웃고는 교원의 어깨 아래에 이마를 비볐다. 마치 강아지가 비벼 대듯 구는 행동에 교원이 웃음을 터뜨리고는 다시 말을 이었다.

"다락이랑 놀더니 네가 다락인 줄 아냐?"

"끼잉."

"사료 먹을래?"

"아니요."

강아지 흉내를 내다가 금세 아니라고 부정하던 별이 다시 장난스럽게 입을 열려는 순간, 다락방 벽 너머에서 작업실 문이 열리는 소리가 들렸다. 그와 동시에 별은 눈을 휘둥그레 떴다.

"여기도 없네. 둘이 어디를 간 거야……. 멸치국물 시원하게 내서 국수를 말아 먹을 건데, 대체 어디에 있는 건지."

혀를 차며 중얼거리는 할머니의 목소리가 고스란히 들렸다. 별이 허둥대며 몸을 일으키고는 옷을 입으려는 순간, 교원이 다시 별을 쓰러뜨리다시피 눕혔다.

"아저씨!"

별은 화들짝 놀라 작게 속삭이듯 교원을 불렀다. 하지만 교원은 장난꾸러기처럼 씩 웃더니 그대로 별의 입술 위에 자신의 입술을 겹쳤다. 별은 놀라서 교원의 팔을 두드렸지만 허사였다.

그때 갑자기 벽 너머에서 뭔가가 박박 벽을 긁는 소리가 들렸다. 그리고 할머니의 목소리가 다시 들렸다.

"응? 다락아, 그쪽 벽은 왜 긁어? 이리 와. 거기는 창고야. 우리 손주 사위가 이것저것 보관해 놓는 창고라고 했어. 함부로 건드리면 못 써."

할머니가 다락이를 다시 벽 쪽에서 떼어 놓은 것인지 박박 긁던 소리가 사라졌다. 그리고 별은 교원으로 인해 입이 틀어막힌 채 그저 눈만 깜빡일 수밖에 없었다. 벽 하나를 사이에 두고 할머니와 가까이 있다는 사실에 바짝 긴장이 되어 별은 꼼짝도 할 수 없었다.

그런 별을 보며 교원이 키득거리더니 손을 뻗어 그녀의 몸을 더듬었다.

"하, 하지 마요!"

화들짝 놀란 별이 속삭이듯 작게 외치며 교원의 손을 피해 몸을 비틀었다. 그러나 교원의 눈은 장난기 심한 개구쟁이처럼 둥글게 휘어져 있을 뿐이었다.

"아저씨!"

벽 너머에 있을 할머니가 듣지 않을까 싶어 별은 큰 소리도 내지 못한 채 거듭 교원을 불렀다. 교원은 씩 웃더니 그녀의 귀에 속삭였다.

"스릴 넘치지 않아?"

"스릴은 무슨 스릴…… 하지 말아요, 진짜. 왜 이렇게 짓궂어요?"

별은 작게 투덜거리며 교원의 팔을 때렸다. 그러자 더 이상 장난치지 않겠다는 듯 교원이 손바닥을 보이며 웃더니 몸을 일으켰다. 별 역시 몸을 일으키고는 벗어 놓았던 옷을 집어 들었다. 그리고 교원은 가만히 별이 옷을 입는 것을 보고 있다가 턱을 쓸며 중얼거렸다.

"확실히 신기하단 말이야."

"뭐가 그렇게 신기해서, 자꾸 신기하단 말을 해요?"

별은 흐트러졌던 머리를 손가락으로 쓱쓱 빗으며 물었다. 교원은 별의 질문에 싱긋 웃더니 주변을 둘러보며 대답했다.

"다락방이 이렇게 마음에 들 거라고는 상상도 못 했거든."

"마음에 들어요?"

"당연하지. 너랑 이렇게 딱 달라붙을 수 있는데."

"하여간 머릿속에 든 건 그것뿐이죠?"

별이 새침한 얼굴로 입을 삐죽였다. 그러면서도 내심 기분이 좋은지 별의 볼이 불그스름하게 달아올랐다. 교원은 그런 별의 손을 잡아당겼다. 별이 교원의 품에 기대듯 다시 안겼다.

"머릿속에 너뿐이야."

"그래요?"

"그래. 툭하면 잠만 쿨쿨 자는 내 도롱이, 너뿐이야."

"……."

별은 조용히 교원에게 안겨 있다가 슬며시 입꼬리를 올렸다. 그리고 다시 입을 열었다.

"엄마랑 아빠가 지켜 주셨던 건가 봐요. 지금까지 줄곧 그랬었는데…… 내가 몰랐던 것 같아요."

"그래?"

"응. 어쩌면 두 분이 아저씨를 만나게 해 주려고 사기꾼을 보내 주신 게 아닐까 하는 생각도 들어요."

"장인어른과 장모님께서 들으시면 뒷목을 잡으시겠다."

"예?"

별은 눈을 깜빡이며 고개를 갸웃거렸다. 교원은 그런 별의 이마를 가볍게 손가락으로 때리며 웃었다. 아무리 그래도 그렇지, 사기꾼을 보내 줬을 거라니. 그게 지금 할 소리냐?

하지만 별의 말이 완전히 틀린 건 아니기도 했다. 확실히 그 사기꾼이 아니었더라면 지금 이렇게 별과 함께할 수 없었을 테니 말이다.

"그 사기꾼은 알고 있을까."

"뭘 말이에요?"

"자기가 우리를 엮어 줬다는 걸."

"그러게요."

별이 작게 웃으며 교원을 쳐다보았다. 새까만 눈동자 가득 담긴 웃음에, 교원 역시 싱글거리며 웃다가 다시 그녀의 입에 가볍게 입을 맞췄다.

"이제 진짜 나가 봐야겠다. 이러다가 할머님표 멸치국수 못 먹겠어."

"어후, 그럼 안 되죠."

별은 교원의 말에 장난기 가득한 목소리로 대꾸했다. 그리고 그와 동시에 다락방 문을 두드리는 소리와 함께 노인의 목소리가 들렸다.

"그래, 이 녀석들아! 어서 나와! 창고인 줄로만 알았더니……"

"하, 할머니!"

할머니가 밖에서 다 듣고 계셨나 봐요! 별이 눈을 휘둥그레 뜨고 다시 교원을 보았다. 교원 역시 난감한 얼굴로 별을 쳐다보았다. 그리고 곧바로 두 사람 모두 한꺼번에 웃음을 터뜨리고 말았다.

뭐, 아무러면 어떤가 싶었다.

사랑하는 것이 숨겨야 할 일인 것도 아닌데. 더구나 이제 신혼이니 이런 건 오히려 당연한 모습이 아닐까.

별은 헤헤, 하고 멋쩍게 웃으며 입을 열었다.

"아저씨랑 살면서 뻔뻔해지는 것 같아요."

"나도 너랑 살면서 뻔뻔해진다. 그나저나 너, 여기서 나가면 또 혼날지도 모르겠네?"

"예? 아…… 호칭."

별은 계속 아저씨, 아저씨, 하고 불렀던 것을 기억하고는 난처한 표정을 지었다. 교원이 그런 별을 보며 웃더니 입을 열었다.

"걱정하지 마."

"왜요? 할머니가 야단 못 치시게 막아 주려고요?"

"내가 어떻게 할머님을 막냐?"

"그럼요?"

"막지는 못해도 같이 야단맞아 줄 수는 있다, 그거지."

"뭐야, 그게……."

별은 구시렁대면서도 그의 말에 기분이 좋아졌는지 다시 교원을 재촉했다.

"빨리 나가요, 우리. 얼른 혼나고 멸치국수 먹어야지요."

"그래."

교원이 고개를 끄덕이며 웃었다. 그리고 다시 다락방 안을 둘러보았다. 자신이 꿈꿨던 집에는 다락방이 있었다. 그러나 지금이 다락방의 모습은 자신이 꿈꾼 적 없던 것이었다. 또한 눈앞의 여인 역시 꿈조차 꾸지 못했던 존재였다.

꿈보다 더 소중한 것이 있을 것이라고는 생각하지 못했다. 하지만 그는 이제야 정말 완벽한 자신의 집을 갖게 되었다고 생각했다.

"완벽해."

교원이 만족스러운 얼굴로 중얼거리며 다시 별의 입술에 자신의 입술을 겹쳤다. 밖에 나가서 야단을 맞는다고 해도 괜찮을 것 같았다. 세상 그 누구보다도 소중한 이가 함께할 테니 말이다.

— *The end*

작가 후기

작가 후기를 쓰려고 한글 파일을 열어 놓고 한참 모니터를 보고 있었습니다. 그런데 어떤 식으로 후기의 첫 문장을 시작해야 하나, 고민을 하다 보니까 한 글자도 쓰지 못하겠더라고요. 그래서 결국 멋진 문장으로 시작하고 싶었던 욕심은 살짝 접어 두고 그냥 이렇게 평범한 문장으로 시작하기로 했습니다.

음……. 교원이와 별의 이야기는 어느 순간 가슴속에서 떠올랐어요. 마치 밤하늘에 별이 떠오르듯이 그 두 사람이 사는 공간이 떠올랐고요. 교원이와 별이 떠올랐습니다. 그리고 작은 강아지, 다락이도 떠올랐고요.

일부러 고민하지 않아도 떠오른 그들의 모습을 그냥 무작정 지켜보기로 했습니다. 그러다 보니까 교원이의 상처가 보였고, 별의 아픈 과거와 앓고 있는 기면증도 보였습니다.

그렇게 계속 그들을 지켜봤어요. 이사한 첫날, 선글라스를 끼고 집 앞에 서서 만족스럽게 웃고 있는 교원이 생생하게 눈앞에 그려졌고, 사기당한 줄도 모르고 힘차게 교원이의 집을 향해 다가오던 별이도 마치 바로 앞에 있는 듯 보이더라고요. 그리고 그 순간 느꼈습니다.

  '아, 이 아이들의 이야기를 이제 써야겠구나.'

  그 느낌대로 시작을 했고, 그들의 소소한 일상을 글 속에 담았어요. 딱히 큰 사건이 있었던 것도 아니고, 그저 두 사람의 첫 만남부터 시작해서 동거하면서 일어나는 작은 일상의 모습들, 그리고 서로의 마음이 서로에게 향하는 과정을 담아내고 싶었는데……

  읽어 주신 분들께서 어떻게 봐 주셨을지 모르겠어요. 부디 교원이와 별이 아주 조금이나마 온기를 전해 드렸으면, 하는 욕심을 부려 봅니다.

  이번에도 함께 작업하게 된 뿔미디어님들, 정말 고맙습니다. 정시연 팀장님, 이은정 편집자님, 그리고 표지 디자이너님을 비롯해 애써 주신 분들 모두 감사합니다. 글은 혼자 쓰는 것이라 때로는 외로움도 느꼈지만 책을 내는 과정 속에서 이렇게 함께할 수 있었기에 천하무적이라도 된 것처럼 든든했습니다.

  그리고 이 책을 통해서 뵙게 된 독자님들, 정말 반갑고 감사합니다. 이 글을 읽어 주신 분들은 어떤 분들이실까. 어떤 모습으로 지금 이 책을 읽고 계실까. 후기를 쓰면서 상상을 해 보다가 혼자 웃었습니다. 혹시 지금 이 후기를 읽고 계시는 분들 중에서도 그런 상상을 해 보신 분은 없으시려나요?

이번 책이 세 번째로 세상에 내놓는 로맨스 소설인데요. 로맨스 작가라고 스스로 제 자신을 소개할 수 있는 것이 무엇보다도 기쁘고 행복해요. 앞으로도 당당히 제 자신을 소개할 수 있도록 열심히 쓰겠습니다.

항상 응원해 주는 부모님과 동생에게 고맙단 인사를 전합니다. 그리고 그 외에도 격려해 주신 분들 모두 감사합니다.

또한 지금 이 순간 저와 함께 같은 문장을 나누고 계실 독자님들, 다시 한 번 정말 고맙습니다. 더운 여름에 건강 잘 챙기시고요. 교원이와 별의 이야기가 조금이나마 더위를 잊을 수 있도록 웃음을 줄 수 있었기를, 하는 바람을 슬쩍 담아 봅니다.

늘 다짐하지만, 꾸준히 쓰는 사람이 되겠습니다.

2015년 여름날,
김영희 드림

1판 1쇄 찍음 2015년 7월 29일
1판 1쇄 펴냄 2015년 8월 4일

지은이 | 김영희
펴낸이 | 정 필
펴낸곳 | (주)뿔미디어

편집장 | 이재권
기획 · 편집 | 이은정, 조미연

출판등록 | 2002년 9월 11일 (제1081-1-132호)
주소 | 경기도 부천시 원미구 소향로 17, 303(두성프라자)
전화 | 032)651-6513 / 팩스 032)651-6094
E-mail | scarlets2012@hanmail.net
블로그 | http://blog.naver.com/dahyangs
홈페이지 | http://bbulmedia.com

값 9,000원

ISBN 979-11-315-6668-8 03810

Scarlet
스칼렛

www.bbulmedia.com